本書出版得到國家古籍整理出版專項經費資助

後村先生大全集

第三冊

宋·劉克莊 撰
王蓉貴 向以鮮 校點
刁忠民 審訂

四川大學出版社

後村先生大全集卷之三十四

詩

紀游十首

倦後入蒲龕〔一〕，欣時出草庵。偶圓靈照話，亦於善財參。

捫蘿伏虎巖，把釣斬蛟潭。偶有樵夫過，呼來與共談。

昔與二龍友，同尋九鯉祠。百身何可贖，一老偶然遺。謂孚若、子敬。

二客如龍虎，同登蟹井顛。吾今成聱叟，渠久作飛仙。謂師復、孚若。

北郭西郊外，聯鞍共探春。惟應舊猿鳥，猶記兩詩人。謂東海、仲白。

篋有亡友詩，愈久愈鮮健。不歸芙蓉城，定返靈芝殿。謂賓之。

照眼園花發，傷心墓草陳。君謨兩字謚，迂叟九分人〔二〕。謂德潤。

軒豁百觚量，昂藏九尺身。如何天奪盡，真率社中人。謂元邃。

自爲遺老傳，或入少年叢。我已無同輩，誰能起此翁。謂元質。

由晉以至唐，幾人作文字。前有《酒德頌》，後惟《醉鄉記》。

〔一〕龕：原作「龕」，據翁校本、馮本改。

〔二〕迂：原作「廷」，據翁校本、馮本改。

和徐常丞洪秘監倡和四首

一著能回一局輸，安危豈不繫兹儒。樂卿昔去曾入海，老監今歸但乞湖。阮子杖挑聊共出，麻姑榼送不煩沽。二仙占斷壺中景，不許長房跳入壺。

紛紛博局迭贏輸，孰是真儒孰盜儒。履道宅佳多聳石，輞川亭巧恰臨湖。可無詩喚劉郎和，偶有錢同鄭老沽。却笑吳兒拚命者，潮頭如屋靠腰壺。

孤忠鬱積未全輸，臧氏其如命世儒。歸治隱棲秦系里〔一〕，去留遺愛葛仙湖。一辭吾已抽身退，什襲公非待價沽。大手會當摛玉檢，寠人只合傳冰壺。蘇易簡有《冰壺先生傳》。

公詩妙巧過般輸，蚓竅何堪和大儒。豈敢分庭掣鯨海〔二〕，頗思越邑會鵝湖。薰蕕年老迷香臭，酒脯家貧聽市沽〔三〕。病起帶圍渾減盡，免教人誚腹如壺。

〔一〕系：原缺，據盧本補。
〔二〕掣：原缺，據翁校本補。
〔三〕家貧聽，原缺，據翁校本補。盧本作「涎垂向」。

又四首

咄咄清流久灌輸，帝虚館殿待名儒。縱□□□□嶺，未抵鴟夷泛太湖。青史方將觀晚節，黄封尚可易村沽〔一〕。書言耳重知君意，怕聽朝雞與漏壺。

已藁忠言未及輸，豈知窮鬼迫臞儒。諸生蕝就漢朝野〔二〕，一束芻留孺子湖。室有瓶儲聊自給，帘夸椀□□人沽。風濤如此行何適，猶幸中流得一壺。

薄收僅足了冬輸，晚覺明農勝業儒。稍喜塵清及鑾峒〔三〕，更祈田熟似蘇湖。小舡楊柳陰中泊，大斗杏花多處沽〔四〕。游野歸來天欲雨，雲邊玉女屢投壺。

幸無再榷與三輸〔五〕，得半猶堪活窶儒〔六〕。寧揖劉郎歸釣瀨〔七〕，肯於孟守覓崲湖〔八〕。杯中興至休辭飲〔九〕，膜外名虚不必沽。晨出作勞宵穩睡，管他布穀更提壺。

〔一〕尚可易：原缺，據翁校本補。

〔二〕漢朝：原缺，據翁校本補。
〔三〕及蠻：原缺，據翁校本補。
〔四〕多：原缺，據翁校本補。盧本作「深」。
〔五〕無：原作「與」，據翁校本改。
〔六〕得：原缺，據翁校本補。
〔七〕鈞：原缺，據盧本補。
〔八〕肯：原作「昔」，據翁校本改。又「守」字原缺，據盧本補。
〔九〕「興」原作「王」，「辭」原作「醉」，據翁校本改。

贈碧眼相士六言二首 其人常云余耳白〔一〕

耳白無蓋世名，眼碧有奇中語。老夫定非醉翁，斯人莫是初祖〔二〕。

荀卿子論心形，許負書説氣色。我雖□□□□，□□看未成碧。

〔一〕常：原缺，據翁校本補。
〔二〕斯：原缺，據翁校本補。

檢校椁庵花木二首

我與兹山殆有緣，手栽一一已參天〔一〕。主林神黠□□佛，老樹精乖意是仙。留客看花聊席地，課僮種樹頻澆泉〔二〕。丹成未可匆匆喫，且向溪邊住十年。

林密山深客少過，暮年杖履此婆娑。桂開香□□□窟，檜長高於窣堵坡。不記元暉紅芍藥，且栽□□□蓑荷。聖邱未必知爲圃，何似姑師郭橐駞。

〔一〕栽：原作「裁」，據翁校本、馮本改。

〔二〕種樹頻：原缺，據盧本補。

送龍巖林主學 子齊

官冷君行勿鄙夷，儒風未有盛斯時。進青衿子陳新義，爲紫陽公廣舊規。然否聽人來議政，尊嚴無士敢嘲師。齏鹽堪飽芹堪采〔一〕，况值文翁適擁麾。

〔一〕 韲：原作「薺」，據翁校本改。

北苑一首

春汲常分任，巾篝久服勤。汝何慙絡秀，吾自誌朝雲。客送西州路，兒封北苑墳。凄凉蒿里挽，未必九泉聞。

即事

醫書攻百病，惟有老難醫。霧眼朱成碧，霜顛涅不緇。炎凉蒼狗變，光景白駒馳。忽見鏡中者，驚詢汝是誰。

暮春一首

謝館王亭安在哉，荒村亦自有池臺。苦嫌野蔓縈紆竹，甚愛殘花點綴苔。老送病來推不得，歡隨春去挽難回。未應寂寞無心賞，墻下葵榴次第開。

漫興一首

經行中野多新塚，檢點高陽少舊徒。縱不能陪雍時禮〔一〕，尚堪添入洛英圖。愛東皐子生沉醉，慕北山公死謚愚。賴有小詩自陶寫，何須著論學王符。

〔一〕時：原缺，據翁校本補。

安溪黄明府得子次徐常丞韻一首〔一〕

辛公心印佛心慈，吉兆前知抱送期。喜溢親闈占鸑鷟〔二〕，來從帝所下騎麒。芝蘭庭户芽初茁，荼堇原田味變飴〔三〕。加我數年渠稍長，要看丱角出吟詩。

〔一〕子：原作「水」，據翁校本改。
〔二〕鸑：原缺，據盧本補。
〔三〕味：原缺，據翁校本補。

錦湖新亭告成宸翰大書水村二字以落之二詩輒附賀客之後

暫辭玉笋眷猶濃，朝野皆知不世逢。賀老曾求湖一曲，希夷亦乞去音華三峰。鳳銜奎墨飛華扁，虎拜觚稜折御封。帝以此翁深《易》學，除官壹似鄭司農。

自説秋豪盡帝恩，煌煌曦畫照乾坤。偶留佳客常投轄，怕礙游人不設門。枕麯先生傳醉種，詠梅處士有詩孫。何須更羨東西陜，君管南村我北村。

二和

主人卜晝衆懽濃，今孟嘗君豈易逢。漲水已堪航別港，宿雲何必帽前峰。三千客各聞風至，一曲湖勝裂地封。小試此翁開濟手，不妨行樂不妨農。

四傍山色青環郭，八面波光練抹坤。天造居然成別墅，帝招未肯入修門。愛蓮豈欲希周子，起蒓終難滯叔孫。介甫争墩人已笑〔一〕，老夫安敢又争村。

〔一〕墩：原作「暾」，據翁校本、馮本改。

三和

野色湖光淡復濃，阿香神爻巧相逢。金篦莫辨煙中樹〔一〕，蠟屐難登海上峰〔二〕。帝眷驛馳丹詔問，客歸亭有白雲封。邊無牧馬村無犬，擊壤何妨作老農。

擊磬何須入於海，括囊未免取諸坤。尋盟今已白鷗社，待詔昔曾金馬門。魚戲罕逢同隊子，雞窠會見二毛孫。唐人詩：「子孫皆二毛。」兩翁未易分優劣，一樂山村一水村。

〔一〕煙：原作「理」，據翁校本、馮本改。

〔二〕登海：原作「發漢」，據翁校本、馮本改。

四和

鯨吸仙人飲興濃，尤嫌惡客懶迎逢。逆風弱水三萬里，夢雨高唐十二峰。詩派相邀容入社，酒泉雖遠願移封。葑田畢竟勝高仰，猶可躬耕佐大農。

臨淵細味心亨坎，卜築先占地勢坤。說《易》何妨遇於野，談玄亦入妙之門。賜金莫惜娛賓客，堆笏猶堪遺子孫。不比酸寒杜陵老，破茅草屋傍江村。

五和

霧掃山如潑黛濃，一開口笑古難逢。斬新種柳輞川水〔一〕，火急移蓮玉井峰。甚愛名花當輦致，遠求佳果莫函封。人生惟有田園樂，未可輕將仕易農。

江湖浩渺常存闕，雲漢昭回妙闡坤。妓或攜來安石墅，客誰畔去翟公門。戴花老豈非同姓，拾穗翁猶有遠孫。殺馬毀車吾耄矣，尚堪扶杖過鄰村。

〔一〕斬新：原作「□耕」，據盧本補、改。

席間次水村主人韻

游人似蟻磨邊旋，驚怪壺中有別天。鐵畫誰如奎畫妙，錦湖賽過鑑湖賢。懸知星照嚴光瀨，不管江通魯望田〔二〕。昭代未應無狗監，誦公新作冕旒前。

〔一〕望：原缺，據翁校本補。

挽鄭計院

方與譽髦連茹進，忽然避弋下喬來。空令歸訪盟鷗社，不使重登市駿臺。古有孟嘗能好客，今無鮑叔肯分財。吾衰難秉銘幽筆，短些凄凉不盡哀。

答林文之

筆勢翩翩漸入佳，晨簷怪得鵲查查。勞謙君子方求益，老秃中書不夢花。《商頌》以前殊簡短，《衛風》而下稍淫哇。鶴天鯨海無邊際，莫費工夫納百家。

盜發蔡端明墓一首和竹溪韻

忠惠松楸過者欽，誰知藏伏禍機深。英魂久向兹埋玉，佛面今爲汝削金。下馬三號空抆淚，磔虆萬段亦甘心。邇來野外無全塚，謾使閑人憤滿襟。

又盜棄端硯一首〔一〕

□衣孔履世猶欽，此硯隨公歲月深。璞美止緣鸜眼□，價高不數褭蹄金。虬髯尚破偷兒膽，麟筆曾誅賊子心。今代安知無雋尹，傳經決獄肯披襟。

〔一〕棄：原缺，據盧本補。

送方漳浦　景子

頗聞送者詩盈軸，我有樵歌子試聽。巖邑雖然人所畏，畬民均是物之靈。二升飯了官中事〔一〕，一字廉真座右銘。見説守侯如召杜，斷無走吏至公庭。

〔一〕官：原作「宫」，據盧本改。

和林太淵二首

端人舌本鈍如槌〔一〕，自晝村眉不入時。門巷張羅賓客少，車輪生角僕夫悲。共游洛下凋零盡，末向巖頭付囑誰〔二〕。爲吾子師余豈敢，伊家元有大宗師。

聲稱籍甚自髫年〔三〕，聖處聞之於膝邊。廟瑟久無人續響〔四〕，國棋誰與子分先。書經秦火訛難讀，鉢至曹溪靳不傳。功行滿時笙鶴下，未應山澤著臞仙。

〔一〕人：原缺，據翁校本補。

〔二〕付：原缺，據翁校本補。

〔三〕稱：原缺，據翁校本補。

〔四〕響：原缺，據翁校本補。

禋霈進封一首

忽得中都訊，綸言下玉墀。名爲開國子，實類出家兒。不記操麻卷，猶堪譜荔枝。吾方抽手板，穀璧欲安施。

目疾一首

疾起自肝家，眵昏認物差。昔如虹貫日，今隔霧看花。瞑鵲驚飛匝，凉蟾瞥露些。廟堂見章奏，應笑字攲斜。

送游潮州二首

霜簡剛言璧有瑕，清朝耳目不應差。醉翁絶少環滁飲，范老何心慶朔花。省庫錢皆留享士，高齋琴却帶還家。邵平舊圃元無恙，未必封侯勝種瓜。慶朔堂在饒州郡圃，見范公詩。

雖森畫戟惟清嘯，因討紅巾有雪髯。孟子曾稱伯夷隘，漢人亦議弱翁嚴。交游皆嘆遺公誤，仇怨猶言太守廉。可惜遒人官久廢，此詩湮鬱在閭閻。

左目痛六言九首

深碧非少林祖，暴赤疑歸宗僧。何須近青藜杖，不願如紫石稜。
親燈似鴟撮蚤，對卷如獺祭魚。今已作白頭觀，昔曾校黄本書。
詩到歌行尤妙，《傳》與《國語》並行。艱辛張籍病瞎，浮誇左丘失明。
昏花廢干禄書，麻嗏類辟瘟符。草字見嗤醉秃，小楷難付官奴。
晚歲甘爲瞽史，前身不是離婁。喜梵夾書送老，惡巾箱本如蝨。
儒醫診肝脉去，小童負藥笈從。吾寧作一目鬼，古曾有獨眼龍。
熏目不欺暗室，呻吟少下禪牀。悟後盡除業障，定中或放毫光。
早耽蔡譜華妙，晚受聃書深長。始悟擘紅異味，不如守黑單方。
閣上束三千卷，墻角棄二尺檠。此玉函方不載，無金篦刮亦明。

後九首

弘景疏已上矣〔一〕，盧扁書久無之〔二〕。怕騎瞎馬浪出，安用明駝疾馳〔三〕。

經來葱嶺絶域，書出汲縣古冢。饒君一目十行，如彼千瘡百孔。
痛定偶成短夢，驚廻如近清光。黄帕牙籤開卷，絳紗玉斧照廊〔四〕。
夜眠便甘菊枕，晨起避凌霄露。信《爾雅》幾委頓〔五〕，註《本草》不宜誤。
力疾搜腸草制，忍痛撚髭改詩。鐵燈檠我同好，金蓮炬彼一時〔六〕。
默默回光反照，津津勿藥有喜。八荒入吾闥中，四海在我墻裏。
坐井成小眼孔，面壁得大醫王。净洗三生熱惱，不煩一服清凉。
老去具一隻眼，向來隔幾重膜。盡見夫子宗廟，遍觀彌勒樓閣。
吾今垂老示疾，君昔與人作緣。尚能續華陀傳，何敢負宋清錢。

〔一〕疏：原缺，據《永樂大典》卷一九六三七所載補。
〔二〕盧扁：原作「天子」，據盧本改。《永樂大典》作「公子」。
〔三〕明駝疾馳：原缺，據《永樂大典》補。
〔四〕廊：原缺，據翁校本、馮本補。
〔五〕信：原作「倍」，據翁校本、馮本改。
〔六〕彼：原作「被」，據翁校本、馮本改。

陳佐藏之温陵

蔚鬱相門望〔一〕，新書在所銜。昔隨翁出宰，今見子封男。大録鶩行至，遺民馬首參。擊鮮良不惡，何日返槐庵〔二〕。

〔一〕蔚：原缺，據盧本補。

〔二〕庵：原缺，據馮本補。

陳郎玉女之官

擇地喜將父，戴星勤坐曹。阿奴已傷錦，君子好更□。大尹徵求寡，先賢撫字勞。直須琴調古，莫倚棒頭高。

目痛一月未愈自和前九首

開之則新生犢，閉之則入定僧。有時起瞻斗極，有時遥望觚稜。

悔名草木鳥獸，住校亥豕魯魚。識字惹客問字，懶書怕人索書。

隘矣匹夫疾視，鄙哉主父倒行。止酒看花濺淚，吹燈見月羞明〔一〕。

無復燃藜照向，徒以親燈觀符。掩卷嫌收穢史〔二〕，絕纓罵玄老奴〔三〕。

鬚眉似是綺皓，耳目已非曠婁。受明上座頂禮，視彼老公血讐〔四〕。

耄及歲不我與，眼空吾誰適從。蒙叟達觀鵬鷃，子雲自視蛇龍。

靜中面壁打坐，倦後拋書投牀。認自家一尺捶，管渠儂萬丈光。

朱顏無藥能駐，白髮緣愁許長。昏昏枉讀萬卷，蹙蹙起瞻四方〔五〕。

乍可頻看短劍，渠肯高張長檠。已與鷗盟浩蕩，都忘鵠立通明〔六〕。

〔一〕燈：原缺，據翁校本補。
〔二〕收：原缺，據《永樂大典》卷一九六三七所載補。
〔三〕絕纓：原缺，據《永樂大典》卷一九六三七所載補。

〔四〕視彼、血：原缺，據《永樂大典》卷一九六三七所載補。
〔五〕㸌㸌：原缺，據馮本補。
〔六〕都忘：原缺，據《永樂大典》補。

又和後九首

覺性靈明自若，本心利欲食之。大觀如夢如幻，小視坐忘坐馳〔一〕。
學仙燒汞成灰，學書埋筆爲塚。羡關尹喜見聃，希顔氏子瞻孔。
寒儒賴有雪映，貧女那無績光。千眼今依佛閣，重瞳昔侍舜廊。
康衔鷹眼不化，處仲蜂目亦露。我自有觀人訣〔二〕，汝勿爲相士誤〔三〕。
竹簡定隸古字〔四〕，黑屏刻月蝕詩〔五〕。嗜學心無止法，讀書眼有還時。
入槐見蟻群聚〔六〕，賦芧覺狙怒喜〔七〕。脱離黑暗獄中，透入光明境裏〔八〕。
自遣病魔病豎〔九〕，不干藥上藥王。洗眼菊泉舊本，照懷蓉月新凉。
浮雲月之障礙，蒙氣日之翳膜。已把《太玄》覆瓿，更將《三傳》束閣。
憂患長我意知，苦樂隨渠業緣。貴人銀燭按樂，書生紙裏見錢。

〔一〕小視：原缺，據《永樂大典》卷一九六三七所載補。
〔二〕自有：原倒，據翁校本、馮本乙。
〔三〕士：原缺，據翁校本、馮本補。
〔四〕竹、隸古：原缺，據《永樂大典》補。
〔五〕刻：原作「倒」，據翁校本改。
〔六〕蟻群聚：原缺，據《永樂大典》補。
〔七〕「賦」字原缺，「芧」原作「茅」，「狙怒」原作「徂恕」，據盧本補、改。
〔八〕境：原缺，據翁校本補。
〔九〕病竪：原缺，據盧本補。

送方郎唐卿漕試

翁已鞭鸞上九霄，此郎雖小亦清標。斯文尚有嫡傳在〔一〕，每見能令人意消。身退吾難論一鶚，才高君必中雙雕。漢廷急士將親策，想見諸儒避董晁。

〔一〕尚：原作「上」，據馮本改。

自題長短句後

春端帖子讓渠儂，別有詩餘繼變風。壓盡晚唐人以下，托諸小石調之中。蜀公喜柳歌仁廟，洛叟譏秦媟上穹〔一〕。可惜今無同好者〔二〕，樽前憶殺老花翁。

〔一〕媟：原作「堞」，據翁校本、馮本改。
〔二〕無：原作「世」，據翁校本、馮本改。

勉千里姪秋試六言四首

而翁二子絶奇，其季虎中最怒。期此郎甲科郎，跨王父曾王父。
童習好雕篆作，相業寓《混成篇》。猶之射者百中，勉旃原夫一聯。
茂才異等息嚮，太祝齋郎比肩。汝伯何由漆髮，我家舊有青氈。
子心思猶盛壯〔一〕，吾光陰已耋耄。不堪螢弧先登，尚可鼓旗傍噪〔二〕。

〔一〕子心：原缺，據翁校本補。
〔二〕鼓、噪：原缺，據翁校本補。

中秋大風雨五絶 十四夜

車喚阿香推，情知雨必雷。不干巽二事，也伴阿姨來。
□□□□，冰輪□□□。□□□□妬，不管素娥愁。
好客期難至，清歡擬即差。不逢□□鏡〔一〕，何處覓金蓋〔二〕。
詔歲銀袍盛，頭場玉鑑明。妃靈如有助，娥老尚多情。郡禱晴於白湖。
背血滴耕夫，愁眉蹙賈胡〔三〕。良辰風雨至，不復田禾蘇〔四〕。説中秋月四海皆熟。

〔一〕逢：原缺，據盧本補。
〔二〕「覓」字原缺，據盧本補。「蓋」原作「暮」，據翁校本改。
〔三〕胡：原作「湖」，據盧本改。
〔四〕良辰風雨至，不復田禾蘇：原存「雨王」、「不復」四字，據盧本改、補。

縱筆一首

鄴下徐陳逐逝波，意一、柳齋。僅留老子尚婆娑。吾宗世有戴花舞〔一〕，大耋誰能鼓缶歌。松下尋常無喝道，花間隨處有行窩。癡人逐物廻頭少，看到棋終恐爛柯。

〔一〕有：原缺，據翁校本補。

後村先生大全集卷之三十五

詩

洪秘監徐常丞有詩賀余休致次韻四首

還笏何須待拖紳，世間無價是元身。爲《梁父》咏常存漢，累《太玄》經坐美新。朝露饒他夸奪子，曉星有幾典刑人。由來老幹禁霜雪，不問東皇探借春。

玉座分明念老臣，孤忠何路更前陳。無《枯樹賦》如開府，有《病梨篇》似照鄰。粥鉢不愁餐饘饘，蔬盤何用膾紛綸。儘教巷靜門羅爵，絶勝山空塚卧麟。

既衰戒得久書紳，所得毫毛所失身。疎傅畫圖傳不朽，胡公糞土謗如新。古詢黄髮非無意，今繫蒼生尚有人。吾老而休君未可，時來偏與物爲春〔一〕。

好語噓枯極主臣，未應公幹勝徐陳。争三十里敢言智，有百萬錢難買鄰。殘燭苛留終斷簡，瘦筇扶出拜新綸〔二〕。德星若肯過田舍，只膾溪鮮代脯麟。

〔一〕偏：原作「偏」，據翁校本、馮本改。

〔二〕綸：原作「論」，據翁校本、馮本改。

和警齋侍郎二首

顔蒼鬢禿舊詞臣，幾見臺家局面新。栖碧山中真大隱，立紅雲畔是前身。魯公昔有書干禄〔一〕，楊子今無賦逐貧。縱使未能追綺皓，絶勝賜杖給扶人。

家傳豈有枕中方，敢向堯朝議大章〔二〕。難入高賢真率社，且尋童子釣遊鄉。有西疇事咨衡宇，無《北山移》誚草堂。獨恨才衰詩不進，儻容摘豔更薰香。

〔一〕書干：原作「賦千」，據翁校本改。

〔二〕章：原缺，據翁校本補。

病起十首

架帙縱横硯有埃，先生久不至山齋。散花魔已降摩詰，裹飯人誰訪子來。又與杜康絶交矣，併疎毛穎少恩哉。幾時真得金篦力，書債重償酒興開〔一〕。

薄有桑麻在北溪，輜車懸了駕雞棲。專房安得莫愁妾，同穴除非法喜妻。羢挂屋梁聊藉草，螢穿窗隙勝然藜。謝公虚下聞箏淚〔二〕，輸與劉伶醉似泥。

未縱心年乞退休，年垂八十更何求〔三〕。相方好事下白屋，帝豈無人記玉樓。綬未必爲翁子福，扇安能障彦回羞。吾詩絶似淵明誄，莫遺他人弄筆頭。

亹亹清談猶可聽，星星素髮不禁搔。昔如八駿走千里，今似九牛亡一毛。吟苦都忘年事老，寢甘始悟早朝勞。箕山只在人間世〔四〕，堯大如天未易逃。

有四宜休七不堪，豈容華皓尚癡貪。固難唐突耆英社，尚可追攀老學庵。酷嗜蟹螯聊自酌，高懸麈尾共誰談。吾聞多壽常多辱，伯始何須飲菊潭。

昔與諸賢共造廷，如風吹絮浪飄萍。溘先忽忽同晨露，殿後暉暉獨曙星。未肯肩隨金谷友，幸留面見草堂靈〔五〕。伯倫舊與吾通譜，欲往從之唤不醒。

酒户詩壇聊爾耳，也吟唧唧醉陶陶。鯨魚翡翠兼羣體，蜾蠃螟蛉視二豪。京洛飲徒煩借問〔六〕，江湖社友謬推高。可憐小杜醺酣者，浪許詩人僕命騷。

暮年字字費冥搜，少作如山棄不收。作《美新》文生失節，留《封禪》草死包羞。懷中探錦都無幾，身後懸金未易求。懊恨新來剛制酒，世間何物可澆愁。

變風而下世無詩，幼學西崑壯恥爲。老去僅名小家數，向來曾識大宗師。百年不覺皤雙鬢〔七〕，一字誰能斷數髭。誠叟放翁幾曾死〔八〕，著鞭萬一許肩隨〔九〕。有粟三囷書數厨，一生受用小規模。要令後裔師吾儉，不願多財使爾愚。旋作續書傳福時，偶成小楷付官奴〔一〇〕。自慙未至韓公地，老語諄諄謾勸符。

〔一〕興：翁校本、馮本皆作「禁」。
〔二〕聞：原作「問」，據翁校本、馮本改。
〔三〕年：原缺，據翁校本、馮本補。
〔四〕在：原作「有」，據翁校本、馮本改。
〔五〕草：原缺，據翁校本、馮本補。
〔六〕洛：原作「落」，據翁校本、馮本改。
〔七〕皤：原作「蟠」，據翁校本改。
〔八〕曾：原作「日」，據翁校本、馮本改。
〔九〕許：原作「詩」，據翁校本、馮本改。
〔一〇〕官：原缺，據翁校本、馮本補。

諸公載酒賀余休致水村農卿有詩次韻一首

聖世烏巢可俯窺，乞身豈必避危機〔一〕。牛車徑駕史儋出，麟筆曾嘉季友歸。迂叟相邀入真率，乖崖安肯慕輕肥。山林深密雲天遠，存闕心寧不可磯。

〔一〕身：原作「食」，據翁校本、馮本改。

二　和

目眚陳編懶更窺〔一〕，博通似恐洩天機。大愚苦要騎麟下，小黠猶能化鶴歸。覓句瘦肩兩山聳，絶糧乾嗛上池肥。平生慕用徐先輩，異世溪邊共一磯。

〔一〕目：原作「日」，據翁校本、馮本改。

三和

別無穴隙可鑽窺，常恐冥行踐駭機。恰則賜環煩内引，俄然曳履已西歸〔一〕。都忘紫禁烟花繞〔二〕，絶喜青山筍蕨肥。應被水村翁冷笑，争墩未了又争磯。

〔一〕曳：原作「雙」，據翁校本、馮本改。

〔二〕禁：原作「金」，據翁校本、馮本改。

四和

覺海難將淺見窺，打包徑去契禪機。何曾蝴蝶暫成夢，除却杜鵑誰勸歸〔一〕。江上風濤猶汹湧，盤中泉土頗甘肥。恒當叱犢勤耕野〔二〕，不必然犀往照磯。

〔一〕除却杜鵑：原缺，據《永樂大典》卷一三四九五所載補。

〔二〕恒：翁校本、馮本作「自」。

五和

聃書深遠絶難窺，止足書中向上機。但看杖扶博山入，不知扇賜曲江歸。年饑方慮溝中瘠，旰食欲令天下肥。念此令人生内熱，溪邊賴有滌煩磯。見盧鴻士《草堂》。

六和

時事渾如坐井窺，逢人不敢問邊機。連營未寄寒衣去，故里何心晝錦歸。笑矍鑠翁鳶跕墮，愛玄真子鱖魚肥。緑陰多處宜垂釣，莫管楸花落滿磯。

七和

户外荒園久不窺，桔槔已息漢陰機。與雞窠老略相似，微鹿門翁誰與歸。訓儉家纔支伏臘，力農田不問磽肥〔一〕。由來位重多憂責，未必沙堤勝石磯。

〔一〕、磽：原作「鐃」，據馮本改。

八　和

指法金針不許窺，笑他貧女織寒機。謫仙曲奏調羹賜〔一〕，之問詩成奪錦歸。論定會肹銀信召〔二〕，眷濃漫妬玉環肥。梅妃目太真爲肥婢。溪邊鷗鷺偷相語，只怕先生又下磯。張乖崖有「失脚下魚磯」之句。

〔一〕謪：原作「摘」，據翁校本改。

〔二〕肹：原作「盼」，據翁校本改。

九　和

陸海潘江莫測窺，手揮巧斲執神機。昔如魯野麟初獲〔一〕，今似遼天鶴獨歸。外物何殊竿木戲，内丹不待藥苗肥。只愁户外蒲輪至，去坐絨韉勿坐磯。

〔一〕野：原作「衛」，據翁校本、馮本改。

十和

高屋從來有鬼窺，鐵門關枉費心機。逃堯欲去未忍去，捨魯不歸何處歸。款段馬知如狗大，堂厨羊不似蠔肥。賜金未可都揮散，要買荒山鶴斷磯。

目眚

一秋窗下少書聲，目眚纏綿久未平。文德三麻如昨日，善和千卷付來生。聃兮雖視如無見，籍也於心固不盲〔一〕。吹却殘燈抛蠹簡，擁衾巍坐待天明。

〔一〕籍：原作「藉」，據翁校本改。按，「籍」、「藉」或可通用，然作人名則否。此「籍」字乃指唐人張籍，故改。参《古今事文類聚》後集卷一九「目盲心不盲」條。

賀警齋吴侍郎被召

舊人僅有魯靈光，銀信翩翩下帝傍〔一〕。龍去十年閑卧洛〔二〕，鳳來一日再鳴陽。璽書下訪芻言急，月食回思欖味長。善類合離關世道，祈公趣駕勿循墻。

〔一〕信：原作「星」，據翁校本、馮本改。
〔二〕閑：原作「閉」，據翁校本、馮本改。

挽鄭甥主學二首

北轍心猶鋭，南廊策不遷。美芹干將相，采藻淑生徒〔一〕。賦鵩方彊仕〔二〕，聞雞漫壯圖。未應精爽盡，丹穴有雙雛。

親則班□子，賢於輔嗣甥。奠芻終古訣，炊黍霎時榮。先墓身爲殉，新邱手自營。老人尤惜淚，何況又偏盲。

〔一〕采藻：原作「果薄」，據翁校本、馮本改。

〔二〕彊：原作「疆」，據翁校本、馮本改。

大淵寄道冠漢鏡各答以一首

已挂朝冠了，煩君寄道冠。頭蓬不梳久，髮禿欲簪難。簡便烏巾贅，清羸鶴氅寬。兒童怪崖異，便作羽流看〔一〕。

雁足傳書至，蟾光出匣新。真從古冶子，曾照漢時人。昔作美年少，今非妙色身。明知皆夢幻，莫認假爲真。

〔一〕看：原作「香」，據翁校本改。

覽西齋弟子抄諸家詩一首

小窗幾載共吟披，重見殘編拊事悲。早日才高《鸚鵡賦》，暮年淚盡《鶺鴒》詩。神交夢尚通康樂，手澤書堪付阿宜。若是孔懷因未斷，安知來世不吹箎。

讀太白詩一首和竹溪

翰林萬里出峨嵋，曾受開元帝異知。只道高爺能毀鬲，無端環子亦嗔癡。空傳飛燕當時句，難覓騎鯨以後詩。的是長庚星現世，粃糠伯友與王師。李華爲白墓誌云：「下爲伯友，上爲王師。」

挽陳嚴方隱君二首

長魯申公數歲餘，占天隨子百弓居。久抛科舉尋初服，不願君王載後車。里有學人來問字，朝無掌故就傳書。新春農告西疇事，誰伴樗翁共荷鋤。

溪墅山房委折通〔一〕，每分半榻聽松風。麴成昔喜同浮白〔二〕，荔熟今悲自擘紅。宰上碑何慙有道，城中人少識龐公。單雞勺酒新邱遠，迢遞扶衰別殯宫。

〔一〕墅：原作「邊」，據盧本改。

〔二〕麴：原作「蒭」，據馮本改。

徐洪二公再和二詩余亦隨喜

腰臂拘攣倦笏紳，箋天乞得水雲身。古書一點心源合，時事千莖鬢雪新。世重晚香并晚節，史難全傳又全人〔一〕。歲寒賴有梅相伴，先向南枝漏洩春。

龍鍾詎可備藩臣〔二〕，半俸恩深勝在陳。熏鼠少曾開北牖〔三〕，殺牛何必效東鄰。箋天疏許初還笏，上水舡難更掌綸。幼讀《學而》渾忘却，豈能歌鳳又書麟。

松風地籟瀑天紳，下有苔磯著老身。僵卧從教茅屋破，放歌不犯玉臺新。陶元亮可羲黄上〔四〕，管幼安非漢魏人。酒禁近來開一綫，霜天便覺滿懷春。

久愧君恩禄具臣，太倉非有粟陳陳〔五〕。立朝到老羞營窟〔六〕，避客經年少覿鄰〔七〕。鶴夜失鳴猶給料，魚寒不食已收綸〔八〕。小瓢如壐猶慵佩，何況金龜與玉麟。

〔一〕史：原作「吏」，據翁校本、馮本改。

〔二〕詎：原作「渠」，據馮本改。

〔三〕北：原無，據翁校本、馮本補。

〔四〕黄：原作「皇」，據翁校本改。

〔五〕粟：原作「國」，據翁校本、馮本改。
〔六〕「到」下原有「處」字，「營」字原脱，據翁校本、馮本删、補。
〔七〕「經」下原有「鄰」字，據翁校本、馮本删。
〔八〕已：原缺，據翁校本、馮本補。

和長溪葉潘投贈韻　工琴詩書畫

脯麟炰鳳飲鯨吞，肯學寒儒嚙菜根〔一〕。琴古無階登舜殿，詩窮作客老荒村〔二〕。可憐書畫科俱廢，元朝立書學畫學〔三〕。誰謂文章技未尊。世上金臺隨處有，吾貧聊復贈君言。

〔一〕根：原作「羹」，據翁校本、馮本改。
〔二〕客老荒村：原作「崇客羌村」，據翁校本改。
〔三〕元朝立書學畫學：按《九朝編年備要》卷二七，徽宗崇寧三年六月始置書畫學，不得稱「元朝」，疑爲「先朝」之誤。

林卿勸開酒禁次韻一首

新沐髮渾如雪白，大開眼只見天青。稱觥乍可同豳俗〔一〕，錫爵安能效衛伶。過眼神奇俄臭腐〔二〕，到頭濁醉勝清醒。鬧籃不是安身處，且向糟邱寄暮齡。

〔一〕豳：原作「幽」，據翁校本改。
〔二〕過：原作「遇」，據翁校本、馮本改。

和曹守司直勸駕

李唐故典存燒尾，皇宋科名從勑頭。月露濃熏仙桂發，天風高送客槎浮。三場魁匪先賢志，千佛名知幾劫脩。自笑申公垂八十，不能挾冊共西游。

讀大行皇帝遺詔感恩哀慟六首

昨者欃槍久未收，宮中齋素却珍羞。宵衣密遣庚牌遞，露布差寬丙枕憂。大漸忽然開玉鎖〔一〕，積勤端爲保金甌。堯民莫不如喪考，況侍堯階近璪旒。

或犯威顔批逆鱗〔二〕，容如天地養如春。早年憔悴行吟者，真、魏諸人。歲晚賡歌喜起人。風雨無終飄暴意，雪霜有大發生仁。才衰莫頌文之德〔三〕，虚忝詞臣與史臣。

聖度如天未易量，每憐孤直赦疎狂。中傷競發千鈞弩，拂拭重登七寶牀。昔忝未歸同二老，今無殉死愧三良。鼎湖望斷靈旂遠，血淚纔乾又數行。

禁中宣召佯狂李，度外蒐羅不第蕡。先帝英明親擢汝，孤臣老死敢忘君？壞麻詎忍加城罪，庭著居常讀軾文。縱使天光留隻眼，此生無復望堯雲。

批鳳提鼇間世遭，老臣全未報絲毫〔四〕。封還不覺天顔近，勸誦偏知帝學高。户外昭容猶紫袖，柩前諸后更黄袍。暮年淚滴藏山藁，疇昔曾經聖筆褒。

士有一長斯可矣，文兼衆妙古難之。元豐御覽諸生賦，周邦彦《汴都賦》。淳化屏題侍讀詩。楊徽之詩十聯。序《建隆》須還鞏筆，記儲祥必待蘇碑。臣於四美安能備，虚受先皇不世知。宣索文稿，宸翰褒諭略云：「賦典麗而詩清新，記腴贍而序簡古。」

〔一〕漸：原作「慚」，據翁校本、盧本改。
〔二〕「顏」原作「麟」，「鱗」原作「麟」，據翁校本改。
〔三〕「衰」原作「哀」，「頌」原作「如」，據翁校本改。
〔四〕報：原作「保」，據翁校本、馮本改。

大行皇帝挽詩六首

仁厚傳嘉祐，重華繼紹興。方恢周境土，忽治漢山陵。儉匪珠襦殮，危猶玉几憑。遥知天上樂，難返白雲乘。

臨照三千界，涵濡四十春。沙難量福壽，天不大堯仁。眇小坡詩案，優容濮議人。老臣偏慟絶，曾扈屬車塵。

虜哨無寧處，龍顏有隱憂。未曾御戎服，已報走旃裘。地拓黄河土，天燒赤壁舟。奈何投柱斧，不待獻俘囚。

頗怪旄頭異，何曾玉色怡。惡言聞佛耳，夷猾上堯眉。河豈無清日，天曾有壞時。嗣皇新纘禹〔一〕，遺老喜還悲。

自惜孤寒士，栖栖到老休。生前浩然棄，歿後所忠求。臣草金雞赦，帝臨丹鳳樓。追懷稀闊遇，恨不殺身酬。辛亥禋赦，臣草德音，蒙天一笑。小字本並無塗改。

英鑒高千古，名尤不假人。周惟十夫哲，漢止一儒醇。聖筆嚴褒貶，臣材豈儗倫。驪珠六十九，誰謂橐中貧。庚申被旨宣索文藁，奉宸翰有「醇儒哲匠」之褒。

〔一〕纘：原作「讚」，據翁校本、馮本改。

送外弟方時父寄呈古心相公

一自子猷迴棹後，溪邊風雪少來賓。櫟樗吾偶逃天伐〔一〕，瓜葛君猶訪古親。不以癡頑疏此老，絕勝富貴合他人。相公留下陽春脚，應念詩翁白首貧。古詩人云：「富貴他人合，貧賤親戚離。」

〔一〕偶：原作「寓」，據翁校本、馮本改。

挽高孺人 太傅鄭君薦母

泝源高適譜，作媲鄭虔家。賢子搴丹桂，高才補白華。病猶覿冕輅〔一〕，没不待笄珈。阡表堪傳遠，何須挽誄加。

〔一〕冕：原缺，據盧本補。

挽黄拙軒 巖孫之父

曠懷無事可攢眉，高興成章不撚髭。愛殺元公爲□賦〔一〕，笑他平子作愁詩。山中猿鶴平生友〔二〕，天上麒麟是小兒〔三〕。今代徐陵文價重，爲君鄭重述俚辭。

〔一〕所缺一字，疑當爲「拙」。周敦頤有《拙賦》，載《周元公集》卷二，黄氏當是愛其文而自號「拙軒」。

〔二〕猿：原作「拔」，據翁校本改。

〔三〕是：原缺，據盧本補。

臘月二十二夜漏下數刻小飲徑醉坐小閤睡傍無侍者仆於户限眉鼻傷焉流血被面記以六言九首

退之落齒感慨，子春傷足悲哀。遺體有所受也〔一〕，敗面豈不痛哉〔二〕。

玉追琢天肖汝，血模糊物敗之。何時鼻端白現〔三〕，依舊眉毫雪垂。

黠鬼機械惡毒，老人皮肉麻頑。且摩麟肪止血〔四〕，不用獺髓滅瘢〔五〕。

不爲卿面作計，轉令汝貌不揚。鬢畔有千莖白，眉間無一點黄。

垂堂一跌血面，閉閤三旬裹瘡。有佛至維摩室，無人拜德公牀。

室中文殊已去，户外子輿不來。蒙補陀衲足矣〔六〕，扶靈壽杖彼哉〔七〕。

晉士讎阮籍眼，唐人觀李邕眉。任汝得吾皮骨，惟吾不汝瑕疵。

丹書大聖初元〔八〕，白髮先朝遺老。浪言鐵筆猶存，不覺玉山自倒。

未嘗學斲傷鼻〔九〕，不待狂言炙眉。禍福非自求者，橫逆乃順受之〔一〇〕。

〔一〕體：原缺，據翁校本、馮本補。

〔二〕面：原缺，據翁校本、馮本補。
〔三〕時鼻：原作「事筆」，據翁校本、馮本改。
〔四〕肪：原作「竭」，據馮本改。
〔五〕用：原缺，據翁校本補。
〔六〕陀：原作「院」，據翁校本、馮本改。
〔七〕杖：原作「扶」，據翁校本、馮本改。
〔八〕丹：原缺，據盧本補。
〔九〕未：原缺，據盧本補。
〔一〇〕乃：原缺，據翁校本補。

責猫

儹錢聘汝向彫籠〔一〕，穩卧花陰曉日紅。鷙性偶然捎蝶下〔二〕，魚餐不與飼雞同。首斑虛有含蟬相〔三〕，尸素全無執鼠功。歲暮貧家宜汰冗，未知誰告主人公。

〔一〕「儹」字原缺，「籠」原作「寵」，據翁校本補、改。

〔二〕下：原缺，據翁校本補。
〔三〕蟬：原作「輝」，據翁校本改。

答陳莆田投贈二首

夙昔潘郎説孟公〔一〕，講聞久矣匪匆匆。君豪不忝十才子，吾老真成一禿翁。謝事安能騰妙墨〔二〕，輟耕猶可和高風〔三〕。晝簾寂寂蒲鞭小，應許潧臺至室中。

老退已邀鷗入社〔四〕，畸孤羞使鴆爲媒。聞新令尹彈琴治〔五〕，有遠方人負耒來。雷邑地偏難舞袖，坳堂水淺易膠杯。一枝半朵真窮相，輸與河陽滿縣開。

〔一〕夙：原缺，據翁校本補。
〔二〕妙：原作「稱」，據翁校本改。
〔三〕高：原缺，據翁校本補。
〔四〕老：原缺，據翁校本補。
〔五〕新：原作「聲」，據馮本改。

送林德輔倅三山

衆雖力薄難軒輊〔一〕，一鶚能高易挽推。屢見衮衣聞吉語〔二〕，安知夾袋偶遺才。《易》云極困將亨矣，諺説平分有是哉。若餞古公煩問訊，螽開翹館築金臺。

〔一〕衆：原缺，據翁校本補。

〔二〕語：原缺，據翁校本補。

七十九吟十首

和山谷《荆江亭》韻

閲世桑田變海波，謾存銅狄共誰摩。釣璜歲月明年是，駞隙光陰一霎過。

仕宦端平甲子歲〔一〕，結局景定壬戌年。有北窗凉來枕畔〔二〕，無南風塵傍扇邊。

便有鳳從千仞下，更無虎守九重門。拔茅初喜仕途泰，起蕝迺知皇帝尊。

多作惡詩供世笑，晚持孤論誰予同。才名壓倒□□老，官職火迫乖崖翁。

向來熱血潑虛庸，巵酒憑誰酹二公。老作地仙差□了，洞賓相約聽松風。

適聞有詔追陽子，又説厚禮迎申公。莫教涑水疑四皓，且伴横渠吟八翁。
經書上卿曰劉子，史稱三老爲董公。趙章泉自號晏叟，朱先生一字遯翁。
舊田廬我先人業，某水邱吾童子遊。有杞菊姑安甫里，無蒲萄可博凉州。
業緣在東震旦國，參禮徧南贍部州。欠明眼人與談道〔三〕，就圓機士語九流〔四〕。
未瞎吾眼猶劬書〔五〕，平生無淚如唐衢。愛鶴天鯨海空闊〔六〕，嫌羊腸鳥道崎嶇。

〔一〕仕宦：原缺，據盧本補。
〔二〕「畔」及下句「無南」原缺，據翁校本補。
〔三〕與談道：原缺，據盧本補。
〔四〕就：原缺，據盧本補。
〔五〕未：原缺，據翁校本補。
〔六〕闊：原缺，據翁校本補。

吾里前輩林刪定甫六十挂冠夾漈艾軒諸老皆爲賦詩追次其韻

□定飛仙去不留，惜余生晚欠從游。种明逸後屈二指〔一〕，范景仁邊放一頭。有鹿門栖堪遯去，無菟裘計徑歸休〔二〕。却憐荷蓧非真隱，鷄黍殷勤止仲由〔三〕。

〔一〕指：原缺，據翁校本補。

〔二〕歸：原缺，據翁校本補。

〔三〕黍：原作「奚」，據翁校本改。

乙丑元日口號十首

三白吳中梅花雪，一毬海南沉水煙。勸汝杯酒令汝壽，著婆衫子拜婆年。

俗情諱老難藏老，暮景添年是減年。舉力田科雖殿後，序鄉飲酒却居前。

癡獃已肖木雞狀，行走不減竹馬時。太平期恰當今日，嬉戲翁渾如小兒。

方坐臯比開講肆〔一〕，忽看傀儡至優場。此翁奇奇又怪怪，若非僞學即陽狂。

伴壯丁騎秧馬出，看兒童放紙鳶戲〔二〕。老無憂責庸非福〔三〕，身是神仙不自知。

無春一點到田廬，有雪千莖上鬢鬚。昧爽小孫唤翁起，勸簪栢葉飲屠蘇。

遵新天子法永阜〔四〕，爲先皇帝服通喪。初元年素幄視草〔五〕，千萬世青史有光〔六〕。

新擢咸淳兩臺端，可繼慶曆四諫官。安知千載無南董〔七〕，異日求君諫草看〔八〕。

聖主出矣千載遇〔九〕，王言大哉萬口夸。聞道朝廷却苞篚，更無方鎮進鞭靴。

作慶曆詩賡石介，讀開元報喜孫樵。自節賁桴諧律吕，豈無木鐸採風謡。

〔一〕方：原缺，據翁校本、馮本補。

〔二〕「看」上原有「遙」字，據翁校本、馮本删。

〔三〕責：原脱，據翁校本、馮本補。

〔四〕遵：原缺，據盧本補。

〔五〕草：原缺，據盧本補。

〔六〕青：原作「責」，據翁校本、馮本改。

〔七〕董：原作「薰」，據翁校本、馮本改。

〔八〕草：原作「早」，據翁校本、馮本改。

〔九〕千：原作「十」，據翁校本、馮本改。

病中雜興五言十首〔一〕

鐵筆俱牽動，金臺總去登。老僧不出院，挂起一枝藤。

皓素應難染，玄纁未易迎。只宜大牀卧，或命小車行。

烏寺迎巖主，君疇。螭坳起澗翁。伯紀。也須留幾箇，相伴聽松風。

李廣飛將軍，世南行秘書。乃知數寸管，不及丈二殳。懷歐陽巽齋。

鰲頂來差晚，龍髯去莫攀。不能從襄野，只合殉橋山〔二〕。

佛以滅爲樂，觀身等一漚。如何盧行者，熔鐵護枯髏。

蒙叟云聃死，當時有吊賓。始知關尹子，迂誕誑愚人。

柳七葬淮頭〔三〕，營妓歲瀝酒。不知花翁墳，有人擘紙否。

向來春帖子，殘膏罥蛛絲。無復秦郎思，聊吟党進詩。

跌蕩四千首，流行宇宙間。國風幾曾熄，聖筆不能删。

〔一〕與：原作「與」，據翁校本改。

〔二〕山：原缺，據翁校本補。

〔三〕淮：原作「堆」，據翁校本、馮本改。

後村先生大全集卷之三十六

詩

題趙與僖贄卷

身已明農老一邱，屢空何以答珍投。新腔高處古樂府，警句當家小倚樓。此筆生花尤組麗，彼風吹葉漫輕浮。從前作者皆勤苦，螢雪功夫更講求〔一〕。

〔一〕螢：原作「瑩」，據翁校本改。

迎候艮翁二首

問訊江邊白首郎，可堪留滯向殊方。遠游定有騷哀郢，新集應添賦弔湘。得路諸公蛇入宇，去國幾箇鶴還鄉〔二〕。與君大勝於劉柳，歲晚鄰翁約未償。

恰則含香文德殿，俄而攬轡祝融峰。得非麟角驚凡目〔二〕，或是蛾眉妬冶容。六丈一勾非惡意，兩翁相對少歡悰。西山北郭多幽事，雖老猶堪撰杖從。

〔一〕國：翁校本、馮本皆作「家」。

〔二〕凡：原作「几」，據翁校本、馮本改。

送洪侍御二首

曾峨豸角立朝端，貴近聞名膽尚寒。古冢狐狸何足問，法筵龍象各傍觀。青霄直上雲梯易，白首能堅鐵壁難。想見洛陽爲紙貴，爭傳獻可袖中彈。

幾廻南向望蒲輪，聞引西□忽改轅。小毖上求助初政，大招公起入修門。鱗無嬰者寧非諂，膳有羞如不必言。膜外浮榮均臭腐，本來面目要常存〔一〕。

〔一〕常：原作「尚」，據翁校本、馮本改。

送雷司法於發秤提結局一首

吏奉新書多刻峭，君於此事極忠勤。告緡鮮有罹三尺，投劾不如寬一分。重幣稍權周舊法，大搜安用漢深文。先民最善言陰德〔一〕，莫要人知耳自聞。

〔一〕民：原作「明」，據翁校本、馮本改。

居厚弟得玉局祠

憶昔端平初去國，署銜竊喜似坡仙。衰翁鬢雪年華晚，賢季條冰敕墨鮮。飲馬胡兒來雜沓，猶龍老子去翩躚。何時劍閣妖氛掃，重炷荒祠一縷烟。

徐仲晦以尚書郎召〔一〕

進立平朝多憚黯，誼形於色欲烹桑。君尤惡翕官。瞻前昔徧參諸老，殿後今留遺嗣皇。主聖方當親止輦〔二〕，時清未可夢凝香。蒲輪定以何時發〔三〕，耄瞶難占紫氣祥。

〔一〕郎召：原作「名郎」，據翁校本、馮本改。
〔二〕止：原作「上」，據翁校本、馮本改。
〔三〕定以何：原作「何以定」，據翁校本、馮本乙。

送陳監簿造朝

君昔閑三紀，朝今聚衆賢。居然峙鸑鷟，不似襲貂蟬。訓儉無釵澤，遺忠有笏傳。將何告明主，事事法隆乾。

題高端禮竹屋

植物惟竹尤清剛，高君占斷作屋場。首陽二子艴然怒，奈何千載侵了疆。七賢六逸接踵起，紛紛聚訟如堵墻。士師狐疑不能決，後村老子來平章。世間物以少爲貴，姚花禹柏蜀海棠。籜龍子孫異於是，布滿天地并四方。幽棲自是渠高興〔一〕，勝踐不與君相妨。立談虞芮各冰釋，高君奄有千篔簹。設榻中央墉四旁，莫遣俗客升吾堂。

〔一〕幽棲：原無，據翁校本補。

寄題徐侯雨山堂 汝乙

竹溪來索後村吟，讀記披圖已醒心。豈是沕淵行雨懶，亦非避地入山深。喜看素瀑飛青壁，不管蒼苔卧緑沉。西北塵高刁斗急〔一〕，將軍未可問山林。

〔一〕塵：原作「城」，據翁校本、馮本改。

挽林德遇主學

擿挨多新意〔一〕，研尋最苦心。可憐策名晚，誰遣讀書深。兄老悲長枕，妻賢斂短衾。近書猶未答，展玩一沾襟。

〔一〕掞：原作「技」，據翁校本、馮本改。

食早荔七首

苧蘿仙子絳紗裳，歲歲年年逞色香。不比阿環池上果，一千年得一番嘗。

活八十年頭雪白，啖三百顆面桃紅。村南村北無人識，向荔枝邊覓此翁。

樹頭栗鼠往來頻〔一〕，時遣髽童作徼巡。不是尚方要包貢，暮年賴此助精神。

蜀道閩山各有之，千林紅緑任紛披。杜詩息響難追和〔二〕，蔡譜孤行欠補遺。

萬株絳翠圖難畫，一種甘滋味鮮知。但見美如西子舌，斷無皺上玉環眉。

向來喚做荔支顛〔三〕，浪得顛名不記年。帝憫此翁顔色老，即家除拜荔支僊。《列仙傳》有荔支仙人。

先生受用晚蕭然，日晏厨荒突未烟。説與兒童休見哂〔四〕，摘來丹實可加籩〔五〕。

〔一〕栗：原作「粟」，據翁校本、馮本改。

〔二〕追：原作「逃」，據翁校本、馮本改。

〔三〕喚：原作「嚛」，據翁校本、馮本改。

〔四〕哂：原無，據翁校本補。
〔五〕籩：原作「邊」，據翁校本改。

贈括蒼管生二絶 善談天

八十瞎兼攣，形骸槁木然。不煩大司命，更筭小行年。

輅死向千年，占書世失傳。安知無肘後，留在遠孫邊。

夢南塘一首

惜哉典刑盡，久矣幽明分。忽夢如生平，握手各悲欣。素排俗學誤，獨策聖處勳。共起淹中蕝，重理閣上芸。援琴奏古調，蓄耳所未聞。騷史多香艷，叔季誰醲熏。文通筆有色，君苗硯可焚。精粹軼孟荀，鉅麗肩機雲。神交暫晤語，睡覺還離群。猶記酒邊謔，惟操及使君。太白仙已久，伯業老尚勤。向也失東隅，兹焉迫西曛。窗間舊膏火，案頭古典墳。可憐搔雪鬢，無與運風斤。

疥癬二首

髮膚勿毀斯爲孝，疥癬雖微至不仁。血氣衰無丹换骨，親朋疎恐癩傳人。裸裎懶對炎涼客，湯熨猶貪閃電身〔一〕。臭腐神奇同盡耳，全歸即可見先親。

試脱中單肌起粟，俄生點隱狀如沙〔二〕。絶憐病叟雞皮皺，難借靈妃鳥爪爬。昔號玉人曾美皙，今成鐵漢已頑麻。戲衫脱了無羈束〔三〕，縱見三公手懶叉。

〔一〕閃：原缺，據翁校本、馮本補。
〔二〕點：原作「典」，據翁校本、馮本改。
〔三〕了：原作「子」，據翁校本、馮本改。

閏夏六月書事一首

自矜力健爪距剛，乘夜陰黑來康莊。東家亡羊西失狗，不覺杲日升扶桑〔一〕。村農賈勇群捕逐，一農奮戈扼其吭。虎立而攫吼動地，萬夫辟易農重傷。衆戈攢聚攻腹背，虎既倒斃農亦僵。居人空巷觀死虎〔二〕，競設飲具羅酒漿〔三〕。獨憐逝者不可返，孩幼呱呱啼其傍。古來猛士豈易得，揖蛙可以圖霸王。恨渠手無羽林鎗，血膏原野魂國殤。何如姑養北宮勇〔四〕，猶可自附南方强。

〔一〕「杲」原作「曉」，「升」原作「斥」，據翁校本、馮本改。
〔二〕巷：原誤入下句，據翁校本乙。參下校。
〔三〕設飲具，原作「擕巷□其」，據翁校本改、補。
〔四〕北：原作「圮」，據翁校本改。

題放翁像二首

三百篇寂寂久，九千首句句新。譬宗門中初祖，自過江後一人。
詩倍太白子美，年高轅固伏生。却鶴膝枝身健，讀蠅頭書眼明。

題誠齋像二首

歐陽公屋畔人，吕東萊派外詩。海外咸推獨步，江西横出一枝。

平園左相亞傅，濟庵資政端明。老先生活八十，中秘書了一生。

雜興五首

誤朝者誰歟，肘後挾管商〔一〕。簿録網已密〔二〕，筦搉弓遂張。競貢包茅入，誰知刈葵傷。鐃歌慶胡滅，蒙衝弛江防。向非一大治，吳楚成戰場。老儒夕九起，蹙蹙瞻四方。有鵑啼雲安，無龍臥南陽。男兒重横行，詎肯坐簀牀。昔人含兩齒，時來猶鷹揚。殘骸久飾巾，清淚空沾裳。

自從失關隘，國蕩無藩離。血喋渭耕處，草荒漢壇基。獲復以瀘叛〔三〕，壞勢如敗棋。設非城古渝，遂舉蜀棄之。吁嗟今之人，不念築者誰〔四〕。但見繩陳湯，未聞言李齊〔五〕。曾憶建隆殿〔六〕，老栢生新枝〔七〕。方喜立赤幟，俄已變黑旗。昔欲包秦鞏〔八〕，今乃防嘉眉。澈也客金吾，於何駐旌麾。孟堅《出塞銘》〔九〕，仲宣《從軍詩》。吾耄不可待，何以慰離思。

欃槍初款附〔一〇〕，直爲飢所驅。酸寒仰鼻息，飛走受指呼。柄臣失駕馭〔一一〕，積漸驕灌夫。一朝怒螳臂〔一二〕，跳踉何其愚。李陵出偏師，斃之如拉枯〔一三〕。零落殘部曲，相與奉楊姑。去爲韃行省，蟠據兖鄆區。其子少而黠〔一四〕，亦頗涉獵書。耻父污國史，諱人呼逆雛。拜表舉全齊，獻之王會圖。遂救東隅失，許稱南面孤。功名雖不終，忠孝焉可誣。不知戰場内，曾有廟貌無。吾嘗草二麻，何處陳束芻。

榷賦不可增〔一五〕，商賈不可籠。雖有百孔桑，安能救國空。臣僚誰創智〔一六〕，造楮以權銅。南渡初未有，隆乾始流通。百千十萬億，愈多愈無窮〔一七〕。議者匆咎楮，楮有活國功。設楮賤如土〔一八〕，百物皆價穹。有司欲平之，其術未易工。□□化□外，市不爲日中。譬如治危病〔一九〕，下計用火攻〔二〇〕。公卿與文學，枘鑿常不同。未論政然否，先觀民咈從。當局久已昏〔二一〕，謝事歸明農〔二二〕。莫獻芻蕘言，徒懷芹曝忠〔二三〕。

昔事先皇帝，弱羽參高翰。對揚乏骾論，狂疎犯龍顏。臺簡凛霜凝，聖度如天寬。赦於碓磨中，驅之原隰間。乘傳者四人，記憶獨賜環。重來寖通顯〔二四〕，三黜因封還。歲晚復見收，奏技列從官。所忠來諭旨，聞卿十年閑。所著凡幾書，頗欲見一斑。臣既美芹獻，上亦停箸觀。曾未踰信宿〔二五〕，王言冠篇端。孔筆褒貶嚴，舜歌賡載難。華顛際休明，幻軀迫尪殘。倦直承明廬，求出函谷關。綵纈藉金罍，玉柄綴寶紈。上有二十字，妙畫翔龍鸞。及帝將遺弓，許臣遂掛冠。古人報一飯，飈馭無路攀。送不涉胥濤，葬不殉橋山。長吟《黄鳥》詩，血淚空汍瀾〔二六〕。

〔一〕管：原作「緑」，據翁校本、馮本改。

〔二〕錄綱：原作「緑綱」，據翁校本、馮本改。

〔三〕獲：原缺，據盧本補。

〔四〕者：原作「作」，據翁校本、馮本改。

〔五〕閙：原作「開」，據翁校本、馮本改。
〔六〕曾憶：原缺，據盧本補。
〔七〕新枝：原倒，據翁校本、馮本乙。
〔八〕昔：原缺，據盧本補。
〔九〕盂：原缺，據盧本補。
〔一〇〕款：原作「疑」，據翁校本改。
〔一一〕柄：原缺，據翁校本補。
〔一二〕怒：原作「恕」，據翁校本、馮本改。
〔一三〕枯：原作「狐」，據翁校本、馮本改。
〔一四〕「其子」原作「氈也」，「黠」原作「點」，據翁校本、馮本改。
〔一五〕榷：原缺，據翁校本補。
〔一六〕臣僚：原缺，據翁校本補。
〔一七〕百千十萬億愈多愈無窮：原作「十萬億愈多□□愈無窮」，據盧本改、補。又原缺二字，翁校本作「既出」。
〔一八〕設楮：原缺，據翁校本、馮本補。
〔一九〕治：原作「刼」，據翁校本、馮本改。

〔二〇〕計：原作「訃」，據翁校本、馮本改。

〔二一〕當局久已昏：原作「□□□久矣」，據盧本補、改。

〔二二〕謝：原作「昏」，據翁校本、馮本改。

〔二三〕忠：原作「思」，據翁校本、馮本改。

〔二四〕寖：原作「寢」，據翁校本、馮本改。

〔二五〕踰：原作「喻」，據翁校本、馮本改。

〔二六〕瀾：原作「涸」，據翁校本、馮本改。

林卿見訪食檳榔而醉明日示詩次韻一首〔一〕

壯於蒟子大於榛，咀嚼全勝麴蘖春。俚俗相傳祛瘴厲，方書或謂健脾神〔二〕。素知鯨量安能醉，但取鷄心未必真。一笑何妨玉山倒，貧家幸自有苔茵〔三〕。日華子云健脾。《本草》云尖長者名檳，圓矮者名榔，檳力小，榔力大。醫家不復細分，但取作雞心狀，卿所食豈非似雞心者。

〔一〕示：原作「小」，據翁校本、馮本改。

〔二〕健：原作「建」，據翁校本、馮本改。

〔三〕幸自有：原作「自有幸」，據翁校本、馮本乙。

晨起覽鏡六首

投牀栩栩復蘧蘧，不覺籠銅曉鼓初。服殺吾家老中壘，仰觀星宿俯觀書。

少日手抄尤謹楷，中年目視稍眵昏。如今天罰偏盲了，燭下殘書尚覆翻。

文致纍臣心事薄，包談眸子過名輕。可憐汝輩終身悔〔一〕，得似先生隻眼明。記蔣、濮二人白簡。

昔映仙藜臨几桉，今栽甘菊滿庭除〔二〕。不堪立馬揮新檄，只合囊螢勘舊書。

老去神情非叔寶，向來眉目比文淵。惟詩尚有新新意，匹似幽花晚更妍。

浪占虛名不切身，輪雲世故解磨人。情知老態難遮掩，匣了菱花懶拂塵。

〔一〕悔：原缺，據盧本補。

〔二〕今栽：原作「金栽」，據馮本改。

記小圃花果二十首

借問緣何事，年年帶笑容。春風無可笑，止有笑衰翁。笑花

勤拔萊子服〔一〕，種汝奉高堂。汝自忘憂爾〔二〕，吾憂未易忘。萱草

果核無殊性〔三〕，惟榴有北南。紅榴滿天下，不似玉榴甘。客有贈一玉榴種者

昔移紅白種，同種謝池中。一朵不留白，兩池皆變紅。蓮花

苦愛堂厨美，獾郎喜覆羹。飽食林下笋，輸與邵先生。笋

的皪開雕檻，氤氲入綺櫳。何須傍班馬，卧起二花中〔四〕。素馨、茉莉

但見空林摘，誰知園户饞。詔書免包貢，野老可分甘。橘

生長古墻陰，園荒草樹深。可曾霑雨露，不改向陽心。葵

清泉澆後活〔五〕，夜雨剪來新。有客陳三韭，無錢致八珍。韭

陶子沉酣汝，劉郎佩服之。元來天地内，乃有兩東籬。菊

古有如瓶李，得之海上仙。如何阿戎輩，鑽核怕人傳。李

纍纍生滿樹，知我老而饕〔六〕。絶勝齊三士，輕生爲二桃。桃

曼卿仙不死，隱隱素騾嘶。走入芙蓉裹，花心路忽迷。芙蓉

雨惱顰西子〔七〕，晴扶睡貴妃。老夫方入定，爲爾一撩詩。海棠
叢生山上下，影在月中央。受性老彌辣，開花晚更香。桂花
憶昔矜容色，如今懶抹塗。誰能面皮皺，施粉又施朱。荼蘼
潘令園中本〔八〕，移來村墅中。太官今却獻，黄帕不來封。杏花
清旦書窗外〔九〕，深叢茁一枝。人尋花不見，蝶有鼻先知。蘭花
老景歡悰少〔一〇〕，看花偶出嬉。相隨惟一肩，錦傘欲何施。瑞香
開落元無準，穠華浪得名。今朝俄緑暗，昨日尚朱榮。長春

〔一〕勤拔：原缺，據翁校本、馮本補。
〔二〕忘憂：原倒，據翁校本、馮本乙。
〔三〕果無核：原作「無核」而下缺一字（缺字翁校本作「榴」），據盧本改、補。
〔四〕起：原作「赴」，據馮本改。
〔五〕清：原缺，據翁校本、馮本補。
〔六〕我：原無，據翁校本、馮本補。
〔七〕「雨」「西」二字原錯位，據翁校本、馮本乙。
〔八〕潘：原缺，據馮本補。

〔九〕清：原作「老」，據翁校本、馮本改。

〔一〇〕景：原缺，據翁校本、馮本補。

題陳復祖節推留遠齋

曾讀蔡公詩〔一〕，夫君志可知。試看鸞鎩翼，豈若豹留皮。寒栢無陽艷〔二〕，朝花有夕披。長公真樣子，何必遠求師。

〔一〕曾讀：原缺，據盧本補。

〔二〕寒：原缺，據盧本補。

次林卿檳榔韻二首

芳洲彌望總荒榛〔一〕，此物偏霑雨露春。海賈垂涎規互市，夷人嚼血賽媒神。南中有媒人廟，淫奔者以檳榔血塗神口。扶留葉嫩供湯使，大腹形同混僞真。樹下莓苔堪健倒，華堂何必錦爲茵。

錦衣旋剖苞中實，梔面俄迴鏡裏春。始信中華禁酒國，不如南粤主林神。金盤惟送渠矜貴，糟甕酣釀子任真。赤脚蹈冰聊取快，誰能擁妓坐重茵。

〔一〕芳：原缺，據翁校本補。

左目

已盲猶赤痛，久不出雞窠。丹荔曾遺毒，青燈亦一魔。抛書無味甚，節腹奈饞何〔一〕。二癖依然在，徒勞問眼科。

〔一〕節：原作「櫛」，據翁校本、馮本改。

記顔

唤做農夫却逢掖，道是禪和又幅巾。灞陵雪中聳肩客，天津橋上皺眉人。

喜仲晦除江西憲二首 與江東饒憲同除

江鄉二臬除書下〔一〕，不與尋常遣使同。玉佩懶隨小兒走〔二〕，繡衣聊展丈夫雄。劍刀俗革田秋熟〔三〕，貫索芒收圄夜空。想伴清言惟小謝，有詩毋惜寄衰翁。

厭聞桑孔工掊克〔四〕，少見龔黄出拊循〔五〕。官吏但知行白簡〔六〕，壯丁多去入紅巾。昔陽和少千村瘴，今福星來一路春。聞説崆峒方麥熟，幕中有作凱歌人。杜詩：「主將收才子，崆峒足凱歌。」

〔一〕江鄉：原作「江卿」，按後村二友一除江西提刑，一除江東提刑，可稱「江鄉二臬」，作「江卿」似誤，因改。

〔二〕玉：原作「王」，據翁校本、馮本改。

〔三〕劍：原在下句之首，據翁校本、盧本乙。

〔四〕聞：原作「問」，據翁校本、馮本改。

〔五〕拊：原作「附」，據翁校本改。

〔六〕簡：原缺，據翁校本補。

寄呈陽巖

與君非復昔年時，我瞎君聾各已衰。螢桉頭光何必照，蟻床下鬥不須知。嵇康老覺形骸懶，扁鵲亡無耳目毉。扁鵲至秦，秦人貴老，扁鵲爲耳目痺毉，然則耳目及痺皆老人病也。只恐蒲輪催强起〔一〕，林間未免獨吟詩。

〔一〕催：原作「摧」，據翁校本改。

銘詩一首

眼如電，十年讀。腹如櫛，三冬足。昔池上，賡黃鵠。今田間，叱黃犢。耕谷口，廬汾曲。潔去就，免殆辱。余先人，奮白屋。忠孝家，文章籙。修名遠，大運促。藐諸孤，忝似續。既顯融，亦老宿。如毛德，如天福。郭之東，溪之北。百弓地，十圍木。樂哉邱，吾所卜。漢趙岐，唐杜牧。皆自銘，不它屬。雖短章，頗實録。

戲詠文房四友

昔可摧堅陣，今難作選鋒〔一〕。自憐吾鬢禿，亦笑汝頭童。筆

方穿新硯衆，寸眼舊巖稀。蔡公有下巖寸眼研。難倩宮娥捧，堪揩織女機。硯

吾墨千金價，曾登七寶牀。終身惟守黑，斷腕不書黄。墨

月似金蓮炬〔二〕，天如碧玉牋。剡藤邊幅窘，寫不盡遺編。紙

〔一〕選：原作「送」，據翁校本、馮本改。

〔二〕炬：原作「矩」，據翁校本、馮本改。

戲效屏山書齋十詠

堅新賴摹畫〔一〕，老禿計休閑。露頂張長史，科頭管幼安。筆架

兹匪并州者〔二〕，輕堅耐淬磨。文通懷内錦，裁割已無多。剪刀

既無鸜鵒鳥〔三〕，亦欠琵琶姬。縱使敲方響，獠奴佯不知。唤鐵

炎鬱甚炊蒸〔四〕，夏蟲難語冰。家無紅拂妓，捉麈自驅蠅。紙拂

可繫伯仁肘〔五〕，難懸季子腰。自刊聊自用〔六〕，渠刻任渠銷。圖書

紙薄如蟬翼〔七〕，擇兮風未休。煩勞汝威重〔八〕，鎮壓彼輕浮。壓紙獅子

有時一起畫〔九〕，有時三絶編。朱絲絃側畔，玉尺界傍邊。界方

莫謂蟾蜍小〔一〇〕，淵源在許中。曹溪一滴水，鴐浪作南宗。研滴

雪螢貧士眼，珠翠貴人身。自從墻角棄，無復案頭親〔一一〕。燈檠

工師將考室，何止大爲宗。揞案雖微用，由來寸有長。揞案木

〔一〕堅：原缺，據翁校本補。盧本作「尖」。
〔二〕玆：原缺，據翁校本補。盧本作「莫」。
〔三〕既：原缺，據翁校本補。
〔四〕炎鬱：原缺，據翁校本補。
〔五〕可：原缺，據翁校本補。
〔六〕刊：原作「判」，據翁校本改。
〔七〕紙：原缺，據翁校本補。
〔八〕煩：原無，據翁校本補。

〔九〕「有」字原缺，「畫」原作「晝」，據翁校本補、改。
〔一〇〕莫謂：原缺，據翁校本補。
〔一一〕親：原缺，據翁校本補。

買陳紫

癸亥冬，用錢二十萬買丹荔一株，舊券云陳紫也。乙丑夏著子，形魁梧而味甘滋，爲賦是詩。

典刑無復蒲人見〔一〕，風味曾經蔡譜誇。券買貪癡寧論價，摘嘗甘美不逢渣〔二〕。豈無人笑鐵爐步，疑有神司玉蘂花。說與子孫須記取，此翁賴有此傳家。

〔一〕刑：原作「形」，據馮本改。
〔二〕渣：原缺，據翁校本補。

寄方時父二首

長君三歲覺衰殘，當子之年乞退閑。兄已荷鋤爲老圃，弟方負笈上春官。輕紅入譜因人重，淡墨遺賢豈命慳。歐九玉堂在天上〔一〕，不如杜二草堂安。玉堂紅，余家名荔，時父自名其家荔子爲草堂紅〔二〕。

跖富回貧賦予偏，有司之者勿尤天。不爭貴倖銅山鑄，專筭書生紙裹錢。僅有玉川數間屋，素無魯望百弓田〔三〕。荒村牢落稀還往，儻肯重登入剡船〔四〕。

〔一〕歐：原作「厥」，據翁校本改。
〔二〕自：原作「□字」，據盧本删、改。
〔三〕望：原作「忘」，據翁校本改。
〔四〕入：原無，據翁校本補。

懷晦巖一首

台僧法照嘗住上竺，賜號佛老，晦巖其別號，大余一歲。

免呼鑒義與尚書，師卸金襴我佩魚。扈豹尾車儂老矣，升獅子座者誰歟。草鞋曾徧三千界，雪頂今皆八十餘。台嶺壺山隔脩阻，可無一字問何如。

理髮二首

種種一何短，青青無復垂。可憐髡髦子，不見指冠時。

昔笑聰禿首，如韓戲觀師。若聰今見我，汝亦有幾時。

池上對月五首

赤帝當垂令〔一〕，餘威烈暴秦。若無大圓鏡，熱殺世間人。

怒蟈喧幽耳，飢蚊攪熟眠〔二〕。願爲修月户，住在廣寒邊。

世俗傳偷藥，嫦娥以此名。唐人皆詠月，吾取玉川生。

方士誑三郎，蟾宫事渺茫。至尊宜夕月，安敢問霓裳。
初插玉梳小，徐粧粉額新。烏啼風露冷，娥始現全身。

〔一〕令：原缺，據馮本補。
〔二〕熱：原作「熱」，據翁校本、馮本改。

夏旱四首

溝堪揭厲難車水，雨怕譏征不入城〔一〕。沃野燥剛妨種藝〔二〕，老農歌哭不成聲。
蛟潭雩祀稀曾講，蟹井靈泉亦未迎。代拜煩他村祝叟，願豐誤殺老書生。
吾聞《曲禮》當凶歲，諸大夫安敢食粱。婢曜香芹羹過美，水車聲畔不能嘗。
甚歉不煩官踏旱〔三〕，先輸莫待吏催租。辛勤終日拾遺穗，展轉通宵據槁梧。

〔一〕城：原作「誠」，據翁校本改。
〔二〕種藝：原缺，據翁校本補。
〔三〕旱：原作「早」，據翁校本、馮本改。

四和林卿檳榔韻一首

似椰内貯杯中物，非麯誰資甕面春。百粤姻盟常主約，三彭讒舌竟無神。浪云軟飽元枵腹，暫借酡顔戲寫真。此遣兩行紅袖去，錦潮亭下草如茵。

後村先生大全集卷之三十七

詩

見新曆有感

小時玉雪二尊憐，兩字眉間點綴鮮。尚記嬉遊佩觿日〔一〕，安知荏苒釣璜年。渡遼難以偏師從，歸魯猶將舊學傳〔二〕。自古鄉先祭於社，不須辛苦上凌煙〔三〕。

〔一〕遊：原作「遐」，據翁校本、馮本改。
〔二〕歸：原作「師」，據翁校本、馮本改。
〔三〕上：原作「土」，據翁校本、馮本改。

頃净慈倫老將示寂以其師無準塔銘見屬後三年竹溪中書君以詩速銘次韻一首〔一〕

叢林老宿川無準，不釣纖鱗釣大魚。抱佛脚多同學者，得吾髓有幾人歟。難呼兜率談宗旨，且問孤山乞緒餘〔二〕。自笑余文無用處，熱瞞俗眼説真如。

〔一〕次：原作「決」，據翁校本改。
〔二〕孤：原作「狐」，據翁校本改。

荔枝龍眼二絶 有益智輕身之説

食觀《本草》豈非癡，二果甘滋可養脾〔一〕。耄智自知無益處，肉身安得有輕時。
味嘗不暇更論斤〔二〕，買斷何曾敢筭緡。譜與本經俱過眼〔三〕，食之不老者何人。

〔一〕甘：原缺，據翁校本補。

〔二〕味嘗：原缺，據盧本補。斤：原作「介」，據翁校本改。

〔三〕眼：原缺，據盧本補。

風雨凉甚一首

淅淅吹庭樹，錚錚濺瓦溝。乍除秦酷吏，重見晉清流。山有月行脚，溪無風打頭。不知楚臺客，何以説悲秋。

寄陳漖計議二首

十載三邊慣轍環，來得書得報平安〔一〕。謂宜圖畫凌煙上，猶自翔遊隴蜀間。畫策功多寧論賞〔二〕，封侯事在且加餐。傳聞玉帳先禽辟，定有新銘刻劍關。

匹馬單槍去復還，天生此士濟時艱。如何方奏淮夷雅，又遣行歌蜀道難。兜剌史誰修廢廟，漢將軍尚有荒壇。會當露布西陲捷，師擁齋旄客换班。

〔一〕報：原作「保」，據翁校本、馮本改。

〔二〕策：原作「冊」，據馮本改。

送侍讀常尚書絶句六首

蝕月妖蟇俄掃穴，嗚陽丹鳳力回天。圍腰不愛重金帶，洗脚寧登一葉舡。

季唐兵柄由中尉，先漢銅山賜弄臣。不是銀臺批勑手，北司將謂國無人。

先帝倦勤揚末命，嗣皇訪落記孤忠。銅人嘿嘿輸伊輩，鐵漢堂堂止此翁。

粟泉竭澤剥牀膚，券封如山洩尾閭。埒國賈胡成小販，專城太守甚癯儒。

瑶編日益百千人，琛税年虧鉅萬緡。公對玉階方寸地，細爲天子説州貧〔一〕。

制酒何曾把巨觥，抛書不復對寒檠。老儒願忍須臾死，要看諸賢起太平。

〔一〕州貧：原作「責州」，據翁校本、馮本改。

和方時父

曾陪朶殿燕天基，辜負先皇不世知。二客穿傍垂漢史，三良臨穴見秦詩。犬雞拔宅難飛舉，雀鼠貪生愧暮遲。回首修門悲復喜，大明繼照出咸池。

喜洪君疇除工侍内制

熱官不拜意何如，詔改冬卿眷禮殊。保晚節香似公少，問今日愈造朝無。儒紳易以黄金帶，宫錦加諸白布襦。直待鋪張太平了〔一〕，却尋北阜與東湖。

不但持荷班法從，兼聞視草屬鴻儒。邇英兩講煩箴誨〔二〕，文德三麻待播敷。即日載賡虞帝作，幾時重入洛英圖〔三〕。諸公若問樗庵叟〔四〕，歲晚偏盲又夾扶〔五〕。

〔一〕了：原作「子」，據翁校本改。
〔二〕誨：原缺，據翁校本補。
〔三〕洛：原作「落」，據翁校本改。
〔四〕叟：原在下句「晚」字下，據翁校本乙。
〔五〕「盲」原作「肓」，「夾」原作「來」，據翁校本改。

新凉理故書有感二首

□□先帝開宣室，頻領群儒上石渠〔一〕。奏牘三千前日事〔二〕，寓言十九暮年書。色空勘破偏盲久，記誦俱忘一目餘〔三〕。西晉諸人惟樂令，肯將名教矯玄虛。

空花瞥過似浮榮，海水難湔是惡名。功比禹軻真學者〔四〕，罪浮桀紂亦書生。國師族覆慚家訓，太尉朝危悔宦情。束起陳編呼伯雅，胸中磊魂暫澆平〔五〕。

〔一〕群：原作「郡」，據翁校本改。
〔二〕事：原缺，據翁校本補。
〔三〕目：原缺，據翁校本補。
〔四〕功：原在「禹」下，據翁校本乙。
〔五〕魂：原作「隗」，據翁校本改。

題黄景文詩二首　寬夫

病叟懶親燈久矣〔一〕，得君贄卷闔還開。專心致意刻成楮，有膽通身占斷梅。中的孟云非爾力〔二〕，鑚堅顔歎竭吾才。舊時奇字今忘却，不是無人載酒來。

蚤穿草履行求友，晚閉柴荆病絶交。古德皆曾經棒喝〔三〕，今人不肯事推敲。吟千萬首等蛩響〔四〕，續三百篇無鳳膠。霍地鬢毛如雪色〔五〕，少年歲月莫輕抛〔六〕。

〔一〕病：原缺，據翁校本補。
〔二〕的：原在「云」下，據翁校本乙。
〔三〕棒喝：原作「捧唱」，據馮本改。
〔四〕千：原作「于」，據翁校本、馮本改。
〔五〕地：原作「池」，據翁校本、馮本改。
〔六〕月：原作「身」，據翁校本、馮本改。

即事一首

書卷交疎覺晝長，田園收薄值年荒。老而用事獨毛穎，何以解憂惟杜康。賜帛恩深優故老，致仕官猶支春冬衣。催租人至敗重陽。西風爛熳開蓉菊，不管先生兩鬢霜。

與林中書李禮部同宿囊山三首

儒林巨擘竹溪公〔一〕，來憩棠陰訪老農。劉子前身漢中壘，李侯今代柳南宮。約靈澈共游林下，愛涅槃常坐塔中。莫把兩賢儕一叟〔二〕，彈冠不與挂冠同。

三儒夜話俱忘寢，户外縱横卧僕夫〔三〕。椰腹拈來即書簏，芋頭煨熟當行厨。謫仙豈是無詩種，處士相傳有句圖。師服何曾能把筆，短章吟就改還塗。

二妙相從寂寞濱，山靈怪有此嘉賓。作桑下夢纔三宿，比橘中翁少一人。剪截錦機輪子巧〔四〕，分張寶藏拔予貧。臨歧但祝俱黄髮，莫把華簪换角巾。

〔一〕林：原作「公」，據翁校本改。

〔二〕賢：原無，據翁校本補。
〔三〕外：原作「夫」，據翁校本改。
〔四〕輸：原作「揄」，據翁校本改。

辟支巖

不上巖來四十年，高僧滅度我皤然。歸葱嶺路止隻履，訪草庵基無一椽。狂欲片帆浮巨浸，老扶雙拐到危巔。誰人肯伴黄師伯，何不旁邊著兩禪。謂祖賢、立堅。

再和宿囊山三首

恰似病沙門退院，又如老禪録歸農。素無才調宴三閣，不願歌詞傳六宫。萬首漏名宗派裏〔一〕，百年占籍醉鄉中。暮齡喜共樵夫語，懶與諸儒論異同。

乞骸不作凝香守，掩鼻難隨逐臭夫。牛角書堪教村學，魚羹飯勝食堂厨。門無喜鵲傳朝報，笥有懸鶉拆海圖〔二〕。常敬淵明歸去早〔三〕，村翁晚始覺迷塗。

未能葱嶺從初祖〔四〕，也不蓬萊訪洞賓。煎鳳髓須還此老，執牛耳更屬何人。笈儲丹附防隄病〔五〕，案設圖書粉飾貧。老覺爲僧差省事，韓公何必强冠巾。

〔一〕裏：原作「農」，據翁校本改。
〔二〕折：原作「折」，據翁校本、馮本改。
〔三〕敵：原作「勝」，據翁校本、馮本改。
〔四〕未：原缺，據翁校本補。
〔五〕附防隄：翁校本作「藥隄防」。

三和

不喜蘇君師鬼谷〔一〕，寧從許子學神農。衰殘猶有忠存闕，老醜應無妬入宮。貪漢鶩魚懸餌下，癡人餓虱處褌中〔二〕。兩翁勘破真勘笑〔三〕，自古英雄見略同。

暫繫金狨陪法從，長騎秧馬雜耕夫〔四〕。今紅琥珀來村店，昔紫駝峰出御厨。闕里尚延嚮師冕，法筵誰起躄浮圖。莫欺殘秃毛錐子，幾度曾將勑尾塗。

懶，交疎認鹿爲山友，客少呼猿作野賓。藏手澤書慚忝祖〔五〕，食躬耕粟恥求人。腹無點墨寧非懶，腰有重金未是貧。已把朝冠挂神武，終身一幅華陽巾。

〔一〕蘇：原作「師」，據翁校本、馮本改。
〔二〕「癡」原作「處」，「虱」原作「風」，據翁校本、馮本改。
〔三〕翁勘：原作「貪堪」，據翁校本、馮本改。
〔四〕「秧」原作「秋」，「耕」字原無，據翁校本、馮本改、補。
〔五〕慚：原作「暫」，據翁校本、馮本改。

四和

不復鬬雞隨惡少，尚能叱犢慕良農。來熏憶屢賡凉殿〔一〕，出晝難重見雪宮。老伴輳南并轄北〔二〕，小孫膝上或車中。自憐孤學無人助，從漢諸儒喜黨同〔三〕。

白公自號老居士，疎傅史稱賢大夫。膾鯽不妨留客飲，擘麟何必享天厨。清池澡沐端溪石〔四〕，素壁彰施洛社圖。帝賜後村奎畫在，作堂安用扁青塗。陳端仁給事家有青塗堂。

丁寧僮可沽佳酒，戒勑閽無納惡賓。不飲者。種杞菊非求飽者，思蓴菜是見幾人〔五〕。食甘鮓飯判公安排易，出駕雞栖受用貧。却笑曹瞞遺令侈，黔婁殮不待衣巾。

〔一〕憶：原作「一」，據翁校本改。

〔二〕 輶：原缺，據盧本補。
〔三〕 喜：原作「與」，據翁校本改。
〔四〕 渫：原作「漢」，據翁校本改。
〔五〕 思蓴菜：原作「見蓴來」，據翁校本改。

和竹溪懷槮庵二首

視草呼來猶殿上，採薇歸去忽山阿。重箋飲渭觀濠義〔一〕，曾和橫汾過沛歌。乞島一聯余思澀，方丕十倍子才多。白頭辜負龍泉老，拙詠安能繼庾何。水心題《南岳稿》，有「庾信不留何遜往，評君應得當行家」之句。

偶賦東風御柳詩，流傳誤東九重知〔二〕。昔曾苑内借全樹，今向林間巢一枝。已買十牛耕笠澤，《甪里先生傳》云：「有牛四十蹄，耕夫百指。」難陪八駿宴瑶池。癯翁同灑遺弓淚〔三〕，猶記甘泉□□隨〔四〕。

〔一〕 飲：原缺，據翁校本補。
〔二〕 流：原作「詩」，據翁校本改。

〔三〕膚：原缺，據翁校本補。
〔四〕泉：原缺，據翁校本補。

再和

從來糞土輕胡趙，晚視渠儂直唯阿。時與客聯烘虱句，半山有《和烘虱》詩。斷無人聽飯牛歌〔一〕。挂冠耄及收身晚，賜扇恩深取數多。《周易》《魯論》俱束閣，免教後世罪王何。

依本文章趁韻詩，暮年深不願人知。退閒時有賓留刺，攣痺難爲長折枝。蚓竅聲微羞入社，鴉塗札惡懶臨池〔二〕。僧談石竺山幽勝，擬執驢鞭挾冊隨。

〔一〕飯：原作「飲」，據翁校本改。
〔二〕懶：原作「瀨」，據翁校本改。

三和 前和四詩皆不及樗庵事，復賦此二首。

高虛早被方心誤，老退差賢曲學阿。私謚勿煩禮官議，自詩堪付挽郎歌。無衾覆首留名遠，有鍤隨身覺事多〔一〕。典午諸人空曠達〔二〕，其如未了死生何。

曾課山間種藝詩，自猶不記更誰知。豈無鼠盜食新筍，曾有鳳來棲老枝。未敢名爲真福地，便應喚做小仇池〔三〕。籃輿只合村夫舉，兒子門生負笈隨。

〔一〕鍤：原作「鍾」，據翁校本改。
〔二〕達：原作「野」，據翁校本改。
〔三〕仇：原無，據翁校本補。

四和

漢末名臣推北海，鄴中才子遜東阿。老勤未輟吾伊讀，爛醉時爲爾汝歌。一滴何妨盧行少，五車安重惠施多。客來問話巴巴説，君不回頭可奈何〔一〕。

刪後元來儘有詩〔二〕，此言莫遣邵程知。四如東土生三葉〔三〕，横向西江出一枝。俚曲俗方尊郢市，吉音今少奏咸池。誰云老子無呵導，塘上蛙聲鼓吹隨。

〔一〕奈：原作「余」，據翁校本改。

〔二〕刪：原作「剛」，據翁校本改。

〔三〕葉：原缺，據盧本補。

簡竹溪二首

溪邊紫氣半空浮，父老攜杖看故侯〔一〕。叔夜相思曾命駕，子猷一返少來舟。煨殘僧芋平分喫，説道天花爛熳休〔二〕。村叟安能留此客，地行僊偶出山游。

駐顔元不待丹砂，筋力渾如昔建牙。剥盡皮毛真理窟，分些膏馥與儒家〔三〕。苦吟寒谷應生黍，罷講諸天亦雨花〔四〕。自笑一生迷傳註〔五〕，儻容北面學《南華》。

〔一〕侯：原作「浮」，據翁校本改。

〔二〕熳：原缺，據翁校本補。

〔三〕「分」下原有「此」字，據翁校本刪。

〔四〕講諸：原倒，據翁校本乙。

〔五〕迷：原無，據翁校本補。

次竹溪別後見懷韻

珍重山翁別病翁〔一〕，屏山自號。歸鞍欲發苦留儂。萬言君視猶杯水，一鏃吾難直箭鋒。縮手可憐今落莫〔二〕，攀髯未報昔遭逢。衰遲只願低頭拜，蛟變爲龍愈亦從。

〔一〕重山：原倒，據翁校本乙。
〔二〕今：原作「金」，據翁校本改。

送月蓬道人南遊寄呈陽巖侍讀直院侍郎六言三首

昔燕見沉香亭，今送老破茅屋。醉翁之耳雖白，坡仙之鬢已秃。

首從淇奧君子〔一〕，數到越王潞公。世僅有一兩箇，君毋□八十翁。

□□士之淵藪〔二〕，陽巖學者山斗〔三〕。三麻九制□□，要渠一馬來否。

〔一〕首：原缺，據翁校本補。

〔二〕藪：原作「數」，據翁校本改。
〔三〕山：原與下句「三」互倒，據翁校本乙。

贈菊庵李道人

萬言萬當眼睛毒，一裘一盂口體足。不共孤竹子争薇〔一〕，却與紫桑翁争菊。

〔一〕薇：原缺，據翁校本補。

挽吴茂新侍郎三首

□□乘驄馬，安能作噤烏。去因攻潞國〔一〕，來又薦君謨。□□延英疏，丹青洛社圖。嗚呼傳不朽，猶足警姦諛〔二〕。

□先□皇志，公除法從真。玉樓要新記，鐵壁奪全人。宿草俄封墓〔三〕，柔蒲謾裹輪〔四〕。豈無南董氏〔五〕，奮筆傳名臣。

衰老歸休矣〔六〕，公曾慫恿之。門無今雨客，笥有隔年詩〔七〕。友課《招魂》些〔八〕，兒徵

《積善》碑。白頭哭同社，心折可勝悲？□□□善里。

〔一〕路：原缺，據翁校本補。
〔二〕足：原作「是」，據馮本改。
〔三〕宿草：原缺，據翁校本補。
〔四〕輪：原作「諭」，據翁校本改。
〔五〕氏：原作「代」，據翁校本改。
〔六〕衰老：原缺，據翁校本補。
〔七〕年：原作「耳」，據翁校本改。
〔八〕友：原缺，據翁校本補。

黄寬夫示詩不已自和前二首答之

冥搜藻思殊精鍊，細讀蓬心稍豁開。我竊高年甦緑竹，君持半偈試黄梅。肯爲唐季小家數，須做僧中大辨材。吸盡魚龍蝦蟹子，不妨一蹴至如來〔一〕。

精思巧斲詩家事，繆敬陽尊市道交〔二〕。杜説新詩猶費改，韓評推字不如敲。衣傳曾飲先師乳〔三〕，絃絶今無異域膠。欲引藺卿懷内璧，吾貧未免以磚抛。

〔一〕本句原作「不妨至如來一來」，據翁校本改。
〔二〕敲：原作「巾」，據翁校本改。
〔三〕傳曾：原倒，據翁校本乙。

石竺山二十詠

山在福清境内，昔羽人今衲子居之。喜壹恭者鼎新此山，繪圖從竹溪、亭山求詩。二公既爲著語，余亦繼作。

紫雲洞

曾瞞張茂先，亦誑關尹喜。嗟余雙眼白，任汝半空紫。

石　室

僅可着孤身，何曾有四鄰。切須留一榻，讓與細書人。

上昇壇

恰召陽翁伯，俄徵謝自然。不知玉樓上，幾箇是詩仙。

仙龜蛇山

聞説均州景，而今涴戰塵。應隨黑殺帝，避地肯來閩。

朝斗石

吾脚今無力，安能跪鞠躬。北瞻韓吏部，南仰狄梁公。

仙鶴影

乍見作飛勢，細聽無唳聲〔二〕。雪翎差髣髴，丹頂不分明。

雙鯉石

點額有墨痕，剖腹無素書。俗視如頑石，仙騎上太虚。

棋盤石

元不識死活，偶然逢二仙。昔與牧奴戲〔二〕，今饒國子先。

丹　竈

白公詩酒人，惜也未聞道。乍可無除書，不可壞丹竈。

伏虎石

慈悲乳孫叔，恭敬侍小顛。煩君常警邏，老子□□□。

濟貧笋

自飢猶可忍，民飢誰惻隱。吾評首陽薇，不若石竺笋〔三〕。

無盡泉

聖人稱水哉，晝夜流不息。東坡如萬斛，南華只五石〔四〕。

紫磨石

汞可點爲金〔五〕，鐵可浸爲銅。勿使鍾官知，一朝比仙童〔六〕。

獅子峰

狼來咋吾羊，猩來竊吾酒。汝爲獸百王，不聞一聲吼。

象王峰

惜齒埋之土，何曾願世知。終爲交趾獻，亦被普賢騎。

補陀巖

嗒然蒙一衲，趺坐不知年。處處神通現，何須海岸邊〔七〕。

羅漢臺

海島五百士，劉郎廬亦深。不似阿羅漢，神通無處尋。

半山亭

此來爲嘉處，高猶在絶顛。吾衰中道廢，汝少更加前。

寶所

此爲何處所，滿目是瓊瑰。聖人被褐懷，猷漢空手回〔八〕。

洗耳泉 林李所賦止十九首，余按圖補足之。

力郤帝堯傳，猶爲潁水羞。似曾洗渠耳，不可飲吾牛。

〔一〕唳：原作「淚」，據翁校本改。
〔二〕昔：原作「借」，又「與」下原有「墨」字，據翁校本改、删。
〔三〕竺：原缺，據翁校本補。
〔四〕五石：原缺，據盧本補。
〔五〕汞：原作「求」，據翁校本改。
〔六〕比：原作「此」，據馮本改。

〔七〕須：原作「處」，據翁校本改。
〔八〕歔：原作「凱」，據翁校本改。

送鄭倅子善

早欽世德如龍虎，晚挹英標亦鳳麟。重濬陂塘今長古，不私風月肯分人。衮衣國既歸真宰，珠履君應作上賓。洛社諸賢問村叟，暮年已飾太邱巾。

挽趙孺人　李敬振祖之母

婉孌宗姬性，堅貞烈士腸〔一〕。簪蒿安隱約，畫荻訓偏傍。防墓夫同穴，瀧阡子表岡。夫人真范母，那得不生滂。

〔一〕貞：原作「真」，據翁校本、馮本改。

挽程孺人 黄安溪裳之母

七誡尤純備，三從總吉祥。良人今綺季，美子古黄香。花引歸西竺〔一〕，萱疑在北堂。恨余彤管拙，哀誄不能揚。

〔一〕竺：原作「坐」，據翁校本、馮本改。

總管徐侯汝乙和余梅百詠輒課七言一章以答來貺

作者肩摩似堵墻〔一〕，君侯殿後獨軒昂。攙先太皞露消息，笑殺書生泥色香。能令曹瞞兵渴止，誰云開府□腸剛。騷壇甚矣荒蕪久，評小徐陵合擅場。

〔一〕作：原缺，據翁校本補。

恭上人求偈戲贈二首

爾祖西來無文字，受持一句心是佛。煩恭藏主試問他，《楞伽》四卷是何物。

□侯勸師柔軟説，劉叟所見適不同〔一〕。有時一句撞墻倒〔二〕，有時一喝驚耳聾。

〔一〕同：原作「司」，據翁校本改。

〔二〕倒：原缺，據盧本補。

又一首

吾蒙白幂帽〔一〕，汝着紫袈裟。縱有傅大士，難和作一家。

〔一〕吾：原缺，據翁校本補。

題趙檢察贄卷 孟渚

福唐少尹平生友，函送王孫一卷詩。始信人間有龍種，又疑天上下麟兒。月須玉斧修成後，仙待金丹煉熟時。不是樗翁心有竅，鏡中添雪到鬚眉。

送潮陽方主學 梅卿

芹泮人人陶聖化，花封處處置師儒〔一〕。遥知避席來聽講〔二〕，猶勝開門自授徒。官比鄭虔尤冷甚，士如孟德豈今無。朝家調守方刓印，且可相依縣大夫〔三〕。

〔一〕儒：原作「孺」，據翁校本改。

〔二〕來：原缺，據翁校本補。

〔三〕相：原作「焉」，據翁校本改。

讀嚴光傳二首〔一〕

一栖巖壑一冲霄，冠履聯翩建武朝〔二〕。招得故人來話舊，也呼大叔作唐堯。

羊裘素不習朝儀，公遣西曹屈致之。道是君癡君不爾〔三〕，巢由安肯見皐夔。

〔一〕嚴：原作「巖」，據翁校本改。

〔二〕履：原作「鄧」，據翁校本改。

〔三〕道：原作「若」，「爾」字原缺，據翁校本改、補。

冬至四絶

□觴無復舉萱堂〔一〕，麟卧隴阡雁折行。殿後即今惟一老，阿宜長大阿奴亡。皆冬至事〔二〕。

日添一線書中見，雪染千絲鏡裏明。遲暮猶思寸陰惜，凝嚴未覺一陽生。

遥知廷設黄麾仗〔三〕，不見人書白板扉。老子挂冠還笏了，别無上服止深衣。

獻壽上公先入閤，書雲太史亦登臺。惟應閑殺明農叟〔四〕，起晏柴門曉未開。

〔一〕無復：原倒，據翁校本乙。
〔二〕皆、至：原缺，據馮本補。
〔三〕仗：原作「伏」，據翁校本改。
〔四〕閑：原作「閉」，據翁校本改。

有感二首

桓司馬欲兵夫子〔一〕，哥利王曾丑釋迦。血面何須九墜臂〔二〕，忮心終不怨鏌鋣。
夷齊怨惡本不念，堯桀是非今亦忘。不知伍子嗔何甚〔三〕，魄化爲潮日夜忙。

〔一〕桓司：原缺，據盧本補。
〔二〕臂：原缺，據盧本補。
〔三〕甚：原缺，據盧本補。

次韻竹溪題達卿後坡

□反終身從李愿，有人半夜唤祁嘉。簞瓢齋頗奢顔巷，書畫船堪埒米家。樗叟舊栖貧亦好，鬳翁新句大非誇〔一〕。誰云地僻交游少〔二〕，鶴肯巢松鹿獻花。

〔一〕鬳：原作「膚」，據翁校本改。
〔二〕地：原作「他」，據翁校本改。

再和

户無童子窺桃熟〔一〕，坐有騷人頌橘嘉。觸氏不來争左角〔二〕，顔淵亦只住西家。坡詩：「西家著顔淵。」羅張門巷求吾樂，錦裹山林笑彼誇。紅緑千株皆手種，絶勝人看擔頭花。

〔一〕户：原缺，據翁校本補。
〔二〕氏：原作「是」，據翁校本改。

三和

歲計無餘逢穀貴，晚餐有味覺蔬嘉。賒鄰人酒堪留客，藏善和書尚滿家〔一〕。稍喜熊兒理精熟，常嫌犬子賦虚誇。《魯論》新義何時畢，相約溪頭共看花。

〔一〕尚滿：原倒，據翁校本乙。

四和

貧士莫難樂不改〔一〕，聖人固以遯爲嘉。寧披龍具去耕野〔二〕，奚事鶴書來起家。古有逸民逃舉選〔三〕，今無烈士矯貪誇。虜翁晨遣詩筒至〔四〕，昨夜寒燈屢結花。

〔一〕「貧士」原缺，「樂」原作「幽」，據翁校本補、改。
〔二〕「野」及下句「奚事」，原缺，據翁校本補。
〔三〕逸：原作「晚」，據翁校本改。

〔四〕筒：原作「簡」，據翁校本改。

五和

瘠地力耕禾倍入，荒山手植樹皆嘉。同□煬者并吹者〔一〕，融會儒家與墨家。見説揚雄《太玄》苦，非如宋玉《大言》誇。絶憐女伯頭成雪，羨汝才高筆有花。

〔一〕此句原作「同煬者并□□者」，據盧本乙、補。

六和

朗陵後嗣尤推彧〔一〕，太傅諸孫最數嘉〔二〕。之子固無慙爾祖，此翁所望大吾家。奪標羞與兒童競，佩印纔堪妾婦誇。案上菖蒲勤洗沐，靈苗見説有時花。

〔一〕朗：原作「郎」，按《後漢書》卷一〇〇《荀彧傳》云：「荀彧字文若……朗陵令淑之孫也。」據改。

〔二〕太傅：原作「大傅」，據翁校本改。

樗庵次前韻一首

退處儂甘身寂寞，進爲渠值世休嘉。勅書不似八十老，輸税常爲第一家。沙盤卦街敲鼓賣〔一〕，村醅退店揭旗誇〔二〕。千林歲暮俱黄落，梅向其間獨放花。

〔一〕敲：原作「敲」，據翁校本改。
〔二〕退：原缺，據盧本補。

無題一首

死以子托友，病將身付醫。友今多市道，醫或似屠兒。

村獠

村獠席地睡，哈噓喚不知。老夫將北面，渠莫是希夷。

後村先生大全集卷之三十八

詩

次韻黃帳幹 祖潤

瘦馬虺隤已卸韉，縱鞭其後不能前。才非應氏慙三入，齒較揚雄長十年。髮老病餘偏種種，腹空虛甚謾便便。故人過矣相稱譽，敢挹衰殘望昔賢。

八十吟十絕

就莆食菜國恩優，晝錦全勝萬里侯。却笑向來師尚父，皤溪不老老營邱。
至道之精以治身，推其土苴足經綸。矢詩自儆儂衰惰，未有工夫儆國人。
漢承秦後古書亡，太息高文總未遑。六葉蒲輪迎一老，元來却是議明堂。
文叔差增似往時，君房只是向來癡。誰知有箇羊裘叟，漢鼎懸渠一鈞絲。

逃秦博士浮邱伯，傳説今猶在海中。自古仙多儒者做〔一〕，安知吾不躡高風。
八十餘歲老儒生，見帝諄諄勸力行。應被伏生轅固笑，兩賢終是十年兄。
縱心以後決求歸，曰耄之年永息機。蔬食不消人祝饐〔二〕，布裘安用妾熏衣。
誠翁僅有四千首，惟放翁幾滿萬篇。老子胸中有殘錦，問天乞與放翁年。
試筆懶題新欝壘，拂塵聊挂古鍾馗〔三〕。班衣紀節諸孫喜，白首添年一老悲。
伯倫酒頌老乂詩，腹憤胸奇略洩之。別著《潛書》李泰伯并《悔藁》項平父〔四〕，後千百載有人知。

〔一〕仙：原作「先」，據翁校本改。
〔二〕消：原作「稍」，據翁校本改。
〔三〕挂：原作「桂」，據翁校本改。
〔四〕平：原作「年」，據翁校本改。

送淮士陳文席見四川陳制參

漢家募擊匈奴者，此士如何未見收。聞説將軍能揖客，安知定遠不封侯。羊腸九折誰云險，駿骨千金豈易酬。自古薦揚繇幕府，送君去謁大參謀。

漫興一首

生在重華內禪前〔一〕，紅顏倏忽變霜顛。吾雖後輩識前輩，彼以小年疑大年。殤子幾曾知壽夭，死人安可語神仙。見《虞翻傳》〔二〕。何須求入耆英社，作老農夫也自賢。

〔一〕生：原缺，據翁校本補。

〔二〕傳：原作「見」，按詩句出《三國志·吴書·虞翻傳》，因改。

挽章孺人

尼争叔之母，尼自誌墓。

□種崗頭新宰樹，追嚴案上舊楞伽。埋詞更不煩諛墓，反哺何曾似自家〔一〕。此女安知非妙善，夫人亦恐是摩耶。遥知兜率迎歸去，天樂泠泠夾路花。

〔一〕何：原作「阿」，據翁校本改。

田舍一首

貧漢殉財夸死權，世間廉退者差賢。高門炙手今羅雀，廢塚枯髏昔珥蟬。薄糝藜羹誑雷腹，旋蒙絮帽暖霜顛〔一〕。時人莫笑儂寒儉，自古臞儒近列仙。

〔一〕絮帽：原倒，據翁校本乙。

書事三絶

耳根聞得吳田熟，客自吳歸乃不然。中户無糧支卒歲，上都有雪瑞來年。

蜀相昔曾耕渭上，漢家今又羅湟中〔一〕。唱籌但欲令邊實，懸罄誰知慮國空。

昨收邊訊云蝗入〔二〕，近得京書報哨回。放得子陵歸釣瀨，還他高密上雲臺。

〔一〕又：原作「有」，據翁校本改。

〔二〕昨：原缺，據翁校本補。

立春七首

古有道人皆朽骨，世無價寶是元身。天公作意相裨補，又見咸淳第二春。
生後至和嘉祐時，老身猶及見淳熙。都忘滿鏡星星髮，帶了春幡便出嬉。
病添敗絮肌猶凜〔一〕，老飲新醅力不支。獨有脾神無恙在，餅如篩大菜如絲〔二〕。
禪榻惟梅親紙帳，村沽以草塞甆瓶。老癃頗怪牛頭赤，兒女爭看柳眼青。
解凍依然風栗烈，鞭春纔了雨廉纖。街坊遏密無儺鼓，村落豐登有酒帘。
八十公公三歲兒，一孩一耄總憨癡。向來略識童蒙訓〔三〕，老去惟吟豁達詩。
存五千篇吟筆老，加三百户賛書新。官分綵勝簪華髮，僧送烏薪煖曲身。

〔一〕肌：原作「飢」，據翁校本改。
〔二〕篩：原作「飾」，據翁校本改。
〔三〕訓：原缺，據翁校本補。

挽黄安人 陳宰霆之母〔一〕

嫁作儒家婦，韶顔已守孀。夫窮於仲子，兒勝似元方。陶母將迎養，龐妻忽坐亡。吾衰不能誄，短些謾凄凉。

〔一〕霆：原作「霍」，據翁校本改。

題後林李伯高詩卷

蟬噪螢啼衆竅號，豈知今代有詩豪。諧如帝所聞天樂，壯似胥江看雪濤。險韻森嚴壓皮陸，短章高雅逼韋陶。老夫欲反樊川序，長吉安能僕命騷。

寄湯伯紀侍郎二首

明主虚懷相受言，苛留不住去翩然。久無疎傅還鄉事，始覺甘槃遯野賢。真箇浮雲輕富貴，元來平地有神仙。兩翁到老相追逐，君駕青牛我執鞭。仗下鳴曾驚衆聽〔一〕，省中語不願人傳。騷留屈子芳菲在，史視胡公糞土然。士到後凋方見節，世除勇退別無仙。遥知洛下諸君子，應笑儂詩老放顛。

〔一〕仗：原作「伏」，據翁校本改。

挽惠安林丞

策名迫桑榆景，謝病去松廳。博取儒先説，尤深《道德經》。族通艾軒譜，葬得竹溪銘。愁絶墓陵路，哀笳不忍聽。

和方時父立春

茶梅有意如相伴，梨棗無根未易栽。稍喜凍逢春漸解，不堪老挾病俱來。久扃北户寒稀出，已落南枝暖再開。忘却玉堂供帖子，牛欄西畔覓詩廻。

元日七言二首

久辭兩禁歸民伍，遥想群仙謁帝居〔一〕。少有人臨雀羅者，未知誰飲獸樽歟。向來不曉京房《易》，老去粗通氾勝書。懊惱西疇春事動，漸難爲國荷犁鋤。

屋角微聞哢曉禽，起煨榾柮旋冠簪。萊衣兒老長相守，椒酒翁衰且少斟。浮世事渾忘記了，暮年詩轉用功深。雙桃忽放花如錦，勾引先生策杖尋。

〔一〕仙：原作「先」，據翁校本改。

春日六言十二首

襹褷病鶴翅短，虺隤老馬力疲〔一〕。不知大朝會事，且吟小家數詩。元日

七誡婦罕全者〔二〕，四窮鰥居一焉。嗟余抱終身恨，與子結來生緣。二日題擁絮庵

宿露卷青步障〔三〕，晨曦涌紫金輪。時平有戴白老，春晴宜踏青人。三日

黄亭饔聞酒美，白湖船至糴平。珠袚麗人出郭，銀釵村姑入城。同前

昨夜身手和柔，今晨毛髮颼飗。不堪早朝騎馬，尚能夜起飯牛。四日

病不禁茅柴酒，寒添着木綿裘。寄語斜川魚鳥，先生改日來遊。五日

謾道三陽交泰，絶無一客來臨。仲尼於復卦見，子美云人日陰。人日

淵明甫涉知命，汲汲登皐臨流。儂長渠三十歲，故當秉燭出遊。同前

黄燭分光過眼，柳條弄色關心。老死毋勞覆議，先生自謚醉吟。

不肯肩隨諂子，幸留面見嚴君。晚駕笨車還里〔四〕，歲將麥飯澆墳。八日題□潤庵

扶持村翁出來，問訊壺公安否。汝寒插帽蒙頭，吾渴脱巾漉酒。

適報翁子露綬，又聞孟博登車。田里覘賑貸議，墻壁掛寬大書。

〔一〕颸：原作「冠」，據翁校本改。

〔二〕誠：原作「誠」，據翁校本改。

〔三〕宿：原作「宜」，據翁校本改。

〔四〕晚：原作「脱」，據翁校本改。

泉牧帖請囊山福上人住持承天既至有沮之者興盡而返戲贈小詩

揖退新龍象，歸尋舊鶴猿。空令行百里，不遣罵三門。易致實封者，難招不動尊。辟支放光處，尚有石龜存。

送方君節監丞

世論喧啾衆竅鳴，先賢於此極持平。坡稱淳父文經世，沂惜希文謙近名。向去史書將有考，由來公議最無情〔一〕。我衰君壯飛潛判，何日重尋洛社盟。

〔一〕由，原作「申」，據翁校本改。

送婺教林伯良兼東直卿山長

鄭虔別去已離羣，遲暮何堪又別君。弟子皆知師□季，上官應不吏朱雲。才多未給尚方札，飯少聊羹泮水芹。定與明招及門者，共尋墜緒訪遺文。

方巖尹主課漁溪

君於場屋素稱雄，非止原夫一技工。貫虱心推白社族，執牛耳屬紫薇公。烏衣子弟如康樂，絳帳先生得馬融。看得龍飛第一榜，聯翩奏賦冠南宮。

送質甫姪銓集

乾淳門户芳菲歇，尚喜蘭芽接續開。不學老劉看花去，又牽小阮入林來。汝賢能寶鄭公笏，吾耄難燃内史灰〔一〕。天目侍郎今水鏡，不妨長榜注官迴。

〔一〕内：原重一「内」字，據翁校本刪。

次韻庾使左史中書行部二首〔一〕

朝回暖律變嚴冬，應念閩風與蜀同。叢棘冤皆爲洗雪，發棠惠徧及饑窮。冰寒吏膽照天燭，泉湧詩腸飲澗虹。帝遣二星臨七聚，不妨擊壤和《元豐》〔二〕。荆公有《元豐行》。

渭樹江雲春復冬，安知今夕一尊同。放還頗有詩招隱，餓死斷無文送窮。笑我垂車老騎犢，喜公下馬氣如虹。暮年未敢忘憂國，白髮丹心每願豐。

〔一〕庾，原作「瘦」，據翁校本改。

〔二〕不：原作「下」，據盧本改。

再和二首

旨蓄元無可御冬，薄醪欣與故人同。蜀珍乃肯臨閩聚，韓富何嘗笑孟窮。舊事廻頭夢中蝶，浮榮過眼兩餘虹〔一〕。欣公出處關時運〔二〕，堪穀年荒玉歲豐。

新歲凝嚴過舊冬，微和初扇八州同。固知使者獲五福〔三〕，應念天民先四窮。政召嘉祥平地雪，詩騰光怪亘天虹。祝公相業追元祐，二虜來王九扈豐。

〔一〕餘：原缺，據翁校本補。
〔二〕欣：原缺，據翁校本補。
〔三〕福：原缺，據翁校本補。

三和二首

身疊三綿凜似冬，老農不與壯丁同。飲泉吏鮮能清白，瀕海民多有赤窮。晴雨幽人曾候鸛，水風閩囝亦占虹。閩諺有「虹出東主大水〔一〕，西主風災」之説。漢家非有公私積，亨大毋庸説豫豐。

世吏寬嚴若夏冬，欲安欲富此情同。楮先生賤難扶起，桑大夫生計亦窮。漸喜青規舒化日，更煩絳氣導晴虹。若教子駿星常照，荒扎從今可阜豐。

〔一〕諺：原作「謗」，據盧本改。

次漕庾兩使者絶句韻六首

廉使端如秤樣平，行臺非以刻爲明。未論漢吏摇山力，且聽堯民擊壤聲。

痛懲毒螫要持平，不察淵魚未害明。棘户有因疎械繫〔一〕，花村無吏打門聲。

雋游廻首記端平，朝退聯鞍出大明。紫陌難尋看花伴，丹山聊聽喊茶聲。

公等真堪起太平，我儂久已厭承明。扶犁只合勤農務〔二〕，奮筆猶能作頌聲。

向來儲粟輔常平，招鶴翁曾爲證明。可是□□□者，邑人久不識絃聲。余宰建陽，儲粟五千斛，作倉記。今粟猶存琴堂。

古來一閧立之平，朱魏當年互講明。遺□□□□約，面含菜色腹雷聲。諸色社倉。

〔一〕繫：原缺，據翁校本補。

〔二〕勤農：原缺，據翁校本補。

哀一僧

送迎懶更下禪牀，撐拄猶堪坐道場。大衆□□□病，小師忽報惠休亡。庵荒空復留遺偈，□□□□厚藏。吾老此詩聊贈別，塔銘合屬紫薇郎〔一〕。

子瞻詞裏貶眉漢，魯直詩中返哺僧。□□□□□針，血寫南山□□□。□□□□□□□，□□□□來似。不曾□□□□□〔二〕，□□□□□□□。

〔一〕薇：原無，據翁校本補。

〔二〕不：原缺，據張本補。

謁墓五首〔一〕

甘霖長瀨四五尺，宿霧緘山三兩重〔二〕。慙愧□□□□策，年年來爲母澆松。

尼父常言諱徵在，釋迦説法向摩耶。僧伽端的□□姓，絡秀何須有外家。

先君遺令有餘哀，自掃蒼苔酬一杯。八十孤孫頭已白〔三〕，未知更得幾廻來。

庵裏僧應行脚去，龕中佛也爲眉嚬。炎炎昔有□□者，寂寂今無上冢人。

鬢毛雪盡難重緑，燒地春來又再青。但出郭門行十里，新丘太半是余銘。

〔一〕標題原缺，據翁校本補。

〔二〕三兩：原缺，據翁校本、張本補。

〔三〕頭已，原缺，據翁校本、張本補。

不寢二首

蘧蘧據槁元無寐，栩栩穿花不識愁。老子定中曾看破，寧爲蝴蝶勿爲周。

三杯攻散愁腸易，百歲頻開笑口難。誰與南柯太守説〔一〕，黄粱未熟且追歡。

〔一〕與：原缺，據翁校本補。

倉使和詩出奇不窮再次韻四首

作雨賓春雪餞冬，田家休戚使家同。魚非人所當加察，馬與民皆不可窮。政爾和風并暖日，管他雌霓更雄虹〔一〕。耿侯非祖荆舒者〔二〕，預創常平備歉豐。

百禽久已蟄於冬，春暖喧啾各不同。壺少提沽村店静，袴無脱着小家窮。山翁吟竅黄泥蚓，閣老毫端白晝虹。社飲今年多醒者，豚肩掩豆不能豐。

向來文史足三冬，今與樵兒牧竪同。舊領木天良不惡，新加菜地未爲窮。筆精公有詞批鳳，鉼罄吾無酒灌虹〔三〕。老思遲於寒谷黍〔四〕，更煩鄒律爲吹豐。

公似長松特秀冬，青蒿安敢與松同。高於岱頂誰曾覽，遠若河源未易窮。歷塊豈無追電駿，步虚疑有架天虹。吾詩直有磚抛耳，載寶而歸所得豐。

〔一〕雌：原缺，據翁校本、張本、馮本補。

〔二〕者：原作「昔」，據翁校本改。

〔三〕鉼：原作「鉼」，據文意改。

〔四〕谷：原作「苦」，據翁校本、馮本改。

次韻豐守讌新進士

聯鑣共醉杏園春，英辟龍飛爲作新。諸老破荒□□宋，三台接武輔乾淳。賢侯推廣崇儒化，先輩□□□士仁。珍重黄堂一杯酒，也霑白髮舊詞臣。

次韻吴帥卿宴高年二首〔一〕

禮重耆年與令名〔二〕，由來椿菌異枯榮〔三〕。卑辭昔有迎商皓〔四〕，名畫今誰寫洛英。應共蓋公談治道，素知嚴丑富□情。可憐衰悴難扶曳，不是元戎外老生。

古尊德齒賤功名〔五〕，叔季徒知外物榮。直把輿臺煩絳老〔六〕，絶無几杖賜樊英。旄期宜序於鄉飲，詩興尤濃似宦情〔七〕。聞説淹中方起廢，詔書行致魯諸生。

〔一〕帥：原作「師」，按本詩末有「元戎」句，當作「帥」，因改。
〔二〕禮重：原缺，據翁校本、張本、馮本補。
〔三〕來：原作「未」，據翁校本、張本、馮本改。

〔四〕「皓」及下句「名」原缺，據翁校本、張本、馮本補。
〔五〕古：原缺，據翁校本、張本、馮本補。
〔六〕老：原缺，據翁校本、張本、馮本補。
〔七〕宦：原缺，據翁校本、張本、馮本補。

昔坡公倅杭有憫囚詩後守杭歲除獄空又和前作廬山吳公前倅後守踐坡補處亦以歲除獄空和坡二詩寄示墨本次韻附諸公後〔一〕

坡去二百載，尚有遺愛留。孤山領衆客，三圄無一囚。吳尹學問人〔二〕，刀筆蓋所羞。倦倦民隱瘼，不翅己戚休。大意師長公，尚德賤智謀。談文及談政，儷美襄與脩。吾聞霹靂手，刮決靡停留。彼哉刑名家，臘晦方報囚。烹鮮貴不擾，劾鼠呵可羞。恕齋仁滿腔，圄空吏沐休。清静有古意，正大無陰謀。乍可免京兆〔三〕，安能媒蹇脩。

〔一〕囚：原作「因」，據翁校本、張本改。又「杭」下原有「幾」字，據馮本刪。「又」字原脱，據盧本補。「以」字原脱，據翁校本、馮本補。
〔二〕吳：原缺，據翁校本、張本、盧本補。

〔三〕京兆：原倒，據翁校本乙。

次兩紫薇共游黃蘗韻

仰攀栖鶻手捫天，俯瞰靈虬卧汐淵〔一〕。廉使昉於今易□，祖師曾向此安禪。絶憐雪瀑飛千丈，頗欲陰崖結數椽。老病不能扶杖出，讓他李郭做神仙〔二〕。

〔一〕瞰：原作「暇」，據翁校本、馮本改。

〔二〕做：原作「依」，據翁校本、馮本改。

答黃德遠 續

鬧處掉頭揮手去，定中惟影與形俱。幼而好賦同儕少，老矣彻書獨學孤。後殿君如傲霜菊，早衰吾似望秋蒲。癡人多戀黃粱夢，不信先生夢也無。

老歎〔一〕

宿昔髻年忽旄期，登臨筋力尚支持。酒腸無恙重開禁〔二〕，藥性皆諳懶問醫。夜漏猶披燈下卷，春風不染鏡中絲。銷磨未盡惟吟癖，鍛了新詩改舊詩。

〔一〕歎：原作「歡」，據翁校本改。

〔二〕無：原作「忘」，據翁校本、馮本改。

寒食二首

歷歷曉風傳廟鼓，瞳瞳霽日上窗紗。孫同魚隊忙觀社，翁入鷄窠且守家。已是濕灰并槁木，不知榆火與楊花〔一〕。燔山無覓之推處，誰道斯人羨四蛇。

古來禁火惟汾晉，今徧天涯海角然。一老家纔有黔突，五侯第各起青烟。絶諛墓筆方無愧，比乞墦人豈不賢。獨恨海棠吹打盡，枝頭粉淚濕紅綿。

〔一〕楊：原缺，據翁校本、張本、馮本補。

醉筆

無復戴花能起舞，有時逢麴尚流涎。年齡絳縣老人長，交友青州從事賢。司業送錢真愛我，侍郎取榼亦欣然。吾詩淺易聊陶寫，不似淵明《述酒篇》。

送方辰孫赴崇安尉

遯翁精舍久荒凉，君去應先炷瓣香。疇昔二難賢可並〔一〕，即今一箇弱堪傷。時平多有農耕野，官好渾無卒下鄉〔二〕。莫作尋常黄綬看〔三〕，子真向亦尉南昌。

〔一〕並：原缺，據翁校本、張本、馮本補。
〔二〕下：原缺，據翁校本、張本、馮本補。
〔三〕看：原作「者」，據翁校本、盧本改。

漫興

保社有幽子，户庭無雜賓。若非負苓者，即是耦耕人。笻穩慵呼馬，蔬甘勝擘麟。篋中詩又滿，誰謂此翁貧。

送曹守司直二首

莫作封君看，慈祥若父兄。化教虞芮遜，和了觸蠻争。列戟猶森衛〔一〕，曹裝忽趣行。要知莆俗厚，冠蓋送傾城。

已滿葵邱戍〔二〕，民猶借一年。何曾拔薤本，亦不用蒲鞭。羡帑留修泮〔三〕，公厨少起烟。今無採詩者，付與後人傳。

〔一〕列：原缺，據翁校本、張本、馮本補。

〔二〕已：原缺，據翁校本、張本、馮本補。

〔三〕修：原作「守」，據翁校本、張本、馮本改。

丙寅記顔

顔髪今如此，光陰更幾何。不堪上麟閣，只合入雞窠。足弱追花懶，瞳昏認字訛。一般差自慰，卷裹警聯多。

避客

簪筆西清慙德薄，角巾東路喜身輕。不煩左轄誦新句，時有老婆呼小名。乍可戴花筵上舞，安能扶杖省中行。過門驀有來看者〔一〕，向道先生病宿酲。

〔一〕來：原作「向」，據翁校本改。

唐衣二首

傳來兩箇詩翁像，楊、陸。吾製冠裳略放他。華似莊農加盛服，清於朝士賜香羅。儒衣曾有髡鉗者，公袞其如跋疐何。皂緣黄絁安且吉，不妨藉草更眠莎〔一〕。晚持漢橐愧衰遲〔二〕，先帝恩深解縶維。貂映雖無華冕貴，庚杲之爲貂蟬所映，彌有華彩。鶉懸差勝緼袍時。笥藏尚喜衣裳在，械繫方知劍履危。畫向古賢顔子裏，兒童却問此翁誰。

〔一〕「草」下原有「眠」字，據翁校本、張本、馮本删。

〔二〕橐：原作「槖」，據翁校本改。

杜鵑問答二首

昔南使粤北防秋，聞汝啼聲悔遠遊。我憶故鄉歸久矣，君歸未得使人愁。

雲安萬里一禽微，翅短安能遠奮飛。帝放還山君有福，虜猶戍蜀我安歸〔一〕。

〔一〕蜀：原作「獨」，據翁校本、張本、馮本改。

鶯粟

初疑鄰女施朱染，又似宮嬪剪綵成。白白紅紅千萬朵，不如雪外一枝横。

憶昔二首

過去生中一念差，强扶衰杇踐清華〔一〕。出靈芝殿渾忘却，入大槐宫豈夢耶。不記省中紅芍藥，曾看天上碧桃花。而今送老荒村裏，且向溪邊問麥麻。

武皇好賦網羣英，猶記龍顔賞墨卿。白玉牒中曾有草，碧紗籠裏本無名。唐詩卒使張窮瞎〔二〕，《國語》能令左失明。老子一生嗜章句，故應天罰遣偏盲。

〔一〕杇：原作「巧」，徑改。

〔二〕卒：原作「醉」，據翁校本、馮本改。

口占

時有吟哦搔雪鬢，別無主掌繫冰銜〔一〕。寧歸南畝稱三老，怕守東華趁六參。跌蕩已將經束閣，跏趺聊與佛同龕。向來麈柄高懸起〔二〕，舊事何人共可談。

〔一〕「繫」原作「繁」，據翁校本、盧本改；「銜」原作「御」，據馮本改。

〔二〕柄：原無，據翁校本、張本、馮本補。

後村先生大全集卷之三十九

詩

竹溪以余得第七孫惠詩次韻一首

衡門忽有滿堂賓，皆詫瞿聃抱送麟〔一〕。懶作柳邊退朝客，寧爲花下弄孫人。小年置膝尤鍾愛，晚歲含飴當食珍〔二〕。吾萬卷書將付汝，勝知制誥水銀銀。

〔一〕聃：原作「梅」，據翁校本、馮本改。
〔二〕珍：原作「飱」，據翁校本、馮本改。

再次竹溪韻

聊爲湯餅會親賓，豈敢誇張墮地麟。汝若上扳曾大父，翁堪下見我先人。善和書即傳家寶，

《儒行》篇方聘席珍。莫遺父兄被嗤笑，金根謬改作金銀。

送廣師謁竹溪中書五言二首

村老詩顛者，顛年八十年。後生被傳染，引得廣師顛。

五十有三箇，問法向誰邊。村老小顛爾，竹溪翁大顛。善材參五十三善知識。

挽卓元夫國博一首

仲氏聯芳比酥酪，長君獨冷飽虀鹹。五升日糴尤清苦，一枕風來且黑甜。儒館誰憐鄭公老，潁川空説許丞廉。朔齋平昔知心者，細讀新銘筆力嚴。

又五言一首

累疏皆中寢，孤忠柰衆咻。人方袖瓦送，君獨舉幡留。不記邯鄲夢，猶貪洛社遊。而今都已矣，慟哭過西州。余丙午兼西掖，當草某人制，累疏留黄，外議莫知。君爲諸生，獨上書明余之心。

挽汪守宗博二首

雖則凝香無幾日，放條下教得民和。迎來境内風謡美，仙去城中巷哭多。應似柳侯驅癘鬼，又疑包老作閻羅。眼看青史常如此，命制於天可奈何。

還笏歸爲負耒農，清談常許奉從容。芻蕘孰肯來詢汝，薤水吾無可語公。懷惠俱垂峴碑淚，旌廉合有寢邱封。莆人謾課《招魂》些，應伴迂齋返甬東。迂齋亦終於莆。

表弟方時父寄荔子名草堂紅若欲與吾家玉堂紅争名者次韻謝之

忽有尺書來委巷，斷無半顆奉權門。且爲錦荔支聯句，不記金蓮燭代言。頗羡綵毫摛老作，未應丹實減初元。明年倍熟平分喫，暢殺兹溪與後村。

又採荔一首

我已歸尋烏石路，人誰肯顧雀羅門。荔三百顆猶能啖，椿八千秋不足言。唐貢華清勞歲歲，宋蠲驛置惠元元。客詢老子休糧訣，丹實漫山更滿村。

方甥餉酒酸甚

方奉手牋貽綠醑〔一〕，忽通鼻觀類黄虀。自憐徐邈時中酒，多謝微生更乞醯。未敢啐空杯面蠛，却愁舞殺甕中雞〔二〕。相君五斗安能吸，但嗅新醅醉似泥。

〔一〕綠：原作「緣」，據翁校本、馮本改。

〔二〕甕：原缺，據翁校本、張本、馮本補。

送趙撫幹趙班〔一〕 琺

貴重元身外物輕，薦書慫慂入都城。金閨得路通初籍，玉座臨軒再唱名。巖邑古人難錦製，長官叔世少琴聲。今皇取法乾淳帝，峨豸多由此陟明。

〔一〕趙班：此二字似爲衍文，蓋前已云「趙撫幹」，則其下不應重複姓氏。翁校本似是圈去「趙」字，而無下注「珯」字，則是以趙撫幹名班。由於此人事蹟不詳，或名班，或名珯，難以斷言，姑存疑俟攷。

生日和竹溪二首

宿昔銀鞍狨覆韉〔一〕，今騎秧馬墾荒田。學神仙者丹多壞，立事功人傳少全。誰管靈均初度日，都忘彌勒下生年。新皇早晚開宣室，定有英才對席前。

暮年量減怯杯深，客餉村醪且淺斟。衰惰僅存已殘錦，清貧安得未揮金。朱絃有味餘三嘆，丹扆無階獻六箴。留取平生一笻竹，約公徧訪大叢林。

〔一〕韉：原作「羈」，據翁校本、馮本改。

再和

剗騎犢子不施韉，老退猶堪學力田。疏大夫金雖已散，藺相如璧偶然全。黄河水有曾清日，白髮人無再少年。許大乾坤愁塞滿，覓無愁處只樽前〔一〕。

世味澆灕酒趣深〔二〕，對花無客亦孤斟。飢來肯羨乞墦肉〔三〕，貧殺不貪諛墓金。耄齒未妨師抑戒〔四〕，高譚何似守規箴〔五〕。吾今會得逍遥義，懶訪曹溪問少林。

〔一〕處：原缺，據翁校本、馮本補。
〔二〕世：原缺，據翁校本、盧本補。
〔三〕肉：原缺，據翁校本補。
〔四〕師：原作「詩」，據翁校本、馮本改。
〔五〕規：原缺，據翁校本、馮本補。

三和

斷無小妾坐金韉，太白詩。且伴諸孫墾紙田。天子尤尊方外者，少陵盛説飲中仙。宫花畢竟非真色，朝茵安知有大年。牧豎和聲儂倡首，管他王後與盧前。

歲晚文園渴疾深，相瞻北斗不堪斟〔一〕。幸無《封禪書》留藁，豈有《長門賦》賣金。它日友人定郊謚，當時酒客誦雄箴。箕山未是逃名地，何處人間有密林。

〔一〕相瞻：原倒，據翁校本、馮本乙。

鳳孫余第六孫也早慧忽夭追悼一首

竟失鵷鶵種，難求扁鵲醫。兩行楞叟淚，一本杏殤書。見孟郊詩。抱去常回顧，呼來尚挽髭。案頭《莊》《列》子，哀至掩還披。

次竹溪韻跋志仁工部柞木詩

冥搜險韻攪枯腸，音義時乎取斷章。吾窶僅能茆破屋，君材真可棟明堂。居然挺挺過蒼柏，勝似蕭蕭種白楊。識草木名須博覽，夜窗燈火恰新涼。

再和

白也詩高有別腸，棄餘分與老知章。鄧林木大堪支廈，謝砌蘭佳況肯堂。何必三年猶刻楮，便教百步亦穿楊。咸淳天子開文治，定起君賡殿閣涼。

挽葉寺丞二首

少日思乘博望槎，中年歸種邵平瓜。力辭驃騎安祠廩，因忤弘羊失使華。互市賈胡共香火，專城戰地再桑麻。可憐送老茅山觀，空費君王拊髀嗟。

何待臺傾曲沼平，昨朝户牖上丹青。寒花自拆侍中圃，劫火猶存太祝廳。托紹遺言那忍負，哭憐哀挽不堪聽。空令雪鬢龍鍾叟，秉筆來書宰上銘。

書事

市朝無處避喧啾，思駕飛車事遠遊。古志曾云壽多辱，前賢亦説耄宜休。愈訶彼佛爲夷鬼，跖罵吾師作盜邱〔一〕。安得海波都變酒，洗空開闢以來愁。

〔一〕作：原缺，據翁校本、張本、盧本補。

挽吳君謀少卿二首

重瞳親簡擢，華髪困招麾。汶上吾行矣，膠西等棄之。翟門羅爵静，魯地泣麟悲。意一奇風骨，如何不論思〔一〕。唱名日，余與意一立殿下，意一見公儀狀，曰小侍從。

吳公卿尚少，劉叟耄而迂。一任群兒謗，相輝九老圖。客誰哭横墓，友可托嵇孤。解峰李公。心折蕃陵路〔二〕，終當酹束芻。

〔一〕思：原缺，據翁校本、張本、馮本補。

〔二〕蕃：原作「墓」，據翁校本、張本、馮本改。

五言二十韻别方氏長孫女

中年别作惡，大老何以堪。我如安昌侯，愛女甚於男。念汝明當發，一夕起再三。絶憐汝父貧，練裳與蒿蔘。不量此藍縷，遣嫁彼槐潭。古云婦難爲，采桑自餧蠶。冰魚或冬笋〔一〕，旦旦謍旨甘。亦有嗜江水，遠汲勞肩擔。今汝一何幸，琴瑟和且湛。虎符舅光寵，象服姑尊嚴。亭傳盛供帳，吏士羅騑驂。汝但謹内則，毋使婦德慙。晨昏躬定省，富貴勿豢酣。百行孝爲先，彤官垂美談。汝當法淑人，倩當肖鐵庵。汝翁雖在家，譬如住精藍。不下趙州牀，常共彌陀龕。願汝福惠全，早叶維熊占。它日來歸寧，伴我村北南。龐老與靈照，安知非同參。

〔一〕冬：原作「東」，據馮本改。

史藁

雖有隆乾手澤傳，空疏豈敢望談遷。《春秋》筆絶經誰續，光嶽氣分材少全。老去汗顔慙巧斲，向來執手付遺編。文名史學都休矣，追誦堯言一泫然。

試筆二首

商廷昔有卑辭召〔一〕，傅野今無審象求。世態衆狙更喜怒〔二〕，市聲百鳥各喧啾。力耕且趁農東作，懶出難陪知北遊〔三〕。九萬里天渾是月，夜深無伴獨登樓。

老子歸來作麽生，掃空諸有覺身輕。觸蠻大戰兩蝸角，甫白相酬二鳥鳴。煨芋僧高曾約語，負苓者黠不傳名〔四〕。世間無過村田樂，莫怪龐公懶入城。

〔一〕廷：原缺，據翁校本、張本補。盧本作「山」。

〔二〕怒：原缺，據盧本補。

〔三〕北：原缺，據翁校本、張本、馮本補。

〔四〕黠：原作「點」，據翁校本改。

九日

起瞻宇宙尚陰霾，杖策籬東一散懷〔一〕。髮少可堪烏帽落，樽空凝望白衣來。插萸兄弟悲終鮮，把菊先生喚不迴。猶倚欄杆搔雪鬢，老無脚力更登臺。

〔一〕籬：原作「離」，據翁校本、馮本改。

資殿清惠陳公哀詩三首

不比堯夫新悅澤，依然迂叟舊清羸。末年先帝攀髯恨，幾處遺民墮淚碑。上自易名真獨斷，史當立傳要雄辭。道山堂上分襟句，豈料今爲絕筆詩。

清德在人如皦日，榮名加我等浮雲。漫張輦下青涼繖〔一〕，不改遼東白布帬。老惜平生惟此友，吾雖後死愧斯文。昔賢千里懷鷄絮，安得陳之董相墳。

端平元禩王正月，我與公同被特招。甲午英游小元祐，庚申景運再陳橋。可憐轉枕成春夢，猶憶聯鞍趁早朝。若見西山詢學子，爲言衰鬢雪蕭蕭。

〔一〕輦：原作「輦」，據翁校本改。

和徐總管雨山堂一首

趁韻哦詩老未工，不如總角口吹葱。載輜車裏輸伊輩，對畫屏前要此翁。

雜記五言十首

洞達開堂奧，荒唐説刹塵〔一〕。儒醇明告子，釋黠熱瞞人〔二〕。
不必桮棬性，安能桎梏身。誰知千載下，有箇葛天民。
青牛先已去〔三〕，白鶴久方歸。若欲分優劣，老儋賢令威。
東行值伯倫，西去逢無功。不知何國土，疑是醉鄉中。
履霜行於野，絶糧厄於陳。伯奇父逐子，仲尼天戮民。
追日忍渴走，喝月使倒行。夸父骨已朽，秦皇冢亦平〔四〕。
客有過吾廬，自言師陸朱。故應東海若，不及北山愚。
先傳傳後學，自覺覺天民。魯儒迷甚者，何以救迷人。
荒哉穆天子，轍跡徧九垓。已寫偃師弄，更引化人來。
愚哲皆根性，巫醫各有傳。參禪纔一宿，學幻費三年〔五〕。

〔一〕唐：原作「堂」，據翁校本、馮本改。
〔二〕黠：原作「默」，據翁校本、馮本改。

〔三〕牛：原作「天」，據馮本改。
〔四〕冢：原作「家」，據翁校本、馮本改。
〔五〕幼：原作「幼」，據馮本改。

送林若山太博赴建倅〔一〕

入誨諸生方樂育，出爲少尹忽高翔。登臨庚月平分處〔二〕，唯諾侁星一點傍。署尾冰廳雖寂寂，瞻前鐵壁正堂堂〔三〕。自憐老病詩情減，縱寄茶來不合嘗。

〔一〕博：原作「傅」，據翁校本、馮本改。
〔二〕平分：原作「半□」，據盧本改、補。
〔三〕正：原缺，據翁校本補。

示同志

旋入洛中新保社，稍增汾曲舊田廬。市朝幸免旯鉗我，尸祝何煩俎豆予。靜看芭蕉身不實，半山云：「且當觀此身，不實如芭蕉。」健忘椰子腹無書。故人遠致郫筒餉，待約鄰翁共破除。

題舊記顏

憶攜束書來京師，洛下諸賢頗見推。當日難爲元方弟，何處聞有蔡克兒。晚節免羞彥回面，後生願識李邕眉。五陵年少欺衰颯，不見田光盛壯時。

改詩

推敲覓句渾如故，卧起詩人始覺衰。送老聊題□□頌，逢辰曾和《柏梁》詩。今無鮑叔誰知我，後有揚雄必好之。叢藁麻搽鴉蚓黑，匹如墨蠟打殘碑。

懶

向來樂此不爲疲，太息龍鍾迫耄期〔一〕。鼓未撾三先就睡，書纔數葉已停披。護篝妾喜烘衣晏，拂袖賓嗔倒屣遲。一事切身猶自力，扶衰抱甕灌園葵。

〔一〕耄：原作「旄」，據翁校本、馮本改。

有感

向來涉筆賦《長楊》，辱賜天家七寶牀。黄吻少年評宿士〔一〕，白頭宫女説先皇。唐人詩云：「白頭宫女在，閒坐説玄宗。」走章臺馬曾遊冶〔二〕，攀鼎湖龍竟渺茫。縱使老婆强搽抹，安能更復入時粧〔三〕。

〔一〕宿：原缺，據翁校本、張本、馮本補。
〔二〕曾：原缺，據翁校本、張本、馮本補。
〔三〕復：原缺，據翁校本、張本、馮本補。

唐詩

瀛洲學士風流遠，中葉唐慚貞觀唐。靈武拾遺脱羈旅，開元供奉老佯狂。戲若翡翠非倫擬，撼樹蚍蜉不揣量。賴有元和韓十八，騎麟被髪共翱翔。

覽鏡

覽鏡無方染白髭，垂車有疏叩丹墀。故將軍老班師後，村校書貧散學時。百歲電光俄變滅，一場春夢莫尋思。籬邊尚有開殘菊，亂插烏巾策杖嬉。

排悶

少攜一笻徧行脚，老苦把茅聊蓋頭。事十八九不如意，身百千億皆有愁。彼埋高冢柏下卧，此駕小車花外遊。猶恨俗人知去處，近城林樾未深幽。

歎老

口惟兩齒鬢雙皤，百計無如耄及何。少壯未嘗參姹女〔一〕，衰殘始欲養黄婆。原鴒逝去牀誰對，遼鶴歸來冢漸多〔二〕。客笑儂詩真滯貨，太平典冊要聲和。

〔一〕姹：原缺，據盧本補。

〔二〕冢：原缺，據翁校本補。

戲題山菴二首

曾批龍鱗捋虎鬚〔一〕，君恩天大偶全軀。人華胥國渾成夢〔二〕，移太行山得許愚。無劍拄頤但樵服，有衾覆首莫珠襦〔三〕。他時只着深衣去，不必防閑發冢儒〔四〕。

封高四尺寧從儉〔五〕，穴錮三泉豈不愚。客過唐陵悲石馬，盜穿秦冢得金鳧。蛩吟不必人歌挽，雞絮那無客弔孤〔六〕。自作銘詩差實録〔七〕，免教人謗退之諛。

〔一〕捋：原作「將」，據翁校本、馮本改。

〔二〕渾成：原缺，據盧本補。

〔三〕莫：原缺，據翁校本、張本補。

〔四〕冢：原作「家」，據翁校本、盧本改。

〔五〕儉：原作「險」，據翁校本改。

〔六〕客：原缺，據翁校本、張本補。
〔七〕實：原作「寶」，據翁校本、張本改。

雜興六言十首

羹墻如見堯在，謳歌皆之啓賢〔一〕。至行冠冕萬世，通喪縞素三年。
史事十羊九牧，古音百鳥孤凰。前召南塘視草，後起秀巖提綱。
直翁壽甫踰八，叔方年不及希。即今高冢麟卧，何時華表鶴歸。
昔從西山授業，屢言後村當仁。伯紀蓋同學子，履常真對掌人。
重來已白髮老，獨斷擢紫薇郎。雅量雖慙子固，熱情不倩君房〔二〕。
小臣素著狂直，先皇數獎忠嘉。叩額有厚倫疏，斷腕無起復麻。
穆陵聖學高妙，詞臣絶企清光。大典冊多貼改，小字本通商量。
希夷一睡一月，惜哉肘後不傳。擁破衣裘待旦，聽殘更點如年。
一老遂開九秩，諸賢多入八哀。扶起風前玉樹，吸空月下金罍。
吾猶及見諸老，今誰可寄斯文。有傑材怕尋斧，無妙質可受斤。

〔一〕之：似當作「知」。
〔二〕情：原缺，據翁校本、張本、馮本補。

挽王孺人

貞潔如圖史，纖微到米鹽。辟纑窮亦樂，反鲊訓尤嚴。封邑纔綸誥，還鄉尚繡簾。自慙銘筆拙，何以發幽潛。

挽黄德遠堂長二首

雖與長君友，居常敬少君。何曾錦褓子，竟老布襦羣〔一〕。中白無殊禮，程朱有舊聞。誰爲復齋傳，應許附青雲。

舊宅猶東里，新邱宛北邙。單雞頻哭友，老鶴悔還鄉。齋記曾磋切，埋文愧耄荒。諸郎真五寶，雖死未嘗亡。

〔一〕羣：似當作「帬」。

書窗

跳丸屋角去如馳，蠹簡窗間卷復披。元老豈無揮玉麈，大儒曾有奮金椎。鈞牽鰲極靈根動，斧入牛山傑木衰。白首腐生多感慨，愁來時以酒澆之。

雜詠七言十首

元老墟墓中得貶，諸賢煙瘴裏招魂。無盡自誇佛口眼，子厚先拚鬼骨臀。黨碑

雪蕭太傅幾罹禍，訟石中書又納忠。豈可朝無宗室老，不知家有國師公。

回仙輕舉乘白鶴，太白大醉騎鯨魚。純湖飛過人不識，入海問訊今何如。

寧草兩都卿雲賦，不作六朝徐庾詩。牘馥沾李翺張籍，殘錦分江淹邱遲。

文公左目晚羞明，猶抱遺經細考評。今汝畏書如畏虎，天公折罰使偏盲。

聰明不及前時久，惟鼻猶能嗅臭香。老去無端都塞了，不分鮑肆與蘭房。

造物將如此老何，懸車以後藁猶多。晉劉伶醉戲爲頌，楚接輿狂偶作歌。

周旋王庾二公際，傳授并汾諸子間〔一〕。晚歲更無人共語，牛欄西畔荷鋤還。

老憐幾箇小孫兒，不減添丁與阿宜。漸有墨鴉掃窗興，絶勝竹馬走廊嬉。
讀書十行目俱下，上樹百回心尚孩。君看大年與永叔〔二〕，當日皆從童子來。

〔一〕「子」下原有「家」字，據翁校本、張本、馮本删。
〔二〕永：原缺，據翁校本、張本、馮本補。

讀秦紀七絶

黔首死於城者衆，杞梁身直一微塵。不知當日征人婦，親送寒衣有幾人。
匈奴驅向長城外，當日蒙恬計未非。欲被築城夫冷笑〔一〕，轀凉車載鮑魚歸。
秦賤儒冠貴鞅斯，士生此際命如絲。可憐聚議驪山下，駢首趨坑尚未知。
人所難言敢納忠，祖龍雖暴却英雄。同時見者皆齏粉，肯活茅焦沸鼎中。
怒發君山俄見赤，威驅海石亦遭鞭。儒生曰山東無盜，方士云海中有仙。
逐客古人先後相，絶它柏翳背蘭陵〔二〕。况書舊讀優諸子〔三〕，《吕覽》今編入六經。
通國無人敢挾書，嶧山碑自篆蟲魚。至今覽者賞奇古，先漢文章已不如。

〔一〕欲：似當作「却」。

〔二〕背：原作「皆」，據翁校本、馮本改。

〔三〕讀：原作「德」，據翁校本、馮本改。

竹溪問道至水南不入城而返小詩問訊

牛屋方將同扣角〔一〕，漁磯亦擬共披蓑。即今耆舊多凋謝，從古文章要琢磨。一老少曾聞正始，六人五已相元和。白頭賴有溪翁伴，頗怪高軒不我過。

〔一〕同：原在「角」下，據翁校本、馮本乙。

問訊大淵痔疾

秋來日日候雙凫，霍地光陰迫歲除。古有客過雄寂寞，今無人問白何如。蘇先自説飢餐麵，蒙叟曾嗤舐得車〔一〕。縱使村翁窮到骨，豈無薄醴與枯魚。

〔一〕舐：原缺，據盧本補。參《莊子注》卷一〇《列禦寇》。

懷舊二首

盛名豈敢儕三俊，痛飲猶堪入八仙。屈指淳熙遺老少，到頭元祐幾人全。松爲明誤天千歲，薰與蕕并臭十年。立傳臣僚宜自愛，追懷此語一悽然。中散大夫以上立傳。西山先生云：參與任公方向用，或拊其背曰：伯起今是立傳臣僚〔一〕。

童蒙頗慕舞雩樂，老病猶參立雪碑。愧我高年成後殿，輸他半夜得單傳。著書有子詮《中説》，覆瓿無人守《太玄》。董薛程仇皆已矣，螢窗誰共輯遺編。

〔一〕小注中「西」字原缺，據張本補；「任」原作「仕」，據翁校本改；「拊其背」原作「□某皆」，據盧本改、補。又「起」字原缺，據《宋史》卷三九五《任希夷傳》補。其説如下：傳云「任希夷字伯起……兼權參知政事。史彌遠柄國久，執政皆具員，議者頗譏其拱默」。所述姓氏、職官、事實皆與注文詩意相合，因補。

邱君雙薦前尹古田三年有遺愛邑人以爲可繼陽巖侍郎洪公今尹孝感又將滿小詩將行〔一〕

五言徽外彈聲古，一點眉間喜色濃。去莠莆田成沃壤，種花寒地亦春風〔二〕。民懷惠愛桐鄉祀，上奮英明即墨封。不比尋常折楊柳，君侯髦士我衰翁。

〔一〕「將」下原有「細」字，據馮本刪。

〔二〕寒：原作「塞」，據翁校本改。

寢室二絶

衆已咍臺猶待月，身堪扶策便尋春。漏名牛黨贊皇黨，尚有蒙人苦縣人。

倦投枕上如蠶老，飛入花間與蝶同。可惜無人勸蒙叟，百年莫出大槐宮。

無題二首

怒漢唾師德，酒徒拳伯倫。吾評此二士，顔子後無人。

季世讎相復，先賢量有餘。潞還子方謫，坡答致中書。章援也。

丙寅記顔六言二首

八十餘戴白老，五紀前琢玉郎。只愁雷爆丹竈，不煩月照星梁。

手無太尉玉麈，腰無鄂公羽箭。一聲喝海潮音，一隻眼巖下電。

丙寅贈月蓬道人〔一〕

孝肅以來風力少，今龍圖是恕齋公。憑誰爲請南山判，兩箇道人争一蓬。

〔一〕蓬：原作「逢」，據翁校本、盧本改。

後村先生大全集卷之四十

詩

竹溪中評余近詩發藥甚多次韻一首

輦路曾聯花底轡，釣磯共著雪中蓑。璧瑕自是難爲掩，言玷誰云不可磨。煩錦繡腸施月斧，洗箏笛耳聽雲和。兩翁弄此窮生活，户外渾無客屨過。

三和 二和缺

經旬積潦慵扶杖，拂曉新晴喜晒簑。掣電光陰難把玩，浮雲富貴易消磨。蝸牛廬只依通德，蟲蠹書猶在善和。除是膚翁名父子，別無好事者經過。

四和

矍鑠翁徒誇被甲，玄真子自愛衣簑。昏花安得金篦刮，荒落猶將鐵硯磨。雄思湛深空自好〔一〕，郊鳴寒苦幾時和。木魚差異炎凉者，不鄙柴門夜夜過。

〔一〕湛深：原作「空湛」，據翁校本、張本、馮本改。

五和

賓戲兩翁迂闊甚，金章換得笠并簑。君從老艾傳衣鉢，僕似元城耐搗磨。劉器之確搗磨磨，止説元祐是。歲晚石交惟竹伴，古來鼎味待梅和〔一〕。凍泥滑滑村居僻，今雨無人肯見過〔二〕。

〔一〕味：原作「右」，據翁校本、馮本改。

〔二〕雨：原作「兩」，據翁校本、馮本改。

六和

不羡上公被雉衮，寧爲野老着牛簑。《釣臺詩》：「漁釣牛簑且逃逅。」素無文思加衰竭，薄有時名合折磨。幸老舍人工潤色，逢新天子建中和。子來猶自商歌在，舊友何須裹飯過。

七和

盡卸絲鞭并席帽，全裝雨笠與煙簑。國南泰時壇方築〔一〕，塞北燕然石未磨。《本草》書難壽炎帝〔二〕，長繩繫不住羲和〔三〕。回仙只在人間世〔四〕，萬一飄然袖劍過。

〔一〕泰：原作「秦」，據翁校本改。

〔二〕難：原作「雖」，據翁校本、馮本改。

〔三〕繫：原作「擊」，據翁校本改。

〔四〕「只」原作「郎」，「世」字原缺，據翁校本改、補。

八和

趁潮生處先抛網，卧月明中不脱簑。晚學銅人緘不語，早知鐵漢鈍難磨。囁嚅吾欲多長慶，鉤畫君真逼永和。自剔燈花看吟草，夜闌不覺曉牌過。

絶句二首贈月蓬道人過建安謁劉漕中書

兩過道人争一蓬，豈非名號偶然同。樗翁賴是無權柄，往問無家鐵壁翁。

只有破裘禦寒色，偏將甜卦賣癡人。那知兩箇非師弟，一是鍾離一洞賓。

和除字韻問大淵來期

故人有約欽遲久〔一〕，竹樹茅亭自掃除。寧載鴟夷訪揚子，揚子雲《酒箴》：「鴟夷滑稽，腹如瓠壺。」羞蒙狗監薦相如。極思座上揮長麈〔二〕，莫賺□□□□車〔三〕。□□□□□□□，□□□□更垂魚。

〔一〕欽：原作「歎」，據翁校本、馮本改。
〔二〕揮：原作「掃」，據翁校本、馮本改。
〔三〕車：原缺，據翁校本、馮本補。

三和 二和缺

林下笋猶供採握，門前草又欠芟除。絶無□□□三顧，時有僧來説六如。舊友尋盟將命駕，先□□□□乘車。今年田海俱中熟，處處人家足稻魚。

四和

亂書案上慵料理，長物齋中悉屏除。乍可假□□□甫，安能佞佛把隨如。虎皮晚歲羞争席，豹尾當年扈屬車〔一〕。冬暖無冰村酒賤，肯來溪上共叉魚。

〔一〕當年：原缺，據翁校本、張本、馮本補。

五和

客怪村翁老猶健，我知造物有乘除。曾看鯨海鵬天了，豈比蜂窩蟻垤如。舊敬尊公維北斗〔一〕，今爲後學指南車。此生只合熏班馬，掩鼻人間等鮑魚。

〔一〕維：原作「移」，據翁校本、馮本改。

六和謝其見訪

薄有雞豚趁墟市，寂無鳥雀下階除。疾馳輕騎啣枚至〔一〕，興盡扁舟激箭如。我老幻身聊據槁，君豪詩骨可專車。吾聞海上鯨堪膾，沮洳何緣有大魚。

〔一〕啣枚：原作「御牧」，據翁校本、馮本改。

七和

百家衆體皆融液，一字陳言亦剷除。陋矣小巫步神禹，譬之大戰獲僑如。子行給子尚方札，吾自乘吾下澤車。本是腐儒非磊落，莫嫌窗下註蟲魚。

八和

困拈架上書蘇醒〔一〕，愁倩盃中物破除。子美所稱惟白也，仲尼自謂不回如。食纔藜糝寧無肉，行以笻枝可當車。聖世未嘗違物性，飛潛初不問鳶魚。

〔一〕「拈」原作「枯」，「書」原作「晝」，據翁校本、馮本改。

九和

人見休官欺冷落，天將高壽準遷除。鑷千莖雪形容變，卸一條冰涕唾如。病怕執綏升玉輅，辛亥明裡，先皇欲命某執綏，憐其病而止。老難垂耳服鹽車〔一〕。身閒絶喜無拘束，巢鶴終勝似釜魚。

〔一〕耳：原缺，據翁校本、張本、馮本補。

十和賀太淵得雄二首〔一〕

鬱鬱葱葱初抱送，驚驚怕怕永銷除。稼軒詞。子瞻要待啼時看，介甫曾誇畫不如。先敞高門容駟馬，旋聞别館戲羊車。《中庸》《詩》《禮》牢扃鐍，他日親傳伋與魚。

誕育文章家可賀，軒渠煩惱障皆除。霜蹄墮地能行矣，玉樹臨風必皎如。羣紀伴翁入圖畫，儼佟爲我御巾車。客中往往煩厨傳，倘許攜將酒與魚。

〔一〕太淵：按和詩第一首作「大淵」，二者當有一誤。

和竹溪披字韻二首

玉雪面俄成醜老，琅玕腹未盡呈披。只今衆女各施粉〔一〕，自古十夫能挽椎。豈有進賢冠繪像，亦無靈壽杖扶衰。俚辭聞早安排了，未必他人識牧之。

人夸晚節猶鮮健，誰信朝華已謝披。空有朵雲盈篋笥〔二〕，竟無片雪上鉗椎。槁枯毋怪芳菲歇〔三〕，退惰常因血氣衰。自嘆龍鍾真髦矣，不如茗芋一中之。

〔一〕各施：原作「容」且下缺一字，據盧本改、補。

〔二〕笥：原作「筒」，據翁校本、馮本改。

〔三〕枯：原作「乾」，據翁校本、馮本改。

再和二首

包羞羊借皋比蓋，飾貌狙將袞服披。妾去綠衣裳以麴，佗乘黃屋髻猶椎。方開元際唐風盛，自建安來漢道衰。舉世紛紛學姚賈，老夫持此欲安之。

古柏每經寒聳秀，朝花不待夕離披。舉揚壹似德山棒，摧拉過於力士椎〔一〕。化鶴仙歸見孫老，感麟翁泣歎吾衰。楚狂難和薰風句，聊自歌之舞蹈之。

〔一〕椎：原作「榷」，據前數詩用韻改。

挽陳孺人

邱升真倅之内，理掾應中之母。

鄉井公評推内則〔一〕，掖垣銘筆寫徽音。不煩陶子羞蚶鮓，肯與黔婁共布衾。三語未酬將母志，九原無負托孫心。樗翁閱世頭如雪，一紀前曾挽藁砧。

〔一〕評：原作「平」，據翁校本、馮本改。

總戎徐侯伯東遠訪田舍贈詩二首次韻

内辭狨橐外菟符，巾褐蕭然一老儒。牀上亂書眠當枕，卷中警句摘爲圖。和靖有《摘句圖》。雨寒裹飯故人少，雪夜扁舟今世無。惟有徐君真好事，高軒肯自福之莆。

博覽彊通千載事，冥搜謬用一生心。乾坤刼數有成毁，風月性情無古今。君似得吾之骨髓，俗方求我以聲音。若非生處殊閩浙，把臂相邀共入林。

伯東留詩別余次韻

殘生恰似道傍樗，匠斧樵柯免剪除。撚我幾鬚安箇字，見君一面勝千書。貧家僅有雞爲黍，貴客相過翠織裾。稚子不知新社友，却詢座上者誰歟。

朔齋竹溪盛稱鑑臺李君談天小詩戲贈

品題經二紫薇公，攜袖中詩訪老農。遠祖似曾爲藏史，前身莫便是淳風。自憐槁木灰生意，絶怕菱花照醜容。但願海鄉魚稻熟，耄夫不復問窮通。

謝韓孔惠見訪

千林黄落澗冰堅，應是江湖作雪天。偶有客過居士室，絶無人識孝廉船。繡衣二使交章薦，黄策諸郎律賦傳。莫向明時嗟不遇，乃翁穮蓘子逢年。

挽趙母鄭氏

攀桂者聯翩，皆由母訓焉。摘髭人共羡，出腹子多賢。穉耄三從美，哀榮五福全。幽明無一憾，玉潤自銘阡。

挽陳判官

介　建教巖石之父

偶然傾蓋欣初識，驀地分襟惜久暌。太末謾稱三語掾，上林未借一枝棲。空煩㝢叟招魂些，賴有薇郎積善題。他日廣文燎黃誥，原頭鶴表與雲齊。

謝王尚賢見訪

字任卿

畏跌始知笻有力，怯寒常以衲蒙頭。詩名吾不如公幹，清興君何減子猷〔一〕。林下方將分半席，江邊作麽返扁舟。騷壇尚有陽巖在，豈必擔簦更遠求。

〔一〕與：原作「與」，據翁校本、馮本改。

和陳生投贈二首〔一〕 宗范　閩清人

乍可破琴栖剡曲，誰能抱瑟立齊門。昔賡太液池新詠，今嘆靈光殿獨存。摩詰不煩人問疾，巫咸難爲帝招魂。老農無復供春帖，題徧南村與北村。

華裾乃肯訪衰翁，何德煩君贄一通。百尺樓真廣陵後，千巖宅在魯家東。句中有眼參方見，刪後無詩論未公。年少分陰且惜取，老夫不覺已頭童。

〔一〕贈：原無，據翁校本補。

丁卯元日十首

真率會居同社長，屠蘇酒讓一家先。垂髫孫各欣新歲，華髮翁偏惜舊年。

瞎翁九起茅簷下，失喜繁星滿樹梢。想泰元尊衰景貺，知新天子講初郊。

五時初行禋類禮，萬金難買歲朝晴。老臣縱有甘棠頌，未必朝廷記姓名。

北闕南鑾霽華開，輦御端門肆眚廻。野老相逢談聖德，散齋蔬素到燔柴。
帝服堯喪禮制終，南衙萬玉賀廷中。遥知祝了三宫壽，相率回班賀相公。
禮成雖曰非常慶，聖敬居然不已純。玉女宓妃猶屏欲，先開梅厦訪儒臣〔一〕。
別墅棋邊勍敵破，上流帳下捷書飛。幾年二虎争雄長，一剖爲羓一遁歸。
物貴皆緣自幣輕，絲身穀腹費經營。公卿文學方矛盾，黔首何時見太平。
昔日寒檠曾萬卷〔二〕，暮年曉鏡有千絲〔三〕。人言晚節高初節〔四〕，自喜新詩勝舊詩。
□□戴白蒼頭醜，筆秃無花藻思枯。惟有春風不知老〔五〕，年年傅粉又施朱。

〔一〕先：原作「光」，據翁校本、馮本改。
〔二〕昔：原缺，據盧本補。
〔三〕鏡：原作「景」，據翁校本、馮本改。
〔四〕初節：原缺「節」字，據盧本補。
〔五〕「老」及下句「年」字原缺，據盧本補。

銘座一首

□□幸已逃憂責，銘座猶思儆耄荒。平日何曾欺闇室，暮年不會議明堂。重金身寵生無益，賜扇恩深死未忘。扈蹕老臣開九袠〔一〕，感今懷舊獨凄凉。

〔一〕袠：原作「袞」，據翁校本、馮本改。

送舶使王監丞

一琴不鼓攜歸浙〔一〕，六轡如絲送入閩。魁傑西州今有汝〔二〕，典司南庫豈無人。牙籌何足煩名勝，鼇席方將問鬼神〔三〕。公幹仲宣從此別，遠書莫惜寄漳濱。

〔一〕一：原缺，據翁校本補。
〔二〕汝：原缺，據盧本補。
〔三〕鬼：原缺，據翁校本補。

中峰省謁二絶

□□□下挾兩拐，凍皴身上披三絮。非爲辟支放登光〔一〕，自是龐公上冢去。

黄絁製袍白布袴，長鬚扶拜翁翁墓。殘骸倘未隨朝露，魚菽一年來一度。

〔一〕光：原缺，據盧本補。

送林子敬倅武昌

閫外於今有虎臣，孰云立國靠江神。後車雞塞勒銘客，前席龍山落帽人。此去青油煩檄筆〔一〕，向來赤壁要綸巾。遥知崔顥題詩處，暇日登樓與拂塵。

〔一〕檄：原作「激」，據翁校本、張本、馮本改。

丁宋傑挽詩〔一〕

文字蜚聲早，功名入手遲。晚知書誤我，時以酒澆之。曠野靈均些，新墳貞曜碑〔二〕。兩翁不在子，其必在孫枝。

〔一〕宋：原作「采」，據翁校本、馮本、盧本改。按，丁南一字宋傑，見林希逸《竹溪鬳齋十一稿續集》卷一三《給事丁先生奏議跋》。

〔二〕貞：原作「真」，據翁校本、馮本改。

贈謝子杰校勘六言三首〔一〕

高比伏生轅固，皆九十。熱瞞賈誼朱忠。我自號病居士，君無戲盲老翁。

喚做獃子憨子，管他火星孛星。造物小兒則劇，先生大醉未醒。

功名隨露電過，文字與星斗垂。吾評潞公五福，何如放翁萬詩。

〔一〕六言：原無，據翁校本、馮本補。

用居厚弟强甫韻十三首〔一〕

老禪和築退居庵，識路何須待指南。野叟得年今九九，星翁布筭更三三。有詩入夢撩靈運，無藁藏山愧史談。愚智同歸一抔土，管他後世傳非聃。

先皇親爲扁溪庵，奎畫煌煌陽世南。多病安知年望九，歸耕何幸歲登三。新詩有弟聊相屬，前事無人與共談。作飲中仙殊不惡，何須苦淡學瞿聃。

了無傑句似平庵，謾有高年企渭南。放翁封渭南伯。鐵漢堂堂纔望八，銅人嘿嘿久緘三。曾傳鴻寶枕中訣，厭聽狙邱稷下談。畫史貌予殊不似，清臞安得耳如聃。

辭大叢林卓小庵，豈知捷徑在終南。狂歌不曉花十八，餓死休貪芧四三〔二〕。漢有子雲尤苦思，晉惟逸少不清談。君看尼父生知者，問了萇弘又問聃。

不腆先疇與破庵，在汾水曲管岑南。《文中子》：「田廬在疏屬之南。」注云：疏屬，山名。《山海經》云枕汾水，名管岑。幽栖晚節巢林一，戇草當年及□三。酒甕有期春共酌，書囊無底曉猶談。吾惛紫氣難瞻矚，未暇攀迎柱下聃。

歲晚歸休老學庵，放翁庵名。敢嗟白首滯周南。在廷不欠秃翁一，開徑寧無益友三。地豈長房之可縮，天非鄒衍所能談。桓郎狹小膠師説〔三〕，未必雄書遠過聃。

是處皆堪結草庵，寧論塞北與江南。上林遠賦諷纔一，光範門書獻至三。麟獲魯西終聖筆，馬浮江左坐玄談。古書疑信常相半，何必深疑禦寇聃。

臨池苫蓋釣魚庵，温公庵名。却笑温生起水南。林下休官誰見一，歲寒取友不過三。點黄豈有眉間喜，堅白都無舌本談。杜下首陽孰工拙，東方元未識夷聃。

無住先生獨住庵，簡齋庵名。得朋猶冀自西南。丹心事國忠無二，白首尊師誼在三〔四〕。詩少古風惟近體，學慚實踐謾虛談。退之未離乎儒者，坐井觀天錯議聃。

把茅容膝强名庵，宜夏宜冬户向南。雪厄黄精飢杜二，花欺白髮笑陳三。後山詞：「莫莫休休，白髮簪花各自羞。」爾儂柏下已骨朽，此老橘中猶手談。惟有子長讚深遠，諸家類以淺求聃。

春困齁齁卧蝶庵，蝶庵在徐潭東偏。欠伸跳出大槐南。漂摇不借烏栖一，上林多少樹，不借一枝栖。迂拙羞營狡窟三。投轄孟公方痛飲，驚筵焦遂勿高談。谷神若果能無死，秦失何由却弔聃。莊子云：「老聃死，秦失弔之。」

懶訪半山雲頂庵，荆公詩：「庵雲作頂峭無鄰。」且撑一葉泛溪南。退之。花間漸覺同游少，今年看花伴，已少去年人。桑下何曾作宿三。古有劉伶呼不醒，今無衛玠共誰談。五千言是家人語，長笑諸家誤注聃。

素昧清真與順庵，吴成伯可。偶然愛唱望江南。世因玉佩輕秦七，少游有「玉佩丁東」之詞，爲伊川所誚。天□蓑衣貴謝三。蓑衣未必清貴。郢可憂虞成永歎，漢方隆盛勿多談。古今大膽惟蒙叟，不但誣丘又謗聃。

〔一〕居厚：原作「居後」，徑改。按居厚爲劉希仁字，本集中累及此人。

〔二〕芧：原作「茅」，據盧本改。

〔三〕「小」字原無，而「膠」下原有「詩」字，據翁校本删補。

〔四〕誼：原作「詛」，據翁校本、馮本改。

贈崇安吳醫德安

家住武夷精舍邊，若非悟道必逢仙。不爲宰相渾閑事，只作名醫也自賢。羞與市爭伯休價，儘教人負宋清錢。慢亭泉石應如故，安得相從刺釣船。

和張文學投贈　松年

身如老桐樹，拱把至於今。閱世已焦尾，無人知苦心。免隨薪爨盡，誤被斧斤尋。曾侍薰風殿〔一〕，先皇獨賞音。

〔一〕侍：原作「待」，據翁校本、張本、馮本改。

新勳姪宰松溪

麥壠青黃接，花封紫皁催。汝能馴雉否，吾亦割雞來。琴調誰知者，租瘢豈忍哉。試詢縣齋客，莫也有澮臺。

送趙司理若鈺之官潮州

辨幕資籌筆，圜扉待雪冤。未論公喜怒，先爲母平反。君壯行其志，吾貧贈以言。自憐劉跛子，不及送前村。

再和張文學

安知後來者，所作不如今。孰可執牛耳，君能貫虱心。孤根纔一寸，半山詩：「一寸菴前手自移。」老幹忽千尋。未必子期死，無人聽古音。

送陳德剛舍試〔一〕子龍

不消負笈趁槐黃，解褐惟於孔廟堂。士子堵墻觀矍圃，公卿搢笏誦《阿房》。里中巨擘推吾子，闕下諸生有此郎。鶴髮慈親倚門待，錦標奪得早還鄉。

〔一〕「送」下原有「德」字，據翁校本、張本、馮本刪。

送吴時父侍郎二首

慧燈溥照人幽隱，心秤能權物重輕。士子比之常相國，吏民道是蔡端明。來時稻蟹非常熟，去日琴龜作伴行。安得四方皆結𨮇，蒼黔開眼看昇平。

十行禮促歸荷橐，五朵雲飛墮草廬。西北戰塵鋒鋭甚，東南民力磬懸如。帝開宣室初前席〔一〕，公憶康山舊讀書。問訊少君無恙否，衰殘久不奉雙魚。

〔一〕開：原作「闈」，據翁校本、馮本改。

題金華王山甫吟藁 佳翁，前齋子。

載贄來相覓，挑燈讀失驚。尊公王逸少，外祖鄭康成。子壯堪傳嫡，吾衰浪得名。江湖有公論，不必問鍾嶸。

贈日者袁天動

多識名公與鉅卿，也攜贄卷到柴荆。神巫未易覘壺子，太卜安能筮屈平〔一〕。且喜天綱家有種，不憂日者傳無名。村翁耄矣詩全退，同社諸人各善鳴。

〔一〕卜：原缺，據翁校本、張本、馮本補。

送莊知録歸覲

彼美佳公子，甘爲郡督郵。鯉庭素鍾愛，烏幕不能留〔一〕。剡上止一鶚，挽回無萬牛。李官難久曠，來莫待新秋。

〔一〕烏：原作「鳴」，據翁校本改。

用洪君疇韻送徐仲晦赴鄉郡二首

君於外物一毫輕，七聚争看錦晝行。昔苦駈篇無路達，今欣蠟燭照天明。潢池赤子思重活〔二〕，青社飢民待再生。前哲貴分人以德，獨清不若衆皆清。

傳聞君相奬清修，印節移來某水邱。范孟博非私奏劾，祁大夫不避親讎。青黄未接宜開廩，紅腐無多謾唱籌。事尚可爲君努力，明時未好説歸休。

〔一〕重：原作「天」，據翁校本改。

端午五言三首

綺紈貴家子，旗皷少年場。屢舞衆人醉，鮮粧一國狂。
士女匆匆散，溪山寂寂然。龍舟閑似我，閣起向沙邊。
雜遝今觀渡，依稀昔浴沂。居人空巷出，幾箇詠而歸。

又七言三首

蛾眉已被生前妬，魚腹猶遭死後誣。把似與龍爭角黍，何如隨俗飲菖蒲。
田翁有酒邀村飲，地主存羊餉節儀。不喜人題木居士，何曾鬼怕艾天師。
枝上絳英吹欲盡，鏡中素髪摘來稀。今年過了菖蒲節，猶就香篝着裌衣〔一〕。

〔一〕就：原作「袂」，據翁校本、馮本改。

次朔齋虜齋兩中書韻題鐵筆堂〔一〕

椽筆雅宜揮制草，鐵心未害賦梅花。紫薇閣老昔同省，喬木世臣今幾家。犢鼻吾甘住南阮，狨鞍君合扈東華。明時簡擢皆夔卨，不待還黄與壞麻。

〔一〕虜：原作「獻」，據翁校本、馮本改。

送謝畊之温陵

縱未肩康樂，猶堪跨惠連。生涯懸罄盡，詩句彈丸圓。古有王官采，今無海賈傳〔一〕。不知誰著價，攜去訪心泉。

〔一〕賈：原作「價」，據盧本改。

和東澗丁卯上元日見寄三絶句〔一〕

昔侍重瞳讀《考工》，壬戌勸誦，詔讀《周禮》。老無隻字干子公。故人化作纍纍冢，留得村翁與澗翁。

身已偏枯無一邊，還丹悔不問師傳。便教老壽如彭祖，僅活人間八百年。

臂短生來不善緣，那堪年已迫申轅。申公八十，轅固九十。聃書字字家人語，不似蒙莊好寓言。

〔一〕澗：原作「間」，據翁校本改。

又三首

圖二疏歸無畫工，留君嚴去欠文公。卸了尚書呼長者，納還學士做漁翁。香山有「毗盧長者白尚書」之句〔一〕。

雪平腰各立師邊，半夜輸君得密傳。伴後村翁成二老，比絳縣人多一年。

年高難結草鞋緣，道遠貧無犢負轅。惟有加湌兩箇字，忉忉衍作百千言。

〔一〕眦：原缺，據《白香山詩集》卷三七補。又其下「盧」字，詩集及《白氏長慶集》、《全唐詩》皆作「耶」。

居厚弟生日

赤帝雖然張火傘，素娥亦自湧冰輪。門無賓客臨羅爵，庭有兒孫賀紱麟。晚節抽身還故里，他時留面見先人。星翁未解吾儕意，猶説君王獵渭濱。

贈雪山李道人二首

巧歷推修短，前知定吉凶。吾爲立標榜，唤做小淳風。

離亂雪山隔，艱難蜀信通。道人能縮地，移取向江東。

讀史

絶漠犁庭功可喜〔一〕，與天争鼎志堪悲。吠江帝剖爲羓去，避地民勞若蟻移。河決固非束薪塞，厦傾欲以一繩維。英雄到此多遺恨〔二〕，孺子林宗百世師。

〔一〕漢：原作「漢」，據翁校本改。

〔二〕此：原作「了」，翁校本作「此了」，則多出一字，今以「此」字爲正。

寓言

衣薰三日不歇，猶臭十年未已。寧爲蔚宗香傳，不作魏收穢史。

三贈月蓬道人二首

病翁已卸鞍馱矣，道人彊欲羈馽之。賺汝一雙窮相眼，饒吾九十老頭皮。

此蓬此月屬誰哉，送汝挑包謁恕齋。説與同名同號者，龍圖親爲判憑來。

後村先生大全集卷之四十一

詩

驥孫晬日

驥子丰神水似清〔一〕，晬盤拏了太憨生。語遲未識罷并囝，性慧過如姊與兄。顧我高明慙父祖，願兒愚魯至公卿。何時長大勝冠帶，處處將車捉轡行。

〔一〕丰：原作「手」，據翁校本、張本、馮本改。

次鐵筆堂韻謝朔齋貢餘

皇朝盡却九州貢，閩荈猶先百草花。正焙頭綱馳御府，斜封三印到山家。秘藏蔡《録》珍無價，蔡公自書《茶録》數本。快覩佺星遠有華。縱使搜腸五千卷，安能視草更操麻。

目眚

日啖荔枝三百顆，不知天罰一隻眼。異哉野老白露團，烈於貴人寒食散。

次韻別方時父

我於中壘譜相通，君喚玄英作祖翁。每恨暮雲一樽隔〔一〕，暫欣夜雨對牀同。爲晨門黍談清宿，留剡溪舟避逆風。衆作紛紛鳴瓦釜，黄鐘聊復鼓於宫。

〔一〕暮：原作「春」，據翁校本改。

病中九首

湯熨兼旬尚未瘳〔一〕，災生盈滿欲誰尤。禁中蓮炬頻宣鎖，閣上藜燈幾校讎。廻嚮真人并大士，變教師冕作離婁。何時眸子重清朗，短策隨身處處遊。

捲五紅雲一朵邊，抽身偶在衆賢先。鶴歸鄉倐三千歲，馬老人酬八百錢。雅嘆蒙蒙徒仰視，騷稱皦皦者難全。殷勤寄謝文房友，願未來生再結緣。

褚公真蹟勝頑碑，曾向三茅快覩之。一自偏盲常面壁，甚貪小楷廢臨池。鼉如太尉書薑字，俚若蒿師唱月詩。老去無詞并惡禮〔二〕，感今懷昔不勝悲。

鵶叫方知日出東，起瞻宇宙尚朦朧。空花久已參諸老，巖電何須似阿戎。乍可一燈虚室白，絶勝千炬火城紅。癡人苦愛清凉散，道是肝家熱上攻。

炎官扇虐甚炰烹，忽聽簷聲病思清。白露降餘天氣肅，碧雲合處暮愁生。一秋藥裹相料理，百歲書窗幾暗明。他日汗青無事業，惟詩猶可竊虚名。

隆乾先緒微如綫，負荷常憂力量輕。已矣學農并學圃，非惟慙長亦慙卿。沂源昔□漸師友，尚齒今誰問□□〔三〕。

〔一〕熨：原作「慰」，據翁校本改。

〔二〕句中「無」似當作「蕪」，「禮」似當作「札」。

〔三〕此下缺二句。又題云九首，則此下並缺七、八、九三首。

失題二首〔一〕

蒼生將如安石何。君實可爲宜努力，了翁自□不須多。直今去作循良吏〔二〕，孰若來賡喜起歌。

間或擊强非果弱，未嘗束濕自然嚴。起惟吏畏三風訓，先爲民蠲再榷鹽〔三〕。時與青油賓唯諾，尤於白屋士勞謙。懸知鈴閣清如水，瓜李雖微亦遠嫌。

〔一〕此二首失題，且第一首缺前三句凡二十一字。
〔二〕吏：翁校本、馮本皆作「傳」。
〔三〕榷：原作「椎」，據文意改。

挽段夫人二首

馬翔甫樞密之母

斷機手自訓三珠，彤史遺芳未必如。子貴面槐陪國論，母賢畫荻課兒書。百官未講回班禮，千乘空多送葬車。曾忝樞庭文字友，東芻無路酹邱墟。

母因子貴滔滔是，惟段夫人夐不同。丹桂義方如五竇，碧梧典冊繼三洪。魚軒甫拜咸寧郡，象服未朝長樂宮。何必他人勒阡表，家庭自有大宗工。

秋思一首

不覺朱明變素商，螢穿户牖燕辭梁。牢愁五鼓尤難睡，薄冷單衣未易當。誰伴子綦同隱几，亦無法喜共禪房。殘骸到了猶貪愛，仙聖前頭自炷香。

遣興一首

酒腸詩膽兩輪囷，已病方知愛重身。慈母絶憐嘔心〔一〕

〔一〕「母」下原有「憐」字，據翁校本删。又《全宋詩》云：「以下原殘缺八面。」

失題二首

□□□□□□□，□□□□□□□。□□□□□□味，一旦鳴陽警衆聾。絶塞擇棲托羈旅，行臺設網攬英雄〔一〕。朝家記憶超宗父，便可吹嘘入禁中。

翁折高枝空月窟，子提色筆哭煙樓。有司豈不具隻眼，諸老皆當放一頭。鵬背方乘御風勢，馬足肯作看花游。懸知董子天人對，一洗平津曲學羞。

〔一〕攬：原缺，據盧本補。

記醫語

身如桐半死，天尚罰枯株。昔作紅顔子，今爲碧眼胡。醫言余目有青暈侵眸子。迷蒙銀海眩，欹側玉山扶。惜尚名書畫，緘縢可謂愚。

送强甫赴漳倅二首

团罷各華顛，臨分倍黯然。吾惛如隔霧，汝孝可通天。郡古多文獻，廳寒少事權。東岡今召父，猶在乃翁前。

平生受用語，祖道試重拈。御下慈親恕，持身處女嚴。民歌齊相静，守説許丞廉。寬作期年别，吾衰勿久淹。

贈無菴于道人六言一首〔一〕

□無盡空諸有，孤立何須同參。道人不置產業，寄跡孟家廢菴〔二〕。昔孟保相自號無菴，穆陵宸翰爲書其扁。

〔一〕六言一首：原無，據翁校本、馮本補。

〔二〕寄跡：原缺，據盧本補。

小雪後二日二首

吾評世間病，至慘莫如盲。親友不覿面，子孫惟認聲。根存神不死，食既魄難生。賴有膚齋老，書來弔失明。

一蒼頭贊謁，兩赤脚扶行。醫柰毋吟咏，賓嗔不送迎。都忘虛室白，時夢小窗明。廻首然藜地，誰憐老更生。

題陳主學達觀堂二首 薦魚

大觀鵬與鷃，小智管并蠡。椿菌年脩短，夔蚿足少多。交鋒蝸左角，森戟蟻南柯。惟酒能齊物，醺醺合太和。

華堂需被記，老筆豈能工。尺鷃飛籬下，醯雞舞甕中。形骸均土木，利欲等苓通。獨學知聞少，煩君爲擊蒙。

和興化趙令君二首 良侍

落筆昔傳九天上，誅茅今老萬山中。殷勤封内種花令，物色畦間拾穗翁。道是單傳曾雪立，元來一字恥雷同〔一〕。語君此事須商榷〔二〕，唐律尤難似古風。

自古名高衆責全，幾人齎恨到重泉。世傳戇叟難□節〔三〕，士謂周侯惜末年。扶電駿翻成跛鱉，鳴陽鳳化作寒蟬。嗟予景薄崦嵫矣，臨履淵冰尚凜然。

〔一〕字：原作「語」，據翁校本、馮本改。

〔二〕榷：原作「確」，據翁校本改。

〔三〕傳：原作「間」，據翁校本、馮本改。

挽惠倅黄德樞 後有缺頁

失題〔一〕

盛德尤懷惠〔二〕，名言可砭愚。雖蒙分半席，終未□□□。承學争歌薤，傾城出奠芻。故交二大老，猶可扞□□。不但親朋弔，鄉人總涕濡。那堪公冢婦，還是我諸姑。龐嫂留封坎，嵇孤哭反虞。惟應不朽者，昭揭在竈趺。

〔一〕原題已缺，且缺第一首，存第二、第三兩首。

〔二〕「惠」及下句「名」原缺，據翁校本補。

次鄉守趙計院鹿鳴韻

幸際龍飛策士年，靈巖仙水執鞭先。奪標文妙三場稱，勸駕詩高萬口傳。昔忝詞臣曾草詔，辛酉科詔，某所擬，先帝所改。今爲鄉老預興賢。春風到耳翿頭選，尚可扶衰候馬前。

送人西上 方巖尹父子各一首

華胄惟莆冠七閩，陳巖所産必聞人。穆陵鳳閣曾分席，朝道麟臺有後身。上覽四書方唱嘆，子行三策好條陳。明時獨擅將雛曲〔一〕，未數燕山桂與椿。晉字巖尹。

賀白詞□□□□，□□□□□□先。飛騰海鶻并天馬，隔結□□□□□。□□□□□點首，劍神紫氣夜衝天。□□□□□□□，□□□□一券傳。夢華。

〔一〕擅：原缺，據翁校本、張本、馮本補。

失題〔一〕

公徒太行。眼切於身存不得，可憐半世謾脩方。丁晉公表云：「補仲山之衮，曲盡巧心；和傅説之美，難調衆口。」

〔一〕本首僅存殘句。

臺曆

臺歷傳聞兩建寅，放燈時候始鞭春。不愁窮臘梅開晚，豫喜年來麥食新。

得藥謝竹溪一首

不覺昏眵過十旬，謁之先聖禱之神。室生虛白稀來客，驛致空青累故人。病尚研尋書外意，耄猶貪愛夢中身。從前計孛俱辭去，獻歲明朝已發春。

再題信菴墨梅

信菴墨戲古無之，元氣淋灕爾許奇。特與此翁揮匹楮，不爲彼相作横枝。山相。祕藏掃雪輞川畫，曾序調羹沂國詩。余嘗序公詩，以此濡毫。九十老農尤寶惜，時時開卷拂蛛絲。

丞相信菴趙公哀詩五首

粤從宣靖至炎興，粉飾湖山苑圃增。列聖久無師入洛，三京初有使朝陵。推鋒指日酋傳首，返旆終身氣拂膺。逸少與公虚論勝，百年機會更誰乘。

憶昔東淮羽檄馳，非公受鉞國幾危。春潮全籍孤舟渡，厦屋曾將一木支。著白接籬麾猛將，坑紅衲襖等嬰兒。揚州遺老聞新訃，猶説平山奏凱時。

出爲董統今韓范，入告忠嘉古禼夔。白刃在前裹瘡戰，黄麻拜右掉頭辭。去猶耿耿心存闕，老尚堂堂表出師。蓋世英豪嗟已矣，《八哀》吟罷有餘悲。

自是乾坤間氣生，吾猶識此萬人英。博求駿骨千金致，忽割牛心四座驚〔一〕。古有詩人悼房琯，今無壯士哭田横。遥知嶽市新華表，過者徘徊下馬行。

丙午遭逢瑟改調，先皇記憶忝弓招。明揚雖曰由師錫，密啓端因侍燕朝。早識武侯比龍鳳，晚爲公旦序鴟鴞。吾貧豈是無雞酒，恨不擕將柏下澆。

〔一〕座：原作「塵」，據翁校本改。

書畫一首

大帝昭回奬叢藁，太師行草跋《蘭亭》。篋藏有物爲呵護，巾襲令兒掌鑰扃。目眚端由書作祟，心癡常怕畫通靈。不如鶉結村夫子，惟寶《蒙求》與《孝經》。

題陶穀朝林山樓帖

鸞膠曲子久喧傳，烈祖英明素薄焉。語草探懷周下缺。

後村先生大全集卷之四十二

詩

憶昔

晚遇先皇詔起家，負金蓮炬紫薇花。犯顔屢抗涂歸疏，斷腕難操起復麻。愚不入時逃北谷，老難待漏守東華。人生惟有村田樂，未覺封侯勝種瓜。

雜興十首〔一〕

昇天雖可喜，削地已堪哀〔二〕。早知守厠去，何須拔宅來。

早持堅白論，晚踏軟紅塵。明逸并夷甫，初終似二人。

地逼難容足，天低礙舉頭。那堪去梯子，誰肯上高樓。

不肯彈冠起，俄從折簡招。雖然䑛丹藥，未免悔青苗。

做了高官職，雙眉皺不開。譬如三日婦，錦襪著珠鞋。
開閣何其盛，天章。行邊寢已疎。逡牀彈指嘆，六丈聖人歟。
典領天書使，脩崇昭應祠〔三〕。可憐有遺恨，殮不得髡緇。
專報熙豐怨，寧論爵齒高〔四〕。可憐五朝老，雙淚落齋旄。
擾擾多群蟻，安安有幾鴻〔五〕。蜀公陵下語，竟免入碑中。
策免身常佚，登庸貌轉癯。富公忘杖起，迂叟要人扶。

〔一〕本題十首，而本卷僅七首，第八、九、十三首據卷四四所載移此。參該卷校記。
〔二〕哀：原作「衰」，據翁校本改。
〔三〕昭：原作「照」，據翁校本改。
〔四〕高：原缺，據馮本補。
〔五〕安安：原作「冥冥」，據翁校本、張本改。

蟬〔一〕

□□□鳴夏，高秋響激空。翼雖映華冕，身自閉雕籠。

〔一〕蟬：原缺，據翁校本補。

蝶

莊周言達理〔一〕，吾以蝶爲優。無想亦無夢，有身長有愁。

〔一〕「莊」字原缺，「周」在「言」下，據翁校本補、乙。

燕

昔人懷故主，季世絶貧交。汝勝炎凉者，年年歸舊巢。

蟻

呼童掃蟻子，勿上法堂階。渠出賣廳角，云參妙喜來。

叙倫五言二十首

父子

杞辱中丞世〔一〕，歆臣二姓廷。如何出腹子，反不似螟蛉〔二〕。

君臣

千古靈胥怒，惟知有伍奢。安知崇伯子，北面事重華。

母子

博覽勞丸膽，精思恐嘔心。可憐親養薄，難報母恩深。

祖孫

文若忠於操，嘉賓諂事温。晦翁嘆難嗣，《聚星圖贊》云：「嗣守之難，古今所嘆。」坡老惜無孫。

兄　弟

季歷并公旦〔三〕，均爲未盡倫。吾評千萬世，兩箇採薇人。

夫　婦

翁子妻求訣，羞慙婿負薪。不如辟纑婦〔四〕，保守灌園人。

姊　妹〔五〕

爲固續漢史，嗔原作楚騷。偉哉二女子，才學識俱高。

叔　侄

二王濟、湛。與二阮，籍、咸。尊幼自相推。却恐外人笑，兒癡叔亦癡。

翁　壻

堅猛一時雄，猶知有謝公。王郎乳臭子，敢以壻撾翁。

婦　姑

晨膳嫌羹薄，寒機怪織遲。阿家語新婦，汝有作家時。

嫂　叔

澄少危加杖，平肥亦食糠。劉郎豁如者，轑釜未能忘。

甥　舅

太傅風流祖，親朋共手談。元來碁有智，輸墅與羊曇。

婦　姒

難泯同胞好，每因長舌疎。若能諧婦姒，九世可同居。

長　幼

田蚡坐東向，貴加諸父兄。請渠觀涑水，不敢齒耆英。

朋友

張陳翻覆易〔六〕，管鮑始終難。帝腹容加膝，劉郎尚歲寒〔七〕。

〔一〕杞：原作「祀」，據翁校本改。
〔二〕似：原作「以」，據翁校本改。
〔三〕季歷：原作「友」而上缺一字，據盧本補、改。
〔四〕如：原作「知」，據翁校本、馮本改。
〔五〕姊：原作「婦」，據翁校本改。
〔六〕張陳：原缺，據翁校本補。
〔七〕按題云二十首，實存十五首，此下當缺五首。

失題〔一〕

少全。若論死生無愧怍，幅巾豈不勝貂蟬。

〔一〕原本此前有脫簡，本詩僅存殘句。

懷舊

蚤從南浦晚南塘，二老聯翩返帝旁。天上慶雲誰屬和，斗間紫氣久無光。已埋玉樹難扶起，所寶銀鈎永襲藏。老去悲懽排遣盡，猶於師友未能忘。

晨起

雞唱鴉啼攪曉眠，起煨田舍火爐邊。天寒雪閉袁安户，歲惡江通魯望田。已返山林全晚節，勿煩郡國禮高年。老臣久不陪朝謁，猶記稱觴玉座前。

夢回

跳出槐安有底忙，何須更待熟黃粱。牙籤載返善和宅，手板抽回政事堂。效玉川生稱鋭漢，愛楊處士號憨郎。山中豈不差岑寂，猶勝人間臭腐腸〔一〕。

〔一〕勝：原作「腸」，據翁校本改。

春日即事六言

椒酒桃符改舊，麥芒菜甲懷新。東皇太乙用事，不能粉飾陳人。

藻密難呼金鯽，柳疏未囀黃鸝〔一〕。華髮無重黑理，燒痕有再青時。後有缺頁。

〔一〕囀：原作「待」，據盧本改。

失題

□□□□□□□，□□□□□□。□□□□□室，殿者英社獨靈光。莆人惟余年高。錦袍爭看前供奉，白髮誰憐老遂良。叢藁如山千載後，尚堪拈出補詩亡。

得閒

準勑放還山，祈閒果得閒。直令春廡下，也勝乞墦間。子美雖存闕，淵明且閉關。遥憐早朝者，推枕恐催班。

立春

綵勝矜時節，其如兩鬢皤。所欣解餘凍，已覺扇微和。牧竪眠吹笛，漁翁起曬蓑。土牛蹄角赤，休咎果如何。

次韻寄題建陽馬氏亦樂園

四如迂叟洛中園，花竹依稀五畝寬。梧樹參天棲鳳集，檜根入地蟄龍蟠。翁求真樂希顔子，世著清名慕邴丹。身是雙溪前令尹，勝遊蹉過不曾觀。

得歸

叔夜形骸已不堪，安能扶曳事朝參。添千莖雪希臨鏡，省一條冰細署銜。續《補亡》詩存古意，廣《崇有論》矯清談。暮年堅壁惟東澗，老子方渠未免慚。

和鄉守趙計院燈夕韻

厨傳終年省餞迎，萬金難買上元晴。首歆幽俗祈年雅，遥和堯民擊壤聲。庭少舔箭知訟息，邊無刁斗喜時平。雌堂清苦倡優拙，姑扇仁風慰物情。

閑居〔一〕

納履歸來六載强，身閒冷看世人忙。遠公有酒邀蓮社〔二〕，録事無資助草堂。柿被鳥殘分亦好，别公云：「鳥殘紅柿昔曾分。」李爲螬食咽何妨。春山何處無薇蕨，更不須求辟穀方。

〔一〕標題原無，據翁校本補。

〔二〕邀：原作「遲」，據翁校本、馮本改。

次韻竹溪中書重脩縣橋一首

古者役人常以冬，據經端自紫微公。杠輿梁涉猶徒步，龜筮民從見大同。不假洛陽抱橋𧓍，宛如震澤卧波虹。春江浩渺風濤急，方待先生濟不通。

仲秋鳩僝迄窮冬，鉅麗依稀似蔡公。濡足幾年通國病，肯心一片有誰同〔一〕。人言此慶鍾雙鳳，天落其成見兩虹。不是坡仙捐寶帶，此橋安得往來通。

〔一〕同：原作「周」，據翁校本、馮本改。

休致

休致後欣榮念薄，利名中伏禍機深。藺卿反僅能全璧，疏傅歸纔有賜金。福過安知御穢韈〔一〕，朝回猶嘆負香衾。山中猿鶴休猜怪，方表先生鐵石心。

〔一〕御：翁校本、馮本作「銜」。

憂愛

脱髪清晨雪滿簪，把茅不恨入山深。安能更作皺眉事，但可聊爲擁鼻吟。鞭筭難權鹿皮幣，害藏誰發裹蹏金〔一〕。暮年未敢忘憂愛，喜聽三邊奏凱音。

〔一〕裹，原作「裏」，據翁校本改。又「害藏」疑當作「窖藏」。

題雜書卷六言三首

《小雅》衰周所作，《二南》治世之音。《子虚》失之誇大，《太玄》文以艱深。

論篤惟昌黎伯，史法止太史公。誰云孔墨道一，但見聃非傳同。

若稽古至三萬，《道德經》亦五千。俗學見皮膚止，聖處非口耳傳。

碧溪草堂六言二首

雖無百官宗廟，薄有先人田廬。子云飯疏飲水，通也彈琴著書。
素隱非君子志，獨樂豈賢者心。邀陶陸投蓮社，放山王入竹林。

次韻竹子彬五言二首

晡暮書窗黑，俄瞻貫月虹。真知今絶少，好本古來同。孤壘吾無拔，偏師汝策功。暗投可惜許，留取和重瞳。
短章足光怪，夭矯暮天虹。俗子仙凡判，詩人伎倆同。君奚慙有道，吾欲訪無功。肉眼非弘景，何由見碧瞳。

有感

我與昔賢生異世，晝思夜夢兩微茫。掉頭隨霧入東海，被髮乘風下大荒。仙伯已尋丹竈地，稚川號左玄仙伯。武皇亦返白雲鄉。惟應詩卷留天地，寶氣雖埋斗有光。

公論

公論無過月旦評，吾衰安敢主鄉盟〔一〕。觸蠻力勸休争戰，猿鶴相安不怨驚。髡彼兩毛呼作友，長吾一日敬爲兄。前身定是徐先輩，延壽溪頭了一生。

〔一〕鄉：原作「卿」，據翁校本、馮本改。

湯尉

湯尉沉綿彌半載，未嘗寸步出村居。登翹材館多新貴，歸善和坊守舊書。有客嘲揚雄拓落，無人問李白何如。腐腸端爲肥膿爾，且課畦丁力灌蔬。

蚊蠅五言一首

蚊集殊難散〔一〕，蠅驅已復回。偏能侵枕簟，尤喜敗樽罍。恰則噬臍去，何曾洗足來。化工生育爾，豈不甚仁哉。

〔一〕蚊：原作「蛟」，據翁校本、馮本改。

祖母何恭人葬處地狹不能容守冢者遇省祭晴則拜墓前雨則借方氏庵設位以祭自先君病之治命以屬予予既孤五十餘年終不能增尺地揷寸椽至咸淳丁卯予年益高自墓下山至官道傍有隙地二十餘畝林木多合抱予訪之鄰地屬誰氏曰屬春谷予故人也試以情自言春谷忻然緘券畀予隨於其所作饗堂以奉香火而棲童行走筆賦詩以謝春谷〔一〕

當年草草掩泉扃，家集年深失坎銘。後裔澆松難盥薦，先君易簀尚丁寧。誥頻燎土知天定〔二〕，笏已堆牀見地靈。便築精廬陳像設，大書山券刻碑廳。微似錐刀亦苦争，使君諾重萬金輕。希夷不以山分客，乖崖。太傅曾將墅乞甥。季世炎凉幾市道，古人生死見交情。與公到老宜同社，倡率鄉人遜畔耕。

〔一〕題中「祭晴則」三字原缺，據盧本補。
〔二〕「誥」原作「告」，「土」原作「也」，據翁校本、馮本改。

少陵子

驥子熊兒俱早慧，可憐失教遂紛紛。驢邊雞柵猶云可，《文選》安能勝《魯論》。

昌黎子

渥洼駒孰非龍種，丹穴雛皆是鳳毛。却怪韓公産韓昶，不如枚叔有枚臯。

後村先生大全集卷之四十三

詩

觀社行 用實之韻

吾家世南折簡呼，有目曷不見子都。牽衣況復幼吾幼，閉户大似愚公愚。鮮粧袨服出空巷，鈿車繡轂來塞塗。展烏絲欄擁小玉，設錦步障盛綠珠。爾時病叟亦隨喜〔一〕，攜添丁郎便了奴。非惟兒童競嗤笑，更被傀儡傍揶揄。平生不識琥珀枕，況敢擊碎珊瑚株。□言香火埒蔣霍〔二〕，漸覺風俗侔徽衢。一國若狂孰醉醒，宋玉奚必譏登徒。殺牛欲賽西鄰祭，若狗翻哂東門儒。怳然墮在化人境，又似跳入仙翁壺。麟臺學士固窮者，歲晚與婦爭褌襦。獨餘太乙舊藜杖，夜窗炯炯供清臚。平明踐淖行百里，輕快勿假靈壽扶。安石出山不免耳，德公入州破戒無。矧君口素銜清議，紛紛謟子愁斧誅。如齊而觀竊未喻，或曰有心擊磬乎。君如精金豈易鑠，十年風雪慣饕虐〔三〕。粵人自昔尚巫鬼，魯俗何曾廢儺較。渠能七步追險韻，聊復一吸空罰爵。北風清塵宿泥乾，西日漏光陰雪駮。邊頭刁斗幸小休，棚上鼓笛姑同樂。苦吟久無王官采，盡言深恐朋友數。君豪盛氣欲迴瀾，吾衰袖手觀返壑。荔蕉堪薦神送迎，葵棗勿妨農烹剝。剛腸憤發論尤健，枵腹冥搜詩轉惡。先持一事試靈君，敢問何年相王朴。

〔一〕「時」下原有「之」字，據翁校本改。
〔二〕蔣：原缺，據盧本補。
〔三〕慣：原作「快」，據翁校本、馮本改。

再和

陌頭俠少行歌呼，方演東晉談西都。哇淫奇響蕩衆志，瀾翻辨吻矜羣愚〔一〕。狙公加之章甫飾，鳩盤謬以脂粉塗。荒唐夸父走棄杖，恍惚象罔行索珠。効牽酷肖渥洼馬〔二〕，獻寶遠致崑崙奴。豈無蘋藻可羞荐，亦有黍稷堪舂揄。《詩》音又由，以朱切。臞翁傷今援古誼，通國争笑翁守株。孔門高弟浴沂水，堯時童子謠康衢。揚觶姑欲退觀者，鳴鼓本非攻吾徒〔三〕。亦如曼倩負逸氣，呵斥侏幸驚侏儒。於時後村茅柴熟，先生滑稽腹如壺。雖無謝郎玉帖鐙，幸有幼安布裙襦。未妨優場開口笑，亦恐藥市逢方罏。更闌漫與通德語，醉倒聊遺宗武扶。幽冥茫昧莫致詰，石言神降果有無。翁云天公施罪福，亦如王者行賞誅〔四〕。巫咸可使詛楚否，泰山曾不如放乎。況今民脂積消鑠，洋洋如在寧助虐〔五〕。貧婦鮮能具複褌，貴人何必誇重較。《詩》註：卿士之車也，車之前軾也。九重深喜農扈豐，五等超加社公爵。更宜速飛騰前白〔六〕，仍爲潛驅山中駮。除人大患捍大甾，與民同憂可同樂。翁之用心極惓惓，余於致福未數數。因思揮金猶糞土，奚異棄物捐溪壑。神聽聰明靡僭濫，詔書温厚戒椎剥〔七〕。重華漁稼茆茨儉，大禹疏鑿衣服惡。誰歌此詩送且迎，共挽澆風還太朴。

〔一〕辨：原作「辦」，據翁校本、馮本改。
〔二〕洼：原作「涯」，據翁校本、馮本改。
〔三〕吾徒：原倒，據翁校本、馮本乙。
〔四〕王者行：原作「□者王王」，據翁校本、馮本補、改。
〔五〕助虐：原作「如虛」，據翁校本、馮本改。
〔六〕速：原作「迷」，據馮本改。
〔七〕椎：原作「推」，據翁校本、馮本改。

三和

花籃果擔更嗷呼，巾幬絢爛車騎都。民多逐末少重本，神豈護短仍憑愚。厥初捧揭土與木，繼以刀割俄香塗。垂旒絶類河求弁〔一〕，照乘得匪龍獻珠。嘗聞鄴令沉巫嫗，未必顧劭資髯奴。阮瞻著論現變怪，羅支送客逢揶揄。紛紛誅賄及編户〔二〕，往往求福於朽株〔三〕。酒肉如山鼓笛噪，塵飛不見四達衢。世無孟子衛吾道，河汾先生亦聖徒。記蜡之俗通上古，舞雩之詠傳先儒。於時游者未觴濫，操攜不過卮與壺〔四〕。迺今城郭盡衣錦，肯信里田寒無襦。譬如銀海偶生翳，忽逢金篦爲刮矑。又若衆人餔糟醉，壯哉欲以一手扶。餘力矢詩來挑戰，郲卑鄫陋素備無。明鬼首破異端惑，觀社兼奮直筆誅。夜出偏師斫其壘，以杖擊地何神乎。推鋒始欲恣凌鑠，斂兵除戒無暴虐。静思神理幽而玄，孰若孔道易且較。易，揚子。更闤市罷欲栖烏，人出巷空堪羅爵〔五〕。□□□□□□□，饗衆共烹君夫駮。王君夫有牛名八百里駮〔六〕。□□□□□□□，□□□□□□樂。風調已兆王道行，霰集預占祥瑞數。先生置之勿復談，遂事往矣舟移壑。街頭新醅賤如水〔七〕，孕魚可鱐蠔可剥。祝史懷肉厭苾芬，鄰翁邀飲任草惡。獨慚絶唱難追攀，如以美玉博鼠朴。

〔一〕弁：原作「弃」，據翁校本、張本改。

〔二〕編：原作「騙」，據翁校本、張本改。
〔三〕「於」字原缺，「株」原作「珠」，據翁校本、張本補、改。
〔四〕卮：原作「危」，據馮本改。
〔五〕「巷空」原倒，「羅爵」原缺，據翁校本、張本乙、補。
〔六〕里駿：原缺，據馮本補。
〔七〕醅：原作「酷」，據翁校本改。

四和

實之三和，且約勿談前事。

手援鍪弧先奮呼，盛氣直傳入國都。屈盤硬語押險韻，有似兵家使詐愚。專場自矜觜距黠〔一〕，覆軍詎意肝腦塗。堂堂老將號令肅，中營外柵如聯珠。曾呼項羽作豎子，亦斥李陵爲降奴。彼望麾幢已披靡，此遺巾幗聊揶揄。深藏區脱避石矢，密設鹿角埋樁株。始猶哆口學張籍〔二〕，俄乃掩面如唐衢。毋庸奏凱論功級〔三〕，且可按甲休師徒。獻俘奚異獲長狄〔四〕，諱敗謹勿書朱儒。君家人物盛典午，或披鶴氅擊唾壺。坐觀士稚無鎧仗，冷笑群謝皆袴襦。安知出奇電雹速，靡待掩耳并瞬矑。再衰三竭乃引去〔五〕，裹創飲血自救扶。鐵鎗漫留姓名在，玉麈有益成敗無〔六〕。憑軾姑與君王戲，棄甲宜按軍法誅。嘗聞匹夫不可狃，蜂蠆有毒況國乎。嗟余久矣精鋭鑠，驅使不禁詩酒虐。蟬嘶今懶事章句，鯨吸舊寧論升較。磨石胡庭要勒銘，策勳轅門因舍爵。備嚴豈慮偏師攻，理到何妨異議駁〔七〕。周公尚存祓禊禮〔八〕，子貢詎知觀蜡樂。祈年卜稼信當務，崇飲飾游不宜數。弟子服矣嗚吻悲，似聽於菟嘯風壑。寒墐户牖不敢窺，顧惜牀廬愁見剥。志士之願在時清，窮人所憂惟歲惡。但當擊缶賽蠶官，一壺村酒醉楊朴。

〔一〕黠：原作「點」，據翁校本、張本改。
〔二〕始：原作「如」，據馮本改。
〔三〕庸：原作「容」，據馮本改。
〔四〕長狄：原倒，據馮本乙。
〔五〕衰：原作「哀」，據翁校本、盧本改。
〔六〕麈：原作「塵」，據翁校本、馮本改。
〔七〕理到：原脱，據張本、馮本補。
〔八〕祓：原作「校」，據馮本改。

五　和　枕上有感平生，戲作。

少時弓旌頻招呼〔一〕，北走淮水東陪都〔二〕。行衡周覽楚峰秀〔三〕，游桂頗笑秦城愚。篸山帶水雖絶境，羊腸魚腹真畏塗。南轅亦涉尉佗境，烏覩所謂陽燧珠〔四〕。何煩安車遣使者〔五〕，自有弱馬從奚奴。豈惟客與賓戲笑，里胥亭長交揶揄。曉露自開木槿花〔六〕，春風不到枯松株。東家夫子吾畏友，同時失脚青雲衢。居然牽聯入詩社〔七〕，未肯落托稱酒徒。似曾漢廷招兩生，誰謂魯國惟一儒。貴重羊裘比蟬冕，夸詫齏甕侔冰壺。蘇易簡爲齏甕作《冰壺先生傳》。拂衣久抛青綾被，還珠併却紅羅襦。向來泉湧屬文思，老去霧隔觀書臚。隨州城堅未易破，南都壁峻那須扶。羨君繭紙序遊覽〔八〕，亦或麈尾談虚無。人言名士少實用，天子宰臣未斥誅。憐才不勝欲殺者，加罪豈患無詞乎。十夫衆口能撓鑠，彼讒潛於蜂蠆虐〔九〕。安知書生事鉛槧〔一〇〕，亦若輪人爲軫較。殘編尚爾守鐵檠，破硯詎必磨銅爵。甫也尤賞白清新，籍輩安譏愈雜駁。機鋒相觸毋庸避〔一一〕，鼓旗傍噪亦一樂。識字信爲憂患始，作文尤忌悲哀數。暮年已學鷦巢林，徂歲無異蛇赴壑。爐中榾柮聊檀欒，門外爆竹任偪剥。歸耕何幸逢米賤，息陰本自嫌木惡。猶能談笑走詩筒，絶勝辛苦編制朴。白氏有《制朴》。

右《觀社行》五首，淳祐乙巳亡友王實之唱和者。自實之仙去，社友多短章而少大篇。余亦衰退，似此五詩，今不能復作矣，姑録附於《新稿》。

〔一〕頻：原作「類」，據翁校本、馮本改。
〔二〕陪：、原作「倍」，據翁校本、馮本改。
〔三〕衡：原作「銜」，據翁校本、馮本改。
〔四〕燧：原作「鐩」，據翁校本、張本改。
〔五〕遣：原作「遺」，據翁校本、張本改。
〔六〕木槿：原倒，據馮本乙。
〔七〕聯：原作「絲」，據馮本改。
〔八〕紙：原作「絙」，據翁校本改。
〔九〕潛：盧本作「譖」，翁校本作「憯」，張本作「僭」。又「於」下原有「霜」字，據馮本删。又「虐」原作「虚」，據翁校本、張本改。
〔一〇〕知：原作「能」，據翁校本、盧本改。
〔一一〕庸：原作「容」，據馮本改。

次竹溪所和薛明府鏡中我詩三首

搔白髮翁疑是假，對青鏡我認爲真。影形本合成同體，夢覺俄分作二人。歡至不期開口笑，愁來相對捧心顰。可憐怛化貪生者，芻狗元身學出神。

物我乖離果孰親，色空捏合本非真。金狨馬上甦窮相〔一〕，玉鏡臺中識幻人。南北宗禪皆具眼，東西施貌各含顰。眉間一點元無喜，頰上三毛豈有神。

幪以衣冠類叔孫〔二〕，被之蓑笠即玄真。未知這漢爲誰子，如客他鄉喜故人。皓白相看雙鬢秃，丹青偏寫兩眉顰。吾聞四大皆虛假，曾向聃書悟谷神。

〔一〕狨：原作「戎」，據翁校本、馮本改。

〔二〕叔孫：原倒，據翁校本乙。

賀黄察院 器之

自從慶曆親除後，直到咸淳第四年。當道豺應驚破膽，通天狐不敢垂涎。豸冠本古觸邪義，麟筆它時責備賢。八十九翁盲且耄，有徂徠頌獻無緣。

題福清薛明府太平禾圖　夢桂

聞説琴堂似水清，天公産瑞告西成。宛如唐叔稱同穎，未羨相如詫一莖。岳牧定應圖畫進，朝家盍有璽書旌〔一〕。儂詩社舞村歌爾，讓紫薇郎作頌聲。

〔一〕盍：原作「曷」，據翁校本改。

次韻黄景文投贈三首

身如倦翼晚知還，且免羣兒謗務觀。官酒灰多寧勿飲，監書字大亦難看。頌稱吉甫宣王美，帖報殷生宰相安。近世風流惟賀八，脱朝冠去着黄冠。

記聞荒落語詹諄，慚愧吾儕肯問津。未必夜深埋雪者，得如春暮舞雩人。師楊執戟玄猶白，學衛夫人字逼真。跳出頤門殊未得，堪憐老却苦吟身。

誰道樗翁未苦衰，强扶鶴膝自支持。無閑心意篆雕賦〔一〕，下死工夫鍛鍊詩〔二〕。諸友多遷幽谷木〔三〕，此郎今借上林枝。暮齡喜讀君章句，平易中間伏怪奇。

〔一〕意：原缺，據翁校本、張本補。

〔二〕詩：原缺，據翁校本、張本補。

〔三〕幽：原作「𦓔」，據翁校本、張本改。

挽吴君謀少卿二首

昔爲樞掾侍延英，驀聽臚傳第一聲〔一〕。仙籍香浮廣寒殿，奏篇紙貴洛陽城。親逢明主真千載，曾謂斯人止九卿。惟有一端差慰意，鶴山大字扁堂名。

立德尤高似立言，常嗟此語欠精論。鄴侯架冷惟書在，董子陵荒有策存。太息晚猶條世務，《大招》未易返騷魂。薤歌不盡云亡恨，直待碑成慰九原。

〔一〕驀：原作「暮」，據翁校本、馮本改。

二月八日二首

百骸豈久堅牢者，兩曜寧逃薄蝕哉。有玉斧脩圓復闕，無金篦刮膜難開。坐跏趺榻塵慵掃，手校讎書記不來。幸負持螯把盃興，暮年十日九清齋。

龜筴皆云二月佳，愁眉攢定幾曾開。不如腐草成螢熠，絶似明珠隔蚌胎。啖月蟇何嘗礫死，啣泥燕却已歸來。清羸不敢深思索，信筆成章一散懷。

喜太淵至二首

乾鵲查查得許忙〔一〕，朋寮越境訪溪堂〔二〕。故交有約過安道，季世無人弔卜商。朋友失明則弔。聊爲先儒增管見，不煩太乙下藜光。一作「止酒玉山常爽朗，拋書銀海轉微茫」。要知韓孟新吟否，此則賡酬第一章。

勑尾詞頭老不任，偶逢寸暇惜如金。進賡聖制《薰絃曲》〔三〕，退伴君聯《石鼎吟》。曉漏聞鐘猶共話，雪泥躡屐每相尋。而今不辨人顔色，坐久琅琅認語音。

〔一〕鵲：原作「鶴」，據翁校本、馮本改。
〔二〕朋：原作「弓」，據翁校本、馮本改。
〔三〕薰：原作「董」，據翁校本改。

和竹溪三詩

戊辰二月六日

礮車雲怒激狂瀾，只作禪家露電觀。抽得元身閑處著，免他冷眼静中看。買山深悔於城近，逃席何須待酒闌。昔美少年今皓白，懶從日者問支干。

昌黎與孟簡尚書書

紛紛儒墨互攻排，此事吾嘗體認來。一向嵩山面空壁，一於驪岫撥殘灰。賢如顔閔今亡矣，古有彭聃安在哉。歲晚雪中逢族子，退之至此未忘骸。

遣興

晚慕玄真與季真〔一〕，牀頭金盡不憂貧。《六如偈》簡常持念，《四勿箴》佳最切身。古有德衰年亦暮，周侯暮年可謂鳳德之衰。今誰齒宿意猶新。手遮西日過門客，來拜龐公者幾人。

〔一〕季：原作「李」，據張本、馮本改。

效顰一首

衰殘悔不早脩真，藍縷何須更逐貧。諸惡能通三世業，瓣香要做再來身。先民至死思存漢，諂子偷生作《美新》。俯仰兩間無愧怍，有辭可以白先人。

題真繼翁司令新居二首〔一〕

聽雨樓　來云取放翁詩中語〔二〕

共極堂中聽雨樓，誰知華扁有源流。追攀應物并和仲，友愛全真與子由。老監情尤鍾冢嗣，放翁語亦本前修。文忠百世之標準，更向韋蘇以上求。

格軒

招鶴山空衿佩散，至今復以格名軒〔三〕。禮詩學已先傳子，性理書猶密付孫。程氏必須通一件，申公云不在多言。侯芭老去頭如雪，曾受吾師罔極恩。

〔一〕首：原作「道」，據翁校本、馮本改。
〔二〕語：原作「話」，據翁校本、馮本改。
〔三〕今：原脱，據翁校本、張本、馮本補。

別後寄大淵二首

面削瓜黄頭雪白，雀羅庭院久深蕪。勞煩上客迂童馬，慙愧貧家闕飯芻。絶喜緒言聞輔嗣，了無齋襯供文殊。定知別後尤精進，尋得軒皇所失珠。

苛留未忍聽《驪駒》，薄具酸寒不可孤。鄰巷沽來惟飲汁，田家客至具焚枯。吾哀異昔中年別，中年親友別，作數日惡。子去云誰半夜呼。祁孔賓。敬問伯魚詩禮外，過庭亦有異聞乎。

竹溪和予喜大淵至二詩復疊前韻

童子捐書灑掃忙〔一〕，華軒乃肯過草堂〔二〕。知聞敢望回并賜，文獻難徵夏與商。會有神醫爲刮膜，豈無鄰女肯分光。聾盲常起於音色，三復聃書檢欲章。

力綿恩重老難任，篋有龍綃囊有金〔三〕。猶記席前曾見問，安知澤畔自行吟。吾聞正始聲初吐，輔嗣吐金聲於中朝。子有元和脚可尋。今大宗師惟閣老，蟬嘶未必不知音〔四〕。

〔一〕童子捐：原作「章子損」，據翁校本改。
〔二〕華：原缺，據翁校本、張本、馮本補。
〔三〕篋：原作「齒」，據翁校本、張本、馮本改。
〔四〕蟬：原作「嘽」，據翁校本、盧本改。

答方俊甫投贈二首　元美

抽還手板把隨如〔一〕，甘向三家村卜居。晚有絶詩題白下，早爲選禮倡黄初。難從揚子通奇字，却羡祁公學草書。《國語》一編可傳世，何妨左氏失明餘。

李杜壇高未易扳，鯨波浩渺鶴天寬。潮音堂上頻升座，日過寮中暫挂單。顔子向來曾父孔，李翺未可便兄韓。翺祭韓公：「我撰兄行。」内丹僅足延齡爾，若要飛昇必大丹。

〔一〕板：原作「披」，據翁校本、馮本改。

送玉融周醫

苛留孤月伴長庚，無奈殘星欲啓明。曾子數商誠有罪，韓公云籍未嘗盲。病深不早迎秦緩，背薄將何謝宋清。客問後村翁健否，呻吟中有句將行。周號孤月。

征婦詞十首

聞説三邊地，今爲百戰場。君書一二紙，妾淚萬千行。

妾甘爲隱服，君喜冒先鋒。但祝玉關入，寧無石窌封。

遠書徒攬思，歸信屢愆期。瓦卦偏無準，燈花未必知。

寬作三年別，安知四序遷。可憐容鬢改，人有幾三年。
去時兒在腹，忽已語嘎啞。何日番休了，迎爺兩手叉。
詩云王赫怒，吏説相宣威。假使從公旦，三年便衮歸〔一〕。
燒操蒙衝艦〔二〕，獲堅雲母車。賜君新節鉞，還妾舊荆釵。
野雉自雙飛，離鸞半隻棲。君非秋胡子，妾是杞梁妻。
江南絲帛貴，塞北雪霜濃。莫恨鐵衣冷，全裝可御冬。
晨起推孤枕，昨夜留半衾〔三〕。恐郎渾忘却，萬一夢相尋。

〔一〕使：原作「使」，據馮本改。
〔二〕衝：原作「衡」，據翁校本、馮本改。
〔三〕昨夜：原倒，據翁校本、馮本乙。

商婦詞十首

嫁作商人婦，牙籌學筭商。元來有胎教，生子肖弘羊。
今夕佳風月，身同影守房。藁砧定何處，皮裹鐵心腸。

圖南倭舶透，敗北推場開。妾貌不長好，君行何日回。
蜮含沙射影，鰐以尾勾人。不是妾饒舌，願言君愛身。
客夢嫌雞早，歸心恨馬遲。感君留半鏡，教妾畫新眉〔一〕。
月夕孤單女，天涯放逐臣。偶逢顧曲客，忘却買茶人〔二〕。
粉堞五七里，青帘三四家。客沽北府酒，女唱後庭花。
道遠書筒少，時難旅橐垂。花飛春事過，柳暗曉粧遲。
昔夢隨君去，猶疑在我傍。素慙傾國色，旋學入時妝。
自説居奇貨，人知有販心。相如小商爾，賣賦得千金。

〔一〕畫：原作「盡」，據張本、盧本改。

〔二〕茶：原作「客」，據翁校本、馮本改。

古宮詞十首

妾意憨如昔，君心苦不常。未聞求故劍，別有獻明璫。《洛神賦》：「獻江南之明璫。」
妬亦常情爾，長門譴太深。猶將金買賦，萬一帝回心。

溝水通宮苑，泠泠去復回。無人漏言語，紅葉是良媒。

年年花鳥使，選色進深宮。不論妾心赤，惟看妾臂紅。唐人詩云：「中擘庭前棗，教郎見赤心。」

繐帳渾如舊，何曾奏伎來。君王不終惠，留妾在空臺。

玉輦臨前殿，方陳角觝嬉。如何熊犯蹕，僅有一昭儀。

何必關山遠〔一〕，涼風在殿西。簫聲猶裊裊，舞袖忽淒淒。

君恩如紈扇，惟恐值秋風。方喜入懷裏，安知棄篋中。

八代更相禪〔二〕，休文北面蕭〔三〕。不如文惠妾，垂淚記前朝。

妾性尤柔順，相看滿面春。安知時態薄，偏妬入宮人。

〔一〕何：原作「河」，據翁校本、張本、盧本改。

〔二〕代：原作「伐」，據翁校本、張本改。

〔三〕休：原作「林」，據翁校本、馮本改。

處士妻十首

死無衾覆首，貧乃士之常。婦謚爲康子，何須問太常。黔婁

王遣金駟聘〔一〕，先生已許王。徙家變名姓，非獨接輿狂。接輿

何必如郎伯，區區禄萬鍾。辟纑并織履，足了一生中。於陵

王將托一國，自駕請先生。門外車跡衆，萊妻投畚行。老萊

嫁與張京兆，新眉掃黛濃。不如伯鸞婦，長伴稾砧舂。梁鴻

愛子死於汲，常情鮮不悲。賢哉孝廉婦，哭恐阿姑知。姜詩

遺金不知主，視若盜泉然。相與棄之野，婦賢夫亦賢。樂羊

當日獻皇后，逃生屋壁間。何如伴龐老，同入鹿門山。龐公

自從冀缺後，饁婦有誰歟。翟氏差清苦，肯同夫荷鋤。陶潛

夫出隨羔鴈，妻憂往不還。别詩真善謔，帝笑放歸山。楊朴

〔一〕聘：原缺，據馮本補。

縱筆六言七首

少日才高户大，暮年酒聖詩豪。且教兒童精選，誰能奴僕命騷。

古調不同俗調，後儒多異先儒〔一〕。美蔡中郎幼婦，呵鄭司農老奴。

學射必百發中，觀棋争三着高。畫工一洗萬馬〔二〕，巨人一釣六鼇。
讀過書皆遺忘，老來詩愈顛狂。不獻貴人夾袋，盡入奚奴錦囊。
佛經六千餘卷，聃書八十一篇。今爲二氏學者，我則兩端竭焉。
精衛啣石填海，醯雞以甕爲天。拊石鳳翔千仞，□□龍汐九淵。
從我轍環衰世，有誰鼓瑟暮春。高弟勇浮海者，聖師與浴沂人。

〔一〕異先：原倒，據翁校本、張本、馮本乙。
〔二〕畫工：原缺，據翁校本、馮本補。

有嘆

方喜鳳簫吹協律，忽驚鸞鏡黯無光。入君懷袖初蒙幸，著主衣裳外不忘。陌上野遊多薄倖，閨中婉孌有剛腸。落花滿地無人掃，自是春來懶下堂。

落花怨十首

昨日十分春，今朝幾聚塵。可憐傍輦者，有愧墜樓人。

輕薄防歌扇，回旋戀舞衣。不愁無地葬，猶擬上天飛。

越公多美妓，衛尉足名姝。無計留紅拂，傷心墜緑珠。

滕叔死千載，猶存《蛺蝶圖》。狂風一夕起，盡化作青蚨〔一〕。

春去花開謝，君王豈復知。不如劉項際，猶有葬虞姬。

開遍千紅紫，東皇力最多。朱明笑青卉，無奈百花何。

天女殷勤散，風姨僝僽空。兒童掃落葉，蜂蝶抱枯叢。

徐庾空浮艷，何曾有一篇。我朝惟二宋，絶唱兩三聯。

已費栽培力，又爲膏沐容。花神渾忘却，將謂屬東風。

謝女吟邊絮，英臺去日衣。不應零落盡，惟見蝶兒飛。

〔一〕蚨：原作「蕪」，據翁校本改。

釋老六言十首

惠能鐵葉漆布，瞿曇金棺荼毗〔一〕。若道老君不死，未知秦失吊誰。《南華》云：「老聃死，秦失弔之。」

應真渡揭厲水，箇箇皆以杖扶。長江千里天塹，詎能踏一枝蘆。

道家事頗恍惚，稗官書多恢諧。帝居非若溷也，天上豈有厠哉。

一筆受《楞嚴》義，三書贈大顛衣。取經煩猴行者，吟詩輸鶴阿師。

九萬里搏而上，三千秋鳴相酬。未免爲二蟲笑，誰能作雙鳥囚。

或説自竺乾至〔二〕，或云先混沌生。貌似金毛獅子，心疑白蝙蝠精。

今無尋師重趼，古有求人宿舂。道在青牛關外，經來白馬寺中。

吾嘗評《石鼎詩》，蓋出一手所爲。若使彌明能道，唐朝有兩退之。

惠燈回照覺性，靈丹難活肉身。世無伶俐衲子，天有愚懵仙人。

參請燒丹方士，瞻相多寶如來。聞丹竈有聲裂，入寶山空手回。

〔一〕金：原作「今」，據馮本改。
〔二〕竺：原作「坐」，據翁校本、馮本改。

後村先生大全集卷之四十四

詩

次徐户部韻〔一〕

不能測海更窺天〔二〕，頗廢開荒與糞田。碧眼睛中疑有祟，白蕉肘後惜無傳。佛云泡影應如是，儒説心思既竭焉。老子冥搜難屬和，公詩美似彈丸圓。

〔一〕本首之前原有《憶古》一首，《雜興》十首，與卷四二重，今删此存彼。

〔二〕窺：原作「觀」，據翁校本、馮本改。

記漢事二首

溺天子殿衙，歐丞相車茵。古有禮揖客，今無劾弄臣。

秦尊君卑臣，漢敬賢如賓。解衣南鄭將，前席洛陽人。

又六言二首

羣雄走野逐鹿，一士入海騎鯨。不聽安期畫策，便知子羽無成。

貴欒大佩六印，賦侏儒俸一囊。曼倩面有饑色〔一〕，蟠桃三度偷嘗。

〔一〕有：原缺，據翁校本、張本、馮本補。

雜記六言五首

移了太行王屋，飛上鈞天帝居〔一〕。黠子盡淪鬼籙〔二〕，憨兒方讀仙書〔三〕。

五更三點待漏，一目十行讀書。圖南先生仙者，偶然睡覺月餘。

十月在胞胎裹，一朝出顋門外。不干靈丹九轉，且看純陽二字。

上界尤多官府，丹成不必飛冲。回仙一歲一度，來聽蓬萊松風。

曾何薰兮琴調，亦聞鏗爾瑟聲〔四〕。愛清廟音倡歎，嫌玉臺體浮輕。

〔一〕鈎：原作「鈎」，據翁校本、馮本改。
〔二〕點：原作「點」，據翁校本、張本、馮本改。
〔三〕憨：原作「敢」，據文意改。
〔四〕瑟：原作「琴」，據翁校本、馮本改。

寓言

夢裏依稀若在傍，安知覺後忽他鄉。裁成出戍衣封去〔一〕，挑就廻紋錦寄將。多謝舊官留破鏡，半爲蕩子守空房。偶逢女伴悲酸嘆，不似披緇意味長〔二〕。

〔一〕裁：原作「栽」，據翁校本、張本、馮本改。
〔二〕似：原作「是」，據翁校本、張本、馮本改。

再次竹溪韻三首

誰云子建卷波瀾，詩到黄初最可觀。無奈中衰變風起，不應例作晚唐看。煎膠粘莫教春去，秉燭遊誰管夜闌〔一〕。縱有閒愁天樣大，此翁爛醉不相干。

健筆當年憂可排，豈知老挾病俱來。芋梨煨熟曾分啖，榾柮燒殘共畫灰。伏壁尚堪傳學者，伏生壁藏《尚書》。虞廷猶記和康哉。向時同輩諸君子〔二〕，輸與村翁早乞骸〔三〕。

小詞落拓逼希真〔四〕，未典春衣未是貧。窮肯磷緇久幽操，老猶熏沐不貲身。營巢燕熟飛來舊，脱袴禽癡喚着新。蜀口塵清江浪息〔五〕，白頭重作太平人。

〔一〕闌：原作「瀾」，據翁校本、馮本改。
〔二〕輩：原作「輩」，據翁校本、張本改。
〔三〕骸：原作「休」，據翁校本、馮本改。
〔四〕逼：原作「通」，據翁校本、馮本改。
〔五〕息：原與下句「白」字互倒，據文意乙。

自和效顰一首

未愛京師傅子真〔一〕，園池冷落户庭貧。神仙疑是丹丘子，年紀高於絳縣人。春去似催花送老，歲荒聊喜麥嘗新。晚知嵇阮非酣暢，名與盃中物孰親。

〔一〕真：原作「貞」，據馮本改。

挽陳常卿二首〔一〕

幼共從師長五年，暮齡彼此各華顛。我辭台斗先還笏，君望蓬萊忽引船。差勝於朝於市者，相攜某水某邱邊。老儒未至忘情地，便是瞿聃亦泫然〔二〕。

族甲莆鄞鮮擬倫，兒班玉筍搢朱輪。析財遍及棣華子，艎粟均沾菜色民。鄉飲酒希先酌者，洛英會失戴花人。與君世世聯墻住，晚築新阡亦卜鄰。

〔一〕卿：原脱，據翁校本、馮本改。

〔二〕泫：原作「玄」，據翁校本、馮本改。

送延平鄧醫

和扁過門千百輩，鄧先神妙七閩推。《漢書》：鄧先，猶言鄧先生也。非關玉枕方猶閟，自是金篦刮已遲。天下豈無書未見，世間唯有老難醫。綺裘寶馬相酬贈〔一〕，未抵樗翁七字詩。

〔一〕贈：原無，據翁校本、張本、馮本補。

再贈一首

藥囊價重百車渠，肯受村翁折簡呼。失喜迎君瞻紫氣，必能爲我索玄珠。晨興舐鼎嘗殘藥，夕瞑吹燈據槁梧。乞取刀圭補精髓，天公豈忍瞎癯儒。

次韻建安章南舉投贈〔一〕

薄有田園興，閑挑艸木情。慇勤美年少，存問老書生。晚覺論心少，誰堪歃血盟。吾衰得吟友，不憚攬衣迎。

〔一〕投：原作「拔」，據翁校本、馮本改。

送山甫赴嶺口倉與黄兄來復同載

德遠先生學者師，此郎超詣可傳衣。凌雲才子聲名早，煮海鸁官氣力微。一尺檠商今與古，三家村有是和非。直須滿了葵邱戍〔一〕，策杖溪邊待璧歸〔二〕。

〔一〕直：原作「真」，據翁校本改。

〔二〕璧：原作「壁」，據翁校本、張本、馮本改。

送山甫赴嶺口倉五言二首

跬步難相捨〔一〕，今爲薄宦驅。長年幹父蠱，晚節賴家駒〔二〕。鄉近多安訊，時清少急符。故人問郎罷，卧起一筇扶。

三子俱匏繫，將如此老何。吾方期跨竈，汝勿厭熬波。食檗心尤苦，鹽梅味主和。先民羞詭遇，不在獲禽多。

〔一〕跬：原作「離」，據馮本改。
〔二〕駒：原作「驅」，據翁校本、馮本改。

記辛酉端午舊事二首

老子從來寵利輕，於棋待詔昧平生。内中稱賞秦郎帖，御筆批依不必更〔一〕。
最怕摛詞與草麻〔二〕，明朝傳布競攻瑕。而今失韻乖平仄，撻市哄堂一任他〔三〕。

〔一〕依：原作「衣」，據翁校本、馮本改。
〔二〕麻：原作「床」，據翁校本、馮本改。
〔三〕市：原作「布」，據翁校本、馮本改。哄：原作「煌」，據盧本改。

雜興四首

何待頡羹方引退〔一〕，暫忘設醴可覘終。申公見事差傷晚，直待髡鉗八十翁〔二〕。
滿城士女鬬鮮妝，無藥能毉一國狂。猶有當年舊旗皷，溪頭讓與少年郎。

落月導螢穿絳幔，殘膏呼鼠覆青燈。心知黠鬼慵窺屋〔三〕，户上聊施艾道陵。

九節菖蒲採極難，慇勤來自武夷山。去年苞寄分同好，今日栽成忍獨湌？朔翁去歲所寄，殖之圃，叢生可愛，時翁已仙去。

〔一〕羹：原作「美」，據翁校本、馮本改。

〔二〕鉗：原無，據翁校本、馮本補。

〔三〕黠：原作「點」，據翁校本、馮本改。

山甫既别三日復得此詩追餞

珍重吾兒記瞀言，獻之玉帳及輶軒。漢鉗者衆商多犯，漢《鹽鐵論》云：「敢私煑鹽者釱左趾。」釱，足鉗。秦税民深吏少恩。監竹忍饞毋食筍，割葵輕手勿傷根。烏衣子弟多佳者，莫遣諸賢笑後村。

曉　意

鵶啼曙色尚朦朧，驚起山房夢蝶翁。始悟區區大槐裏，不如栩栩亂花中。

無題

鯨海外多仙境界，蟻窠中有小乾坤。不愁北谷愚公老，自覺南柯太守尊。

轅固

非竇太皇崇老子，呵公孫子詑周公。漢廷可是無驍勇，刺彘須煩九十翁。

醉鄉六言二首

戒飭長鬚赤脚，客來洒掃送迎。莫言老子晏起，但道先生宿酲〔一〕。
古帝神遊其所，飲仙死葬是中。晉人竊往者衆，唐朝始絶不通。

〔一〕酲：原作「醒」，據翁校本、馮本改。

久雨六言四首

夏雨轟轟斷霉，新蟬已噪庭槐。不曉阿香何意，故將車子頻推。

汗體方摇團扇〔一〕，栗膚俄索裌衣〔二〕。束緼盡驅蚊去，捲簾莫礙燕歸。

初疑瓠子堤決，又恐蝸皇石穿。已是吹翻茅屋，那堪流了葑田。

平陸莽爲巨浸，晴空變作漏天。明朝是小暑節，重霉必大有年。

〔一〕摇：原作「遥」，據翁校本改。

〔二〕栗：原作「粟」，據翁校本改。

小暑日寄山甫二首

微官便有簡書畏，貧舍非無水菽歡。插架籤存先世舊〔一〕，堆床笏美一時觀。遠書且問平安好，前哲曾嗟嗣守難。了却臺參早懷檄，暫歸亦可小團欒。

七年侍膝極融怡，半月分襟費夢思。比鹿門翁吾齒耄〔二〕，作魚梁吏汝官卑。擊鮮何忍爲兒溷，反鮓無煩寄土宜。若見省郎問村叟，不能書札尚能詩。

〔一〕先世：原倒，據翁校本、馮本乙。
〔二〕比：原作「北」，據翁校本、馮本改。

用舊韻贈瑩上人

飛錫應來從鷲嶺，卓茅渾未有蜂窠。輸他靈運先成佛，笑殺僧伽改姓何。一半芋甘堪共飽，六如語妙不須多。珍公棒喝方行用，肯着詩仙掛搭麽〔一〕。

〔一〕着：原作「看」，據翁校本、馮本改。

挽禮侍中舍朔齋劉公二首〔一〕

元祐相君纔六世，端平朝士不多人。冰翁仙去傳佳壻，鐵漢亡來有後身。誰向淹中起綿蕝，何曾閣下掌絲綸〔二〕。未知造物何年代，更復儲精嶽降神〔三〕。

紛紛健吏奉新書，一點佺星絶世無。鉗銕冶人心不忍，秉牢盆筆涕先濡。近臣遠作輶軒使，法從臞於陋巷儒。懊惱西風情太薄，不吹老淚到蘇湖。

玄都觀裏曾聯句，鐵壁堂中許附名。客舍炊粱成蜨夢，僧廬煨芋忽雞鳴。君賢惜不登台輔，吾耄何堪拜老更。直待無身始無恨〔四〕，有身死到恨難平。

〔一〕侍，原作「待」，據翁校本、張本、馮本改。

〔二〕綸：原作「論」，據翁校本、馮本改。

〔三〕更：原作「昂」，據翁校本改。

〔四〕恨：原作「痕」，據翁校本、馮本改。

聞五月八日宸翰口號十首

有文殊佛來禪室，無後將軍顧草廬。肉眼錯看病居士〔一〕，玉音猶記老尚書。

叩墀還笏今三閏，誓墓垂車又五春。賴有兩輪大圓鏡，當空照見戴盆人。

飲瓢未必臞顔氏，裹飯誰曾訪子來。天上人間唯玉帝，肯分雨露到枯荄〔二〕。

樹精猶識吕翁仙，輿尉安知絳老賢。黄吻小兒吾語汝，古來天子禮高年。

喜孝肅才令次對〔三〕，攜明逸手與同登。臣於二老非儔匹，慚愧虛加學士稱。
三重茅喜無乾雨，一瓣香祈大有年〔四〕。却笑癡人即山鑄，不如老子仰天田。
物色桐江垂釣客，招延商嶺茹芝翁〔五〕。永歌帝閣薰絃裏，密啓詞垣夾袋中〔六〕。
曾爲元禮登龍客，亦上昭王市駿臺。相與席間珠履説，翁雖已瞽有詩來〔七〕。
翁參老龍華皓首，兒非逸驥附青雲。瓣香先祝堯天子，次祝汾陽郭令君。
古人一飯必思報〔八〕，恩大如天未易忘。団罷白頭相告語，三生不可負容堂。

〔一〕看：原作「有」，據翁校本、馮本改。
〔二〕雨：原作「兩」，據翁校本、馮本改。
〔三〕孝，原作「教」，據翁校本、張本、馮本改。
〔四〕瓣：原作「辨」，據翁校本、張本、馮本改。
〔五〕芝：原作「楚」，據翁校本、張本、馮本改。
〔六〕詞：原缺，據翁校本、張本、馮本補。
〔七〕已：原無，據翁校本、張本補。
〔八〕「報」及下句「恩」，原缺，據翁校本、張本補。

雜興四首

尚記青燈同講貫，安知白首始遭逢。向來衆論稱雛鳳，歲晚同時拜老龍。時伯紀爲龍制。

梁松帝壻拜堂下，伏波將軍坐受之。汝雖自詫樊川姪，吾未嘗聞蔡克兒。

醉尉怒呵故侯獵，亭長豪奪徵君牛。射虎將軍餘怒在〔一〕，賣藥先生一笑休。

簣中尸忽爲秦相，跨下人俄拜楚王。老退已成大父笑，行嘲一任少年郎。

〔一〕怒：原作「恕」，據馮本改。

贈許登仕 登瀛

蓬户無人來問疾，薇垣道汝妙通仙〔一〕。此翁書眼真盲矣，之子心眸愈瞭然。見西澗《相君》詩。預筭粉郎將死日，管輅爲何晏卜〔二〕。能推絳老始生年。清漳守相方懸榻，應助君平賣卜錢。

〔一〕垣：原作「垣」，據馮本改。

〔二〕輅：原作「轄」，據盧本改。

送方汝楫客授嚴陵 用

昔年尚友先君子，晚見賢郎自策名。芹泮佩衿尊鄭老，桐江譜牒派玄英。謍髦孰不覩朝彩，耄齒吾難主夏盟。若見監州煩問訊，必分風月照寒檠。

曉　意〔一〕

夢入華胥國土來，哈噓不省夜何其。青燈明滅窺昏眩，絳幘殷勤警惰嬉。窗外百禽更唱和，褌中羣虱尚貪癡。病翁未得全無事，不作新詩改舊詩。

〔一〕曉：原作「晚」，據盧本改。

方具免牘走筆次竹溪中書韻〔一〕

不知捷徑在終南，應是癯儒骨相凡。馬負遥瞻隔河洛，牛車蚤已出殽函。自憐鬢雪今垂領〔二〕，豈料條冰晚入銜。望見蓬萊吾足矣，逆風不慮更吹帆。

〔一〕牘：原作「櫝」，據馮本改。

〔二〕領：原作「嶺」，據盧本改。

懷舊二首

陌上傳宣學士聲，旋施席帽拂華纓。儸贈制草依時進〔一〕，多點宫蓮徹夜明。五相一翁真薄命，三君八俊總虚名。世間妙物無過酒，澆得胸中磊磈平〔二〕。

昔掌綸言提史筆，心思目力兩徒勞。藏山書可禿千兔，釣海力能連六鼇。空有風號陵上柏，更無春到觀中桃。蒼梧雲暗重華遠，淚落當年舊錦袍。

〔一〕𦢊：原作「縢」，據翁校本改。

〔二〕魂：原作「隗」，據翁校本改。

田舍二首〔一〕

源裏人家太古時，争爲雞黍欵漁師。下山莫向城中説，第一休教太守知。

桀溺長沮振古豪，不能歷聘遂深逃。玃郎一肚皮《周禮》，浪説求田意最高。

〔一〕田：原作「四」，據翁校本、盧本改。

寓言

生有縫春諷，死無封禪書。不須求大手，吾自表幽墟。

硯

圓眼珠單顆，方穿玉一窪。寶如雙白璧，草了十黃麻。

耄志十首

富貴浮榮何足道，綱常大義詎容差。皆云養子將防老，豈若嬌嬰未識爺。上欲奪情俾歸袞，臣寧斷腕不操麻。向非十日留黃力，輦路幾於誤築沙。山相。

擁萬貔貅佩玉麟，內防天塹外邊塵。昔嘗以處范韓老，今奈何可許史親。孤士但知怒螳臂，先皇不罪批龍鱗。此身只合山陰住，長作陵邊洒掃人。厲得留鑰。

甫入烏臺賓客賀，李桂。舉朝側耳聽抨彈〔一〕。臣方抗奏嬰龍領，上已批依免豸冠。曒日方中寧有蔽，佞山一拔了無難。追攀老艾吾安敢，聊喜詞臣不辱官。艾軒嘗繳副端除目。

端平忝綴鵷行末〔二〕，曾抗綱常疏一通。諸老不能回橫議，孤臣猶記寤清衷。鶴林莫掣傲象肘，烏府甘彎射羿弓。謂吳季永、蔣伯見。西澗相君知我者，篋中尚書記遺忠。

憶昔叨陪冊府仙，曾陳大計璪琉前。探符癡妄空勞矣，當璧休祥已灼然。奉璽相真曾浴日〔三〕，倚檻女豈敢貪天。分明狐趙俱釀賞，不似之推隱去賢。記陳宗上書語。

京華汨没易忘歸〔四〕，欲去還如鳥着𥟖。但見朝臣均佚詔，未聞御製送行詩。執殳昔慕前驅伯，棄扇今如失寵姬〔五〕。白首漁翁空感慨，當時餞客半臯夔。壬戌補外。

善和坊裏早多病〔六〕，翰墨場中竟策勳。徑以文辭擢臣向，俄而科第與劉蕡。上方好問疑經義，予不能通史闕文〔七〕。拈起《祈招》猶未識，安知五典與三墳。丙午賜第。

嶤言播告幾絲綸，服漢衣冠易介鱗。羞戰黑山爲虜將，俾王青社備藩臣。招懷河北來降者，響附山東聽詔人。可惜蹉跎隳晚節，聖恩尚許廟爲神。山東詔令。

衛王自謂過伊周，奕葉珥貂何足酬。四世五公禁太盛，六卿三家僭有由。地寒曾爲國遠慮，天高未察臣志謀。京檜令終真幸矣〔八〕，何須接踵貴熺攸。端平乙未輪對。

此篇不是臣當筆，清曉貂璫忽踵門。朕欲散文安用偶，卿多古意勿傷繁。院收同列殘篇去，家有先朝聖筆存。臣億何嘗無氣性，芻言安得及王言。辛酉科詔。

〔一〕抨：原作「枰」，據翁校本、馮本改。
〔二〕末：原作「未」，據翁校本、馮本改。
〔三〕璽：原作「壐」，據馮本改。
〔四〕汨：原作「泪」，據翁校本、張本改。

〔五〕「扇」、「如」二字原互倒，據翁校本乙。
〔六〕和：原作「提」，據翁校本、張本、馮本改。
〔七〕予：原作「子」，據翁校本、馮本改。
〔八〕真：原作「貞」，據翁校本、馮本改。

漫興二首

身似着冠狂賀監，面如留髮老盧能。無丹竈地燒鉛汞〔一〕，有海潮音話葛藤。龍象聾觀俱讚嘆，犬雞癡望共飛昇。門前驀有侵晨客〔二〕，向道先生寢未興。

送老虛無寂寞濱〔三〕，聖朝乃復記遺民。□摛温洛滎河筆〔四〕，藻飾寒灰槁木身。雖拜老龍呼學士，肯教夜鶴怨山人。它時題向征西墓，道是先皇獻納臣。

〔一〕汞：原作「永」，據翁校本、馮本改。
〔二〕晨：原作「辰」，據翁校本、馮本改。
〔三〕無：原無，據翁校本、張本、馮本補。
〔四〕滎：原作「熒」，據翁校本、張本改。

寄盧威仲中書

艾翁孝廟老詞臣，曾許樗翁接後塵。想見柳邊飛蓋客，不忘花外小車人。無斜封出公嚴憚，有賜金揮僕未貧。聞上三房歸大手，周洪以後欠新綸。

懷王制參〔一〕 應鳳

因交明允知坡潁，余與其尊公同侍晚講。喜少公文更雅醇。方幸儒林得吾子，奈何宰相失斯人。未揮潞國告廷制，久作河陽入幕賓。自古塤篪宜送奏，開元張垍與張均〔二〕。

〔一〕參：原作「恭」，據翁校本改。

〔二〕張均：原脱「張」字，據翁校本、張本、馮本補。

寄馮初心給事

三入承明倦論思，都門祖帳憶當時。琴彈古調將歸操，篋寶初心送別詩。經歲空函無一字，侵朝明鏡有千絲。遥知手内封還筆，山尚堪移此不移。

寄吴恕齋侍郎

幾年病卧禪床上，一旦名標御札中。收召東都無處士，記憐北谷有愚公。依然晚景垂衰白，勝似天街踏軟紅〔一〕。多謝臯夔與周召，十分結裹後村翁。

〔一〕街：原作「衕」，據翁校本、馮本改。

寄劉實齋侍郎

狂胡昔犯高安郡，井邑皆經蹀血餘。兒童猶記馴治化，盜賊能全白鶴居。子政子駿皆博學，公是公非各著書。侍郎鼎貴殿諸老，劉氏愈蕃而大歟。

寄翁丹山侍郎

閱盡諸公上要津，丹山除目一番新。六卿尤重大宗伯，九制須還老舍人。太史將封乃留滯，紀瞻雖召尚逡巡。應憐公幹今衰病，頻寄書來寂寞濱〔一〕。

〔一〕寂：原作「寂」，據翁校本、張本、馮本改。

寄洪雲巖尚書

再尹神臯逾兩載，市無羣鬥獄無冤。至尊猶遣使傳詔，細故何煩士舉幡。昨日千牙兵遶帳，今朝幾箇客過門。懸知一念尤忠愛，報大臣知聖主恩。

悼吳校勘 必大

去國新朋風雨散，惟君從步至徐村〔一〕。時清相有客雲意，力薄吾無荐禰恩。遠遯猶疑在空谷，大招安肯入脩門。忽聞社友傳新訃，枯目滂然有淚痕。

〔一〕村：原作「州」，據翁校本改。

後村先生大全集卷之四十五

詩

感遇二首〔一〕

□趁朝參多失曉，不堪舞踏始休官〔二〕。臨危昔以頭全□，懲忿今無髮指冠。醉語唐嗔狂李白，病忘漢免老師丹〔三〕。暮年感泣龍銷扇，直到來生淚未乾。

〔一〕按題云「二首」，而此下原本空八行，當是脱本題第二首外，復缺一或二首。
〔二〕踏：似當作「蹈」。
〔三〕師丹：原缺，據張本補。

得舊藏大士小像

□□□□最可哀，絶交兔穎與松煤。揖賓兒引陪禪□，□□孫扶下阼階。鏡裏雙瞳無復朗，頂門一隻有□□。□□此偈誰言説，親見龕中大士來。

秋　暑

□□七月熱，如焚復似烹。煉成女媧石，烈甚祖龍坑〔一〕。月窟難梯上〔二〕，天河莫挽傾。黄昏一陣雨，高枕聽韶聲。

〔一〕烈：原作「列」，據翁校本改。
〔二〕月：原缺，據張本補。

子□林倅餉予雙雞

空谷跫然聞足音，殷勤通守致家禽。陰晴不爽司晨□，□暮全無起舞心。夢短那堪眠警枕，脛長稍已怯□衾。可憐一念尤迂闊，朗誦西山《夜氣箴》〔一〕。

〔一〕朗：原作「郎」，據張本改。

蚊二首

□□□□□，□□□□□。中傷過吻士，窺伺捷偷兒。□□□□□，□□□□□。□□露筋女，千載有荒祠。

□□□□□，□□□□□。□□□□□，□處半身麻。□□□□□，□□□□□。□□□□□，□落忝承家。

失題二首

□□□□□，□□□□□。□富烹炰侈，顔臞飲啄饞。鼠肝雖眇小〔一〕，蛛腹欲婪酣。若輩盈穹壤，哀哉餒不堪。

昔曾蹴龍象，而況爾區區。敢以一隻口，當吾七尺軀。□生形猥瑣，撲殺血糢餬。欲換秋衣著，渠猶戀布襦。

〔一〕鼠：原缺，據盧本補。

送方文甫判官 追録舊作

檄筆騷情俱妙絶，他人才少子才多。分桐江派從初祖〔一〕，在孔門中占二科。從此潘輿添燕喜〔二〕，向來韓木尚婆娑〔三〕。傳聞仲舉高懸榻，應待元賓入禮羅。

〔一〕祖：原作「粗」，據翁校本、張本改。

〔二〕從：原無，據翁校本、張本補。

〔三〕婆：原作「姿」，據翁校本、張本改。

衛生一首

沙虱鬼車微物爾〔一〕，偶然逢彼立災身。朵頤唇吻中傷汝，射影瘡疣點污人。柳子厚云：中人影動成瘡疣刑。讀衛生書思解毒〔二〕，持降魔咒竟無神〔三〕。寄聲禽大休輕出，出東坡《艾子》。莫向荒山點水濱。

〔一〕微：原作「徵」，據盧本改。

〔二〕衛生書：原作「生書衛」，據翁校本、馮本乙。

〔三〕持：原作「特」，據馮本改。

墻西一首

只留一影伴山房，坐待墻西隙月光。鶴忽歸來尋舊里，燕猶相對語斜陽。雖無傳附青雲顯，賴有書消白日長。萬一載醪人問字〔一〕，爲言儂僅識偏旁。

〔一〕問字：原作「間宇」，據翁校本、馮本改。

飲中題一首

曾從《莊》《列》問端倪，俗學區區等甕雞。佛法須償蚯蚓債，帝魂化作杜鵑啼。安知丞相嗔如屋，但見山公醉似泥。它日門人求注脚，只須標作飲中題。

小桃源

出山已不辨東西〔一〕，新徑多岐失故蹊。源裏飄紅無雜樹，村中載白有遺黎。略加葹識認來路，似有茅茨遥隔溪。太守漁郎兩癡絶，自迷豈解指人迷。

〔一〕辨：原作「辦」，據馮本改。

六言偈四首

佛祖流傳信具，兒孫承襲付度。一箇深夜攜歸，一箇中路奪去。
浪云如霧如電，又如天海一漚。金棺現兩脚板，鐵葉護死髑髏。
天帝釋宰元化，阿修羅坐道場。邀鳳翔迎骨禮，受金輪補鉢莊〔一〕。
佛者別南北宗，儒家分朱陸氏。鵝湖許多公案，燒了没一些事。

〔一〕輪：原作「輕」，據翁校本改。

竹溪生日二首

兩翁雖老殊精悍，筆力縱横可掣鯨。晚各爲農同保社，昔偕謁帝入承明。不嫌華髮稱遺老，猶冀餘年看太平。從古文章家鮮繼，弓寮自可主齊盟〔一〕。
試把過江人物數，溪翁之外更誰哉。不争百草羣芳長，寧殿千花萬卉開。半山《菊》詩：「千花萬卉凋零後，始見閑人把一枝。」周廟瑟曾三嘆詠，舜廊琴亦載賡來。老人高唱兒童和，眼見蟠桃熟幾迴。

〔一〕盟：原作「明」，據翁校本、張本、馮本改。

送子敬赴潮倅七言一首

四十年前忝此除，偶因詩禍免題輿。故交反眼炎涼異，歲月驚心露電如〔一〕。銜内絛冰疑有欠，鏡中鬚雪摘無餘。南州剩有隨陽雁〔二〕，若比江湖易寄書〔三〕。歷監三郡無殊渥，飽閲千帆奈逆風。晉尚高談重方外，漢稱半刺曰治中。不惟守聽廉丞語，所至民歌别駕功。他日潮人感遺愛，祠槎溪老又祠公。

〔一〕電：原作「雹」，據翁校本、馮本改。

〔二〕剩：原作「剌」，據翁校本、馮本改。

〔三〕「比」原作「北」，「寄」原作「害」，據翁校本改。

又絶句二首

東閣郎君已貳卿，斡回嚴冷作和平。專人昔暴於家粗，太傅今賢似父兄。

物貴皆由楮幣輕，近聞五嶺亦通行。舊時白葦黄茅裏，有犬鶏聲布有聲。

挽去華主簿姪二首

汝是家珍寶，虹光貫夜窗。友生墊巾慕〔一〕，才子樹旗降。顔氏應難兩，唐人誄獨孤申叔云〔二〕：「如遺孔子，有兩顔氏。」黄香未易雙。向來有椽筆，老去付誰扛。

子美尤稱位，昌黎若惜滂。色空融佛性，冰炭置吾腸。未審生何國，猶疑在我傍。一條勝謝傅，老不廢朞喪。

〔一〕墊：原作「塾」，據翁校本改。

〔二〕注文中「誄獨孤申」原作「誄獨申孤」，「遺」原作「還」，據《柳河東集》卷一一《獨孤君墓碣》改。

羅浮寄公儲子洪二兄四首 舊作追録於此

片帆約我上羅浮，已戒籃輿與共遊。到得羅浮君不見，後期又是八千秋。
城中冠蓋匆匆散，老子空攜影逐身。追路餞余三百里，斯人心事異他人。
別來怪雨挾顛風，想見江頭惱此翁。湖海元龍身九尺，可憐蟠屈葉舟中。
若見子期煩問訊，二詩真可續坡仙。捷材渠似離弦箭〔一〕，澀思儂如上水舡。

〔一〕離：原作「雜」，據翁校本改。

容堂生日

玉守清無一點塵，泠泠笙鶴下青旻。大期爵德尊三者，上界神仙第一人。經畫中原皆向化，燮調四序總如春〔一〕。自憐九袠鬚眉老，籠鴿難陪祝壽賓。

〔一〕總：原作「鎮」，據翁校本、馮本改。

送太淵宰安溪七言三首

御堦人看放班回，誰記乾淳舊事哉。進卷已嘗觀所主，聞絃上欲老其才。割鷄必待民謡著〔一〕，峨豸多由縣譜來。莫道勝流俱不屑〔二〕，艾軒做了到誠齋。

昏昏默默嗟衰朽，白白紅紅憶盛强。自古人惟稱單父，至今我尚愛桐鄉。刈時留取葵根在，拔處無令薤本傷。邑有澮臺輩流否，不妨迎致向琴堂。

吾觀明府毫端妙，傳得尊公肘後方〔三〕。番俗尚歌漢東柳〔四〕，莆人不剪召南棠。威驅未若心懷惠，内荏徒然外抑强。想見江鄉與閩嶠，家家各炷一爐香。

〔一〕「民謡著」及下句「峨」字，原作「着民峨謡」，據盧本乙。

〔二〕莫道：原倒，據翁校本乙。

〔三〕得：原作「傅」，據盧本改。

〔四〕柳：原作「抑」，據翁校本、盧本改。

又五言二首

子去臨民社，公私必小寬。皆云官似水，誰道縣如灘。村絶追胥跡，溪無督賦瘢。自從陳李後，古調少人彈。

剖決時通夕，將迎或望塵。官爲賢令尹，位下郡專人。尚欲平州欠，何曾歎縣貧。能容老夫否，負耒去爲民。

柬惠安同安葉陳二明府併煩安溪林明府寄似

吾友二三子，聯翩有國都。平平雖縣譜，急急奈州符。亦既吹虀矣，還能吸醋無。高年頗更事，莫哂瞽言迂。

和黄彦華帥機六言十首

世情喚做三絶，佛眼譬之六如。當日最宜爲誥，而今老不中書。

子美花狂已減，玉川茶興方濃。耕處偶逢沮溺，池邊懶送夔龍。
老矣宦情素薄，天於書分尤慳。寧作一鷗浮海〔一〕，長笑六鼇負山。
吾嘗評論齊物〔二〕，未知彭殤孰賢。蒙莊略曉些子，分別小年大年。
世無識面仙者，或言飛過洞庭。望斗氣半空紫，衝秋霄一點青。
遺稿六丁取盡，君王謾遺所忠〔三〕。既友商山四皓，又容淮南八公。
似憐翁老吾老，寧論子才不才。皆云法當止矣，況於身要扶哉。
老閱萬般交態，病無一點世情。但憶懶殘芋熟，都忘太乙藜青。
骯髒倚門如敖，滑稽玩世非顛。坡即崇寧奎宿，白是開元謫仙。
已邀入真率會，更約過天津橋。從此年年歲歲，莫負月夕花朝。

余戊辰日生，彦華贈余十首詩，皆吸風飲露，天仙語也。余雖如數效顰，往往雜以世俗人語。昔人云「江東無我，卿當獨步」，必發彦華一笑。

〔一〕浮海：原倒，據翁校本、盧本乙。
〔二〕「論」字原在「物」下，據翁校本、馮本乙。
〔三〕遺：原作「遺」，據翁校本改。

縱筆六言二首〔一〕

賦金屋信美矣，記玉樓果如何〔二〕。人間國艷難得，上天才子不多。

蒯鄽提趁沸湯，信越狗烹弓藏。向來猛士盡矣，與誰共守四方。

〔一〕縱筆：原無，據翁校本、馮本補。

〔二〕如何：原倒，據翁校本、馮本乙。

贈天隱李君瑞一首

唱名納禄尤崖異，誓墓休官更崛奇。先輩翔而皆集矣，廣文得此欲逃之。聖門豈不高曾晳，列傳何爲首伯夷。虎帥聽君誰敢犯，莫欺此老白鬚眉。

次韻鄉侯計院二首

諸老皆曾接典型，鵝湖一輩亦豪英。晚持師説尤堅壘，不怕兵家會斫營。晴色極佳宜歲事，郊行因好訪民情〔一〕。朝家要採風謡否，第一君侯號治平。

還山非敢厭承明，鶴唳鶯啼若個清〔二〕。警句摘稀慚傑思，博封冰少見交情。當年邑蹕重金貴〔三〕，他日飛空一劍輕。莫問路頭何處去，出門萬里水雲程。

〔一〕民情：原倒，據翁校本、張本、馮本乙。

〔二〕唳：原作「淚」，據盧本改。

〔三〕重：翁校本作「雙」。

詠史五言二首

西都生昴宿〔一〕，東井聚奎星。僅可尊秦陛，安能肅漢廷。收圖懲滅籍，起蕝欠稽經。何況杯羹語，書之涴汗青。漢初

雖化家爲國，其如夏變夷。可汗僭天子〔二〕，蕭后作閼氏。玉撿無升頂，珠襦有裸尸。未應長樂老，飲酒又吟詩。唐季

〔一〕昴：原作「昴」，據翁校本、盧本改。

〔二〕僭：原作「偕」，據翁校本、馮本改。

道釋六言二首

蕭衍老公苦行，捨身之舉壯哉。秖怕侯丞相者，不許梁朝贖回〔一〕。

大榼酒時酩酊，小瓢藥自貴珍。老去修持如故，向來符呪通神。

〔一〕贖回：原作「覿面」，據翁校本、馮本改。

記漢事六言二首

紛然擊柱諸將，付之起蕝叔孫。向來常罵儒腐，今日方知帝尊。

始欲報五世相，末不願萬户留〔一〕。少從黄石公授，晚與赤松子游。

〔一〕願：原作「投」，據翁校本、張本、馮本改。

兩朝口號六言二首

堯舜若稽古外，烈祖聖謨洋洋。道理一句最大，卓冠萬世帝王。

宇宙包吾仁内，充之惟天惟堯。昊穹敬此一字，千載以待永昭。

記漢唐事六言二首

《黄鵠》之歌高古〔一〕，《大風》之作激昂。横汾酒酣樂作，其如感慨悲傷。

輦路感春草句，殿閣賦薰風人〔二〕。聯句未聞箴諫，憑高空憶侍臣。

〔一〕高：原作「萬」，據翁校本、馮本改。

〔二〕薰：原作「董」，據翁校本、馮本改。

送君用姪判官

天官長榜該差久〔一〕，公相繁機押勑遲。佩玉徐行真上介，着鞭先發任羣兒。方慚當宁詢黄髪〔二〕，絶喜吾宗見白眉。聞説守侯留襴墨，水衡召拜必同時。

〔一〕差久：原倒，據翁校本、張本乙。

〔二〕當：原作「常」，據翁校本、張本改。

題近稿

簞瓢久已甘顔巷〔一〕，筆槖先曾侍漢廷。杜視王侯等螻蟻，坡輕名利比蝸蠅。更無荐鮪儀登俎，時有求羊炬入陵。老矣終身作傖父，諸公努力佐中興。

〔一〕簞：原作「箪」，據翁校本改。

絶句三首

定本《蘭亭》傳贋久，党公薑字發蒙初。兒童若問何人寫，向道梣翁八十餘。

愁腸一飲輒無筭，病眼四時常有花。舊日讀書垂釣處，重尋如到别人家。

潘郎鬢豈春能緑〔一〕，東野肩非雪亦寒。世外那無仙可學，人間惟有老難瞞。

〔一〕緑：原作「緣」，據翁校本、張本、馮本改。

戊辰重陽絶句

馮唐白首尚含香〔一〕，衛武諄諄肯惰荒。萬一享年如二老，猶堪爛醉十重陽。

〔一〕首：原作「百」，據翁校本、張本、馮本改。

和居厚弟韻

端嘉已羡谷鶯遷，不覺龍飛又幾年。坡老嘗稱少公勝，伯淳曾道二哥賢。騰箋内舉雖如此，秉筆中書豈必然。歲晚偶同耆舊傳，瞎翁安得似癯仙。

畫筒有二粉頭各題一絶〔一〕

裕陵臨御始，像祭武襄公。部六何爲者，圖形一禁中。蔡奴

高帝開江左，如天有太陽。迎歸皇太后，放出小流娘。婕妤

〔一〕二：原脱，據翁校本、盧本補。

狂吟

兩輪屋角走如梭，争奈槈翁老病何。富貴時來年少去，神仙者少死人多。形嬴全賴兒扶

掖〔一〕，詩退猶須友切磋。莫嗟狂吟無律吕，古人不廢飯牛歌。

〔一〕形：原作「刑」，據翁校本改。

題趙志仁南溪雙蓮

廼翁去記玉樓成，歲帥鄉人祀洛英。文耀可無田助祭，象賢賴有谷傳聲。奇葩融結雙蓮瑞，奕葉追攀五桂榮。累將重侯何足道〔一〕，幾人三世有詩名。

〔一〕累：原缺，據翁校本改。

挽趙倅 汝稟

半刺官雖滯，全人世所稀。生無瑕可指，古以死爲歸。故笥斑衣在，新阡鶴表飛。銘幽仍相挽〔一〕，老泪拭還揮。

〔一〕 齒：原作「齒」，據翁校本、馮本改。

應真二首

五百逋逃士，劉郎不放心。教醒阿羅漢，飛空無處尋。

支解讎人毒，香塗施主恩。對天剖腸胃，倒海洗親冤。

贈東塔璵老

南寺上人禪學苦，東岡老子法筵開。遥知大設伊蒲供，送汝挑包去撈齋。

題倪魯玉詩後二首 龍輔

梅經御史鞫成案〔一〕，村荷先皇勑扁堂。少日不容人入社，暮年甘被子侵疆〔二〕。不應愚谷知名姓〔三〕，惟許孤山擅影香。豈獨江湖酬唱者〔四〕，卷中諸老半存亡。

自從風雅陵夷後，吟到梅村世豈多。曠達知章歸後作，軒昂子美醉時歌〔五〕。擊蒙何止聞童稚，譴瘧猶堪去病魔。一聽牙絃三嘆息，今無鍾子奈詩何。

〔一〕鞠：原作「鞠」，據翁校本、馮本改。
〔二〕疆：原作「僵」，據翁校本、馮本改。
〔三〕應：原作「因」，據翁校本、馮本改。
〔四〕唱：原作「偈」，據馮本改。
〔五〕子：原作「予」，據翁校本改。

雜詠五言八首

夢中求荐寢，此事有還無。幸得東安女，爲王洗厚誣。《高唐賦》

魏帝恩雖重，川靈禮自防。不曾簪美珥，安能獻明璫〔一〕。《宓妃賦》

燕燕鶯鶯喻，工於狀婦容。不如《洛神賦》，比擬作驚鴻。《洛神賦》

園令詞章妙，君王悔悟深。能回九重眷，只賣百斤金〔二〕。《長門賦》

斷絃難續矣，讀者尚悲辛。不似窮馮衍，甘爲薄倖人。《寡婦賦》

難尋楚三户，不記漢千門。獨有靈光殿，長因一賦存。《靈光殿賦》

有劍彈驪鋏，無金築隗臺。孝王雖貴介，猶解客鄒枚。《兔園賦》
埋向西陵裏，千年不復晨。未知臺上妓，歌舞樂何人。魏武《遺令》

〔一〕能：翁校本、馮本作「有」。
〔二〕百：原作「白」，據翁校本、盧本改。

兩曜二首

朝朝出陽谷，夜夜入虞淵。且看烏輪轉，休論蟻磨旋。日
不甘蟇蝕月，泣獻磔蟇詩。却效玉川子，仍曾是退之。月

風雪二首

大塊號萬竅，强名之曰風。楚人無意義，亂説有雌雄。風
持帚通樵徑，揞笻過蘚橋〔一〕。不知及門者，若箇肯埋腰。雪

〔一〕筇：原作「築」，據翁校本、馮本改。

放言五首〔一〕

丹劑乾鉛汞〔二〕，紅塵掃粃糠。只消一隻鶴，安用萬頭羊。

戀闕子牟遠，還鄉賀監狂。老人忘節序，有菊即重陽。

鏡悲鸞獨舞，射感雉雙飛。早認色空是，晚知婚宦非。

萬里先行脚，三家晚閉關。曾求詩入海，亦作史藏山。

有酒聊排悶，無書可訂頑。君看鸞鎩羽，不若早知還。

〔一〕言：原作「生」，據翁校本、馮本改。

〔二〕汞：原作「永」，據翁校本、馮本改。

贈日者陳達夫六言二首〔一〕

昔有君平季主，今無韓慥林開。終日垂帷閉肆，或時戴笠盤街〔二〕。

㮙翁書題閑慢，萬言不直豪芒。奪了巡官行貸，攙他太卜牙郎〔三〕。

〔一〕六言二首：原無，據翁校本補。

〔二〕銜：原作「御」，據翁校本、馮本改。

〔三〕牙：原作「才」，據翁校本、馮本改。

記蔣李事〔一〕

藐予小子衰殘迫，惜我先人老壽稀。厚幣能牽四皓出〔二〕，畫圖幸送二疏歸。子玄亘古芬芳史，伯始終身糞土譏。穎叔資深俱已矣，豈無來者判聃非。

〔一〕蔣李：原作「將李」，據本詩改。詩云「穎叔資深俱已矣」，穎叔即蔣之奇，資深即李定，皆神宗朝御史。

〔二〕幣：原作「弊」，據翁校本改。

贈庸齋〔一〕

挾策端平偶見遺，不旋踵已遇嘉熙。雖聞栖楚叩墀語，不見陽城伏閤時。下殿君能和富范，上房吾願讓夷夔。或疑廉藺曾相避，知兩翁心更有誰。

〔一〕贈：原無，據翁校本、馮本補。

縱筆一首

不與人争鹿，常留客膾鯨。遍參埋雪立，輕舉御風行。鳴止三千歲，游觀數十城。游閶闔，觀玉臺。前篇方出喙〔一〕，又報後篇成。

〔一〕「篇」原作「遍」，「喙」原作「啄」，據翁校本、馮本改。

後村先生大全集卷之四十六

詩

病起五首

躬圭寶筐俱藏起，出入惟消笠與簑。農説雨暘差有準，客談間諜易傳訛。豐年海熟田尤熟，聖代朝和野亦和〔一〕。縱使大寒并大暑，小車時出至行窩。

鬻文賣賦今能幾，窮薄常因病折磨。寧作地仙事思邈，不教天女惱維摩。乞骸幸已逃空谷，養氣難於塞決河。豈是先生老而健，修方多更閱醫多。

小窗不復聽吾伊，時有蛩聲出吻悲。曲宴無歌賡太液，中痟止酒飲華池〔二〕。誰將曉雪堆新鬢，自撥寒灰鍛近詩。未敢熱瞞同社友，草鞋尚欲遠尋師。

百歲將闌猛省驚，六根不足可憐生。古人使祝爲祈死，叔世無人弔失明。昔揑殘更羞渴睡，今當清晝要扶行〔三〕。時於夢裏瞻星斗，愁絶鄰雞腷膊聲。

越境迎醫伎又窮，殘骸奉施與天公。外庭幸際清明始，内障如囚黑暗中。貝葉今難開隻眼，薰紘昔忝和重瞳。暮年膝上惟文度，常挈書燈伴乃翁。

〔一〕代：原作「伐」，據翁校本、馮本改。
〔二〕中：原作「巾」，據翁校本、馮本改。
〔三〕晝：原作「晝」，據翁校本、馮本改。

次韻君節祕書二首

甫登鼇頂浩然歸，豈是區區較粟薇。縱使吠聲雜堯桀，可無直筆辨聃非。雷音首占第一義，黛色終當四十圍。想見朝陽鳴未已，在岐山下莫高飛。

又從天禄閣中歸，厭太官羊憶苦薇。濟瑗昌言憂國事〔一〕，永歆沽直暴君非。貴人高爵懸金印，狎客閑情減帶圍。獨有冥鴻惜毛羽，刺天未肯羨羣飛。

寧作青袍朝士歸，烹羔未必勝羹薇〔二〕。易貪塵世好官職，難泯人心真是非。戰士未收青野骨，將軍誰報白登圍。可憐鳩鷃藩籬下，豈識垂天翼怒飛〔三〕。

〔一〕濟：原作「仍」，據翁校本改。按詩中「濟瑗」指唐人來濟、韓瑗，二人皆以諫立武后、救褚遂良得罪，直聲聞天下。其事詳《新唐書》卷一〇五本傳。

〔二〕羔：原作「恙」，據翁校本改。

〔三〕怒：原作「恕」，據翁校本改。

醉筆一首

滿插花黄沃巨杯〔一〕，一絲不遣挂襟懷。若非供奉仙重謫，必是玄真子再來。有妓分甘徒自臭，無奴負鍤也須埋。平生不喜名浮實，佳傳何消上曲臺。

〔一〕插：原作「棟」，據翁校本、馮本改。

次韻林太淵二首

齒宿何妨意尚新，向來誤認假爲真。漏名左相門首客，占籍愚公谷裏人。上知豈無千慮失，下官惟有兩眉顰。晉人云：「下官不堪其憂。」史臣傳與頌臺謚，未抵盃中物切身。

時賢多以刻爲明，撫字催科鮮並行。聞舊吏民皆向化，喜新令尹不求嬴。察簾外事非中道，立路傍碑亦近名。莫比尋常貴公子，長官清若一書生。

送胡石壁帥廣西二首

制難由來在一賢，青冥鈇鉞授中權。漢家固已收羣策，胡運何曾有百年。不待焦頭蒙上賞，莫云斡腹是虛傳。提封五莞包鯨浸，黎母山猶在次邊。

此段君王付託誰，明公身可荷安危。常游篸帶春攜客，忽奪崑崙夜出奇。忠定罷兵纔建紹，襄公討叛止邕宜。腐儒雖憊如同載，堪稿平蠻第二碑。在龍隱洞。

迎候林德輔帥參一首

西埜約余同薦禰，六丁力盡不能留。霜蹄屢蹶追風驃，皓首還登載月舟。伊昔士元曾別駕，即今子美尚參謀〔一〕。浮榮膜外何須較，且可歸來秉燭游。

〔一〕參：原作「卷」，據翁校本改。

感昔

曾見弘文館盛開，難將汗脚涴金臺。搜山不見之推出，入海難呼太白來。士各自媒誰待聘，世皆欲殺少憐材。空存先帝昭回筆，永閟巾箱不忍開。

題法帖

二王萬古擅書名，聞説臨池學始成。《瘞鶴》字猶看不見，《黄庭》小楷付來生。

答學者

自古名家豈偶然，雖游於藝必精專。經生各守單傳舊，國奕常争一着先。馬老於行知嚮導，鶻騰而上覷方圓。殷勤寄語同袍者〔一〕，努力磨教鐵硯穿。

〔一〕者：翁校本、馮本皆作「友」。

南唐一首

建隆事得之遺老，疇昔曾參野史看。後閣夜猶歌玉樹，陳橋日已湧金盤。可憐李主歸朝晚，專靠江神立國難。誰道齊兵當十萬，一身杌隉不能安。

古意

吾夫子喜稱遺逸，太史公曾傳滑稽。堯帝杯曾遜巢許，邵云：「唐堯揖遜三杯酒。」武王粟不飽夷齊。拾來穗即萬鍾禄，採下薇堪百甕齏。不是狂言大無當，聞之齧缺與王倪。

題畫六言一首

子猷無乘興舟，越石有長嘯樓。雪滅千山蹤跡，月照幾家樂愁。

理故書二首

軸猶插高架，槃已棄低墻。可惜亡三篋，安能讀一箱。自慙伯仁退，不及阿宜長。但憶初强記，誰知晚健忘。

難窺一字脚，空皺兩眉頭。孤露無三樂，凄凉有四愁。詩疵撚鬚改，丹走出神求。元不離禪榻，當年遍九州。

用韻題卓刑部樂山樓

城裏惟樓盡見山，使君小築可三間。弓旌招莫返長往，爐竈壞方求大還。及菊未荒歸栗里，有芝堪茹老商顔。鶴書曾賺幽人出，只恐先生又予環。

銘座六言二首

象防跡露埋齒，麝以香聞割臍。羣兒争放紙鷂，老子寧爲木雞。

數步覺蕭娘臭，三日聞荀令香。涑水公銘衾戒，乖崖老按劍防。蕭聱性惡婦人，相去數步，猶聞其臭。

耳鼻六言二首

萬法與身俱幻，百骸惟耳尚聰。文公爲補琴操，回仙邀聽松風。

一飢慣食腥腐，三嗅不分臭香。殘質心灰已久，末年鼻齆何傷。

蝶庵一首

萬里求師脚力頑，可憐無藥駐童顔。遊梁曾在鄒枚右，反魯安能季孟間〔一〕。但見堆金守郿塢，未聞全璧出函關。堯如天大逃焉往，莫費巢由自買山。《世説》云：未聞巢由買山而隱。

〔一〕反：原作「仄」，據翁校本、馮本改。

即事六言四首

宦情爲虎爲鼠，世態如雲如輪。武夫罵盲宰相〔一〕，醉尉呵飛將軍。

有時眼花落井，有時鼻孔撩天。工詩只是少點，説禪莫是大顛。

骨已朽黄泉下，傳猶列青史中。猛朴時來宰相，關張運去英雄。

早詠白駒在谷，晚駕青牛出關。寧爲魚點墨退，猶勝鶴帶箭還。

〔一〕罵：原作「駡」，據翁校本改。

古意二十韻

自從混沌死，萬象困穿鑿。淳風誰挽還，古意日漓薄。余幼膽輪囷，泛濫通流略。短篇堪掣鯨，片文可驅鰐。吾嘗觀竅妙，渠敢譏雜駁〔一〕。北未陟崧岱〔二〕，南僅覽衡霍。菊坡評三雋，崔公以陳抑齋、方孚若及余爲閩之三雋。竹隱表一鶚。余受傅公十科，自代及賢能才識之薦。雖爲世流傳，未經聖刪削。歲晚歷九州，導從惟一鶴。飄然乘剛風，騰而上寥廓。金色大千界，水渦幾萬落。荒哉漢陵闕，蕞爾遼城郭。遂窺子宗廟，盡見佛樓閣。叫開閶闔雲，耳聞鈞天樂〔三〕。吾持此安歸，喜極還驚愕。恍疑緣崖墜，又恐行路錯。詩魔暫辭去，來如隔日瘧。易展垂天翼〔四〕，難踏實地脚。萬病皆有方，惟狂不可藥。拙吟示兒曹，聊記武公謔。

〔一〕雜：原作「離」，據翁校本、馮本改。
〔二〕北：原作「比」，據翁校本、張本、馮本改。
〔三〕樂：原作「約」，據翁校本、張本、馮本改。
〔四〕垂：原作「隨」，據翁校本改。

送王南海二首 元邃禮部之子

昔作翘材客，曾談執友賢。雖無金屋貯，賴有歸巢遷。此老飛仙去〔一〕，斯文付嫡傳〔二〕。病翁猶未聵，要聽武城絃〔三〕。

史氏循良傳〔四〕，儒家果藝科。土荒耕老少，海近販人多。古有寧馨語，今無于蔿歌。懸知新令尹，琴調得民和。

〔一〕此：原作「比」，據翁校本、馮本改。
〔二〕付：原作「什」，據翁校本、張本、馮本改。
〔三〕聽：原作「聰」，據翁校本、張本、馮本改。
〔四〕循良傳：原作「傳良循」，據翁校本、馮本乙。

挽陳司直二首

五朝際遇諸家少，四葉封崇一品榮。不似鶯花貴公子，宛然螢雪老書生。交游緑野舊賓客，濡染滄州賢父兄。吾老埋辭失之約，餘哀翻入薤歌聲。

隆乾事契姑休論，歲晚相看成兩翁。吾女偶需郊霈下，君兒亦脱縣灘中。清伊高會耆英少〔一〕，碧瀨新丘伉儷同。我有蔡邕書欲付，未知何日兆非熊。

〔一〕者：原作「著」，據翁校本改。

挽葛夫人二首

銀臺曾奮塗歸筆，我亦留花批逆鱗。早共裂麻沮裴相，晚甘負耒作滕民。兒斑衣從雙旌貴，母繡簾迎萬户春。方擁皇華荒大國，誤他多少借留人。

不惟婆嫂咸嗟惜，學語兒知此母賢。味薄居常喜蔬食，心慈勸勿用蒲鞭。若非騰上天宮裏〔一〕，必是迎歸海岸邊。九十老農來祖奠，眼枯不覺亦潸然。

〔一〕天宮：原倒，據翁校本乙。

謝景行方寺丞惠衣二首

贛州牧念予絶潔，見遺上衣并下裳。澤畔羊裘未韜晦〔一〕，雪中鶴氅大清狂。笑金谷友望塵繆，經紫陽翁攷古詳。更惠雞栖車一乘，十分結裹老文昌。

初裁隱服師楊陸，忽贈身章別一般。似雪精絺爲表襮，比花文錦作中單〔二〕。何妨俗笑浩然聳，不要人憐范叔寒。孰若子衣安且吉，絶勝劍履進賢冠。

〔一〕羊：原作「年」，據翁校本改。
〔二〕比：原作「桃」，據翁校本、馮本改。

抄戊辰十月近藁七首

後學鮮能舍瑟作，古人未免假韶鳴。不勞左轄誦新句，却愛老婆呼舊名。史館誰徵段公事，儲家妄作武侯評。人間安得忘憂物，爲寠儒生澆不平。

識之無字憶髫年，霍地紅顏變雪顛。求狗監人難復得，如雞林相豈非賢。鯉庭聞處才三百，蚓竅唫來忽五千。寄語毛韓并衛卜，不煩序亦不煩箋。

頂雪無多爬欲禿，眼花亂發捏來空。何如自號四休叟，不要人扶獨樂翁。純白固知難諱老，大丹未必可還童。不知後世評碑板，似李邕耶似蔡邕。

主公已换老龍名，部曲無知覬寵靈。執爨婢權呼小玉，拾樵童暫改奴星〔一〕。子厚奴名。旋推鄰叟稱尊宿，兼命雛孫曰寧馨。稚子不知儂爛醉，剛來耳畔唤教醒。

户外跫然聞足音，或懷漫刺袖新吟。樽空愧不能觴客，綆短如何敢汲深。薄俗求疵誰揜惡，先賢慮患或陽瘖。國人豈待儂箴儆，持在螢窗且自箴。

少狂費盡一生心，叢藁如山雪滿簪。揚子雕鐫詩賦麗，唐人鍛鍊説詩深。唐人有「詩源不敢論」之句。寒來尚可披裘釣，窮殺何妨帶索吟。社友蕭疎吾老大，安知來者不如今。

疇昔榮途分寸躋，危機不合上雲梯。鳳皇池有人曾奪，鸚鵡洲無客敢題。早不修真壞丹竈〔二〕，晚方受籙脱金閨。羽毛只可如鴉雀，誰遣君爲吐綬雞。

〔一〕改：原作「段」，據翁校本改。

〔二〕壞：原作「壊」，據翁校本改。

又五言一首

甫白不可作，千年有廢壇。虛逢右文主，難獻采詩官。與子擘麟脯，從渠切虮肝。後生多美秀，未可便麤瞞。

絶句二首

枝上好花無十日，松梢老葉有千年〔一〕。静中勘破人間世，醒者常愚醉者賢。

浮榮已是卿塹長，勇退猶稱相避賢。先帝賜金揮未盡〔二〕，不應全仰作碑錢。

〔一〕老葉：原作「葉表」，據翁校本、馮本改。

〔二〕賜：原作「賜」，據翁校本改。

六言三首

不識平康坊裏〔一〕，多在村學堂中。安得金錢買笑，只堪夏楚訓蒙。

不入城裏市裏，常在水邊月邊。蜀公有疏謝事，米老無書辨顛〔二〕。

溪北酒旗梟梟，溪南社鼓鼕鼕。寧問餔糟漁父，懶求賦芧狙公〔三〕。

〔一〕康：原作「唐」，據盧本改。

〔二〕辨：原作「辦」，據翁校本改。

〔三〕求：原作「水」，據翁校本改。

壺山一首

俯瞰二州烟晻靄，遥瞻八面壁崔嵬。廼知仙聖門庭廣，也放長房跳入來。

相法一首

姑射仙風肌似雪〔一〕，盧郎鬼質面如藍。不勞鑒裁分妍醜，但覽丰標辨聖凡。

〔一〕姑：原作「始」，據翁校本改。

先識一首

新戒幾曾參古德，死人不信有神仙。蚊虻縱使皆成佛，出《圓覺》。雞犬何修得上天。

讀阮籍傳一首

言出勿令圭有玷，舌捫不及駟難追。阮公托醉《勸進表》〔一〕，龐老無名《受禪碑》。

〔一〕勸：原作「歡」，據翁校本、張本改。

題韓柳廟碑一首

韓柳子孫皆物故，士民尸祝尚如新。吾行天下已頭白，三百年唐惟二人。

挽林學録五言二首 友聞

節麾三世顯，螢雪一生貧。愈積家餘慶，咸稱里善人。幼常推李泌，員俶以舅子李泌對。老忽哭盧綸。聖惡無從涕，那堪是外親。

昔報尊公訃，奔喪萬里程。生居諸子下，身代二兄行。負骨嘆純孝〔一〕，分財見不爭。九原面先舅，應問白頭甥。

〔一〕嘆：原作「老」，據翁校本、馮本改。

送莊糾一首

忽枉高軒訪，殷勤不忍離。雖書督郵考，率在過庭時。辯素推三語，清尤畏四知。歸裝無長物，一首後村詩。

雜詠一首

晴是羲和喜〔一〕，陰是嫦娥妬。暖是青帝來，凉是赤熛去〔二〕。災是旄頭出，祥是奎星聚。雷是阿香嗔，濤是靈胥怒。

〔一〕羲：原作「義」，據翁校本、馮本改。
〔二〕熛：原作「驃」，據翁校本、馮本改。

字説一首

半山《字説》行，精義極貫穿。世好鵶蚓書，誰識蟲魚篆〔一〕。

〔一〕篆：原作「家」，據馮本改。

目眚六言一首

暮年因耽黄卷，雙瞳不省盲如〔一〕。來生願爲蒼頡，四目造鳥跡書。

〔一〕不省：原作「忽雀」，據翁校本改。

夢覺一首

拋書哈噓聲裏，轉枕屈伸肘中。盧生相黄粱舍，沈郎堉翠微宫。

匡人一首

匡人不識夫子，往往發其笥中。但有深衣古履，元無寶玉大弓。

懷真趙二公一首

南塘清談亹亹，西山至言琅琅。《七略》通羣書博，一生短千載長。

留侯一首

一椎復九世讎，編書封萬户侯。指視紫芝翁出，身從赤松子遊。

遊仙一首

懶爲隨駕處士，寧作閉門隱君。秦系有「春風與閉門」之句〔一〕。跨青牛導紫氣，乘黄鶴上白雲。

〔一〕春風輿：原作「壽風輿」，據翁校本、盧本改。

題趙昌花一首

藻齋侍郎舊物〔一〕，得之其孫彌約。

趙傻生長太平，以著色花擅名。自古良工獨苦，於今墨畫盛行。

〔一〕藻：原作「薻」，據翁校本、馮本改。

題桃源圖一首

但記嬴二世爾，豈知晉太康耶。一境渾無租税，四時長有桃花。

貴公子一首

春圃鶯花園席，秋堂風露入簾。寧以肩承蹴踘，不將手觸牙籤。

讀開元天寶遺事一首

環子受兵火涴，梅姬如玉雪清。二妃未免遺恨，三郎可煞無情。

醉醒一首

醉夢發於真性，醒狂或者矯情。左相飲如川吸，龍圖笑比河清。

讀韓信馬援傳一首

伏波自托真主，淮陰願爲假王。病厭鳶飛跕躁，晚悲鳥盡弓藏。

畫贊七言一首

驢加九錫石三品，鳥覩村翁晚節榮。出有小車扶有杖，前身莫是邵先生。

又六言二首

韶顔譬槿花爾，枵腹僅椰子如。不知作千年調，誰教盛萬卷書。

有載書盟三友，無文章送五窮。怯懦寧出跨下，清狂羞入禪中〔一〕。劉伶云：「諸君何爲入我禪中？」

〔一〕禪：原作「禪」，據馮本改。注文同。

五言一首

驢多爲令僕，蟻亦拜侯王。恰則封萬户，俄然夢一場。

雜詠六言八首

退之效玉川體，子美和《春陵行》。古訓後生可畏，俗語文人相輕。
臺卿遺令畫贊，淵明祭文挽詩。乍可裸尸仰藥，勿求勑葬宣醫。
龍章鳳姿中散，麞頭鼠目十郎。一遺恨悲風操，一老死偃月堂。
大將軍無舊客，四公子成古墳。寄語魯仲連輩，買絲繡平原君。李賀詩。
上壽都來百歲，厚禄不過萬鍾。陋巷儒死廿九，灌園子辭三公。
遊俠客無珠履，故人子有練裙。小楷臨《樂毅論》，太息《祭田横文》。
痛罵老奴尊己，錯認厠鬼爲妻。先儒重鄭玄《易》，三孤喜李赤詩。
盧老數間破屋，張公九尺長身。容膝何妨嘯傲，打頭不敢欠伸。

雜詠五言五首

傳呼尤赫赫，變滅忽休休。鴻筆銘勳績，蟬冠歛髑髏。
奴視中人少〔一〕，庭機左戚難。高爹嗔李白，新莽棊師丹。

親朋存者少，歲月去如馳。不記桃三竊，猶疑黍一炊。
乾鵲噪送喜，訓狐鳴主災。龍隨黃帝去，麟爲素王來〔二〕。
敝廬吾亦愛，陋巷人不堪。癡兒蝸帶屋，老子繭名庵。

〔一〕中：原作「申」，據翁校本、馮本改。
〔二〕王：原作「正」，據翁校本、馮本改。

雜詠七言二首

夷齊甘受周家餓〔一〕，申白曾遭漢法髡〔二〕。全活老臣殘齒髮，來生尚欲報君恩。
清禁已無蓮炬分，名山尚欠草鞋緣。賀公未是真知己，却唤詩仙作謫仙〔三〕。

〔一〕齊：原作「濟」，據翁校本、馮本改。
〔二〕白：原作「伯」，據翁校本、馮本改。
〔三〕詩仙：原脱「仙」字，據翁校本、張本、馮本補。

跋潘岳悼亡一首

長恨齊眉人已往，可憐尊足者猶存。乃知劍履圖麟閣，不似琴書隱鹿門。左抱琴書，右攜妻子。

題佛書六言一首

圓隨如一百八，大知識五十三。旋學梵音朗誦，老無脚力遍參。

凡聖一首

死生非有二致，聖凡於此一般。桓魋預爲石槨，王喬尚欲玉棺。

梅開五言一首

陶翁書甲子，楚客紀庚寅。村叟無臺歷，梅開認小春。

記方尊師事一首

坱軋司元化，回環列衆真。有稱金闕令，無記玉樓人。鄉前輩方尊師法御稱金闕尚書令〔一〕。

〔一〕鄉：原作「卿」，據張本、盧本改。

後村先生大全集卷之四十七

詩

居厚弟乞以礙止法官回授公朝特俞所請族子有詩志喜居厚次韻邀某同作效颦一首既拙且鈍録獻家廟

回貤異渥未之聞〔一〕，凜凜乾淳生氣存。頻對青藜真濟美，雖埋玉樹尚追尊〔二〕。奉新鸞誥陳幽壤，距小麟臺只近村。太息琰玄皆耄矣，誄成姑以寢爲園。

〔一〕未之：原倒，據翁校本、張本、馮本乙。

〔二〕尊：原作「遵」，據翁校本、盧本改。

晚　意

鷄報東方欲白時，林林羣動起飛馳。匹居峴上入城少，頗怪淮南拔宅遲。鷩餌何妨潛密藻，安巢謹勿托危枝。末年慕用寒山子，不是行家本色詩。

道房六言一首

懶白衣作宰相，寧黃冠事老君。試問讀三萬軸，何如誦五千文。

謝諸寓貴載酒

樗翁九袠逢初度，洛社耆英共舉杯。富相苦邀康節入〔一〕，温公亦喜小程來。每慚席上陪真率，誰道窩中愛打乖。不怕醉歸盧老攧，芙蓉月恰照人懷。

〔一〕苦：原作「若」，據翁校本、馮本改。

再疊

洛中舊話誰拈出，幾載寥寥有此杯。迂叟力辭年高晚，先賢羞與尹俱來。寧陪邵子稱安樂，免使歐公笑僻乖。況值霜天好風月，皺眉不若且舒懷。

三疊

景迫桑榆歡意少，相依藥椀與茶杯。忽聞有客載醪過，誰道無人裹飯來。家在恍驚如鶴化，歲豐未可罪龍乖。閑吟不與君爭巧，自作村田樂散懷。

老嘆一首

少豪扛鼎復搴旗〔一〕，倏忽才情已竭衰。今無百斤金買賦，古有九千縑作碑。毛錐盡秃難藏老，麈尾高懸合授誰。他日學人求《肘後》，不消挽些與哀詞。

〔一〕搴：原作「搴」，據翁校本改。

題達卿姪别墅

吾門不幸去華亡〔一〕，賴有高才出鴈行。自擬退之稱稍黠〔二〕，孰云白也是陽狂。表阡鶴許儂歸老，飲硯虹爲汝發祥。它日離鸞燎黄誥〔三〕，分墦應許及聯墻。

〔一〕華：原作「葉」，據翁校本改。

〔二〕黠：原作「點」，據翁校本、馮本改。

〔三〕燎：原作「僚」，據翁校本改。

示强甫

昔受浮丘伯密傳，鬖鬖轅固伏生年。試横牧笛花間飲，勝着朝冠柏下眠。天上錦袍曾奪得，山中石硯又磨穿。秦系以石爲硯，注《老子》。生來羞舐淮南鼎，且戲塵寰作地仙。

示沂孫

過去光陰電莫追，鏡中非復舊鬚眉。已拚眸子難重朗〔一〕，猶幸心官可苦思〔二〕。太極旋聞無極義，極玄更有又玄詩。此篇若問何人作，向道山中老古錐。

〔一〕朗：原作「郎」，據翁校本、張本、馮本改。

〔二〕苦：原作「若」，據翁校本、馮本改。

師友六言一首

聞諸師者本同，取之友者亦公。高才有出象外，精義不離箇中。南渡大儒《管見》，西山先生《正宗》。

記箕山商野事一首

放勛禪飲牛父，軒皇問牧馬童。曰夫子致南面，稱天師拜下風。

赤姪孫改名圭行冠禮一首

冠非責童子禮，兒必讀手澤書。簞瓢回也不改，宗廟赤爾何如。

霜菊

霜菊尤宜晚，纔開一兩葩。不隨蒲柳變，索姓待梅花。

蘇柑

橘裏争棋叟，壺中賣藥公。蘇柑肥似瓠，盛不得樗翁。

小勞

性不耐閑懶，小勞方小佳。鋸沉成薄片〔一〕，末麝入新芽。

〔一〕鋸：原作「居」，據馮本改。

病起

不求玉杵杵，不要水銀銀。但祝未來世，長爲無病人。夏侯嘉正云有二願，一知制誥一日，一見水銀銀一兩。

物化

今朝風物甚美，明日陰晴未知。夕陽無回照理，落花有上天時。古詩：「飛上青天妬落花。」

蚋

蚓穿槁壤及黄泉，蜂採花房與柳綿。微蚋么麽殊嗜好，以醯爲蜜甕爲天〔一〕。

〔一〕蜜：原作「密」，據馮本改。

雀

恰見趍燕市，俄聞集兔園。雕籠馴養者〔一〕，誰到翟公門。

〔一〕馴：原作「訓」，據翁校本、馮本改。

惜春

亂漂源裏紅雨，净洗枝頭雪綿。只訝歡非前日，安知春是去年。

予點

聲音笑貌可爲，顏色哭泣難揜。聖人無私喜怒，見於誅予與點。

客問宗旨一首

萬物泛觀皆我闔，諸君何事入吾禪。不須苦問儂宗旨〔一〕，醉裏聞之洛誦孫。

〔一〕苦：原作「若」，據翁校本、馮本改。

咸淳龍飛大魁之歸卿大夫以某兄弟有一日之長俾主其事水村農卿謂某當爲詩爲壺山唤回百年英靈之氣客散詩成翌早録呈且約同社屬和〔一〕

傾城迎侯錦歸忙，兒女鮮衣伎曉粧。龍首榜來春滿郡，鷄栖車已夕還鄉。團司局結慈恩寺，一炬燈傳舊弼坊。莫作尋常先輩看，淳熙相府甲科郎。

〔一〕一日：原作「二日」，據翁校本改。

再次前韻

射策人如射利忙，豈知世有古來粧。漢庭儒半壞科舉〔一〕，天下士寧論國鄉。但詫高標廣寒殿，誰能更讀善和坊。觀君毛羽真鸞鳳，羞殺麤豪白面郎。

〔一〕壞：原作「壊」，據盧本改。

次江權軍宴新進士韻

病翁無計出愁城，喜甲科郎競拾青。主禮尤隆真刺史，華宗相望兩魁星。董生至論惟三策，韋氏單傳只一經。舉首愛身如拱璧，修於家肯獻於廷〔一〕。

〔一〕獻：原作「還」，據翁校本改。

聞喜宴李教君瑞不赴小詩贊美

膾人肝與採山薇，舉世營營爲飽飢。始信洋洋而逝矣，已烹鶂鶂復哇之。伏雌雉亦防身害，疇昔羊能兆禍基。獨有廣文君卓識，殘盃冷炙也牢辭。

始冰

始猶飄灑忽嚴凝，村獠初看盡失驚。包裹入城問耆舊〔一〕，一名木稼一名冰。

〔一〕耆舊：原作「著伯」，據翁校本改。

有客

幾載庭空雀可羅，朝來忽有客相過。似知老子條冰進，不道先生鬢雪多。

柬春谷工部

假使富埒國，何如貧在家。尚存儂漢札，寧奪我齊瓜。

七竅鑿

自從七竅鑿，無復六根全。鯨死彗星出，蓂枯月魄圓。

遷客黨碑

人無公議論，天有真是非。佛肯護遷客，雷能碎黨碑。

奎宿奏事

過客危於惠，移僉遠似瓊。末年蘂珠殿，奏事獨奎星。

飲者

大醉害心風，小醉卧咽嘔。世有大先生，一飲石五斗。

怕愛

月中玉女雖嚴冷，雪裏瑶姬轉麗華。不管達官怕木稼，且留處士愛梅花。

餘寒

老子今年八十三，怕寒渾未試春衫。尚存晉宋問人意，折得南枝帶雪簪。

趙昌花

要識洛陽姚魏面，趙昌着色亦名家。可憐俗眼無真賞，不寶丹青寶墨花。

天奪

曩造河沙業，今災夢幻身。不知巖下電，天奪與何人。

逃禪便面

姑射吸風仍飲露〔一〕，洛妃習禮更明詩。梅花渾不施朱粉，直以天香與雪肌。

〔一〕仍：原作「仿」，據盧本改。翁校本作「方」。

聞東軒訃

君給相如札，吾方長道山。燕猶栖舊壘〔一〕，駒已養天閑。位逼將求説，書來欲鑄顔。奈何化鶴去，不見珥貂還。

〔一〕壘：原作「罍」，據翁校本改。

惜舟

生世誰令抱百憂，點黄不肯上眉頭。江邊風雨飄蓬笴，愛惜扁舟一夜愁。

天塹

興亡天數亦人謀，戰艦蒙衝一炬休〔一〕。雪浪如山限南北，不湔江令沈侯羞。

〔一〕炬：原作「矩」，據盧本改。

送客

夸毗子有誰存者，恩澤侯何足道哉。一葉絶江載愁去，萬花環席突圍來。

固窮

狎邪早不由三閤，崛强今難事五樓。寧伴伯夷山下餓，豈隨徐福海中求。

顛危

老梢慮航危，隆棟憂厦顛。危欠維楫爾，顛將覆壓焉。

節惠

醉似東皐子，愚於北谷公。何當節一惠，單謚作愚翁。

化蝶

鶴肯從坡老，鳩能感醉翁。老夫曾化蝶，飛入百花中。

封邑

髮似蘆花面削瓜，躬圭錦襖忽高華。願還封邑九百户，小築茆茨三兩家。

菜地

依然山澤一臞儒，幸有先疇與敝廬。聞説醉鄉方弄印，不知堪拜小侯無。

逃愁

年飢未可傾家釀，晝短真當秉燭游。中國醉鄉隔萬里，豈無寸地可逃愁。

温故

號寒博士燈檠作，凍死秀才衣帶詩。鯨吸偶陶陶兀兀，蟬嘶尚怪怪奇奇。曩時小家數，歲晚大宗師。

受用

阮遥集平生幾屐，晏平仲半世一裘。秃翁受用能多少，槲葉爲衣荷蓋頭。

自箴

夢亦齊莊非矯戾，病猶温習見操存。生柴參後千餘載〔一〕，恍似同時及聖門。

〔一〕後：原作「從」，據翁校本改。

飛將

沙漠有烽起〔一〕，上林無鴈來。可憐漢飛將，虚築望鄉臺。

〔一〕沙漠：原作「□漠」，據盧本改。

退之

向來諛墓人〔一〕，其報在身後。柳車不免埋，硫黄安能壽。流傳碑板多〔二〕，篇篇説不朽。溘先同露電，沙魘曰山斗。

〔一〕諛：原作「諛」，據翁校本改。
〔二〕流傳：原缺，據翁校本、馮本補。

李杜

李杜文章宗，繼者宜重黎。伯禽視熊驥，未易分高低。小者善鈎魚，大者能柵雞。世無託孤者，練葛誰提攜。謫仙葬青山，女嫁爲農妻。州牧選高援，使嬪於中閨。曰禽鳥有匹，寧合不顧睽。生於隋唐後，名與姬姜齊。吾家中壘公，惜不經品題。

昌谷

王孫乘顥氣，九萬里空洞。春風吹玉唾，點點成綵鳳。不惟僕命騷〔一〕，直恐無雅頌。暮歸阿嬰嗔，奴輩錦囊重。

〔一〕不：原缺，據翁校本、張本、馮本補。

商翁

初隱靈芝處，終逃小橋中。誰言秦法密，網不得商翁。

樂天

衆評白傳謚，誰得樂天心。小太宗英主，臨朝謚醉吟。

涑水

洛下人呼爲迂叟，非惟語簡意無窮。曲臺不合加美謚，俗了深衣大帶翁。

高光

發兵坑黥布豎子，踞洗駡隋何腐儒。誰道東都重名節，故人只喚作狂奴。

蹙操

老賊所憂惟備權，豈知中憤氣同然。諸賢莫道江東小，蹙操惟消兩少年。

琨逖

遷喬不與鶯争出，殿後猶云馬不前。越石早知無合殺，不如且讓祖生鞭。

曹孟德 少作

精舍觀書二十年，偶窺沸鼎出饞涎。小豪已草黄巾檄，老大遭燒赤壁船。半夜宫嬪和淚訣〔一〕，當時漢禪只心傳。後來仍有朱三輩，欲比英雄恐未然。

〔一〕宫：原作「官」，據翁校本、馮本改。

孫伯符 少作

霸略誰堪敵伯符〔一〕，每開史冊想規模。一千掃衆横江去，十七成功自古無。不令老瞞稱猘子〔二〕，便呼公瑾作姨夫。君看末命尤奇特，指顧張昭爲托孤。

〔一〕霸：原作「覆」，據翁校本、張本、馮本改。
〔二〕令：原作「分」，據翁校本改。

劉玄德 少作

老瞞虐焰市朝空，宗室惟餘大耳翁。漢賊有誰分逆順，關河無地著英雄。紫髯久矣營江表，黄屋蕭然寄峽中。可惜姜維膽如斗，功雖不就有餘忠。

魏志 操下令云：「向使國家無孤，不知幾人稱帝，幾人稱王。」

稱帝稱王非一個，國家不可便無孤。此言只是瞞孀幼，豈有英雄也恁愚。

二世

失國之君多咎政，興王者作著休符。亡秦天告由胡亥，非謂長城外有胡。

質子

七雄側目虎狼都，仁暴端由取舍殊。燕太子留生馬角，楚王心作牧羊奴〔一〕。

〔一〕楚：原缺，據盧本補。

郡宴

瑶琴能挑文君意，玉笛安知虢國心〔一〕。但是有情俱感動，惟村夫子不知音。

〔一〕虢：原作「號」，據翁校本、張本、馮本改。

冬蚊

南州時令舛，冬月有蚊飛。豈是爲飢祟〔一〕，因而觸禍機。照尤嫌晝燭，驅尚入羅幃。吾母音容遠〔二〕，何妨用扇揮。

〔一〕祟：原作「崇」，據翁校本、馮本改。

〔二〕容：原作「客」，據翁校本、馮本改。

冬蠅

百蟲已藏蟄，此物出何哉。甚矣緑衣借，公然赤幘來。居嘗污脯醢，尤喜敗樽罍。刑故寧論小，無分卵與胎。

隱者

寧採箕山鈞潁濵，放勛天大不能臣。漁郎未必知年代，先有逃堯次避秦。

偈

遠希大慧無，大慧云：「有偈無偈，當甚熱火。」近笑孤峰絜。孤峰偈云：「末後一句，雙手分付，更問如何絜？」多少初地人，争問末後句。

秦紀

土廣曾吞九雲夢，民勞因起一阿房。人皆憐楚三户在，天獨知秦二世亡。

自警

司馬賦中聊諷一，伯魚詩外又聞三。空餘物表陵雲氣〔一〕，不向師前立雪參。

〔一〕句首原有「宗」字，據翁校本删。

齊俗

栢寢纔休又雪宮，殺麋罪與殺人同。狙丘稷下人多詐，誰肯投身入穽中。

源裏

一洞沾秦俗〔一〕，疑非太古民。盡將源裏事，報與世間人。

〔一〕秦：原作「泰」，據翁校本改。

中說

先業歸猶在，遺經讀未終。豈無門弟子，私諡作文中。

軹道

秦暴渾如狼牧羊，築臨洮郡至咸陽。若防齊客出關外，豈料子嬰降道旁。

求鳳曲

古有輕生士，今無起死醫。可憐茂陵渴，猶畫遠山眉〔一〕。

〔一〕畫：原作「盡」，據盧本改。

刺客

不了一毫事〔一〕，空捐七尺軀。陶惜其人没，雄譏以盜書。《法言》：「若荆軻，君子盜諸。」

〔一〕了：原作「子」，據翁校本、馮本改。

古墓

龜趺但見碑訛缺，馬鬣安知葬舊新。想見若敖求食鬼，亦羞東郭乞墦人。

舊游

扶胥黄木水連空，曾讀韓碑訪祝融。安得六丁機萬弩，岷江西去海潮東。

歲除即事十首

聽得先生去，抛書喜欲顛。吾聞渥洼種，墮地不須鞭。

門外呵寒客，鶉衣百結懸。藏瓶猶可撲，莫費水衡錢。

甚惜光陰去〔一〕，其如耄老何。丁寧小兒女，不必看鄉儺。

歲晚傭耕者，人人訴澇乾。吾寧减私量，汝莫待租瘢。

賣菜猶求益，栽桃不厭多。小園兩三樹，冷淡柰春何。

想見朱衣吏，催排玉筍班。老臣絶朝謁，北望祝南山。
細切如絲菜，添斟獻頌椒。未曾守除夜〔二〕，早已問元宵。
聞説醉鄉裏，家家設酒壚。有劉伶肯飲，無李白誰沽。
草市芳菲節，柴門寂寞濱。桃符聊塞白，免謗作詩人。
瘦骨春衫薄，華顛綵勝垂。菱花應竊笑，粧束不相宜。

〔一〕惜：原作「情」，據翁校本改。
〔二〕守：原作「宁」，據翁校本改。

錦孫

胎髮落居後，屠蘇飲最先。眉間八十字，願汝過翁年。

葵女

早惠能言者，前生結習餘。吾聞伏生女〔一〕，口授古《尚書》。

〔一〕聞：原作「問」，據翁校本、馮本改。

短章二首

少日喜累句，暮年多短章。假令重盛壯，展拓不能長。

衰殘齒易宿，陳腐意難新。安知癡老子，非復舊詞臣。

新春二首

聞禽啄木心猶喜，躍馬追花事已非。今與東皇盟歃了，留春死不放春歸。

春説吾去留靡定，又云君醉醒難知。即愁醉裏逃而去，不道先生有醒時。

後村先生大全集卷之四十八

詩

畫贊

雖則丹青妙，其如齒髮衰〔一〕。遠孫元未識，認作古鍾馗〔二〕。

〔一〕其：原作「具」，據翁校本、馮本改。
〔二〕古：原作「故」，據翁校本、馮本改。

時事

問訊班春守，牢辭餽歲人。翁年十分老，時事一番新。

二呂

韓呂真喬木，蟠根與國同。伯泰太史氏，子約大愚公。

立春十四韻

嘉平至孟陬〔一〕，麗譙春再頒。齊民撥不開，雜遝來如山〔二〕。農家卜休咎，多以觳觫觀。頗聞舉體赤，其咎爲燥乾。又云尾角白，亦慮冬祁寒。吾憊不能耕，對之發長歎〔三〕。平生願豐心，雖老猶如丹。方興西疇務，稍覺南船慳。展轉夜少眠，嘔噎晨廢餐。敢望餘糧棲，漸恐拾穗難。陛下仁如天，役簡税賦寬。臨遣皆循良，黜削先饕殘。一麗丹書内，孰若青史間。僕方儕民伍，誰爲語縣官。

〔一〕陬：原作「輙」，據翁校本改。
〔二〕遝：原作「還」，據翁校本、張本改。
〔三〕歎：原作「歡」，據翁校本、馮本改。

老少

上樹千回時已過，遶枝三匝老安歸〔一〕。向來誤立紅雲畔，逃入青山計未非。

〔一〕三：原作「山」，據翁校本、馮本改。

倚伏

且可飲杯中物，誰能管身外愁。穢襪奄終元載，短衾可斂黔婁。唐誅元載，以穢襪塞其口而終。

螢蟻

螢微化因草，蟻聚國於槐。繆析封侯爵，偕爲思子臺。九泉謀蟄處，十月有霜來。穹壤大如許，爾曹小矣哉。

范雎魏齊

士固不可辱，人殊未易知。元來座上客，不及簣中尸。

瓜　李

蠅及瓜勿啖，螬食李何妨。苦淡誰知味，甘鮮或腐腸。

盤龍欒大

豪傑争鵝炙，神仙食馬肝。豈知有薇蕨，布滿首陽山。

達　生

無二客穿塚殉，有一奴荷鍤從。勿煩作者諛墓，莫管鄰人相舂。

儒釋

鵝湖始若小異，虎溪豈必皆同。平亭晦庵子静〔一〕，捏合淵明遠公。

〔一〕子：原作「弓」，據翁校本、盧本改。

閑情

宴坐僅留半窗月，歸裝只載一船愁〔一〕。可憐潘令無標致，却爲閑情白了頭。

〔一〕船：原作「般」，據翁校本、馮本改。

諸侯客

犬吠雞鳴者，皆爲席上珍。如何彈鋏客，亦有竊弓人。

三和粧字韻陳魁載酒

榮途素定不須忙，羞作春妍愛古粧。衆促奪袍詩進御，君寧微服夜歸鄉。怪來尊老升歌席，移就菩提養病坊。聞説重題新鶴表，分留印綬與諸郎〔一〕。

〔一〕綬：原缺，據翁校本、張本、馮本補。

孚應祠十二韻〔一〕

吾翁宰木下〔二〕，有蛟穴而居。一旦忽死去，靈物不待驅。秦時灌口君，髣佛其人歟。但當詠雩風，不必焚尪巫。三農相勞苦，萬頃皆上腴。其功及百世，否則吾其魚。沈沈出《陳涉傳》〔三〕。孚應祠，輪奐粲碧朱〔四〕。何當春服成，童冠相攜扶。牢醴薦閟宮，風謠采康衢〔五〕。它日送迎神，詩亦不可無。吾筆雖卑弱，實録非敢誣〔六〕。斐然勒碑陰〔七〕，竊比韓與蘇。

〔一〕祠：原作「詞」，據盧本改。正文同。

〔二〕木：原作「未」，據翁校本、馮本改。
〔三〕涉：原作「步」，據翁校本、馮本改。
〔四〕輪：原作「綸」，據翁校本、馮本改。
〔五〕謠采：原倒，據翁校本、馮本乙。
〔六〕誣：原作「巫」，據翁校本、盧本改。
〔七〕斐：原作「裴」，據翁校本、馮本改。

歲除前一日

暮年心膽怯，臨履極兢兢。已被梅花惱，時爲爆竹驚。

演雅二十韻

學道無所得，惟於鄙事能。九衮後篇什，來世有公評。豈未登社壇，直欲破劉城。六言與七字，如九轉煉成〔一〕。宇宙中間物，瑣屑不記名。孰能通倫類，挑抉其微情。蛾以燈爲光〔二〕，虻衆成雷聲。桑老蠶蠒白，草腐螢熠明。幽谷聞綿蠻〔三〕，知有遷喬鶯。落日見科斗，深夜有蟈鳴〔四〕。蚋嗜醯雜襲，蚓飲泉亦清。半山詩云：「槁壤太牢俱有味，可能蚯蚓獨清廉〔五〕。」蠅吮血美炙〔六〕，犬以穢爲鯖〔七〕。蛇非性好曲，蠖負屈求伸。蚤懼鵂鶹撮，自匿於衣巾。虱愁犢鼻破，不免景略捫。狐依塚作祟，鼠謂社可憑。痛摑一掌血，飽食五鼎烹。疇昔同袍子，來問儂師承。前柴桑處士，後半山老人。詎能追高雅〔八〕，或可洗腐陳。

〔一〕成：原作「城」，據翁校本、張本、盧本改。
〔二〕蛾：原作「城」，據翁校本、張本、盧本改。
〔三〕綿蠻：原倒，據翁校本、馮本乙。
〔四〕「有」字原脱，「鳴」與下句「蚋」互倒，據翁校本、盧本乙補。
〔五〕小注中「味」原作「未」，據翁校本、馮本改；「廉」原作「簾」，據盧本改。
〔六〕「美」下原有「羊」字，據翁校本、張本、馮本删。
〔七〕「爲」下原有「侯」字，據翁校本、張本、馮本删。
〔八〕「追」下七字原缺，據翁校本、馮本補。

郄謝

蒙叟云大儒倡，晉人以小字呼。謝琰僅呼未婢，方回故是傖奴。晉人簡傲，多呼人小字。按謝琰，大傅少子，小字未婢，破苻堅者〔一〕。又郄愔字方回，鑒長子，官至侍中〔二〕、司徒，有傖奴知及文章〔三〕，右軍稱於劉尹。

〔一〕苻堅：原作「符監」，據翁校本、馮本改。

〔二〕侍：原作「待」，據翁校本、馮本改。

〔三〕知：原作「矢」，據《世說新語》卷中之下《品藻篇》改。

梅妃

簫能妻弄玉，琴可挑文君。吹徹寧哥笛〔一〕，梅妃未必聞。

〔一〕「徹」下原有「能」字，據張本、馮本删。

寄强甫

囝罷相依螢雪邊，安知今汝亦華顛〔一〕。寧從欸乃翁孤釣，肯要原夫輩一聯。柳詩云：「孤舟蓑笠翁，獨釣寒江雪。」兒向詩中得三昧，吏鉗紙尾怕分權。客言大尹尤謙挹，每見屏星榻必懸〔二〕。

〔一〕亦華：原作「有」，據翁校本、張本、馮本改、補。

〔二〕榻必：原作「搨心」，據翁校本、馮本改。

寄沂孫〔一〕

帝失遺珠不知處，離朱象罔遍咨詢。彼皆宗此於方外，汝獨問之於水濱。求我聲音難見佛，得吾骨髓別無人。即今牛驥嗟同皁，天網何時罩鳳麟。

〔一〕自本詩至《明暗》凡十五首，原無，據翁校本補。

白湖廟二十韻

靈妃一女子，瓣香起湄洲。巨浸雖稽天，旗蓋儼中流。駕風檣浪舶，翻筋斗轥鞦。既而大神通，血食羊萬頭。封爵遂綦貴，青圭蔽珠旒。輪奐擬宮省，盥薦皆公侯。始盛自全閩，俄遍於齊州。靜如海不波，幽與神爲謀。營卒嘗密禱，山越立獻囚。豈必如麻姑，撒米人間游。亦竊笑阿環，種桃兒童偷。獨於民錫福，能使歲有秋。每至割穫時，稚耄爭勸酬。坎坎擊社鼓，嗚嗚纏蠻謳。常恨孔子沒，豳風不見收。君謨與漁仲，亦未嘗旁搜。束皙何人哉，愚欲補前脩。緬懷荔臺叟，紀述惜未周。它山豈無石，可以礱且鎪。吾老毛穎禿，安能斡萬牛。

賀　歲

遍行海角與天涯，煙閣雲臺不似家。無肉併無子猷竹，王子猷云：「無肉令人瘦，無竹令人俗。」失侯不失邵平瓜。難藏白髮惟菱照，晚悟朱榮若槿花。慙愧孫曾來賀歲，勸翁椒酒各斟些。

廣列女四首

前有條桑女子，後有花蘂夫人。潔以自媒爲婦，賢於奉表稱臣。
不肯一錢分，賢哉父誨言。奈何伯嚭女，有媿卓王孫。
空有難深作，殊無貞烈姿〔一〕。試評阿嬌賦，有愧孝娥碑。
骨永埋胡地，魂終戀漢廷。誰令妃遠嫁，千載塚猶青。

〔一〕貞：原作「真」，據盧本改。

錄姜伯約遺言

事或難遙度，人殊未易知。誰云臥龍死，復有一姜維。

左史倚相

善謔非爲謔，微言可解紛。祈招忘出處，也道讀三墳。

廣游女〔一〕

男女不親授，寧親筆父書。如何出腹子，兩箇是胡雛。

昔有吹笙侶，驂鸞上玉宸。奈何無欲地，著得有情人。

振笛深宮側〔二〕，夫人若罔知。可憐東鄰女，三載隔牆窺。

昏主非姬不飽，内嬖廢嫡可悲。驪女逐金玦子，玉環養錦襁兒。

寡女畫眉通好〔三〕，鄰姬捧心效顰。况有黄金買賦，不羨碧玉嫁人。

〔一〕此詩前四首原爲連抄，今據盧本分列。

〔二〕笛：原作「萬」，據盧本改。

〔三〕畫：原作「盡」，據盧本改。

明暗

大士千眼而明，老子一隻而盲。或不夜能久照，誰籲天鳴不平。

春詞

人競迎新歲，儂方餞舊年。雛鶯又百囀，高柳忽三眠。

題海陵徐神翁墓 追錄舊作〔一〕

忽被黄符迫下山〔二〕，許攜苕帚面天顔。早知錦纜盛宫女，因舍紅巾問阿環。空有蚋蠅侵玉骨，斷無龍虎守金丹。秋墳翁仲相酬答，日落僧歸家閉關。

〔一〕追錄舊作：原無，據翁校本、馮本補。

〔二〕被：原作「破」，據翁校本、盧本改。

寓言

赤肉團終當敗壞〔一〕，臭皮袋死尚貪癡。生憎銅鏡催白髮，殘着珠襦待赤眉。高築迷樓愁鬼瞰，多爲疑冢怕人知。吾評裸葬尤堅久，來往何曾挂一絲〔二〕。張□□云：「紅紅白白莫相謾，無限真人赤肉團。敗壞不知猪狗相，只今便作死尸看。」

〔一〕團：原作「圍」，據翁校本、盧本改。

〔二〕挂：原作「桂」，據翁校本、馮本改。

芳臭

流芳斜谷《出師表》，遺臭樊城《受禪碑》。芳臭即今皆判矣〔一〕，鮑魚難揜祖龍尸。

〔一〕今：原作「令」，據翁校本改。

後村先生大全集卷之四十九

賦

止酒賦〔一〕 辛亥

余晚抱疾，謁告屏居。表如梔蠟之萎，裹如芭蕉之虚。庖屏魚蟹，筵却果蔬。室靡樽罍，案無杯杅〔二〕。乾糒數匙，僅給朝晡。垂首癡坐，如老浮圖。門有剥啄，聲疾且粗〔三〕。問客爲誰，肅入庭除。曰中山之族人，稱高陽之舊徒。戟手擢髮，數余之辜：「昔與吾子，情好素孚。長安之樓，臨邛之壚，新豐之市，步兵之厨，飲啐子同，游息子俱。雖終朝之酣䣾，亦有時而空□。□王媪之見貰，泥便了之行酤。子嘗窮愁，浩歎長吁；我沃子胸，子顔爲舒。子嘗苦思，叩竭搜枯；我澆子舌，子唾成珠。頃刻非我，無以自娱，謂没齒之綢繆，忽晚節之闊疏。意者子於交朋，情久則渝，始不異於管、鮑，終有類於耳、餘者乎！」余乃修禮容，吐款要而起謝曰：「幸容寬假，畢陳其愚。年事有老少，物理有乘除。方其少也，則阮籍入林之始，王績逃鄉之初；及其老也，則陶公真止之後，涪翁剛制之餘。察其色則昔渥丹而今濕灰，量其腹則今椰子而昔瓠壺。覺形神之欲離，賴丹艾而小甦。縱麴蘖以自伐，與堇鳩其何殊〔四〕！凡余之所悲傷感慨者乃今我，而客之所記憶責數者乃故吾〔五〕。倘虛受沉湎之名〔六〕，寧顯著絶交之書。又況鼹鼠之量已盈，鸛鶴之狀益臞〔七〕，尚不思於節腹，久必至於戕軀。一旦庭設元會，朝賜大酺，稱兕觥於堂，陳獸尊於衢，九賓在列，萬玉環趨，弁嵬峨而屢側，步蹩躠而欠扶。縱明天子赦其不上船之罪，賢宰相寬其吐車茵之誅，彼御史在前，執法在後，其肯汝貸也夫！」客乃踧踖失辭而去，顧命童子退而筆諸〔八〕。

〔一〕本文之前原缺一頁，僅存「定交客揖而起」六字，蓋脱賦一篇。
〔二〕杅：原作「杼」，據翁校本改。
〔三〕疾且：原倒，據翁校本乙。
〔四〕鳩：原作「鳩」，據文意改。
〔五〕憶：原作「噫」，據翁校本改。
〔六〕沉湎之：原缺，據翁校本補。
〔七〕鸛鶴之狀：原缺，據翁校本補。
〔八〕諸：原無，據翁校本補。

弔小鶴賦 并序

英德陳使君餉予雙鶴，小者尤機警。並栖旬月，余覺大者鷙悍，欲離隔之，未果。一日乘園丁晝寢，啄小者，脊毛盡脱而斃〔一〕。哀而弔之，詞曰：

余晚擯於時兮户寂庭空，賴二羽衣兮伴一秃翁。一軒昂而前導兮，一聳秀而後從。譬士龍之於士衡兮，仲容之於嗣宗。余愛夫稚者之尤慧兮，有穎悟之風。質如陋巷之臞兮，性如草《玄》之童〔二〕。余拍手則起舞兮，極蹈厲之容。荒山無以自娱兮，振羽籥而陳笙鏞。余目爲小友兮，意他日跨之飛翀。惜如至寶兮，由敝柵遷之雕籠，棲息並兮水粟同。覺長者之鷙暴兮，曾弗念夫友恭。既飲啄之貪多兮，亦動止之争雄。每語園丁兮，使之謹避其鋒。俄駭機之驟發兮，闖□□□慵。擊搏甚於鸇雀兮，吞噬慘於鵶蟲。髧□□□□，乘無援而急攻。哺哀鳴而煩寃兮〔三〕，夕委頓而告終。余聞物不傷同類兮，猛而虎狼，微而蟻蜂。君臣父子秩然兮，不相寇戎。奚兹仙禽兮，吭清而頂紅，矜喙長而爪利兮，力健而體豐。角技能之不逮兮〔四〕，積媢忌而熱中。操入室之戈兮，關射弟之弓。以人方之，則老瞞之刑修兮，偃月之斃邕；以女方之，則吕媪之戕戚兮，傅嬪之陷馮。死者有知兮訴蒼穹，豈無譴罰兮及厥躬！竊怪夫善惡禍福，視天夢夢，俊慧者拙〔五〕，朦朧者工，强力者臧，仁弱者凶。惟鶴壽不可筭兮，汝何辜而與禍逢！戒村獠勿烹兮，瘞之薄叢。余將聲罪而致討兮，停其廪供；命挾彈小兒發擊兮，碎其首胸〔六〕。念天道之好生兮，相讎殺其焉窮！今無右軍兮字大墨濃〔七〕，誰書此賦兮勒之幽宮！

〔一〕脊：原作「春」，據翁校本改。
〔二〕「草」下原有「言」字，據文意刪。此用揚雄子烏助父草《太玄》典。
〔三〕晡：原作「脯」，據翁校本改。
〔四〕逮：原作「建」，據翁校本改。
〔五〕俊：原缺，據翁校本補。
〔六〕此句原作「命挾彈小兒兮碎首□胸」，翁校本無「碎」字，而校者於「兮」下補「發擊其」三字，雖亦可通，然與上句不叶，兹據文意句式改。
〔七〕今：原作「令」，據翁校本改。

譴蠹魚賦

惟余先人兮奮白屋，掌太史兮校天禄。甑生塵兮缾無粟，以陳編兮實枵腹。清俸所收兮手澤所録〔一〕，朱黄粲然兮咸精實而可讀。嗟予小子兮竊有志於似續〔二〕，仕五十年兮皇皇求訪之未足。

近得之江兮致之粵蜀，或相藍之善本兮或故家之舊牘。雖不敵鄴侯之藏兮〔三〕，庶幾及善和之目。先廬不足以容兮，乃謹貯於山麓〔四〕。余有四方之事兮，寄筦鑰於部曲。既啓閉之不時兮，亦怠弛之失曝。余退老而温故兮，驚蠹魚之遺毒。初一二之蠕動兮，忽千百之孕育。么麽譬於針粟兮，中傷慘於鈇鑕。謂一帙之偶然兮，將補綴使完復。俄萬卷之皆遍兮，始欲無於全幅。念爾瑣瑣兮不足加於刑戮，矧復蠢蠢兮尤難曉以罪福〔五〕。豈非始皇、李斯之後身兮，挾已試之緒餘。禍始於滅籍兮，終至於血儒。彼愚黔首而已兮，爾乃欲併愚吾徒〔六〕，將恐舉世兮皆空空之夫！試展卷兮浩歎長吁，殘缺漫漶兮類科斗與蟲魚，磔裂穿鑿兮甚楊、劉與荆舒。噫，斯文之厄至於是歟！吾聞善惡之報兮有疾徐。爾依典籍兮藩族而芘軀，無謂周孔兮釋教之不如。曷不觀沙丘之死兮咸陽之誅，父子夷兮宗廟墟。余將熾烏薪於焙兮採香芸於厨，窮白蟫之類兮蕩滌掃除〔七〕。爾雖微物兮，其有不悔者乎〔八〕！

〔一〕清：原無，據翁校本補。

〔二〕予：原無，據翁校本補。

〔三〕不敵鄴：原缺，據翁校本補。

〔四〕兮乃謹：原缺，據翁校本補。

〔五〕曉：原作「僥」，據翁校本改。

〔六〕乃：原缺，據翁校本補。

〔七〕窮：原作「竆」，據文意改。蟫：原作「蟬」，據文意改。白蟫即蠹魚，《爾雅・釋蟲》「蟫，白魚」，是也。

〔八〕悔：原作「侮」，據翁校本改。

吐綬雞賦

伊靈禽非壹類，鶉以鬬，鶴以唳，鵰以白，鷹以鷙，孔翠以刑，鸚鵡以慧。或顧影而銜奇，或飾表而招累，或不密而漏言，或自喜而獻技。中獵徒之詭計，起□□□潛伺。始黏黐而觸網，俄鎩翰而剪翅。戚皆自貽，欲以誰懟！吾觀茲雞，則異於是。方其窮冬積陰〔一〕，風雨如晦，濡渴味以寒溜，充飢腸以遺穗。中粲粲而組麗〔二〕，外嘿嘿而謙閟。其飲啄也若廉，其韜藏也若智。及夫春和景融，天日開霽，忽五采之彰施，竦十目之瞻視，探懷中之色筆，織機上之錦字，舒漢京之黼黻，掃唐朝之絺繪。雖驚猜於羣兒，可休明於一世。惜乎前不與振鷺兮陳清廟之頌，後不與二鳥兮鳴開元之際。大不如黄鵠兮蒙賡歌之作，小不如鶢鶋兮饗鐘鼓之祀。拊歲月之蹉跎，悵籠檻之幽閉。哀志氣之摧傷，顧羽毛之憔悴。記主君以栖止，奉賓客之娛戲。吾聞丹穴有禽兮其出爲瑞，飫休泉與竹兮，實知味腐鼠之味。靈均惜其高逝兮，聖丘嘆其不至。豈若爾雞兮馴擾之易，違野逆之性兮負豢養之愧。

〔一〕窮：原作「竆」，據文意改。

〔二〕粲粲：原脱一「粲」字，據文意補。

失題〔一〕

荒哉吾池，黄濁沮如，鷗鷺不下，蛙蟈所聚。爾其味出聲惡，刑入笑具，突睛皤腹，對人箕踞。夕呼達旦，晨譟至暮。一吻倡之，衆吻和附。舌腐嗌乾，猶蓄餘怒〔二〕。名理之流，掩耳而去；譁競之朋，吹脣而助。無理之鬧，識者未諭。昔在句踐，欲激鬬士，見汝而揖，謬爲寵異，卒以快其沼吳之志。吾謂烏喙，驕汝至是，煌煌太陰，汝食之既，天眼汝瞎，舜瞳汝蔽。地行臣仝，泣請於帝，刳汝磔汝，遂尸諸市，焚鞠灑灰，次及汝類。汝悔已晚，臍不可噬。

〔一〕底本原空一行，翁校本則併缺篇首至「一吻倡之」，校者云：「此當是《責蛙賦》前半闕，刪去。」驗之正文，確爲責蛙之意，然未詳所據，姑置疑於此。

〔二〕怒：似當作「怒」。

劾鼠賦

余憫黄卷兮，懼白蟫之害，頗整比其散亂兮，又補完其破碎。手自扃鐍兮，若巾襲於珍具。雖稍辟夫蠹類兮〔一〕，曾不虞以鼠輩。偶一夕之慵兮，遺數帙於外，明發起視兮遭毒喙，皮殼無恙兮殘腹背。余意不怡兮朝食廢，思古事兮發深慨。彼盗肉兮汝常態，尚熏掘而誅磔兮，矧滅籍之罪大！余非刀筆吏兮，莫鞫訊而捕逮；始詰汝以理兮，具以臆對。余廪有粟兮蔬園有果菜，庫有醯醪兮庖有脯醢，汝出没其間兮且攫且嘬，每擇取其甘鮮兮而遺余以餕敗〔二〕。汝於此兮夫豈不快，書於汝兮曾微纖芥。汝前身寧盗儒兮剽竊梗槩，以《論語》兮受帝拜，以《兔園冊》兮事四姓、相五代。既化異物兮習氣猶在，嗟余嗜書兮甚炙與膾，雖無萬卷兮寸紙亦愛。今與汝約法兮反復告戒〔三〕，犯前數條兮原其罪，惟齧余書兮不汝貸。求良貓兮設毒械，如永某氏之爲兮汝毋悔。鼠默然失辭兮，叩頭而退。

〔一〕夫：原作「以」，據翁校本改。
〔二〕餕：原作「餒」，據翁校本改。
〔三〕「約」下原有「汝」字，據文意删。

詰猫賦

余苦鼠暴兮語之所親，或致狸奴兮稍異其倫。甚俊黠兮尤服馴，既咆哮而威兮亦斕斑而文〔一〕。余乏精識兮以貌而取人，閱壹歷兮差良辰〔二〕。栖以丹檻兮藉以華裀，飯以香秔兮侑以絇鱗。謂子蒼輩之聞風兮，退避而逡巡。猶鰐憚愈而徙海兮，盜懼會而奔秦。始俘禽其一二兮氣稍振，意薙獮其族類兮憤乃伸。俄傷飽而戀暖兮，復嗜寢而達晨。信半質之難矯兮，況驢技之已陳。彼瞷爾兮柔而仁，汝視彼兮狎不嗔。久遺毒於一室兮，寖旁及於四鄰〔三〕。爾尚施施而厚顔兮，嘿嘿而容身。余架無完衣兮椸無完書，大穿穴於墻壁兮小覆翻於槃杅。闖薦廟之魚菽兮，伺享賓之牢蔬。將大嚼而後快兮，寧垂涎於餕餘。彼蝶栩栩於欄檻兮，雀啾啾於庭除。嗅殘花、啄棄粒兮，哀所營之區區。爾睥睨而襲取兮，之二蟲又奚辜！余甚憐雪衣女兮置諸座隅，譬之能言之流兮絶代之姝。爾一旦竊發兮掩其不虞，使果入朝而入宮兮，其不忮害也夫！嗟爾以捕爲職兮，獰面目而雄牙鬚。於所當捕兮卵翼之勤渠，於所不當捕兮踴躍而毆除。余欲誅之兮不勝誅，爾猶有知兮亟改圖，否則世豈無含蟬之種兮，任執鼠之責者歟〔四〕！

〔一〕斑：原作「班」，據翁校本改。

〔二〕歷：翁校本作「月」。
〔三〕寖：原作「寢」，據文意改。
〔四〕者：原無，據翁校本補。

蠹賦

余既倦遊，退老於鄉。五畝之園，手自鉏荒。封植羣木，位置衆芳。桃柳易蕃，次則海棠，密密疎疎，稍已着行。曾不數年，類爲物戕。疑此三者，盛於春陽，如人蚤達，理不得長。橙柚冬實〔一〕，而華絶香，梅至高寒，桂尤堅剛，俄亦復然，不可測量。余静觀之，樹固如常，忽有小竅，僅若鍼鋩，浸淫不止，穿穴其傍，叩之空空，望之幢幢。其拂簷出屋者可伐而薪，參天合抱者可拔而僵也。余周行四顧，嘆息徬徨。客曰：嘻！有蠹焉，爲樹之殃，先齧其心，伏於膏肓，如人内潰，發爲疽瘍。以小喻大，可得而詳。由身言之，蛾眉伐性，豹胎腐腸，尸蟲瞷睡，讒於上蒼，雖有老彭，化爲小殤〔二〕。由天下國家言之，鼠食郊牲，雀耗太倉，羣狐隳城，聚螘決防，眇綿不察，以至敗亡。蓋身也、天下國家也，皆未免於有蠹，子徒憂樹之枯朽，而不憂身之危脆與天下國家之趨於季漢末唐〔三〕。是謂小知，見哂大方。有佳禽焉，擇木深藏，性尤憎蠹，求索皇皇，且鳴且啄，或集或翔〔四〕，醜類蕃滋，莫損毫芒。譬之精衛，欲填瀰茫，力微黨孤，抱志未償。曾不如傍邑之種橘者，用功甚簡，歲歲大穰，千林凍槁，萬顆弄黄〔五〕。主人深居，初不下堂，命挑蠹者，以時掃攘。視蠹所在，猶手探囊〔六〕，雖累萬株，無一夭傷。余矍然起謝曰：古有所謂貫虱之射手，承蜩之痀僂，客所稱道，非若人否？幸客介余，往造其宇，同載而歸，北面學圃。

〔一〕柚：原作「抽」，據翁校本改。

〔二〕殤：原作「傷」，據文意改。

〔三〕季：原作「李」，據翁校本改。

〔四〕翔：原作「朔」，據翁校本改。

〔五〕萬：原作「萬萬」，據文意删。

〔六〕手：原無，據翁校本補。

柳州白水瀑泉賦

昔列子夸吕梁之懸水兮，太白詫香爐之瀑布。後得西淙千丈之瀑於吾里兮，尤澎湃而奔注。謂天下之美盡於是兮，驚喜而爲之賦。晚逢蜀珍兮，乘軺而南騖〔一〕。班荆而坐兮傾蓋而語，曰宇宙間殊尤詭異之觀兮顯晦有數。曩吾擁麾兮天下之窮處，義帝之故都兮莽荆榛而伏狐兔。吾披山而通谷兮，忽奇境之呈露。亘古今之詠瀑兮假玉虬白虹以設喻〔二〕，下垂三十仞兮流沫數百步。鏗鍧鏜鞳如瓠子之決兮胥濤之怒〔三〕，莫不託之於雄辭兮曾未極其幽趣。余白水之瀑兮，雄偉豈減於廬阜。若水石激瀨、縈映妙巧、千變萬態兮，不可傳之縑素。的皪者朔雪之縞梅，浩蕩者東風之吹絮，明艷者天魔之散花，霏微者神女之行雨，清泠者樂張於洞庭，璀璨者珠還於合浦。歷中州而罕見兮，忻曠劫之一遇。吾惟上封有鄴侯之書堂兮，三峽有卧龍之祠宇，矧茲邑兮，亦元公之武城、單父。買田築室其間兮，集衿佩以奉籩俎。誾誾秋秋兮，視嶽麓與石鼓。聆淙琤於枕席兮，納紫翠於牕户〔四〕。動有關於風化兮，非止以供於遊豫。大書深刻兮豐碑數堵，心翁不刊之記述兮會溪絶妙之章句。余蓄耳未之聞兮蓄眼未之覩，如斲鼻端之堊兮繅蠒繭之緒。後無來者兮前無古，不鄙授簡兮愧余之衰暮。昔思長兮今縮〔五〕，昔富有兮今窶。鐘啞兮希考擊，錦殘兮繆文縷。雖鳳咮之難和兮〔六〕，或驥尾之可附。

〔一〕乘：原作「秉」，據翁校本改。
〔二〕之：原無，據翁校本補。
〔三〕「鏗鍧鏜鞳」原作「鑑鍧鞺鞳」，「怒」原作「恕」，并據文意改。司馬相如《子虛賦》「鏗鎗閶鞈」，「鏜」「闛」音同，俱狀鼓聲也。又「胥」原作「看」，據翁校本改。
〔四〕於：原缺，據翁校本補。

〔五〕思：原作「恖」，據翁校本改。

〔六〕味：原作「咪」，據翁校本改。

白髮後賦

左太冲有《白髮賦》，甚佳，戲續之。

昔人有三十二而見二毛者，有四十而鬢如霜者。今余之年平頭八秩，顔貌黧老，皮肉槁枯腊〔一〕。晨起盥沐，自鏡朽質，遂理短髮，星星滿櫛。昔青絲緑雲之狀，今柳絮蘆蒼之色。柱下史有守黑之言，《枕中方》無染白之術。不堪涅緇，姑以鑷摘，霜梍朝拔，雪苗暮出，亟掩青銅，悵然不懌。客有過我，美言寬釋，歷陳古初，尤重齒德。或祝鯁饐，或給扶掖，燕則設醴，召則加璧。爲黄石公而取履，訪廣成子而跪膝。臨雍則受北面之拜，鄉飲則居東向之席。或出而杖於朝，或耄而儆於國。卓哉彭、聃之論，異乎終、賈之匹。吾觀白公之自稱皤叟，賢於陸辰之求媚側室。乃施帽絮，改容謝客。

〔一〕「腊」字疑衍。

文止戈爲武賦四韻

吾鄉徐正字夤唐末有能賦聲〔一〕，外國皆誦其賦。集中有此賦題，然試讀之，乃不逮它作，戲爲補遺。

書契智創，毫釐義分，欲止戈而爲武，遂肆筆以成文。心畫初興，已寓防微之意；師干不試，坐凝保大之勳。聞之，五材誰去於五兵，一字各含於一義。戒後人窮黷之漸，見書法簡嚴之至。載揚我武，適當奏凱之初；徐考其文，中示止戈之意。昔者制字，隱然示規。科斗以還，詞古義奥；涿鹿而後，兵凶戰危。乃知孫吳之書傳末矣，蒼史以偏傍盡之。上古造書，以代結繩之政；清朝偃伯，宛然舞羽之時。想是時班師振旅之餘，歸馬放牛之始，無勞揮此而日返，奚必枕之而夜起。信乎筆由心法之先正，兵匪聖人之得已。造於鳥跡，俄然灑翰之工；包以虎皮，靡俟聞金而止。

〔一〕字：原無，據翁校本補。

後村先生大全集卷之五十

油幕牋奏

謝撫諭詔書表

虜渝信誓，爰興細柳之屯；帝有恩言，申念《采薇》之戍〔一〕。命傳急驛，歡動連營。中謝。竊以胡馬南侵，謂齊盟之可棄；王師北伐，乃大誼之當然。由聖朝每示於包荒，故醜類敢從而干紀。一自天聲之震，果令賊膽之寒。始欲肆於狼貪，俄已聞於獸散。伏念臣誤當閫寄，實董戎昭，所惜者可爲之事機，所憤者未雪之雠恥。傳檄而英豪丕應，調兵而將吏無譁。義士出奇，馘酋渠而獻捷；遺黎效順，舉城邑以願歸。國勢既尊，人心咸奮。我疆我理，方期舊境之復還；靡室靡家，尚恐征夫之況瘁。值驕陽之藴暑，拜温詔以如春。兹蓋恭遇皇帝陛下剛與時行，勇由天錫。謂戎車四牡，久暴露於邊頭；故細札十行，示激昂於士氣。沛然發號，聞者屬心。臣敢不肅奉睿謨〔二〕，徧孚羣聽？拊循意切，豈惟感動於武夫；滲漉恩深，尚有願觀之癃老。

〔一〕戊：原作「戍」，據翁校本改。

〔二〕敢：原作「散」，據翁校本改。

謝轉大中大夫表

分閫罔功〔一〕，《虞典》尚寬於幽黜；拜官甚寵，漢恩特示於超遷。疏渥雖優，循涯有靦。臣中謝。竊考本朝之定制，尤嚴四品之文階。秩視諫大夫，亶爲高選；官非真法從，不可序陞。政須耆舊之人，始稱褒崇之數。如臣者素無才業，誤受眷知，入扈蹕於九宸，出總戎於四路。際風雲之會，曾微橫草之功；累日月之勞，徒起取禾之誚。通班寖峻，論報滋難。玆蓋恭遇皇帝陛下德極照臨，政先綜覈。三載考績，尚存隆古之遺；八柄馭臣，庸作羣工之勸。遂令冗迹，亦玷邇聯。臣敢不祗若綸言，誓殫綿力？身居外服，雖莫陪禁近之游；力守孤忠，庶無忝論思之職。

〔一〕罔：原作「岡」，據翁校本改。

謝皇太子牋

譾材分闥，未補一毫；優詔遷官，驟登四品。命俶頒於丹陛，恩密載於青宫。伏念臣奮迹單寒，逢辰休顯。入持紫橐，何補論思；出建碧油，更慙風望。屬會吏銓之諫，猥陞法從之階。兹蓋伏遇皇太子殿下迪性温文，挺姿明睿。承顔廣内，恪修問寢之恭；聽事嚴宸，密贊求才之治。肆令疎逖，亦箎高華。迹遠甘泉，空綴嚴、吾之列；心依少海，莫陪園、綺之游。

謝臘藥表

歲華紀臘，愧顓闥之素餐；詔語如春，錫尚方之珍劑。寵綏攸逮，捧載難勝。臣中謝。伏念臣薄技易窮，孤忠自信。邊城傳柝，僅能護於風寒；戰士荷戈，恨莫同其甘苦。屬當凝凛，上軫眷慈〔一〕，函封一札之文，奩貯萬金之藥。此蓋伏遇皇帝陛下博求利病，勤拊瘡痍。念王事之獨勞，不遑寧處；慨君子之於役，如何勿思。肆盼服餌之良，俾竭馳驅之力。臣敢不堅凝晚節，銜荷天恩〔二〕？君賜必嘗，既竊康寧之福；民勞小愒，蓋思蘇息之期〔三〕。

〔一〕軫：原作「珍」，據《翰苑新書》後集上卷二三改。
〔二〕衙：原作「御」，據《翰苑新書》後集上卷二三改。
〔三〕蓋：翁校本作「益」。

賀皇太子冬至牋

緹室吹灰，迎長伊始；青宫主鬯，受祉維新。和溢殿闈，歡騰寓縣〔一〕。恭惟皇太子殿下性根仁孝，學造高明。入侍嚴宸，常謹雞鳴之問；出親端士，用觀鴻翼之成〔二〕。對陽德之方亨，慶天休之俱至。某踰瞻鶴禁，屬綰麟符。賡輝潤之歌〔三〕，雖慙詞藻〔四〕；賦岡陵之什，願祝壽祺。

〔一〕寓：原作「寓」，據《翰苑新書》後集上卷二六改。
〔二〕觀：原作「鸛」，據《翰苑新書》後集上卷二六改。
〔三〕輝潤：原作「暉暈」，據《翰苑新書》後集上卷二六改。
〔四〕藻：原與下句「賦」字互倒，據《翰苑新書》後集上卷二六乙。

賜曆日謝表 嘉定十一年

曆書密課，紀此元正；詔旨分朌，逮於外閫。仰觀乾象，俯授人時。中謝。恭惟皇帝陛下天數在躬，神道設教。御圖二紀，常晝訪以夕修；更化十年，蓋日新而月異。肇開嗣歲〔一〕，誕告庶邦。臣敢不謹恪布宣，作興觀聽？務農重穀，冀兼足於兵民；愛日惜陰，勉未爲之事業。

〔一〕開嗣：原倒，據翁校本乙。

賀東宮正旦牋

春陽萌動，肇紀王正；儲極邃嚴，是膺帝祉。歡騰寓縣〔一〕，慶屬宗祧。恭惟皇太子殿下迪德温文，挺姿英晤。雞鳴問寢〔二〕，仁孝之譽日隆；鶴禁談經，問學之功時敏。恭臨華歲，茂介繁禧。某分閫攸拘〔三〕，篚廷伊阻。丹墀設仗，莫覩元日之儀；青地稱觴，徒睎前星之曜。

〔一〕寓：原作「寓」，據《翰苑新書》後集上卷二六改。

〔二〕寢：原作「稱」，據《翰苑新書》後集上卷二六改。
〔三〕某：原作「集」，據文意改。

降直學士謝表

愚臣引咎，甘寘嚴科；聖主隆寬，稍裁華職。危蹤甫定，感涕横流。中謝。伏念臣以疎庸之材，當董統之寄。奉玉音之臨遣，專欲息民；凡綿力之經營，第惟固圉。一從索虜，再入浮光，勢既披猖，事誠急危。念全軀保妻子之計，夫誰不能；然以賊遺君父之憂，在臣何忍！況制閫獲便宜之旨，而兵家有牽制之謀。指授之初，預戒貪功而幸勝；文移所至，每令見可而知難。邊頭皆奏於膚功，京口獨違於節度。及師潰泗城之下，以身當淮左之鋒。寢食不遑，鬚髮盡白。席藁私室，抗章公朝。謂馬謖敗於祁山，亮先貶等；任福陷於好水，琦亦奪官。彼元老而猶然，臣何人而自恕？矧欲謝三軍之衆，靡容恤一已之私。懼方凜於淵冰，戮宜加於蕭斧。汔從寛典，亶出異恩。兹蓋伏遇皇帝陛下振作事功，丕昭賞罰。憤神州之責，盍歸王衍之諸人；誓殽陵之師，不棄孟明之一眚。故加薄譴，庸示至公。臣敢不堅守孤忠，痛思往咎？佩大《易》匪躬之訓，固莫辭難；味先民陳力之言，終當知止。

謝皇太子牋

疏陳往咎，自請抵辜；詔黜隆名，尚令任責。雲天施大，淵谷愧深。中謝。伏念某早荷國恩，晚分閫寄。我固守睦鄰之信，彼屢興犯塞之師。勢既蔓延，法當牽制。師行危道，雖將帥之非才；責在元戎，念偏裨之何罪。亟披誠款〔一〕，自列悔尤。恐不免於嚴誅，乃僅裁於華職。兹蓋伏遇皇太子殿下力裨聖斷，密輔陽剛。謂邦有常刑，豈容屈法；時方多事，不忍廢才。示以薄懲，俾之内訟。某敢不深思既往〔二〕，預戒未然？尋香火之緣，方伸前請；收桑榆之效，恐負初心。

〔一〕款：原作「疑」，據翁校本改。

〔二〕思：原作「恩」，據翁校本改。

謝賜夏藥表

閫寄無功，載履炎衡之序；驛馳有詔，肆肦尚藥之珍。稽首拜嘉，拊心知愧。中謝。伏念臣初無遠略，誤總中權。卧護壺頭，敢發墮鳶之嘆；躬馳上塞，粗親汗馬之勞〔一〕。曲荷淵衷，俯稽暑令，奮實節宣之劑，璽封披拂之言。兹蓋伏遇皇帝陛下丕赫軍容，密延國脉。謂連營暴露，久分邊面之憂；雖廣内高寒，尚軫人間之熱。故加錫予，用示眷憐〔二〕。臣敢不祗服寵榮〔三〕，力扶衰懦？上推德意，同戰士之苦甘；下廣仁風，問蒼生之蘇息。

〔一〕汗：原作「汙」，據《翰苑新書》後集上卷二三改。
〔二〕憐：原作「鄰」，據《翰苑新書》後集上卷二三改。
〔三〕榮：原作「營」，據《翰苑新書》後集上卷二三改。

明堂禮成賀表

中辛涓吉，聿崇三歲之禋；上帝享誠，丕擁一人之慶。乾坤昭貺，寓縣歡騰。中賀〔一〕。伏惟皇帝陛下治極守成，禮嚴報本。調元布政，尚存黄帝之規；嚴父配天，肆舉周人之典。精誠格於穹壤，叶氣徧於幅員。臣分閫攸拘，侍祠伊阻。前宣室之席，絶企清光；扈甘泉之車，猶存昨夢。

〔一〕「中」下原有「謝」字，據翁校本删。

謝明堂赦表

重屋肇禋，汔成熙典；端闈肆眚，誕布寬書。大號一傳，歡聲四起。中謝。伏惟皇帝陛下正位凝命，畏天愛民〔一〕。謂三歲親祠，既示精虔之意；而萬方何罪，爰推曠蕩之恩。禁網悉清，幅員胥抃。臣肅聆詔旨，寅奉藩條。佩玉麟之符，雖慙共理；需金雞之澤，庸廣至仁。

〔一〕愛：原作「受」，據翁校本改。

明堂賀皇太子牋

國嚴常祀，載循重屋之規；帝享純誠，爰輯儲闈之慶。中賀。恭惟皇太子殿下望隆貳極，儀亞至尊。事天不以文，既成縟典；受祉施於子，宜介鴻休。某忝際昌辰，適縻外服。陪奉璋之彥〔一〕，莫簉邇聯；瞻主鬯之賢，第祈景貺。

〔一〕奉：原作「逢」，據翁校本改。

復寶謨閣學士謝表

罪當貶等，奉以周旋；恩不踰時，復其玷缺。拊躬感涕，讀詔汗顔。中謝。伏念臣昨者憤虜憑陵，出師牽撓，偶邊將有債軍之咎，在兵家存責帥之文，亟自列以抵辠，終不忘於敵愾。賈率連營之吏士，糾齊諸寨之民丁，分道邀遮，阻山鏖擊。我方乘勝，既獻馘之屢聞；賊恥無功，尚游魂而不去。臣親提突騎，往撫戎行，將背水以夾攻，使隻輪之勿返〔一〕。黠酋先遁，僇免鯨鯢；殘黨繼奔，散如鳥獸〔二〕。然後患方長而未竟，顧薄材已試而可知。衆口難調，親年篤老，憂國之心如灼，論兵之鬢有霜。方陳累疏以丐閑，乃用微勞而牽復。兹蓋伏遇皇帝陛下操持威柄，綜覈治功。謂事有至難，寧保用兵之利鈍；念臣無他技，粗嘗在外之險艱。還其筆橐之班，責以桑榆之效。臣敢不深思大計〔三〕，益謹後圖？觀過知仁〔四〕，允蹈聖人之明訓；鞠躬盡力，仰希前哲之盛心。

〔一〕隻輪：原作「踦輪」，據翁校本改。
〔二〕如：原作「知」，據翁校本改。
〔三〕思：原作「恩」，據翁校本改。

〔四〕過：原作「遇」，據翁校本改。

謝皇太子牋

扣閽自疏，僅黜隆名；扞塞何功，忽還舊觀。凌兢拜命，跼蹐懷慙。中謝。伏念某昨緣邊將之疎，力引中權之咎。尚寬萬死，止裁筆槖之班；自奮一行，果奪旃裘之氣。始蜂屯而不去，俄獸散而遂空。亭障解嚴，耕桑安業。既竭節狥國家之事，始抗章陳母子之情。所冀歸休，乃令牽復。兹蓋伏遇皇太子殿下謹修儲德，參決政機。謂治世賞刑不容偏廢，然兵家利鈍非可逆知，棄已往之瑕疵，録後來之勞效。某敢不益思磨礪，期稱寵褒？讀誓殺之書，未忘前過；陳《出師》之表，永愧先賢。

謝臘藥表

職忝中權，尚兹翫歲；詔頒上藥，維以御冬。沐寵優隆，拊衷危慄。中謝。伏念臣謀身術拙，護塞技窮。駪駪征夫，未有息肩之日；霏霏雨雪，適當墮指之時。莫少慰於士心，乃獨叨於君賜。急驛被璽書之渥，内庭出奩劑之珍〔一〕。兹蓋伏遇皇帝陛下治保平康，化躋仁壽。謂臣謬當閫外，既久護於風寒；念臣飽歷兵間，恐或慾於膂力。偎承嘉惠，俾衛微生。臣敢不黽勉服勞，激昂扶憊？布宣上旨，冀同挾纊之温；輔養天和，寧畏折綿之凛！

〔一〕 劑：翁校本作「篋」。

謝曆日表

閏定四時，方謹歲華之始；王大一統，尤嚴曆法之頒。聲教所加，觀瞻丕改。中謝。伏惟皇帝陛下握符御極，正事承天。有甘石以步占，星躔交粲；命羲和而出納，日馭順行。肆令同宇之間，皆覩清臺之制。臣敢不竊推疏密，式廣布宣？正月始和，非特觀於象魏；三時不害，冀兼足於扈農。

賀皇太子歲旦牋

天轉斗杓，俶頒鳳曆；地隆震器，丕擁鴻禧。中賀。恭惟皇太子殿下學造高明，譽兼仁孝。參裁庶政，更化之治有光；親近正人，進德之功未已。履端云始，介福孔多。某猥絆戎昭，阻趨班賀。仰瞻青地，莫親暉潤之餘；俯竭丹心，第祝壽祺之永〔一〕。

〔一〕祺：原作「禖」，據翁校本改。

明堂加恩謝表

吴縣開國伯，加食邑三百户。

精意承天，既蒇國陽之祀〔一〕；湛恩加地，不遺閫外之臣〔二〕。丹綍疏榮，素餐知愧。中謝。竊考累朝之制，最嚴配父之祠〔三〕。顯相縟儀，時則班行之助；溥推餕惠，初何中外之分〔四〕。如臣護鑰有嚴，奉璋云阻。躬圭寢峻，已乖受爵之公〔五〕；采食驟增，尤匪食功之義。亟祗誤渥，良用厚顔〔六〕。兹蓋伏遇皇帝陛下禮備夤恭，誠通肸蠁〔七〕。嚴威以事上帝〔八〕，秩若禮文；斂福以錫庶民，施於藩屏。肆推祭澤〔九〕，新衍封租。臣敢不深省僥踰，勉圖報塞？進持筆槖〔一〇〕，莫陪祠雍之行；退憶蓴羹，徒起還吴之興。

〔一〕蒇：原作「藏」，據翁校本改。
〔二〕臣：原缺，據翁校本補。
〔三〕配父：原缺，據翁校本補。

〔四〕外：原缺，據翁校本補。
〔五〕乖受：原缺，據翁校本補。
〔六〕用厚：原缺，據翁校本補。
〔七〕蠻：原作「響」，據翁校本改。
〔八〕嚴威：原缺，據翁校本補。
〔九〕推：原缺，據翁校本補。
〔一〇〕筆：原缺，據翁校本補。

謝皇太子牋

職居藩屏，阻侍親祠；恩錫土田，例給餘餕。省躬負愧，稽首拜嘉。中謝。載考熙朝，尤隆宗祀，凡在合宮之列，悉均宣室之釐。而某方奉藩條，亦叨祭澤，爵每陞而漸峻，禄已厚而益增〔一〕。兹蓋伏遇皇太子殿下學進多聞，政由參決。深宮主鬯，恪共膳寢之儀；重屋進觴〔二〕，密侑馨香之薦。故肸惠術，俾衍真租。某敢不勉竭微勞，少酬洪施？班超護塞，方當固圉之時；張翰思吳，未有歸田之日。

〔一〕益：原作「深」，據翁校本改。

〔二〕進：原缺，據翁校本補。

鎸職謝丞相啓〔一〕

禦戎弗績，上孤東閣之知；抗疏自言，稍絀西清之職。恩歸造化，愧溢心顔。伏念某猥以薄才，當兹重任。知主上兼愛南北，寧忍開邊；知廟堂不問甲兵，專謀保境。我雖守信，虜自敗盟。首挫其淮右之鋒，復斷彼山東之臂。期歲於此，疆陲粗安。豺狼無厭，未飽其所欲；蜂蠆有毒，已驅而復來。睥睨六關〔二〕，虔劉兩郡。蓋人神之共憤〔三〕，豈臣子之敢安！事許便宜，固有已肦之隆旨〔四〕；法當牽制，詎容不出於偏師。文移但戒以淺攻，吏士輒從而深入。泗城敗撓，淮左繹騷。決千里之籌，既無勝算；責三軍之帥，厥有常刑。徒以寇尚在邊，身方扞塞，念辭難之未可，姑引咎以自歸。上援街亭，次稽好水。使伏歐刀之戮，亦所甘心；止裁簪槖之班，寧非輕典？信矣公朝之寬大，深哉吾相之保全。兹蓋伏遇某官新美治功，秉持憲度。謂賞罰軍國之紀，必合至公；然勝負兵家之常，無庸深咎。況已自歸於司敗，特爲少屈於刑章。僅抑隆名，尚叨舊寄。某敢不堅凝初志，懲艾往愆？建大將之鼓旗，敢妨賢路；奉祠宫之香火〔五〕，終託化鈞。

〔一〕此文《翰苑新書》續集卷三五題作「代李制置謝丞相」。
〔二〕六：原無，據《翰苑新書》續集卷三五補。
〔三〕「之」下原有「所」字，據《翰苑新書》續集卷三五刪。
〔四〕固：原作「因」，據《翰苑新書》續集卷三五改。
〔五〕宫：原作「堂」，據《翰苑新書》續集卷三五改。

復職謝丞相啓〔一〕

邊防盡瘁，久無可紀之功；廟論閔勞，驟復已鐫之職。銜恩至矣，圖報闕然。伏念某昨爲牽撓之師，庶伐跳梁之計。徼功深入，雖由偏將之輕；指蹤不明，亦是中權之失。既席藁引曠官之罪，尚奮拳勵討賊之心。勉吏士以功名，作民兵之勇氣。始周城而陣，金湯據險以莫窺；及仰寨而攻，矢石乘高而並擊。寇猶在境，身自督軍。但知竭狗國之丹心，不敢顧倚門之白髮。我師氣奮，將四面以窮追；彼衆諜知，乃一宵而潛遁。蓋却虜乃廟堂之算，而平淮皆將士之勞。某才不足以分北顧之憂，功不足以救東隅之失。親年既晚，每於色養以多違；衆口紛紜，動以空言而責備。屢請祝鳌於閑散，汔煩當軸之保全。還學士之真班〔二〕，出上公之洪造。兹蓋伏遇某官謀謨閎大，德量崇深。謂天下之才實難，察閫外之事匪易。崇文平蜀，由黄裳力援於中；充國擊羌，賴魏相獨是其説。若國論不爲之宗主，則人情何自而奮强！假復玷之新榮，圖折衝之來效。某敢不益殫薄技，少塞厚恩？方丞相憂邊，安敢惜驅馳之力；然小人有母，冀終憐甘旨之情。

〔一〕此文《翰苑新書》續集卷三五題作「代李制置復學士謝丞相」。

〔二〕真：原作「旨」，據《翰苑新書》續集卷三五改。

謝二府啓

同前。某官謀謨閎大，德量崇深。謂人才有賴於扶持，且兵事寧無於利鈍。方羣言競起〔一〕，皆非淮蔡之師；獨定見不摇，力是營平之議。蓋國論既爲之宗主，則人情必改於觀瞻。假復玷之新榮，圖折衝之來效。某敢不益殫薄技，少塞厚恩？復雁門之踦，倍費公朝之力；營菟裘而老〔二〕，終祈故里之歸。

〔一〕競：原作「兢」，據翁校本改。

〔二〕而老：原作「之」，據翁校本改、補。

賀史丞相明堂加恩啓〔一〕

播告大庭，褒崇真宰。類於上帝，聿稽宗祀之文；相維辟公，爰侈冢司之渥。非止衍户畬之入，蓋益隆巖石之瞻。典冊一新，搢紳交慶。伏惟某官功存社稷，運際風雲，綽然應變守文之才，巍乎體經贊元之學。維聖主敬天之意，一本至誠；自清朝更化以來，四成熙事。凡舉行於縟禮，皆典領於首台。日者蕆大享之儀〔二〕，涓中辛之吉，月星明概，乾坤清夷，奠玉而神祇顧歆，合侑而祖宗昭格。法駕寶輅，肅臨清廟之豆籩；朱芾葱珩，於赫上公之冕服。以至御樓肆眚，稱蹕還宫，祭澤流行，天顔開喜。厥有顯祀之效，恨無可酬之官。荒大國之封，豈惟奄魯；紀中書之考，其永相唐。茂對龍光，密扶龜祚。某屬縻符鑰，快覩制麻。徹申伯之田，咸欽異渥〔三〕；入平津之閣，莫綴賀賓。

〔一〕史：原無，據《翰苑新書》續集卷一補。
〔二〕蕆：原作「藏」，據《翰苑新書》續集卷一改。
〔三〕咸：原無，據翁校本補。

加恩謝丞相啓

熙事告成，方懋享天之德；价藩承乏，誤叨加地之恩。蓋出洪私，敢云舊典！竊以禋祭之事，國家所嚴，討論於博士議郎，典領以龐臣碩輔。獻金於廟，環列通侯；執玉在庭，森聯羣后。於以侈天子親祀之禮〔一〕，助辟公顯相之勞。此在邦彝，盍推祭澤。如某者心存北闕，迹滯周南。昔雖扈蹕於禁嚴，今阻奉璋於左右。上千萬歲之壽，莫稱都護之觴；取三百廛之禾，空起詩人之刺。敢期餕惠，申錫綸言，超加井賦之多，躐處公侯之亞！兹蓋伏遇某官功存寅亮〔二〕，道妙燮調。類上帝，禋六宗，粲若禮文之備；統百官，均四海，巍乎相業之高。致此優恩，施於外服。某敢不退循忝竊，圖報知憐？清塞上之塵，方憑妙算；動吳中之興，冀察歸心。

〔一〕侈：原作「移」，據《翰苑新書》續集卷三八改。

〔二〕功：原作「加」，據《翰苑新書》續集卷三八改。

回荊湖趙制置啓〔一〕

西清寓職，幸聯中禁之班；南紀宣威，密倚上游之重。昔嘗忝同寅之事契，今共分一面之顧憂。江漢相望，政如唇齒；邊陲是急，未布腹心。辱貽翰之相先，愧脩詞之不敏。恭惟某官康時志大，經世才周。歷塊過都，掃空冀野之北；離羣絶類，獨步衡湘以南。自結九重之知，不階尺寸之援。褰帷出使，一道澄清；緩帶臨邊，累年靖謐。屬者虜來犯塞，公不顧身，陳宣王復古之詩，續諸葛出師之表。英槩凛凛，寧退保一隅之偏；義旗堂堂，有北向中原之意。胡馬既退，漢波隨清。由渚宮而趨樊城〔二〕，已張先勢〔三〕；經磧鹵而絶大漢，行紀雋功。某久綴從班，冒當閫寄。自抵司存之始，即聞警報之來〔四〕。枝梧至艱，罅漏方闊。每念風寒之宜護，詎容脉絡之不通？有來好音，叶濟滋事。瞻羊公於峴首，阻趨鈴閣之嚴；依劉表於荆州，竊有賓鄰之幸。

〔一〕「荊」原作「京」，又「制置」原倒，據《翰苑新書》續集卷一〇改、乙。
〔二〕宮：原作「官」，據《翰苑新書》續集卷一〇改。
〔三〕先：原作「光」，據《翰苑新書》續集卷一〇改。
〔四〕警：原作「禁」，據《翰苑新書》續集卷一〇改。

回湖北張漕啓

請違風度，屢閲歲時。惟川陸之阻長，致音郵之疏闊。言念英概〔一〕，實勞寸心。昨者諗恭光奉絲綸，肅持麾節〔二〕，實朝廷之異眷，肆臺府之並開，伏深抃喜。某官襟度粹異，典刑醖藉。昔在先正，格於皇天。聞司馬丞相當朝，夷虜相戒；使諸葛武侯無死，禮樂其興。志士尚想其遺風，聞孫克紹於前烈。入偏儀於鷺翻，出屢剖於虎符。政每見思，言皆底績。屬當宁方勤於北顧，而武昌實據於上游。安集雁之民，厥有仁聞；轉流馬之餉，了無乏興。行疇監牧之勛，復贊公侯之業。某立朝無補，分閫何堪！屬儌備之方嚴，而枝梧之未易，下慙公議，上愧國恩。有來好音，願安承教。

〔一〕英：原作「音」，據翁校本改。

〔二〕持：原作「待」，據翁校本改。

賀宋總領除農少啓

出紵丹墀，陞班金掌。守邊務急，方嚴萬竈之屯；給餉勛高，擢正九農之列。使權增重，物論交歸〔一〕。恭惟某官性行俶均，文理密察。以儒飾吏，不減漢之孫宏；以道理財，有若唐之劉晏。粤自兩年之主計，未嘗一日之乏興。人皆議增戍之非，公獨憂民而體國；衆方吝養兵之費，公能倒廩以傾囷。有同舟共濟之心，無袖手旁觀之意。薦紳稱説，旒扆歎嘉。祥扆班清，何止婆娑於列寺；甘泉地邃，又將獻納於九重。某側聽除音〔二〕，莫陪旅賀。方有三軍之事，政賴叶心；若論萬世之功，盍歸主餉。

〔一〕論：原作「輪」，據翁校本改。
〔二〕除：原作「餘」，據翁校本改。

回江西曹帥啓

帝謀連帥，付江湖襟帶之區；公以名儒，當禮樂詩書之選。先聲籍甚，衆望翕然。恭惟某官學飽經綸，材宏開濟。少已奉丹墀之對，晚惟讀精舍之書。傾者江湖之間，適有風塵之警。建牙旗，擁金甲，曾上將壇；開竹棧，擲桑弓，一清巒峒。盍圖畫於雲臺之上，乃崎嶇於蜀道之中。雋功未酬，清議尚鬱。肆圖舊德，來隱洪都。精神鎮壓於山川，志慮周匝於田里。雲飛南浦，未妨尋閣上之詩；夜直北扇〔一〕，行入草禁中之詔。某濫叨分閫，竊喜開藩。追念昔遊，已成陳迹。恃長江之天險，未敢謂然；護數處之風寒，政須叶濟。

〔一〕扇：似當作「扉」。翁校本改作「扃」。

賀曾同知除宣撫啓

魁位斗樞，宣威玉帳。胡人南下，至勤黼扆之憂；周公東征，丕赫衮衣之望。軍容既肅，賊膽自寒〔一〕。恭惟某官學貫天人，名垂宇宙。晁、董萬言之對，首唱諸儒；燕、許大手之文，前無作者。久參兵柄，密運廟謨。居有掃清河洛之心，恥爲宴安江沱之計。何況我雖畫境，虜屢寇邊。錢穀甲兵日至廟堂，與其中覆；禮樂征伐出自天子〔二〕，孰若正名。以見執政之尊，專大行臺之事，號召諸將，網羅羣英。裴令威名，必建蔡州之功業；謝公談笑，盡是淮淝之事機。當方尋《車攻》《吉日》之詩，馳鍾簴廟貌之奏，遂作相以爰立，恐無官之可酬。某舊出鈞陶，今依牙纛〔三〕。上渭濱之表，正須諸葛之君臣；隱綿上之田，儻念介推之母子。

〔一〕 膽：原作「贍」，據翁校本改。
〔二〕 伐：原作「夫」，據文意改。
〔三〕 今：原作「令」，據文意改。

賀任簽書啓〔一〕

揚號廣廷〔二〕，登賢宥府。國於天地，誰能去於五兵；儒在朝廷，豈惟重於九鼎！師言無間，人望有歸。恭惟某官學本思、軻，道侔禹、稷。眉山諫臣之後，喬木猶存；考亭先生之徒，靈光獨在。九重賞其靖退〔三〕，四海推爲老成。語妙天下而恥於文鳴，智周世務而不以才顯。赫然英斷，付以事樞。方今羣情厭兵〔四〕，强敵在境。竊思古誼，大春秋九世之讎；抑恐後賢，重河洛百年之責。公必有以處此，衆方從而讙焉。見管夷吾何憂，人有憑籍；聞樂正子爲政，國其庶幾。某迹久登門〔五〕，情深賀廈。晉權東閣，莫陪多士之遊；生入玉關〔六〕，頗動暮年之興。

〔一〕 任：原無，據《翰苑新書》續集卷三補。

〔二〕揚：原無，據《翰苑新書》續集卷三補。
〔三〕靖：原作「陳」，據《翰苑新書》續集卷三改。
〔四〕情：原作「城」，據《翰苑新書》續集卷三改。
〔五〕迹：原作「久」，據《翰苑新書》續集卷三改。
〔六〕關：原作「闕」，據《翰苑新書》續集卷三改。

金山設陣亡人水陸疏

北虜渝盟，士甘效死；西方立教，法許追亡。興言橫草之寃，肆設伊蒲之供。昨者寇侵邊圉，我出應兵。或擐甲登埤，靡憚霽雲之死；或摧鋒陷陣，莫歸先軫之元。痛逝者之如斯，爲泫然而不禁。又況時方掩骼，野有暴骸。雖戰士竭忠，恥爲全軀命之計；然上蒼惡殺，寧不干陰陽之和！乃即名山，敬修浄果。伏願普施救度，盡脱沉淪。人可即戎，見上恩之深矣；鬼猶厲賊，想英魄之凜然。

茅山祈雨青詞〔一〕

年穀垂成，政當潤澤；秋暘爲沴〔二〕，反病亢乾。即仙聖之所居，爲黎元之有禱。伏念臣濫膺顓閫，兼鎮陪京，維時多虞，所望一稔。序既當於秋斂，田尚苦於燥剛。始自近郊，遠連並塞。地綿千里，皆懷望歲之憂；帝監四方，忍絶斯人之命！使旱勢偏臻於屬部，恐咎端專在於微臣。寔震懼之靡寧，冀精誠之上達。伏願普敷德施，徧惠嘉生。哀此矜人，久服勞於穡事；沛然下雨，俾無廢於歲功。

〔一〕青：原作「請」，據文意改。下篇同。
〔二〕「暘」原作「揚」，「沴」原作「疹」，據翁校本改。

尚書太夫人生日青詞

八袠之年加二，届此始生；五福以壽爲先，繫於真宰〔一〕。敬輸悃素，仰瀆穹蒼。伏念臣妾約己儉勤，棲心冲静。雖家庭雍穆，幸色養之無違；然歲月侵尋，忽耄期之將至。屬臨初度，式按真科。恭願飈馭下臨，瓣香上格〔二〕。衰如蒲柳，固非盛壯之時；假以桑榆，庶保期頤之算。

〔一〕繫：原作「擊」，據文意改。

〔二〕瓣：原作「辦」，據張本改。

後村先生大全集卷之五十一

奏議

備對劄子

端平元年九月

臣恭惟陛下更化以來，登庸一相，號召諸賢。江湖遠屏之人，山林久幽之士，隔絶千萬里而不見録者，訪求如不及。近臣骨鯁之言，小臣狂狷之議，菀結二十年而不獲伸者，吐露無餘藴。士大夫常恨不遇聖主，今主德可謂聖矣〔一〕；又常恨不遇賢相，今相業可謂賢矣。此韓愈、石介作爲頌詩之日也，然而臣竊有憂焉。自昔人主未嘗不欲治而卒趨於亂〔二〕，自昔大臣未嘗不欲得天下之譽而卒受天下之謗，自昔士大夫未嘗不欲以名節自許而往往爲富貴利禄所變者，立志不果，執德不固，持循於久者易變，矯揉於暫者難恃也。

以臣之愚，竊跡近事，明主方厲精更始而或者恐其惰終，大臣方奉公履正而或者過於責備，善類方合而間有異同齟齬之迹，國是方定而已有反覆動摇之戒，不幸有近於先賢程顥之所憂者，其故何歟？蓋天下所恃與吾君吾相共起太平者，諸賢而已。彼其忠似迂〔三〕，直似訐，上富春秋則進聖人血氣之戒，上喜功名則守儒者根本之論，内無許、趙之寵而攻後宫者相繼，外無丁、傅之横而議戚畹者不已，或欲覈内帑以佐經費，或欲遠奄嬖以肅朝綱〔四〕。陛下雖始樂聞，乃已厭聽，批依而不果依之類是也。事之不稽於衆者則言，令之不便於民者則言〔五〕，黜陟用舍之未協於公論者則又言，大臣外雖翕受，内或憚改，報行而不果行之類是也。聽者或從或違，類有私主〔六〕；言者自鳴自止，亦不堅執。始初清明，其兆已爾，歲月稍失，主意懈於上，廟謨揺於下。臣恐覬望迎合之説進，中傷報復之計行，賢者稍稍引退，中人以下皆循默以求容〔七〕，羣小投袂復起，而天下之事去矣。

臣聞靡不有初，鮮克有終，又聞堅凝之難。昔我仁祖嘉祐之末，琦爲相，修參預，所用之人、所行之事常如慶曆之初，故四十二年之治侔於三代。若夫朝用馬、范，暮擢章、蔡，朝變新法，暮主紹述，其禍有不忍言者。然則陛下雖有改舊圖新之意，果可保其終乎？臣敢以此爲明主規也。人之常情惡直喜佞，權位既重，容受愈難。熙寧大臣始用吕公著爲中司，公著不合而徐禧、鄧綰之徒進；紹聖大臣初引陳瓘共語〔八〕，瓘不合而林希輩遂爲上客矣〔九〕。然則廟堂之上，雖以進賢退不肖而爲己任，果可保其終乎？臣敢以此爲大臣規也。立初節易，保晚節難。寇準暮年未免動色於使相，宋祁終身不能忘情於兩地〔一〇〕。种放、常秩既召，名譽頓減於遺逸之日；唐介、鄒浩既貴，風采反不及論事之時。然則班行之内號爲有行義操守者，又可保其終乎？臣敢以此爲士大夫之規也。

臣願陛下與二三大臣思致諸賢之難，亦既致之，信任勿貳可也；若尊顯其人，忽棄其言〔一一〕，謂之貌敬可也。而一時諸賢又思保令名之難，苟欲保之，壯老一節可也；若激昂於前，委靡於後，謂之晚繆可也。言治於今日者多矣。臣愚以爲君相不必慨慕前古，常如端平之初元足矣；士大夫不必過持高論，毋改平日之大節足矣。臣位卑言高，罪當萬死，惟陛下裁赦。

〔一〕主：原作「生」，據翁校本改。
〔二〕自：原無，據翁校本補。
〔三〕迁：原作「遷」，據翁校本改。
〔四〕綱：原作「網」，據翁校本改。
〔五〕令：原作「今」，據翁校本改。
〔六〕有：原作「者」，據翁校本改。
〔七〕默：原作「然」，據翁校本改。
〔八〕陳瓘：原作「陳權」，權不知何許人，而據本文所述當爲陳瓘事，故改。參《宋史》卷三四五《陳瓘傳》。
〔九〕「瓘」字原在「林希」下，據文意移正。
〔一〇〕宋：原作「來」，徑改。

〔一〕棄：原作「弃」，據文意改。

其二

臣聞禍敗之來，常患於不知與知之而不憂。女真既滅，韃與我鄰，重兵潰於游騎，厚禮加於小使，朝野凜然，如控弦百萬之臨境，可謂知所憂矣，然臣猶以爲未知所以憂也。蓋自南北分裂，其間大戰者有數。曹操赤壁之役，苻堅淝水之役，逆亮瓜州之役，皆奔北而去，或僅脱身煙焰，或聞風聲鶴唳而遁，或變起帳下，殞於叢鏑。彼惟不來，來則爲南師所勝。殷浩山桑之役，桓温襄邑之役，褚裒代陂之役〔一〕，皆狼狽而返〔二〕，或絀廢爲民，或委罪偏裨，或聞哭聲慙憤發病而死。此惟不往，往則爲北師所敗。

今之韃戎變詐不過如操，强盛不過如堅，凶殘不過如亮，假令傾國大入，是天亡此胡，使之送死，而謀臣勇將奮躍以立功名之機也，何以深憂爲哉！臣之所憂者，今之將帥德望未必如浩，材能未必如温，器識未必如裒，而嗚劍抵掌，坐談關河，鼻息所衝，上拂雲漢，非笑蔡謨、王羲之、孫綽不可易之言，經營王鎮惡、到彦之、哥舒翰不能守之地，一舉而僨軍，然猶未懲，臣恐再舉而覆國矣。此孟子所謂「盡心力而不得魚又有後災」是也，顧未以爲憂，何哉！

臣非敢佐懦者之論〔三〕，沮鋭者之氣，而爲安庸偷安者之地也。蓋億兆之命不可以寡謀試，强大之敵不可以虛氣吞〔四〕。世有患虎暴者，必於其來往出没之途〔五〕，預設弓矢陷穽以待焉，一旦咆哮而至，其斃必矣。若徒手入山林，袒裼而搏之，未有不反爲所噬者。自關隴達於均、房，自均、房達於淮右，彼嘗所來往出没之途也〔六〕；高城深塹，良將精卒，吾弓矢陷穽之具也。脩吾具以待其至，卞莊子之智也；徒手袒裼而往搏之，馮婦之勇也。今日之計，將爲卞莊子乎？抑爲馮婦乎？昔人有言：「天下大事，豈堪再壞！」惟陛下與大臣謹之重之，臣不勝惓惓。

〔貼黄〕臣竊見晉人委任將帥至專，然祖逖翦平河南〔七〕，復以戴淵臨之；陶侃威行荊楚，復以温嶠參之；謝安指授諸將，使諸桓當上流，羣謝當下流。事權所寄，未嘗偏重〔八〕。今自襄峴以至淮泗，挈數千里之邊面，兵柄付之一門，上無董統，下無副貳，郡守多其賓佐〔九〕，鎮戍皆其廝養，未有毫髪之功而先養成尾大之勢，非所以尊嚴朝廷、保全將帥也。臣願陛下更留睿算。

〔又貼黄〕臣妄謂金之與韃，雖均爲夷狄，然待之要自不同。金吾讎也，韃吾鄰也。斬使焚幣〔一〇〕，所以待讎也；羈縻勿絶，所以待鄰也。與金通好，是以待鄰之道待讎也；與韃尋釁，是以待讎之道待鄰也。既失於前，不可復失於後。國家異日豈能不與韃和，但其事在於數年之外，此數年之内，修實政，養力〔一一〕，使士馬彊〔一二〕，保障厚，藩籬固，可以與之戰則可與之和矣。

〔一〕代陂：原作「伐陂」，據《晉書》卷九三《褚裒傳》改。
〔二〕狼狽：原作「狼狼」，據翁校本改。
〔三〕佐：原作「位」，據翁校本改。
〔四〕「敵」下原重一「敵」字，據翁校本删。
〔五〕之：原無，據翁校本補。
〔六〕途：原作「徒」，據翁校本改。
〔七〕河：原無，據翁校本補。
〔八〕偏：原作「徧」，據文意改。
〔九〕「郡」原作「特」，「賓」原作「兵」，據文意改。
〔一〇〕幣：原作「弊」，據文意改。
〔一一〕「養力」之間似脱一字。
〔一二〕彊：原作「疆」，據文意改。

三

臣竊惟財用不足，今日不可藥之病也。先朝或出内藏庫數百萬以助大農，今内帑有無，外廷不得而會矣。前世或税於農〔一〕，或搉於商賈〔二〕，今税搉俱重，不可復加，桑弘羊、宇文融復生，其術窮矣。於是日造楮十六萬以給調度，楮賤如糞土而造未已。士大夫獻議盈廷，工於詞病而拙於處方者〔三〕，皆是也。臣有裕國寬民之要方，不過没入大贓吏數十家之貲，然度寬大之朝決不忍行，請條其次者。

一曰罷編户和糴之擾〔四〕。計産抛數，非其樂從〔五〕，低估高量〔六〕，幾於豪奪〔七〕，歲歲爲民患苦，故曰罷之善。或曰軍旅之興，水旱無備，則奈何？臣謂與其糴於中下之户，孰若糴於富貴之家？昔之所謂富貴者，不過聚象犀珠玉之好，窮聲色耳目之奉，其尤鄙者，則多積雄中之金而已。至於吞噬千家之膏腴，連亘數路之阡陌，歲入號百萬斛，則自開闢以來未之有也。亞乎此者又數家焉。臣愚以爲此類宜令所居郡縣各按版籍，十糴其七，若旁郡鄰縣之僑産則全糴焉。糴十年止，十年之外，國用少紓，則給其直。臣聞安邊所官田歲可收三十萬斛，此數家者歲可糴數十萬斛，則編户可以勿糴矣。

二曰追大吏乾没之贓。比年顓閫之臣、尹京之臣、總餉之臣、握兵之臣、擁麾持節之臣，未有不暴富者。其人在藝祖、孝皇之朝，皆當極刑；其貲産繩以《周官》馭貧之法，皆當没入。今各優游寓里，晏然享封君之富。臣愚以爲此類宜令有司覈其簿籍，前所乾没，今悉追取，别儲之以備邊費，亦一策也。昔人或相三君而無衣帛之妾，或造國元老而僅有桑八百株、田十五頃。土山之墅、平泉之莊，所直幾何〔八〕，世猶譏議。今一家遂有百萬金、倉一所，此何可哉〔九〕！一貪倡之，衆貪和之，毒徧四海〔一〇〕，人心憤怒之日久矣。今也田當没入，止羅其粟，粟之外貨寶如山自若也；貨當没入，止追其贓，其不追者猶不勝用也。此於貴家大吏無甚損，而國與民皆可小蘇，不亦簡而易行乎？臣所慮者，上則陛下念其攀鱗附翼之功，下則大臣牽於維桑與梓之情，雖以臣言爲然，終不忍用。是則朝廷於此數家及數十大贓吏信無負矣〔一一〕，如國與民何！惟陛下圖之。

〔一〕世或：原倒，據翁校本乙。
〔二〕推：原作「摧」，據翁校本改。下句同。
〔三〕詞：似當作「詗」。
〔四〕曰：原作「日」，據翁校本改。
〔五〕從：原無，據翁校本補。
〔六〕估：原作「佑」，據翁校本改。
〔七〕豪：原作「毫」，據翁校本改。
〔八〕何：原無，據翁校本補。
〔九〕此何可：原作「何祥」，據翁校本改、補。
〔一〇〕徧：原作「偏」，據翁校本改。
〔一一〕信無：原倒，據文意乙。翁校本作「無所」，亦通。

輪對劄子〔一〕 端平二年七月十一日

臣共惟陛下厲精更化，並建二揆，共起治功，興君英辟之規模也。大臣同心輔政，兼收群策，不主己見，先正名臣之德業也。以此圖回，何向不濟？然天下之勢，宜彊而日趨於弱〔二〕，宜安而日趨於危，其故何歟？蓋服天下莫若公，今也失之私；鎮天下莫若重，今也失之輕。二失不去，雖聖君賢相，終不能以善治。臣謹條其事以獻。

臣聞王者之興，必有天命。文帝在藩，大横是占，平王尚幼，當璧而拜，而人力不預焉。陛下受命於天，柄臣掠功於己。因私天位，遂德柄臣；因德柄臣，遂失君道。昔衛獻公謂寧喜曰：「政由寧氏，祭則寡人。」後世以爲失言。嗚呼〔三〕！祭猶在也，鬱攸之變，私第歸然，而大室爲燼，是祭亦去矣。臣竊意陛下内不能平，而哀樂終始，今古罕倫，既得其生〔四〕，又得其死，非私歟？因私天位，遂疏同氣；因疏同氣，遂失家道。均爲近屬，等是宗藩，或寢園甲第寵光赫奕，或荒草一丘祭享寂寥，有司莫敢將明，行路無不嗟閔，非私歟？左戚貴胄，聯翩華途，桑、霍之萌也；兩邸魚軒，融洩廣内，丁、傅之漸也，非私歟？南陽近親，蹙奪貧細，郡國不敢問；北司貴臣，憑恃恩寵〔五〕，風憲不敢劾，非私歟？大農告乏而乘輿後宫之奉未聞少損，大臣鐫俸而重侯累將之家不拔一毫〔六〕，非私歟？然則天下之心，安得而悦服？

昭烈於亮〔七〕，關、張不能間；苻堅於猛，宗戚不能毁，其見重如此。若夫憂讒畏議，有狼跋之嗟；厭事避權，動魚羹之興〔八〕，非輕歟？中屠劾弄臣之罪於相府，九齡叱寵妃之使於朝堂，其自重如此。若夫依違肺腑之間〔九〕，道有所屈；浮沉宦寺之際，志不得行，非輕歟？裴度處置，兩河斂手；德裕告戒，三鎮聽命。若夫勉之以協和，乃佩劍而相笑；諭之以謹重，乃拜表而即行，非輕歟？淮失邳、徐，方懷吹齏之心；蜀窺秦、鞏，已有欲炙之色，非輕歟？子産爲政，歌怨不卹；管仲下令，虧益者死。若夫以匹夫横議而變政，因走卒偶語而易令，非輕歟？然則天下之治，安得而堅凝〔一〇〕？

臣謂藥今之病，救今之弊，别無奇策，不過去其私而服之以公，去其輕而鎮之以重而已。夫惟以天位歸諸天命而不歸諸人力，裁柄臣之恩然後可以示臣子之戒，雪故王之寃然後可以召天地之和。孝宗之於秀邸，待本生親之法也，過此恐有諫濮園者矣。宣仁之於高氏，待外戚之法也，過此恐有議張堯佐者矣〔一一〕。高宗之於張去爲、劉婕妤，待奄嬖之法也，否則踵政、宣之法矣。此臣所謂去其私而服之以公者也。宫府爲一體則朝綱肅〔一二〕，政事出中書則相權重。韓琦之逐任守忠，陳俊卿之去曾覿，大臣處近習之法也。趙普諫幽燕之役，寇準決澶淵之策，大臣處邊事之法也。失信者民惑，反汗者令輕。繼今以往，方其造令也，當謀及卿士，謀及庶人；及其行令也，當堅如金石，信如四時。有議令、虧令、益令、不如令者，皆罪之，則令重矣。此臣所謂去其輕而鎮之以重者也。

臣在田里，見癸巳十月以後所下詔令，雖樵夫野老莫不欣躍鼓舞，曰太平旦夕可致。及來行都稍久，目擊近事，寖異初元。以聖君而蒙天下之疑，以賢相而受天下之謗，臣思其故而不可得，意者私與輕有以累之。《詩》云「心之憂矣」，又云「心乎愛矣」，惟陛下與大臣留意而改圖焉。

〔貼黄〕臣竊見苕川之事出於迫脅，向者止議其罪，不原其情，近者雖復其爵，未雪其枉，皆議臣過計，非陛下本心。臣猶記訃告之初，震悼輟朝，亟命有司討論贈典，陛下本心蓋如此。文致潛逆，削奪封爵，乃當時小人之謀，繳駁論列，各有主名，豈陛下本心哉？美官歸此曹，惡謗叢陛下，此曹之罪不討，則陛下之謗不解。陛下何不下尺紙之詔，曰「故王素有東海王彊、寧王憲之志，不幸遭變，朕於同氣友愛素隆，而某人等實間朕骨肉，離朕手足，使太母不得全鳲鳩平均之德，使人主不得盡脊令急難之情。朕既痛心疾首，追咎往事，前日繳駁論列之人，宜伏江充、蘇文之誅」。德音辨誣則四海之心悦矣〔一三〕，厚禮改葬則九原之憾釋矣。至於聖恩牽復〔一四〕，綸言一盼〔一五〕，無第可告，無孤可付，天下之人莫不聞而哀之，陛下孔懷終鮮之痛宜如何耶！議者亦諒陛下之心矣，以國本之未立也。臣以爲隱然示人以未繼絶之故，不若曉然以示人將繼絶之意，先事播告，待國本之立而舉行焉，不亦可乎？陛下仁聖甚似祖宗〔一六〕，好學禮賢，無失德於天下，而乾象錯異，民情危疑，變故日生，警遽日至，豈非此一大事未允天人之意而然與？臣位卑言高，罪當萬死，惟陛下裁度。

〔一〕輪：原作「輸」，據翁校本改。
〔二〕彊：原作「疆」，據文意改。
〔三〕嗚：原作「鳴」，據文意改。
〔四〕生：原作「主」，據翁校本改。
〔五〕恩：原作「思」，據翁校本改。
〔六〕侯：原作「侯」，據翁校本改。
〔七〕昭：原作「照」，據翁校本改。
〔八〕動：原作「勳」，據翁校本改。
〔九〕依：原作「猗」，據翁校本改。
〔一〇〕而：原無，據翁校本補。
〔一一〕議：原無，據翁校本補。
〔一二〕綱：原作「網」，據翁校本改。
〔一三〕辨：原作「辦」，據翁校本改。
〔一四〕「恩」下原有「矣」字，據翁校本删。
〔一五〕綸：原作「論」，據文意改。
〔一六〕似：原無，據翁校本補。

二

臣聞之道塗，皆謂陛下更化既久，責治未進，稍厭君子，復思小人，朝野讙傳，莫不失望。然陛下聖明，固無是事，萬一有之，亂萌禍胎昉於此矣。

夫國猶身也，身不能無病，受病必有源。椓伐於少，至老必驗；藴伏於夏，至秋必發。柄臣濁亂天下久矣，曁元春、知孝之流横議於朝〔一〕，反易綱常〔二〕，變亂邪正，而元氣壞。國、損、善湘之倫妄作於邊，削薄本根，裂棄險要，而弱勢成。以一易二，民始疑楮；三界並行，民始賤楮。通國無策以救，而亡形具。於斯時也，水旱洊臻〔三〕，彗孛交流，火燔都邑，盜滿原野。柄臣懼天下議己，遂行一切苟悦之政，以求容於斯世。贛卒戕憲而不討，盱卒殺守而曲赦，於是兵以姑息爲當然，訓齊以法則怨。贓吏滿天下，躬盜賊之行而享封君之富，於是吏以饕墨爲當然，薄録其尤則怨。覃免無節，循轉不已，徒手赴春闈而秋賦幾廢〔四〕，正郎滿銓部而任子倍增，於是士大夫以僥倖爲當然，裁抑其甚則又怨。

柄臣與其徒皆攫取陛下之富貴而去，而獨留其大敝極壞之朝綱，已開難合之邊釁，驕冗不可簡稽之兵，窮極不可變通之楮，陷溺不可挽回之風俗，以遺陛下，此脉家所謂在膏之上、肓之下，良醫棄其鍼石而走之證也。陛下不幸而當之，諸賢不量力而就之，相視束手，莫知所爲。陛下責諸賢無扁鵲、華佗之方則似矣，若曰更醫而致疾則非也。假令陛下起柄臣於九原，授以相印，還債帥於謫地，升之將壇，天下其遂晏然乎？

嗟夫！君子小人並立於世，小人享其樂，君子當其憂，小人飲其甘，君子味其苦。小人善交結，故負罪而見思；君子拙迎合，故輸忠而獲厭。小人恃智巧，君子恃天理人心之正，而天與人又有時而不然。檜十九年，彌遠二十六年，而衍七十日，光九月，君子之難取必於天如此。慶曆議減任子，任子不可減而仲淹、琦罷；淳熙議裁恩霈，恩霈不可裁而龔茂良逐。小人作《流共工於幽州賦》以快之，君子之不見樂於人如此。天與人皆不可恃，所恃者人主而已。親之猶恐其疏，縻之猶恐其去，奈何外示眷禮，内萌厭倦，使之皆岌岌不自保乎！名臣殄瘁，時事寖非。弓旌所招，稍稍引去，見幾而作者未已也；彈射所驅，往往復還，躡迹而至者未已也。曾肇有言：「竊觀近日上意漸變。」深味此語，可爲寒心。臣願陛下堅凝初志，無使邪説摇正論、小人間君子如肇所慮，則用今之二相與今之諸賢足矣。不然，雖舉十六相，彼四凶之來，不知十六相者何恃而安乎？

或曰：今天下最急者，兵與楮二事。有人焉，能制兵之驕、扶楮之賤，雖非君子，盍用之以紓一時之急乎？臣曰不然。宣、靖之禍，蔡京爲之也。虜騎長驅，京已貶責，乃自言有禦狄之策以求復用。當時不惑其言，天下後世亦不追恨其策之未試，何也？京惟無策，所以至此；既已至此，策將安出？小人欺世之術每類於此。嗚呼！堅守京師者李綱也，再造江表者趙鼎也，尊中國、攘夷狄者張浚也，皆君子也。國存至今，用君子之力也，使京復用則國亡久矣。此陛下之殷鑑也，臣所以不勝惓惓者哉！

〔貼黄〕臣蒙恩兼郎，竊見本選在籍小使臣一萬三千九百餘人，内奏補五千五百餘人，宗室三千六百餘人，吏職、軍班各千人，而武舉不滿五百，軍功不滿千。以恩澤入仕者如此之多，臣因以知名器之濫予〔五〕；以材武自奮者如此之少，臣因以知武功之不競。而又有爵一塗，已參注者二千一百餘人，來者源源未已，皆注監當，而監當闕皆十二年以上，六七人共守一闕。臣恐數年之後，充塞銓部，皆以貲爲郎之人，而仕進之塗愈狹矣。臣謂國用不足固今日急務，然生財之道非止一端，鬻爵之令可以已矣。惟陛下與大臣熟議焉。

〔一〕暨：原作「墍」，據文意改。

〔二〕綱：原作「綗」，據翁校本改。

〔三〕游：原作「游」，據翁校本改。

〔四〕闡：原作「閙」，據翁校本改。

〔五〕知：原無，據翁校本補。

録聖語申時政記所狀

閏月十一日赴後殿奏事，例二件〔一〕。讀第一劄〔二〕，至「因私天位，遂德柄臣」處，奏云：「近有御筆，戒飭臣寮無得言故相事。臣謂故相有功於陛下，陛下欲保全其子孫田産可也。至於其人當國幾三十年，所行之事有是與非，是非之理根於人心，陛下豈能泯人心之是非，使之不敢言乎？」聖語曰：「朕何嘗禁人如此說？」讀至「沂榮魚軒，融洩廣内」處，奏云：「陛下自藩邸入承大統，有本生之親〔三〕，有出繼之親，崇奉之道，固宜從厚。但人主之孝與臣庶不同，人主以奉宗廟、尊正統爲孝。漢定陶傅太后欲居北宮〔四〕，師丹等以爲非。臣謂陛下閨門之私恩不可以不厚，朝廷之公分不可以不嚴。」聖語曰：「此事自有典故。」讀至諸葛亮、王猛處，奏云：「陛下向者待柄臣太重，人莫不畏之。今者待大臣既輕，大臣又自輕，人皆不畏之。大臣使人畏固不可，使人不畏亦不可。」讀至「拜表即行」處，奏云：「去歲興師，猶是朝廷有進取之意，將帥觀望而然。後來廟謨專務收斂靠實，戒飭閫下，而淮東興宿州之役，荆襄出唐州之師，皆不以聞於朝。如此則將帥在外妄作，廟堂不能誰何之，何以爲國？」聖語曰：「唐州之事亦曾申來。」奏云：「臣疎賤，不知朝廷機密，但爲國之道，無過賞罰。陳韡既以平叛受賞〔五〕，唐州失律，豈容佚罰？縱元帥未可輕動，至如偏帥提師而出，覆軍而歸，無罰可也乎？」聖語曰：「然。」讀至「孝宗之於秀邸」

處，奏云：「孝宗在位二十餘年，所以待秀邸者，輕重厚薄皆有準則，故廟謚爲孝，此陛下所當法。」聖語曰：「朕只是依典故。」讀至待奄嬖處，聖語曰：「朕何曾與此曹謀事？」奏云：「更化之初，都無此傳，只因近日軍卒小警，戚官左右皆得進言，陛下之聽不免稍雜。若信其言，天下之事去矣。」聖語曰：「無此。」奏云：「雖無此事，然聞此事亦足以戒。」讀至肅朝綱、重相權處，聖語曰：「今政出中書，不可謂不重。」奏云：「陛下待左相眷意未嘗衰，而外間妄云眷衰，於是左相求去。右相未嘗引舊人，而外間妄云薦某人、某人，於是右相求去。此必小人欲二相皆去之計也。又近日廷臣皆言二相不和，臣爲樞屬日，日隨都司白事，見二相握手促膝，議論甚協，未見不和之迹。」聖語曰：「得如此甚好。」讀至「聖君賢相而受疑謗，臣思其故而不可得」處，聖語曰：「卿思其故是如何？」奏云：「已見奏篇。」讀《貼黄》，至苕川之事，聖語曰：「濟王之事與秦王不同，羣臣引秦王爲比，非也。」奏云：「畢竟陛下本心不如此。震悼輟朝，陛下本心也；討論贈典，陛下初詔也。後來因一等小人爲給舍臺諫〔六〕，繳駁論列不已，遂有後面一段施行。臣謂當治此一等小人之罪，以滌陛下千載之謗。」聖語曰：「人主尚恩〔七〕，有司守法。」奏云：「當時小人各爲一身之謀，恐非守陛下之法。」讀至繼絶處，聖語曰：「朕向有御筆，卿見否？」奏云：「臣見之。國本未建，宜陛下有此言。他日陛下子孫千億，國本既建，此事恐不容已，不若令天下人先知此意〔八〕。」上默然。

讀第二劄，至「諸賢不量力而就」處，奏云：「陛下更化許久，外間失職，小人之論皆以爲朝廷所行之事無一件是。臣平心論之，向來陛下權柄下移，欲自除一吏不可。今要除從官則御筆徑除，要並命兩相則宣麻同拜，此攬權之效。向來内自職事官以上，外自通判以上，皆有定價。士大夫納賂於權門，取償於百姓。今内外差遣並從公揀拔，向後廉吏必多。廉吏多則民力蘇，此去貪之效也。向來故相蒙蔽，羣臣於陛下之前，豈敢誦言其非？近臣中惟真德秀、魏了翁，小臣中惟蔣重珍、陳塤之流〔九〕，曾與之異論。今人人得以攻廟堂缺失，議朝政是非，此闢言路之効也。謂更化無效則不可，但此等言語近於諂諛，故臣不敢具之奏篇。惟陛下堅守此意，勿使小人破壞之，磨以歲月，何事不成？」讀至「弓旌所招，稍稍引去」處，聖語曰：「誰也？」奏云：「蔣重珍既去，洪咨夔又引疾，如此則諸賢皆去，別有一副人當來矣。」上頷之。讀至「蔡京自言有禦狄之策」處，聖語曰：「士大夫虛談多，實用少。」又曰：「任責者少，小人之有才者亦不可終廢。《易》但言『内君子，外小人』，何嘗教廢而不用？」奏云：「陛下欲召某人居廢堂〔一〇〕，恐非外小人之義。」聖語曰：「無。朕欲令尹京行會子。」奏云：「臣記既得會子，當故相末年，外路只賣得三百以下錢。若某人果有秤提之術，彼時何不以獻故相，乃秘藏至今？此只是欺世之言，實無奇策。」聖語曰：「卿言良是，他想亦無策。」上又歎無人任事。奏云：「今日病證既深，用君子如餌參苓，雖無近效，猶有可生全之理；用小人如服烏喙，一劑而亡矣。」讀劄畢，端笏奏云：「臣少小讀書，每見犯顏敢諫者謂之忠臣，希旨論事者謂之諛臣。臣雖不及古人，然陛下聖德容受如此，不覺罄其狂愚。所言未必一一中理，惟陛下擇而行之。」下殿再拜而退。

〔一〕件：疑當作「劄」。
〔二〕「讀」下原有「至」字，據下文文例删。
〔三〕本：原缺，據翁校本補。
〔四〕傅：原作「傳」，據《漢書》卷九七下《外戚傳》改。
〔五〕平叛：原作「平版」，據文意改。翁校本作「有功」。
〔六〕後：原作「彼」，據翁校本改。
〔七〕恩：原作「思」，據翁校本改。
〔八〕知：原作「如」，據翁校本改。
〔九〕惟：原作「將」，據文意改。
〔一〇〕召：原作「君」，據文意改。

後村先生大全集卷之五十二

奏議

召對劄子

淳祐六年八月二十三日

臣聞更化則善治，化愈更而治愈不能善者，咎不在它，一曰委任之失，二曰謀謨之誤。深惟本朝以仁立國，勢趨於弱。粤自全盛至於偏安，雖二百年間名臣輩出，而夷狄之患，未有能當之者。有一人焉，出而當之，人主舉國以聽，天下亦幸其集事，而不暇也。臣竊議其後，若景德之於寇準，慶曆之於吕夷簡，靖康之於李綱，建炎之於秦檜是也。然幸澶州，甦撻覽，準實能戰；却二酋，全京師，綱實能守；遣富、范，盟遼夏〔一〕，返河南，還東朝，夷簡、檜實能和。陛下慨思其人而不可得，遂取其似是而非者而相之。夫以借助滅守緒爲戰則不武，以厚幣奉倂衋爲和〔二〕、以清野蹙國爲守則不智。實未嘗和，實未嘗戰，實不能守，而自負和、戰、守之功，迭執和、戰、守之權，人主舉國而聽，天下明知其不足集事，畏之而不敢議，既去而畏之未已，豈非以叔文起復之謀雖沮於獨斷，盧杞見思之語已喧於羣聽乎〔三〕！議者求其説而不可得，則又曰：思其能把握而負荷也，思其能致富彊也。是又不然。禄去公室，政出世卿，不可以言把握；畫江之外，惟有移蹕，不可以言負荷；實則增料，名曰縮楮，實則再搉〔四〕，名曰浮鹽，不可以言富强。已試亡具〔五〕，視準、綱、夷簡薰蕕不同，又不足以望檜萬一，此委任之失一也。

昔者不擇其人，而任之太專；今也懲前之專，雖擇其人而未嘗盡授以柄。官無緊慢，動煩親擢，有不由中書進擬者矣；事無巨細，多出聖裁，有不容外庭與聞者矣。臣不知陛下聚名流於臺省旃厦清望之地，嘗置簿宮中考其所言行否乎〔六〕，抑但曰進呈訖而已乎？將使之爲四諫官、三舍人乎，抑調護使之勿言、宣諭使之奉詔乎？將使之爲程頤、朱熹乎，抑使之倚閣《春秋》而談青苗乎？其大者登人望於廟堂之上，將責之以韓琦、富弼之事乎，抑使之今日曰「領聖旨」、明日曰「聖學非臣所及」乎？此委任之失二也。

天下望治，甚於飢渴，而諸君子虛名過於實用，清談多於行事，大臣有翕受之量而無主宰之力，同列有不説之色而無覈假之和，桑蔭易移，機事屢失。桑維翰一日易十節度使，今代一邊閫，淹久而後決；郭子儀朝聞命夕引道，今遣一儒帥，迫趣而始行。薄物細故，紛拏不已，急政要務，謙遜未遑，未免有不言防秋而言《春秋》、不言砲石而言安石之譏。夫廢《春秋》，用安石，致禍之本也，於時尚以爲不急，況今之不急有甚於此者乎？此謨謀之誤一也。

昔劉摯當軸，憂章惇（覆）〔復〕出，主調停之議，用牢籠之策，於是宣仁諭摯曰：「如惇者，雖以相位遜之，不可復收矣。」厥後諸賢之禍甚酷，摯幾覆族，而宣仁在天之謗至南渡而後明。小人怨毒，上及君親，於縉紳乎何有！陛下之聖固無愧於宣仁，諸臣之賢恐未及於劉摯，奈何不鑑覆車之轍，反操入室之戈，助羣小而自攻乎！洛、蜀分朋而頤、軾逐〔七〕，布、忠彥争權而京相。今廟謨睽異，邪黨揶揄，臣實未知其所終。此謀謨之誤二也。

陛下内責治效之不進，外憂狄患之莫禦，慨管仲、樂毅之不作，憶李訓、鄭注之有才。聖心鬱陶，寤寐嗟嘆，左右竊聽而知之，朝野習聞而憂之。夫以明謨雄斷，卓冠百王，實有退小人之力而虚受思小人之謗〔八〕，此亦羣臣不能建明之罪也。臣竊以爲自古有任事之臣，有折衝之臣，有託國之臣。任事者取其智謀，折衝者取其威望，至於託國則取其忠實而已。桓温嗤誚王衍諸人，自許豪傑，苻堅笑之，語及謝安則以爲江左偉人。秦檜嘗言「諸人當啖飯，觀吾致太平」，其意謂東南不可一日無我。然兀朮將死，乃以張浚尚存爲憂。安與浚不過一書生爾〔九〕。安握兵不如温，跋扈不如温；浚專權不如檜，挾虜自重不如檜。而二酋者，乃慢彼而敬此，然則陛下之國家社稷，將託之於如温如檜者乎？抑托之於如安如浚者乎？《書》云：「任賢勿貳，去邪勿疑。」已去而疑，其如勿去，已任而貳，其如勿任，惟陛下留聖思焉〔一〇〕。

〔一〕夏：原作「憂」，據翁校本改。
〔二〕幣：原作「弊」，據文意改。
〔三〕盧杞：原作「盧祀」，據翁校本改。

〔四〕摧：原作「摧」，據翁校本改。
〔五〕具：原作「其」，據翁校本改。
〔六〕宮：原作「官」，據翁校本改。
〔七〕朋：原作「明」，據文意改。
〔八〕思：原無，據翁校本補。
〔九〕書生：原作「過」，據翁校本改。
〔一〇〕思：原作「恩」，據翁校本改。

二

臣聞善類之離合，世運之隆替繫焉；言路之通塞，主德之明闇繫焉。臣遠摭簡編之記載，近參耆舊之見聞，竊謂善類之合莫盛於本朝，言路之通亦莫盛於本朝。蓋世道興隆之候，主德聖明之驗，其事不可殫舉，臣請試條其略。

自昔人主不喜人論時政，而治平之濮議、熙寧之新法、元祐之黨籍、炎紹之和議、乾淳之恢復、慶元之道學，諫者有人；自昔人主不喜人言婦寺，而遂國夫人之封、德用女口之進，諫者有人；雷允恭之交結、任守忠之離間，諫者有人；自昔人主不喜人攻女謁，排戚畹，而彥博主貴妃、昌朝結姿〔一〕，諫者有人；張堯佐領四使、張説擢樞筦〔二〕，諫者有人；自昔人主不喜人非議土木、符瑞之類，而玉清之役、天書之事〔三〕，諫者有人；自昔人臣於妃后，於儲貳，類曰此人主家事〔四〕，而金庭、瑶華之廢，嘉祐宗正、南渡資善之建，諫者有人。自昔人臣進言，鮮不以犯顔攖鱗爲憂，惟本朝不然。趙普贊與子之策曰：「陛下豈可以再誤？」張昇進建儲之説曰〔五〕：「陛下孤寒。」陳瓘力諫東朝還政，鄒浩請停昭懷冊禮，婁寅亮乞選藝祖諸孫。使遇衰世闇朝，必觸奇禍，而我祖宗甘其苦言，養其直氣，有立行其説者，有久而思之者，有始忤而終合者，有自常調拔爲清望官者。烏呼，此本朝之所以爲本朝歟！

陛下仁聖，動法祖宗，閲羣臣章奏，如見肺肝。雖所言狂悖，可論以大不敬、非所宜言之罪者，未嘗加譴，至乃厚禄顯職，光寵其身，分布中外，任使有加。所謂立行其説者、自常調拔爲清望官者，比肩而立；久而思之者、始忤而終合者，亦接踵而至。臣每嘆凡人度量，各有限極，惟聖主與天同量。仁宗初年，攻夷簡者皆去。其後仲淹大用，若脩、若靖、若洙，繼還臺閣，皆前日攻夷簡之人也。孝宗初年，攻覿、大淵者皆去。其後周必大、龔茂良大用，所擢名侍從、臺諫，皆前日攻覿、大淵之人也。魏掞之一布衣，身既殁，猶思其言而寵褒之，豈非與天同量乎！

《傳》曰：「記人之功，忘人之過，宜爲君者也。」陛下待羣臣至厚，記憶所及，野無遺賢。臣恐其間尚有迹遠位卑而滯者，其人昔尚盛年，今已暮景，昔膠舊聞，今長新識〔六〕，非復洛陽之誼、吳下之蒙矣。陛下收之於霜降水涸之餘，納之於天覆地載之内，遠者稍近之，滯者稍擢之，使善類常合，言路常通，陛下侔德二祖，而諸臣亦可自附於先朝之名人矣。臣不勝惓惓。

〔一〕博：原作「傳」，據文意改。彦博者，文彦博是也。姿：疑有誤。《宋史》貫昌朝本傳云，言者攻昌朝結交中官、宫人。

〔二〕説：原作「説」，據《宋史·張説傳》改。

〔三〕玉清：原作「土清」，按文意，此當指真宗時所建玉清昭應宫，該宫規模甚大，有殿屋千餘間，火於仁宗天聖年間，時欲修復，言者諫止之。

〔四〕事：原無，據翁校本補。

〔五〕昇：原作「昪」，據《宋史·張昇傳》改。

〔六〕識：原作「職」，據文意改。

三

臣既妄議時務於前矣，深惟使事，有當復於上者。

其一曰恤貧民。兵興以來，瀕江之人困於和糴，困於軍需，困於浮鹽，困於抛買，困於招軍。和糴則低估高量，軍需則籠奪百貨，浮鹽則扣户抑配，抛買則一錢而取以百錢之物〔一〕，招軍則募錢、衣裝皆隅保自備，一卒就募而一家破矣。昔之豪户鉅産化爲貧弱，名區要市〔二〕，所至蕭疏，蘇息無期，侵牟轉急，二税有預借至淳祐九年者。民生斯時，尤可哀痛，宜擇良吏，勤而拊之。頃歲督師者，至誅某郡之吏，傳首列城；總餉者亦斷人一支，以威所部。上下交征，民不見德。向非陛下至仁〔三〕，戒飭數下〔四〕，蠲逋負，减租税，而專閫主計之臣亦皆一時遴選，稍於其間有所弛張，則民怨盗起久矣。國家版圖日蹙，如江浙、荆湖、閩廣十餘路，禮樂衣冠一綫之脉寄焉。臣願陛下選拔帥守監司，常用明治亂、知大體之人，守令循良者擢之，貪殘者斥之，民心愛戴而不貳，則天命眷顧而不釋矣。

其二曰處流民。今沿流諸郡，流移悉已布滿。此曹羣聚無統，飢餓無憀，或横行江中沉舟奪貨，或夜出墟落斬關探囊，有司雖稍捕獲，梟磔相望，終不能止〔五〕。古者以移民爲常，漢遷諸豪於五陵，諸葛亮以一隅之力，尚能拔關中户口入蜀而不聞後患，良以主能制客而客不勝主故也。今州縣單弱無守備，田里凋殘無積蓄。如饒州譙樓欲壓，扶以一木，城圮可踰，濠塞爲陸，郡兵千人，未嘗簡稽。以此推之，它州可見。一夫攘臂疾呼，必爲執事者之憂。臣願陛下申命諸郡，繕城池，蒐卒乘，勵隅總，使金湯之勢、旗鼓之容隱然足恃，則主能制客矣。千人所聚，必有一人智謀材武出其上者，牢籠而任使之〔六〕，分之勿使聚，弱之勿使强，則客不勝主矣。夫基本厚，主勢尊〔七〕，威令行，則狙詐作使〔八〕；苟爲不然，陳勝輟耕，高歡結客，皆吾民也，況流移者乎！臣每怪韃在草地，哨騎在淮北，斡腹之謀在安南，議者咸知防虜；而流民近在目〔九〕，爲腹心之謀則未有以爲急者。惟陛下留神。

〔貼黄〕臣違去闕庭，留落遠外，常謂終老莫望清光。昨蒙聖恩，俾之入覲，驚喜感泣，實出望表。然臣有母，今年八十有六，況臣之年已六十矣。自古忠孝難於兩全，力辭予環，人所共知，久不獲命，進退維谷。今幸進瞻威顔，畢陳狂瞽，臣志願足矣。欲望聖慈哀臣血懇，畀臣福建路待次一州〔一〇〕，稍便親養，使朝野之人皆知臣之來也不敢忘明主，臣之去也不敢忘老親，臣死且不朽。冒干宸聰〔一一〕，恭候斧鑕。

〔一〕取以：原缺，據翁校本補。

〔二〕市：原作「事」，據翁校本改。

〔三〕「至」上原有「所」字，據翁校本删。

〔四〕飭：原作「飾」，據翁校本改。

〔五〕能：原作「襄」，據翁校本改。

〔六〕籠：原作「龍」，據翁校本改。

〔七〕主：原作「行」，據翁校本改。

〔八〕狙：原作「徂」，據翁校本改。

〔九〕「目」下似脱一字。

〔一〇〕昇：原作「昪」，據翁校本改。
〔一一〕干：原作「於」，據翁校本改。

録聖語奏申狀

竊見近降内批指揮，今後臣寮奏對，所得聖語並令要一奏一申者〔一〕。右，臣今月二十三日依已降指揮上殿奏事，所奏劄子三件。第一劄讀至「聚名流於臺省旃厦」處，玉音云：「所召之人，所進之言，未嘗不用。」至「大臣同列」處，玉音云：「近日大臣甚和。」至「洛、蜀分朋」處，玉音深以爲然。臣奏云：「分朋植黨非國家之福，惟明主建大中以銷弭之。」讀第一劄畢，臣奏云：「朝野之人皆以小人復用爲憂。」玉音云：「必無此。」臣奏云：「羣臣雖知陛下之言〔二〕，天下人未知之。小臣近至都城，始聞聖制末章有『姦邪終屏黜』之句，然後中外相慶，人情可見〔三〕。」

讀第二劄至「容受直言」處，玉音云：「此朕祖宗家法。」讀至「其間有迹遠位卑」處，玉音云：「爲誰？」臣奏云：「當世賢俊收召已盡，只遺數人，中外臣寮屢爲陛下言之。以從臣如王遂、徐清叟、方大琮，庶寮如湯中，已没；存者如黄自然、王邁之類，自然近已召用，餘人皆年事已高，惟明主收之於晚節。」

讀第三劄至「二稅有預借至淳祐九年」處〔四〕，玉音云：「向有御筆。」臣奏云：「臣嘗奉詔劾其尤甚者。」玉音云：「大率貪吏多。」讀奏劄畢，臣奏云〔五〕：「久去闕庭，蒙君命召，臣不敢不至。」玉音云：「已去幾年矣。」臣奏云：「十有一年〔六〕。茲幸復瞻天日之表，臣之志願足矣。念臣有母，今年八十有六，願乞骸骨，歸奉養親。」玉音云：「未知。朕知卿久著文名〔七〕，且有史學，當盼錫第之命，兼任修纂之事。」臣奏云：「進對之頃，仰荷聖諭嘉奬如此〔八〕，臣空疎不學，實恐懼不敢當。然生成拔擢，恩出君父，不出左右先容，臣榮幸甚矣。容臣下殿，仰謝聖恩。」

〔一〕令：原缺，據翁校本補。
〔二〕知：原無，據翁校本補。
〔三〕可見：原無，據翁校本補。
〔四〕第：原無，據翁校本補。
〔五〕奏：原作「讀」，據文意改。
〔六〕句末原有「耶」字，據翁校本刪。然句末似應有一語氣詞，疑「耶」字與上句末「矣」字當互換。
〔七〕知卿：原無，據翁校本補。
〔八〕仰：原作「抑」，據翁校本改。

轉對劄子 十月一日

臣恭惟陛下躬聖德，膺駿命，實開我宋無窮之基。然踐祚二紀，國本未建〔一〕，中外寒心非一日，臣下納忠非一人，仰窺聖意，務欲謹重。自端平初博訪精擇，今一星周，謹重如故，言之愈衆，聽之愈緩。昔漆室女至微無知也，顧以君老子少爲憂。夫少有時而壯，其憂且爾，使此女生於今日，爲陛下憂宜何如也！臣庶之家，十金之産，一命之澤，必思所以傳授之者。陛下貴爲天子，守二祖十二宗之業，繫四海九州億兆人之命，而鶴禁無主器之子，鷄鳴無問寢之人，陛下樂乎否也？禋類上帝，欸謁原廟，不知其幾矣，陟降惟至尊，祼薦無後繼，陛下嘗反顧乎否也？獻議者曰宜早定，宜豫建；沮議者曰不可忽，曰有所待。陛下於二者之説，亦嘗求其情乎？蓋建威立順，黄門常侍之謀也；埋璧於庭而以羣公子卜，巴姬之意也；諉曰人主家事，世勣、林甫之言也。國家大事而與左右邪諂之人謀之，鮮有不爲所揺者。古今一律，不可不察。

臣嘗以爲此事在唐宣宗、後唐明宗行之則甚難，在我仁宗、高宗行之則甚易。毓英宗、孝宗於禁中也，皆擇於未入之前，而定於既入之後。異其名爵，別其名稱，自幼至長，自姪爲子，不待建儲而人望固有所繫矣〔二〕。若夫朝取一人焉，暮取一人焉，一出焉，一入焉，舉棋之勢未定，當璧之覬寖廣，非所以嚴宗廟而尊本統也。陛下明睿，同符二祖，獨於此一大事猶豫不決，豈非内主謹重之論，傍惑牽制之説而然歟！

或難臣曰：「金枝玉葉之盛，文昭武穆之衆，將烏乎定〔三〕？」臣曰：「孟子曰『爲天下得人謂之仁』，傳曰『以長以賢，不刊之言也』〔四〕。天命陛下爲華夏民物之主，聖意之所向即天命之所屬也，誰敢違之？」或又曰：「陛下春秋鼎盛，《螽斯》之慶未艾，椒聊之實必蕃，盍小需乎？」臣曰：「匕鬯虚則入居廣内，岐嶷生則遣還舊邸。」明明我祖，具有成憲，陛下曷不舉而行之歟？臣又考之先朝，國有大議，皆近臣發其端，大臣贊其決。今近臣抗論，自鳴自止，姑以塞責，未見屢數十疏不已如范鎮、司馬光者；大臣造膝，或言或否，莫得而知，未見以身任大事如韓琦、趙鼎者。遭時如此，遇主如此，虚擲歲月，遺天下以隱憂，豈非陛下近臣不盡規、大臣不責難之咎歟〔五〕？

臣本州縣俗吏，陛下度越拘攣，賜之儒科，置之文館，又俾執經入侍旃厦，不世之榮遇也。深惟空疎，無以仰報君父〔六〕，幸因轉對，輒論天下大計，自附於漆室女憂愛之義，惟陛下赦其愚而采其忠焉。

〔一〕未：原作「末」，據翁校本改。
〔二〕固：原作「國」，據翁校本改。
〔三〕烏乎：原作「嗚呼」，據翁校本改。

〔四〕刊：原作「利」，據翁校本改。
〔五〕規：原作「觀」，據翁校本改。
〔六〕仰報：原倒，據翁校本乙。

召對劄子

辛亥五月一日

臣聞《易》曰「窮則變」。變者，猶醫家汗下之劑，不得已而用，不可以屢試也。寶、紹壞證極矣〔一〕，陛下慨然改號端平，一變之功，侔於元祐。不幸金滅韃興，適丁是時，外患之來，勢如風雨，謂宜堅初志、修内治以待之。執事者方咎用賢之無益，疑更化之致寇。再變而爲嘉熙，三變而爲淳祐，皆求以愈於端平也。然而卒不能有所愈也〔二〕，於是四變而爲乙巳，五變而爲丁未。其間豈無賢揆，率不能久，局面隨之而變。此如沉痼之人，屢汗屢下之餘，難乎其處方矣。夫亟易相而圖任靡終，數更化而規模不立，此所以每變而愈下歟！

惟丁未轉局則異於是。以端平之舊相復修端平之政事，收拾端平之人材，致太平而起頌聲，宜無難者，而時異事殊，不可概論。諸老殄瘁，宿望一空，名臣欲盡，來者誰繼？經費繁浩，大司農不能給，未免講求生財之説；人才乏少〔三〕，見大夫無可使，未免參用喜事之人。諸公貴人，志得意滿，既取美官，又全美名而去。一二自好之士，方且栖遲偃仰，弓旌雖遣，翔而未集，使當饋有乏才之嘆，翹館無可賢之延。或者見其如此，遂目陛下與大臣改端平之政矣，甚者以爲改端平之心矣。

自古政事不能無弊。端平之失，在於施行鋭、周防疎、除擢驟而已。然則以今之審矯昔之鋭，以今之密矯昔之疎，以今之久矯昔之驟，因時酌宜，扶偏救失，不得不然，端平之政或可改也。若夫召故老，起諸賢，抑世卿，杜近習，去副封，開言路，絀贓吏，減斛面，數大節目皆陛下與大臣端平之初心，天命之眷顧、國祚之靈長、人心之親附繫焉。自始至今，孰敢議其非者，斷乎不可改已。

臣在田里，見元會所下除書〔四〕，作而曰：謂陛下與大臣改端平之心者，誣也。臣聞仁宗以恭儉安静爲治體，終其身而不變；孝宗以剛明果斷爲治體，亦終其身而不變。中間雖有小因革，要皆不失其初心，故嘉祐、淳熙之盛爲本朝冠。臣敢誦二祖之治獻陛下。昔富弼再相，上謂歐陽修曰：「弼頃爲人所讒〔五〕，今必顧慮，不若堅守初志。」臣敢誦富弼之事爲大臣勉。《詩》云「愛莫助之」，臣不勝惓惓。取進止。

〔一〕「紹」原作「詔」，「極」原無，據翁校本改、補。
〔二〕卒：原作「足」，據《歷代名臣奏議》卷六三改。
〔三〕才乏少：原作「不□□」，據翁校本改、補。

〔四〕除：原作「餘」，據翁校本改。
〔五〕讒：原作「纔」，據翁校本改。

二

臣聞之道路，皆朝廷近懲多言之患，稍有厭言之意矣。臣固知其不然也。陛下自初臨御，導人使諫，凡攖鱗直突、苦口難堪之言，皆霽威嚴、和顔色以受之。間有留落在外，已而相繼收召，或至於大用，可謂有君人之度矣。大臣既再當國，虚心無我，凡意見枘鑿、議論矛盾之人，皆泯恩怨、包同異以容之。初若齟齬難合，俄而歡然相得，或與之同列，可謂有大臣之量矣。學士大夫遇主如此，遭時如此，政之得失，事之當否，不有造膝乎，不有附耳乎！而自頃以來，大小之臣囊封匭奏，往往播騰。上焉者失納約之義，下焉者犯横議之戒，幾於太强聒矣。然其大意不過責難於吾君〔一〕，責備於吾相爾，豈有它哉！

自昔議論之臣，人主無失德則言掖庭，或言戚里，或言土木，或言聚斂，陛下毋怪其如此也，求之在上而已。仁祖恭儉之主，納一女官而王素諫〔二〕，擢一妃族而王舉正等皆諫。章聖太平之世，築一玉清宫而張詠諫；阜陵英明之主，創一發運使以治財而張栻諫。不特此也，有選人而上《流民圖》者，有縣佐而論儲貳者，有諸生而諫花石者，國史書之，天下記之。非諸臣言之之難，而列聖容之之難，故曰求之在上而已。大臣無可議則指除授，或指賓客，或指子弟，大臣毋怪其如此也，求之在我而已。權之所在，怨之所歸。光薦祖禹，同列以爲姻；鼎薦九成，言者以爲黨。修至於祖禹、九成，有所不免。公著爲相，頤爲客，求公著而不得者，惟頤之怨。修至於頤，有所不免。浚爲父，栻爲子，其視師淮、蜀也，軍民有「百萬生靈由五十學士」之謠，臺臣有「軍國大事付癡騃小子」之語。修至於栻，有所不免。故曰求其在我而已。不特此也，有以堂後官私事訐普者，有以交結宮掖詆彥博者，有以跋扈誣琦者，有以不敢辨明之謗中弼者〔三〕，何嘗爲諸老之瑕疵，適足以見大臣之德度。故曰求其在我而已。

夫君相未嘗無聽納之意，而中外乃妄有厭倦之疑，非國之美也。臣謂惟聖君而後可以責難，惟賢相而後可以責備。使遇猜忌愎諫之主，沉忮怙權之相，孰肯以身試不測之禍乎！臣願陛下與大臣采用其言之可行者以涵養其氣，甄録其人之可進者以招徠其類，則盛德大業，令聞廣譽，在上而不在下，在我而不在彼矣。取進止。

〔貼黄〕臣昔在端平乙未，以樞掾輪對，嘗以國本未定爲憂，猶意岐嶷之生止在旦夕，微發其端，未敢詳也。及淳祐丙午，以少蓬轉對，竊謂禖祀雖豐，熊夢未協，宜先有以繫人心。既而有貴州刺史之詔。今又五六年矣，雖已建旄鉞，疏王爵，然終未明白洞達於天下。臣向所云聖意之所屬即天命之所屬，不易之論也。願陛下采臣「自姪爲子」之説，蚤定名號，以重祖宗之付托，以解朝野之疑惑。昔朱熹三見孝宗，云：「歲月逾邁，不獨臣蒼顔白髪，仰視聖顔，亦非昔矣。」臣自乙未至今亦三賜對，由臣視熹，愚賢雖異，而愛君之心一也。誦熹之言，慨然有感，惟陛下留意而圖之。伏乞睿照。

〔一〕吾：原無，據翁校本補。
〔二〕官：原作「言」，據翁校本改。
〔三〕辦：原作「辦」，據翁校本改。

直前

十月十一日　疏留中，閏十月論罷。

臣竊惟今日事勢有暫可喜者三，有大可憂者一。粤自精禋以至恭謝，霖潦忽霽，杲日隨升，仰占天心，若答聖意，都人鼓舞，歡聲載路。一暫可喜也。韃雖新立，河患方梗，北風漸勁，南牧未皇。二暫可喜也。遠方饑歉，間煩賑貸，近甸豐稔，足相補除。三暫可喜也。此皆陛下聖德所感，和氣所召，謂宜朝野之人高視闊步，以幸一日之安。而上自縉紳，下至韋布，往往蹙頞而私相告語，凛然有虎兕出柙之恐，陛下亦嘗聞之否乎？陛下曩語羣臣，以爲其人決不復用，天地祖宗實聞斯言。今道塗訛傳，乃曰落致仕矣，建督府矣。臣難之曰：何以知其然也？曰：陛下憂韃而然也。又曰某人嘗以御槧示人矣，又曰陛下已戒其勿修怨矣。臣知陛下萬無是事，設或有之，此誤不少。夫啜羹之樂羊，不如放麑之西巴。今雖乏才，何至復託國於匿哀無父之人乎！秦檜用事，朝廷一日無檜則東南不安。若夫當軸數年，哨騎歲至，策免七載，羽檄日稀，其去留不繫於成敗審矣，何至復注意於挾虜要君之人乎！向使陛下終始柄任，不加廢退，偃月之禍不過及於士大夫而止。今君臣之義，判然已久，彼其以埒國之富，震主之威，繆飾不情之恭順〔一〕，陰懷非常之忿毒，外豈可付以寸鋏〔二〕，内豈可以假之寸權乎！神宗之於安石，恩禮隆矣，晚議建儲，師傅之選乃屬馬、吕，安石不預也。豈非以其元豐失權，鍾山懟筆，有如陳瓘之所云乎！陛下恩禮其人不加於安石，防慮之道宜鑑於神宗，不可忽也。議者不先爲君父憂，而切切然以修怨爲懼，相顧而不敢言，雖言亦不足以感悟陛下之聽〔三〕。臣觀秦檜再相之初，未嘗不牢籠李光、胡寅之流，久則當世名臣舉族貶竄，闔門廢錮，上而至尊亦有靴中匕首之防矣。吁，豈非所謂一大可憂者乎！

臣以妄庸，偏塵華近〔四〕，但思報九重之拔擢〔五〕，不敢計一身之禍福，因侍旃厦，輒獻芹曝。《易》曰「君不密則失臣」，惟陛下以疏留中，垂睿覽而加聖慮，宗社幸甚。取進止。

〔一〕情：原作「青」，據翁校本改。
〔二〕付：原無，據翁校本補。
〔三〕言：原作「然」，據翁校本改。又「悟」原作「悮」，據文意改。

〔四〕偏：原作「偏」，據翁校本改。

〔五〕恩：原作「恩」，據翁校本改。

庚申召對 一

臣起州縣俗吏，以文史小技受知明主，徧塵清近〔一〕。人所恃者權貴，臣所恃者君父。雖人言排詆，無所不至，然聖恩記憶，久而未衰。復隨弓旌，來覲旒冕，敢陳瞽言以獻。

臣惟國家三數年來，凶相弄權，以富彊自詭，輔聖天子而行霸政，爲天下宰而設騙局。朝野之人相與竊議曰：相非相，狙也；政事堂非政事堂，壟斷也。其所操之術，所行之事，適足以殄民蹙國，安能富强？一旦陛下赫然震怒，逐而出之，内出白麻，魁柄改屬，國人皆喜曰：是名父子也，甲科郎也，必有以慰人心、紓國難者。而又不然，天下怨凶相入骨髓，屈鳌厨車、元載臭韈未足塞責，而卵翼覆護，臺簡屢上，不傷毫毛。天下大事當合天下之賢雋共圖之，而所汲引，所拔擢，不過於平昔綢繆相結納三數人。凡不能附麗者，無雅素者，或貌敬心疎，或文與而實不與，專引狂生吻士爲更闌夜半之客，固已失士望矣。及集百官廷議移蹕，大失天下之望，國事愈趨於壞，不可收拾。《語》有云：「既往不咎。」臣之所言，頗咎既往，多談奚益，請爲陛下試條舍舊圖新之策。

臣聞國以危懼存，以佚樂亡，以奮發强，以玩弛弱。方其危懼而奮發也，必悔艾，必憂勤，亡者可存，弱者可强。及其佚樂而玩弛也，悔者忘，勤者怠，而成敗禍福始相尋於無窮矣。去歲秋禍，亘古未有，凡婁宿無木所未至之地，獸蹄鳥跡皆至焉。祇髮之憂，近在眉睫。天錫陛下勇智，下詔罪己。前代帝王有終始以盧杞爲清忠者，有終始以恭顯爲謹信者，陛下英明果斷，或竄逐，或疏遠，如棄涕唾。於斯時也，天子危懼奮發於上，旬宣之臣朝聞夕引，有母不敢顧，躬擐甲冑，往來指授於矢石之間；將帥之臣、城郭封疆之臣，或扼險燔梁，或攖城堅壁，力戰死守於邊塞之外。然後虜之游魂者無噍類，而中國禮樂衣冠之統幾絶而復續，豈非君臣上下危懼奮發而然歟！臣有今之所以私憂而過計者，近裏之郡邑稍復矣，並邊之藩籬稍葺矣，交、廣之覆出者遁去矣，河南之僉摘者向北矣，連以捷告矣，熙事成而歲有秋矣，愛吾君者皆曰，向之危懼者得無趨於佚樂乎？向之奮發者得無轉爲玩弛乎？竄逐者安知不重遷移乎？疎遠者安知不復親近乎？雖無此事，然有此理。古人請釋楚以爲外懼，先正李沆不願真宗皇帝與虜和親，其慮遠矣。臣不勝大願，願陛下毋忘胡馬飲江時，願大臣毋忘入峽時，毋忘漢陽舟中時，毋忘咸寧道間與白鹿磯時。玁狁孔熾而周興，呼韓來朝而漢衰，永洛失而趙禼、吕公著之言見思，澶淵歸而彭年、欽若之諛獲售，然則必持勝〔二〕，必慮患，必親君子，必遠小人，非吾君責乎？謝安能走苻堅而暮年有讒其之歎〔三〕，裴度能縛元濟而晚節貽浮沉之議，寇準能贊親征而不能不傅會天書，王旦能致太平而不能諫東封、西祀〔四〕，然則必弼違，必格非〔五〕，必爲羣公先正所不能爲，非大臣責乎？王羲之譏諸賢以清談廢務，浮文妨要，先朝用楊時爲給諫，或者尚有不言防秋、不言砲石之誚，然則先急政要務，後薄物細故〔六〕，非士大夫責乎？

臣雖老誖，一念憂愛，狂言望擇，惟陛下裁幸。取進止〔七〕。

〔一〕偏：原作「偏」，據翁校本改。
〔二〕持：原作「特」，據翁校本改。
〔三〕讒：原作「纔」，據翁校本改。
〔四〕祀：原作「視」，據翁校本改。
〔五〕格：原作「恪」，據張本改。
〔六〕後：原無，據文意補。
〔七〕止：原作「士」，據翁校本改。

二

臣仰惟陛下待羣臣，海涵春育，恩德至厚，片言寸長〔一〕，靡不甄録，惟貪者、譁者，詔諭大臣不可引用。聖謨洋洋，與孝宗御製《用人論》相爲表裏〔二〕，天下傳誦。臣不揆疏賤，輒因聖訓之所及而推廣聖意之所未及，以効芹曝。太宰八柄，一曰奪〔三〕，以馭其貧，注謂估籍之類〔四〕。國初有棄市者，乾、淳間有笞黥者。元豐貶舒旦，不以近臣而屈法；南渡責鄒栩，不以名家而漏網。臣竊怪有爲湘臯而乾没富民巨萬之贓〔五〕，爲閩漕又席卷一路牢盆之利者〔六〕，具獄來上，終於幸免，俄而擢爲畿内監司矣。其説曰：名勝也，議賢也。烏乎〔七〕，自古及今，豈有犯贓之名勝哉！陛下惡貪而真貪幸免，至於權姦所不樂之人，例託此名以汙之。如洙貸公使、軾販私鹽、舜欽賣故紙會客之類，或無證驗，或不取伏辨〔八〕，貶削矣，追索矣，所謂犯贓之名勝，擁鉅貲，享涼臺燠館、錦衣玉食、歌童舞女之樂自若〔九〕。而不幸被汙之人，大者破家，小者失官。臣謂陛下果欲去貪，必先覈實。凡獄詞明白、贓狀狼藉者，雖名勝勿貸。其無證驗、未伏辨者，既昭雪之，又進用之，則人心伏而貪風革矣。子惡利口，惡訐以爲直，與聖意合。李沆以梅詢、曾致堯爲浮薄，范仲淹以石介爲怪鬼，與聖訓合。然世惟大賢大佞根於所性，中人以下往往視上好惡而爲趨向。君師之職曰造士，曰作人。造者，造其可改化之質；作者，作其未成就之材。執鹹酸之性者，當調胹而使之和，負矯亢之累者，當檃括而納之中，則財不勝用。儻惡其偏而責其備，天下少全人矣。臣謂惡貪之過則砥節礪行之士勸，惡訐之過則隱情惜己之人多。一裴矩也〔一〇〕，佞於隋而忠於唐；一周堪也，諫於前而瘖於後。太宗能使佞者化而爲忠，元帝乃使能言者化而爲默，其得失可以監觀。陛下方遠輩堯舜，明目達聰，貞觀之事優爲之矣。臣不勝惓惓，取進止。

〔一〕長：原缺，據翁校本補。
〔二〕裏：原作「禮」，據翁校本改。
〔三〕曰：原作「日」，據《周禮·大宰》改。
〔四〕注：原作「狂」，據翁校本改。
〔五〕巨：原作「臣」，據翁校本改。
〔六〕盆：原作「貧」，據翁校本改。
〔七〕乎：原作「虎」，據文意改。
〔八〕辨：原作「辦」，據文意改。
〔九〕彝：原作「婦」，據翁校本改。
〔一〇〕矩：原作「短」，據翁校本改。

後村先生大全集卷之五十三

内制

明堂大禮赦文 淳祐十一年

朕以凉菲之資，守延洪之業。紹天明命，亦惟遺大投艱；在昔哲王，罔不明德恤祀〔一〕。纂承滋久〔二〕，寅畏靡忘。聞太史妖祥之占〔三〕，疚懷脩省；覽四方水旱之奏，由己溺饑。荷二儀之顧歆，與列聖之積累，嚴守備以驅蚊虻之害〔四〕，務安集以奠鴻鴈之居。雲中赤白之囊，適稀驚報〔五〕；都内腐紅之粟，粗有宿儲。欲寢兵措刑而未能，念制治保邦之匪易〔六〕，徒以小心而對越，尤於大享以欽崇。陳太常玉路之儀，森萬騎羽林之衛。在宫在廟，叶周家雝肅之詩；於帝於宗，采虞氏類禋之典。一純二精之義得，合祛參侑之禮行。祭以茅苴，馨非黍稷。詔除秘祝，鄉於己者敢專〔七〕；史布正辭，質諸神而無愧。景光燭而靈游沛〔八〕，燎煙升而精祲交。熙事乃成，至和斯應。奏《我將》之頌而受嘏，既介蕃禧；歛《洪範》之福以錫民，聿稽古誼。嗚蹕而御丹鳳，肆眚而揭金鷄。嘉與含生，均蒙餕惠。可大赦天下。

尾詞

於戲！一夫不獲其所，實切於恫瘝；百姓有過在予，悉從於曠蕩。尚賴同心一德之輔，宣力四方之臣。坐而論者，益推於上恩；作而行者，勿視以文具。協圖康乂，哀對洪休〔九〕。

〔一〕恤祀：原作「纂祀」，據翁校本改。
〔二〕纂：原無，據翁校本補。
〔三〕「聞」下原有「恤」字，據翁校本删。
〔四〕驅蚊蛇之害：翁校本改作「重熊羆之任」。
〔五〕驚：似當作「警」。
〔六〕制：似當作「致」。
〔七〕鄉：原作「卿」，據翁校本改。
〔八〕靈游：似當作「靈斿」。
〔九〕洪：原無，據翁校本補。

科舉詔 景定辛酉

朕臨御垂四十載，科詔數下〔一〕，既束拔其魁傑者爲梁棟，其彙征而朋來者亦次第收拾，以備桷榱之用。故内脩外攘而治功成，東馳西鶩而人才出，豈非累科得人之效歟！前世招徠非一涂，采取非一藝。今拔解之路有三〔二〕，曰國庠，曰鄉賦〔三〕，曰漕牒，乃成周俊造里選、先漢游學之意。決科之藝有二，曰經義，曰詞賦，亦古者三楊之義〔四〕。議者或病其多而欲限其來，厭其陳腐而欲新其體製，殆未之思也。自唐人已有主司不明之論，有決得失於一夫之目之歎，今之衡文者，豈必皆遴選歟！朕惟以言取人，有時而失，然先正先儒場屋之作〔五〕，有傳誦至今爲矜式者，謂程文不足以盡人之材，非篤論也。屬歲大比，其播告中外，精擇主司，各公乃心，拔尤取穎。子曰「有德者必有言」，韓愈曰「仁義之人，其言藹如」。於經義、詞賦之中，求其醇粹典則若先正先儒者，上之春官，朕將親策。

〔一〕下：原作「不」，據翁校本改。

〔二〕三：原作「二」，據下文所述改。
〔三〕鄉：原作「卿」，據文意改。
〔四〕三揚：似當作「三場」。翁校本改作「言揚」。
〔五〕先正：原作「老正」，據翁校本改。

擬撰科詔回奏

臣某今月廿六日遵依聖旨，擬撰科詔進呈，至燈後準御筆，令臣「不必拈出王曾等人〔一〕，尤見本朝得人之盛不可縷數之意。韓子合稱名，餘依所擬」。臣伏讀聖訓，如發矇然。幸以翰墨小技待罪視草，詞意有未穩處，仰荷明主親灑奎畫，不啻面命耳提。謹以「覽賦而得王曾、陳俊卿，讀經義而得陸九淵」，改作「先正先儒場屋之作，有傳誦至今爲矜式者」，并「韓子」改作「韓愈」，共十八字，隨奏進呈，伏乞睿照〔二〕。

〔一〕曾：原作「魯」，據後文改。
〔二〕文末原有「奉御筆依」四字，移錄於此。

擬戒飭知舉以下手詔〔一〕

朕試天下士於春官，凡十有三詔矣，名卿由此塗出，項背相望。朕又表章儒先、崇尚理學以倡率之。然文治日隆，文弊日滋。大率斷章勦句以命題，而詞賦牽合，有慚古風〔二〕，經義破碎，甚於詞賦，言理者不切乎事，論事者不根乎理，往往流於高虚鄙淺〔三〕。非文之弊也，衡文者之責也。唐命贄而得愈、觀，先朝命修而得鞏、軾，士論既愜，文體亦變。卿等皆極一時之選，其體朕意，以贊、脩自勉，定去取於重厚浮薄之間，察抱負於言語文字之表，必有真才實學出焉。朕將親策於廷，以驗卿等之藻鑑。故茲札示，想宜知悉〔四〕。

壬戌省試前，余當獏直，得旨令擬此詔。既進章矣，及引試則是御製一詔，中間説文弊及戒典舉處略采進本，然辭意皆經聖筆刊潤，始悟余所草者近於厭薄程文〔五〕，而御製渾厚，有君師作成人才之量，非小儒意度所及。既歸里，因治舊藁見之，漫存於此，以見陛下聖學高妙、肆筆成書之盛。景定甲子十月題。

〔一〕飭：原作「飾」，據翁校本改。

〔二〕慚：原作「暫」，據翁校本改。

〔三〕虛：原作「鄗」，據翁校本改。
〔四〕想：原作「相」，據翁校本改。
〔五〕悟：原作「悮」，據文意改。

收復獎諭詔二首

改瀘州爲江安州仍降爲軍事詔

瀘自晉以來爲郡，至本朝始陞節鎮，地望加重。屬時多故，調守稍輕，畔將據城，旅拒累月。朕命宣、制二閫聲罪致討，所至克捷。逆整窮蹙，潰圍鼠竄，遂入其郛，金湯儼然，不改舊觀。痛念城中衣冠士民，或闔門死義〔一〕，或縋城獻策，雖爲其迫脅者〔二〕，亦不忘國恩，延頸以待王師之至，慨然不已。惟是此邦，既罹汙染，盍稽舊典，改錫嘉名，以昭朕與郡人更始之意。其以瀘州改爲江安州，仍降爲軍事。故茲詔示，想宜知悉。

〔一〕或：原作「咸」，據翁校本改。
〔二〕爲：原作「無」，據張本改。迫：原作「追」，據翁校本改。

改漣水軍爲安東州詔〔一〕

漣水昔爲縣，建炎始陞軍，其城據要，環之以水，承、楚之屏蔽也。乃者邊吏不戒，容易失險，朕當饋不怡，與大臣密籌之。内而將帥上稟成筭，外而豪傑不忘本朝，舉侵疆而歸版圖，返華服而奉正朔〔二〕，不頓一兵，不戮一人，成此雋功。朕念此邦其山川形勝可恃，其軍民忠勇可用，剋復之初，宜陞郡望，以重牧守之權，以輯安静之福。其漣水軍改爲安東州〔三〕。故兹詔示，想宜知悉。

〔一〕安東：原倒，據《宋史》卷八八《地理志四》乙。本篇正文亦作「安東」。
〔二〕華：原作「葉」，據翁校本改。
〔三〕軍：原作「郡」，據翁校本改。

獎諭詔書

收復瀘州獎諭宣制兩閫立功將帥詔〔一〕

朕憤逆整之孤恩，據堅城而拒命，劫持官吏，屠害忠良。飢噬飽颺，真養成於鷹虎〔二〕；毀冠裂冕，甘下拜於犬羊。朕拊髀而嗟，投袂而起。必討叛臣之罪〔三〕，必復寧人之疆。雖無見萬里之明，亟欲治一方之痛。内則麒麟第一功之佐，指授於廟堂；外則熊羆不二心之臣，旬宣於邊塞。制閫悉賦輿而旁譟，統戎建旗鼓而長驅，合群帥之智謀，作三軍之勇氣。水陸並進，雨雪載塗。或築堡以逼其城，或巡江以護吾餉，或出奇以焚其積粟，或盡鋭以勦其援師。彼魚游沸鼎之中，乃燕委危巢而去。指麾而定，宛如五月之渡瀘；肉薄而登，速於半夜之入蔡。通嘉、渝之梗塞，厚沅、播之藩籬。竹帛有光，金湯如故。狂悖奪符置戍之地，復歸版圖；驅迫被髮左衽之民，重返華服〔四〕。雖飛平岳、鄂，青定邕、宜，以今比方〔五〕，未易優劣。倏騰露布〔六〕，深慰宵衣。嘉將率之忠勤，念吏士之暴露。軍志謂無賞不往，何惜輩財；古訓云有功見知，詎容刓印〔七〕！除軍前喝犒官資錢物外〔八〕，已飭攸司按復城姓名功狀〔九〕，各分等第，别加醲渥〔一〇〕，以奬戰多。故茲奬諭〔一一〕，各宜知悉。

〔一〕帥：原作「師」，據翁校本改。
〔二〕真：原作「貢」，據翁校本改。
〔三〕叛：原作「版」，據翁校本改。
〔四〕華：原作「葉」，據翁校本改。
〔五〕比：原作「北」，據翁校本改。
〔六〕倏：原作「條」，據翁校本改。
〔七〕刓：原作「利」，據翁校本改。
〔八〕錢：原作「前」，據翁校本改。
〔九〕飭：原作「飾」，據翁校本改。
〔一〇〕加：原作「如」，據翁校本改。
〔一一〕奬：原作「將」，據翁校本改。

收復漣州奬諭制招二閫詔

頃者邊城弛備，漣水受兵〔一〕，險要輕指，藩籬寖薄。朕痛惜河湟之失，隔於彼疆；孰能返濟汶之侵，歸之至會〔二〕！久焉堅壁以養重，間亦推鋒而直前。豈振槁之不能，欲取果於既熟。賴元老之猷益壯，而本朝之化素深，制垣運決勝之籌，招閫號冠軍之勇，上稟成筭，共恢遠圖。傒我來其蘇，彼謳吟之尤切；閔士戰甚苦，此寒暑之屢更。豪傑效歸疆之忠，父老争開關而納。靡遺一鏃，坐復三城。宵旰之憂頓寬，山河之景不異。恩交義結，不煩辨士之下齊〔三〕；檄走書飛，已報王師之入蔡。朕嘉元帥折衝之略，念征夫況瘁之情，趣幕府之上功，命有司而行賞，務從醲厚，以勸勤勞。故茲獎諭，想宜知悉。

〔一〕兵：原作「岳」，據文意改。

〔二〕至會：似當作「王會」。

〔三〕辨：原作「辦」，據翁校本改。

沿江制使馬光祖任責設城轉一官降詔獎諭〔一〕

古舒與秋浦相望，一衣帶水，昔人所謂風寒處也。移治以來，雖建立官吏，而蕩無堡障，民有搖心。或請板築宜城而守之〔二〕，議久不決。屬者丞相行邊采其策，卿以制閫任其事〔三〕，且佐其費。向之荒墟，今之堅壘。設虜南吠，猝攻之不能克，欲舍之深入則懼吾金湯之擬其後，此國家以淮西三郡隸昇闓之初意也。竣事來告，忠勞至矣，予嘉乃績，寤寐嘆賞。卿其益恢遠略，以紓予北顧之憂。

〔一〕光祖：原倒，據翁校本乙。
〔二〕板：原作「扳」，據翁校本改。
〔三〕卿：原作「鄉」，據翁校本改。

御筆馬光祖興築宜城招收遊擊〔一〕補填諸軍闕額創造器用戰船費用浩繁〔二〕莫非撙節載覽來奏具見勞能可令學士院降詔奬諭

卿前自渚宫，重臨江闓，荏苒三載，勤勞百爲。援枹鼓以犄角上流之師，悉賦輿以板築宜城之壘〔三〕。蒐卒補逃亡之虚籍，散金募游擊之健兒。金鏁緑沉〔四〕，森羅武庫；蒙衝鬭艦，照映怒濤。凡皆軍中節縮之贏，靡煩公上抛降之助。知鞠躬而盡力，不矜能而伐功。載嘉元戎衛社之忠，深得大臣體國之誼。賜璽書而褒美，佇衮繡之來歸。

〔一〕遊擊：原作「遊繫」，據文意改。下同。

〔二〕浩：原在後文「載」字下，據翁校本乙。
〔三〕宜城：原作「泥城」，據翁校本改。
〔四〕鑠：原作「爍」，據翁校本改。

李壇效順本朝歸漣海獻山東奬諭詔

中國帝王所自立，由古以至今；一統天地之常經，暫分而復合。然必有非常之豪傑，乃能成不世之功名。卿英特稟之於天，忠孝根其所性。不幸處南北隔絕之際，未嘗忘國家招徠之恩。用夏變夷，厭衽髮侏離之俗；歸疆請吏，慕衣冠禮樂之風〔一〕。漣海開關，青齊同軌。豈特山東父老聞漢詔而顧觀，將見河北士民迎晉師而歸附。欲極殊勛之報，遂加異姓之王。擁雙節以指麾，合數路而董統。足以展丈夫之氣槩，足以慰爾考之營魂。緬想忠勞，益深嘉歎。故兹奬諭，想宜知悉〔二〕。

〔一〕慕：原作「募」，據翁校本改。
〔二〕句首原有一「可」字，據翁校本删。

漣水三城已遂收復首詞

天所助者順，不勞因壘之師；民惟惠之懷，尚感本朝之化。侵疆自返，率土均懽。清漣自失險以來，邊地皆戒嚴之日。丁壯苦餽糧於千里，吏士不解甲者三年。非難取即墨之城，何忍烈崑崗之火！惟招攜懷遠，古有明訓；而背夷向華〔一〕，誰無是心？朝廷主恩交義結之謀，邊閫竭師武臣力之助。被髪左衽，英雄耻胡服之歸；簞食壺漿，父老迎王師之入。無亡矢遺鏃之費，有憑軾下城之功。然念干戈之餘，户口能幾，士農失其業次，商賈喪其貨財，或亂離之死節未旌，或攻取之戰多未賞，創殘滿目，瘖瘵疢懷。宜敷曠蕩之恩，以慰來蘇之望。

尾　詞

於戲！聖經大一統，將盡復於輿圖；中國有至仁，俾重霑於王化。悉從更始，同底丕平。

〔一〕華：原作「葉」，據翁校本改。

勑書

賜安南國王陳日㷆淳祐十二年曆日〔一〕

勑安南王陳日㷆：朕運璿璣而布政，敬授人時；睠銅柱之畫疆，莫非王土。其廣曆書之賜，以昭文軌之同。明詔驛馳，遐方户曉。既燠寒之順序，亦耕鑿之安生。

〔一〕㷆：原作「留」，據翁校本及《宋史》卷四八八《外國傳》四改。

賜保康軍官吏軍民僧道耆壽等示諭

勑保康軍官吏軍民僧道耆壽：朕以楊蕃孫奕世聯婣，有子尚主。國之肺腑，其貴仕固宜；王之爪牙，非信臣不可。兹宣麻於文德，俾授鉞於房陵。既昭予篤近之心，亦示爾仁遠之意。雖牙纛未嘗臨遠，然耄倪莫不聞風。今特授楊蕃孫保康軍節度使，提舉佑神觀，免奉朝請，進封淳安郡開國侯，加食邑五百户，食實封貳百户。故兹示諭，想宜知悉。

賜保信寧武軍官吏軍民僧道耆壽等

勅保信、寧武軍官吏軍民僧道耆壽等：朕以李壇慕義向風，去逆效順，奉汶陽之侵地〔一〕，歸之版圖；築溉水寧武改作「綿谷」。之齋壇，授之印節。惟兹土之多豪雋，喜若人之立功名，聞其擁麾，莫不動色。今特授李壇保信寧武軍節度使、督視京東河北等路軍馬、齊郡王、食邑三千户、食實封一千户。故兹示諭，想宜知悉。

〔一〕陽：原作「湯」，據翁校本、張本改。

賜安南國王陳威晃禮物

朕既撫履封，甫膺冊命，爰侈尚方之賜賚，以爲絶域之寵光。播之綸言，申以篚實。勉殫忠報，謹奉藩條。

賜安南國王陳威晃景定肆年曆日〔一〕

頒正朔於中朝，朕方來遠；奉藩宣於舊宇，爾既襲封。若時鳳曆之行，豈限龍編之阻。析因之序不爽於人時，耕鑿之民安知於帝力。用廣暨南之教，益堅拱北之心。

〔一〕晃：原作「冕」，據翁校本及《宋史》卷四八八《外國傳》四改。

賜銀合夏藥詔

賜沿江制置使吳淵

勑吳淵：卿三年居東，久著保釐之績〔一〕；六月徂暑，寧無牧御之勞！盼奩劑以衛生，錫璽書而示獎。其厚拊瀕江之俗，使均蒙扇暍之仁。今賜卿銀合夏藥，至可領也。故茲示諭，想宜知悉。

〔一〕「保」原作「堡」，據文意改。《尚書·畢命》：「命畢公保釐東郊。」又「績」原作「繢」，據翁校本改。

賜兩淮制置大使賈似道

勑似道：朕當殿閣凉薰之際，念疆陲暴露之勞。睠顓閫之英賢，分長淮之憂顧，載朌珍劑，匪曰常彝。益推扇暍之仁，厚拊乘邊之士。下同前。

賜四川安撫制置大使余玠

勑余玠：卿方奏戎車之捷，不敢告勞；朕雖居薰殿之凉，未嘗忘遠。乃朌上藥，以奬中權。尚推廣於吾仁〔一〕，益拊循於士衆。下同前。

〔一〕推廣：原作「惟廣」，據文意改。

賜京湖制置大使李曾伯

勅曾伯：卿盡護上游，重恢故境。方當流金鑠石焚歊之際，不無輕裘緩帶指麾之勞。奬以璽書，錫之珍劑。其推廣於德意，益輯和於兵民。下同前。

賜沿海制置副使章大醇

勅大醇：卿表海宣勞，典藩著績，屬履執衡之序，爰肦尚藥之珍。宜奉揚於仁風〔一〕，以坐鎮於雅俗。下同前。

〔一〕揚：原作「養」，據翁校本改。

賜馬軍都指揮使呂文德

勅文德：金流石鑠，時届炎歊；士飽馬騰，卿方整暇。嘉乃韜鈐之肅，錫茲服餌之良。非徒康濟於元身，其益撫循於吏士。今賜卿銀合夏藥，并統制、統領、將佐、官屬等，並依年例分賜。

賜御前都統制聶斌等

勑聶斌等：當庚伏之際，總戊己之屯，念枕戈暴露之勤，分尚藥珍良之品。體予德意，同士苦甘。今賜汝等銀合夏藥，并統制、統領、將佐、官屬等〔一〕，並依年例分賜，仍傳宣撫問。故兹示諭，想宜知悉。

〔一〕統領：原脱「領」字，據翁校本補。

賜執政生日詔

簽書樞密院事兼權參政皮龍榮 正月十九日生

上天之生賢佐，任重鈞樞；正月之吉始和，祥開弧矢。方賴弼諧之助，可無錫賚之恩？足奉親懽，亦昭朕眷。

資政殿大學士沿江制置大使馬光祖　二月十四日生

律中姑洗，鍾和氣之清英；門垂左弧，增陪京之風采。茲臨初度，厥有常彝。馳急驛之璽書，貽尚方之酒饌。祇承寵渥，茂介壽臧。

同知樞密院事兼浙西安撫使馬光祖　二月十四日生

任重樞機，叶贊中興之運；祥開弧矢，適逢初度之辰。乃睠耆龐，方隆委寄，京邑起袴襦之詠，尚方厚酒饌之貽。式對寵光，益綏壽嘏。

資政殿學士沿海制置使厲文翁　二月二十五日生

授曆而殷仲春，候届中和之月；賜履而表東海，祥開初度之辰。乃眷藎臣，方膺隆委，加尚方之錫賚，爲顓闔之寵光。益茂勳庸，永綏壽嘏。

觀文殿學士知平江府朱熠 七月初六日生

森戟斿條，采風謠之甚美；垂弧絶瑞，得秋氣之至清。方煩舊弼之鎮臨，宜厚尚方之錫賚。其祇眷渥，永介壽祺〔一〕。

〔一〕永：原作「之」，據翁校本改。

太傅右丞相府家廟祭器等款識

維景定三年正月乙丑詔：太傅、丞相賈公似道奕世勳勞，再造王室，其賜家廟於行都，乃作俎豆，或是簠簋，則云「簠器」、「簋器」，餘皆倣此。俾奉時薦，萬子孫永寶之。

策問

召試倪普歐陽守道 辛酉

《易》曰：天地之大德曰生，聖人之聚人曰財。財非止於金刀泉布之謂也，菽粟亦財也。凡人之所爲汲汲於財，孰非汲汲於食者邪？其汲汲於食也，又孰非汲汲於生者邪？是故生之機行於天地，生之道寄於聖人。財有滯故通之以幣，食不贍故補之以糴。然則幣與糴之説古矣〔一〕，其詳可得聞歟？

漢班固志《食貨》，謂錢布之用夏、商以前靡所記，而職金職幣之法自太公始。然則太昊、高陽氏所謂金，有熊、高辛所謂貨，陶唐氏所謂泉，非歟？耕而食，鑿而飲，夫固無所不足乎食也，彼曰金曰貨曰泉，將何所於用歟？豈貨自貨而食自食歟？漢人議更鹿皮之制以權錢也，薦之璧以行權也，璧之直僅數千而薦之者及四十萬〔二〕，彼所謂本末不相稱者，然歟否歟？姦錢多則法錢輕，錢輕則五穀之賈倍蓰。戰士不得禄，官自糴日不足，於是入粟補吏之豪得以其區區者要其上。不知直四十萬之幣可用之侯王宗室，而獨不可行之豪民若吏邪？均輸以致販，平準以抑物，不告緡，不益賦，而山東歲漕六百萬石，諸農各自致粟，何始者行之豪民之難，而今也得之諸農之易歟？豈抵罪者有所懼而輸，補吏者有所慕而勸歟？否則所謂均而平者，此之法犂然有當於彼之心歟？或有曰：湯輩文法吏也，以姑息行之，故難以文法裁之，故易歟？邊有二十餘萬之兵，則國不可無六百萬石之粟，兵未可解則歲糴將何以繼之歟？張湯、顔異之覆詰，孰是孰非，卜式、弘羊之罷行，孰當孰否，有可得枚舉而毫析歟？

耿壽昌〔三〕，漢之善筭計者，置常平以給北邊，漕關東以供京師，糴湟中以備西羌，數亦浩矣。是時緡錢罷，搉酤、船筭罷，關中鐵罷〔四〕，白金五銖罷，當五錢又罷，不知轉糴之費將安出歟？借曰關東穀石五錢，湟中石八錢〔五〕，穀賤錢重，咄嗟可辦耳，然以六萬之卒漕四百石之粟，糴之易，不曰漕之難歟？糴莫近於關内，以凡費計之且二萬萬餘，糴之本又不與也，蕭望之曰不便是已，不此之便，他固有佚道歟？夫欲其無費，又欲其有利，雖有智巧，將安所施歟？漕而便則漕是已，彼書生之迂闊，固不若善筭者之功於事情歟？主糴者曰糴便〔六〕，主留屯者又曰留屯便，豈大司農之急近效，又不若後將軍之有遠算歟〔七〕？初是者什三，中什五，諸前言不便者人人殊，向微魏相獨是其計，則糴少既不足於餉，留屯又卒未可行，悠悠風塵，誰與辨此虜歟〔八〕。

夫幣所以佐錢之不便，而漢之錢繇幣而輕；糴所以濟穀之不足，而漢之穀繇糴而貴。幣不造，粟不糴不可也，惡乎不可，又惡乎其可歟？夫國無養兵之費，故供億之有時者易輸；官無貴糴之價，故取償於富家豪農者易足。然漢自元朔以來，議鑄錢，議更幣，議鹽鐵，以桑、孔諸人皇皇然殫心計爲之猶恐不給，而況内無甘泉、太倉之積，邊有匈奴、零、罕之患！萬竈如雲〔九〕，千金非雨，雖使壽昌輩復生〔一〇〕，其能鑿空而職辦歟？

或曰漢之法重，故反脣者罪，漢之民心壹，故有願輸財者。國勢積輕，民聽滋玩，操切而行之則峻急而聚怨，姑息以俟之則繆悠而乏事，二者將孰從歟？通其變使民不倦，神而化之，使民宜之，古聖人有道以處此〔一一〕。試商榷之，毋但曰楮也糴也〔一二〕，有司事也，毋庸問。

〔一〕幣：原作「弊」，據翁校本改。

〔二〕直：原作「僅」，翁校本作「宜」，亦誤。按當作「直」，《漢書·食貨志》下：「今王侯朝賀以蒼璧，直數千，而其皮薦反四十萬」，是也，據改。

〔三〕耿壽昌：原作「景壽昌」，據《漢書·食貨志》上改。

〔四〕鑶：疑誤，或是「錢」字。

〔五〕八：原作「入」，據翁校本改。

〔六〕糴：原作「要」，據文意改。

〔七〕歟：原作「於」，據翁校本改。

〔八〕「虜」下原有「耶」字，據翁校本删。

〔九〕竈：原缺，據翁校本補。

〔一〇〕復：原作「後」，據文意改。

〔一一〕古：原作「故」，據翁校本改。

〔一二〕楮：原作「措」，據翁校本改。

壬戌召試文及翁彭方迥

孟子曰：「天之降才〔一〕，非爾殊也。」又引《詩》曰：「民之秉彝，好是懿德〔二〕。」才德皆性也，孰美而孰惡哉？《書》曰「明俊德」，俊非才歟？《語》曰「舉賢才」，賢非德歟？夫才非惡稱也，人與天地並，曰三才。剛柔健順，天地之才也，亦天地之德也。古之論才德者合而兼之〔三〕，未嘗歧而二之也；古之用人者必才德之全，未嘗賤才而貴德也。至近世名公，始曰德勝才爲君子，才勝德爲小人；又曰兼全者爲聖人，俱無者爲愚人，與其得小人，不若得愚人。噫，此論爲智伯、益、成、括之流而發可也，豈可槩論天下士歟！得人之盛，莫若虞、周。以《書》考之，曰九官，曰十亂。聖門尚論〔四〕，乃有才難之嘆，曰舜有五臣、周有九人而已。於絶無僅有之中，又精擇而使之少歟？才果難歟〔五〕？異時南宫适問禹、稷、羿、奡，夫子有「尚德哉若人」之奬，豈才外又有所謂德歟？知善射盪舟之不如躬稼，知聖門退羿、奡而進适，可與辨才德之責矣〔六〕。《立政》、《卷阿》之篇〔七〕，曰常人，曰吉士，曰吉人，其德勝才歟？《語》曰「巧言令色」，《秦誓》曰「仡仡勇夫」、「截截諞言」〔八〕，其才勝德歟？嬰、札、僑、肸〔九〕，春秋人物也，降是則申、韓、孫、吳、儀、秦矣。以戰國較春秋，相去又大有分數。固其人有分毫近德則世猶有分毫可爲〔一〇〕，德不競而騖於才，於是天地分裂，生民耗爛矣。救世之論，深惡夫才，非以此歟？與漢高、光武成帝業者，蕭、曹、寇、鄧諸公也。四皓、嚴光處士耳〔一一〕，卓茂縣令耳，非勳非舊，一旦或托以儲貳，或待以賓友〔一二〕，或尊爲師傅。二君尚德之意與任法律而求跅弛者異矣，此漢祚之所以最長歟。有國家者每患乏才〔一三〕，有才不用而惟聽用德，意則古矣，坐失豪傑。不曰世治則庸夫高枕而有餘，世亂則聖哲馳騖而不足歟？才全而德不形，古有幾人？徒才而無德以將之，身且與國俱斃。既往覆轍，歷歷可鑑。我藝祖開基，以大度用人，才德未分，治體純懿，然重竇儀而輕陶穀，明示風旨，世世守爲家法。咸平以來，大臣尊德而抑才，涵養培埴，極於慶曆之際。中更西北多事，寖覺乏才〔一四〕，甚至一人數用，然國論治體終不少變，內用文、富，外用韓、范，卒能致二虜臣伏之功〔一五〕。熙寧以來，大臣賤德而貴才，耆舊退藏，新進騰上，國論治體一變矣。內用確、惠卿，外用韶、禧，遂貽丙午、丁未之禍。由今觀之，孰得孰失歟〔一六〕？今二年來，有四方既平、王國庶定之勢；廟謨翕受敷施，有李文靖、王文正之量。凡向來偃月、鬼盾二揆之所娼忌中傷者，以次取用，朝半老儒，野無遺賢矣。然起視一世，不快人意之事尚多〔一七〕。夫足食、練兵、守邊、牧民〔一八〕，四者當世之急務也，每舉一事，調一守，謀一帥，見大夫雖衆，可使甚少。德者才者，孰適於用歟？德非虛名鎮俗之謂，彼向爲令僕，足以師長百僚者，豈所謂德？才非沾沾自喜之謂〔一九〕，彼視天下之勞如觀蟻之移穴者，豈所謂才？然則必如珠玉在山淵而光景媚，如麟鳳不鷙搏而雄狡服〔二〇〕。德不可見，才無不周，世豈無若人歟？盛德之士，蓄美含輝，外無表襮，彼平凡齷齪者容焉。才者或有志無時，或數奇不偶，彼虛浮躁競者託焉。上之人非特難於用，抑難於知矣。景運方興，後生可畏〔二一〕，謂張八紘之罝以羅致之易也〔二二〕，知之擇之則如之何？子大夫世之通儒，國之修士，上命給札以受所欲言，其條自古用人之方、當今適用之宜，有司將以復於上。

〔一〕之：原作「子」，據翁校本改。
〔二〕是：原作「之」，據翁校本改。
〔三〕兼：原作「無」，據翁校本改。
〔四〕尚：原作「上」，據翁校本改。
〔五〕果：原作「累」，據翁校本改。
〔六〕辨：原作「辦」，據翁校本改。
〔七〕阿：原作「何」，據翁校本改。
〔八〕論：原作「片」，據翁校本改。
〔九〕嬰札：原無，據翁校本補。
〔一〇〕世猶有：原作「有世猶」，據文意乙。

〔一一〕耳：原作「甘」，據文意改。蓋形近而訛。
〔一二〕友：原作「交」，據翁校本改。
〔一三〕乏：原作「之」，據翁校本改。
〔一四〕寖：原作「寢」，據翁校本改。
〔一五〕能致：原無，據翁校本補。
〔一六〕歟：原缺，據翁校本補。
〔一七〕尚：原作「向」，據翁校本改。
〔一八〕夫：原無，據翁校本補。
〔一九〕喜：原作「熹」，據翁校本改。
〔二〇〕搏：原作「博」，據翁校本改。
〔二一〕畏：原無，據翁校本補。
〔二二〕紘：原作「絃」，據文意改。

擬建儲制

朕御圖滋久，主鬯尚虛。恭惟受一祖十二宗之傳，奈何不敬；將以繫四海億兆人之望，必也正名。茲繇帝室之近親，預定天下之大本。其敷丕號，以誥多方。具官某姿既端凝，識尤英悟。孕棣華之秀氣〔一〕，綿瓜瓞之慶源。誕彌初生，載震夙而無害；少成習慣〔二〕，若天性之自然〔三〕。粤從觿韘之年，知慕誦弦之樂。極裂土擁旄之貴，有親師齒胄之心。外邸養蒙，爾尚幼冲而進德；深宮主震，予思付託之得人。乃因秩祀之餘，遂決定儲之計。出於獨斷，慰爾輿情。歷考先朝，具存故實。紹興訓謨，明言選藝祖之孫；嘉祐詔書，亦曰立濮王之子。於以尊王家神器九鼎之重，於以措斯世泰山四維之安。嗚呼！寢問鷄鳴，宜益謹三朝之際；謀詒燕翼，豈惟流數世之餘！惟仁可以洽羣心，惟孝可以先百行，惟恭則無荒無怠，惟儉則不侈不驕。謹修厥身，毋忽朕命。

〔一〕華：原作「葉」，據翁校本改。
〔二〕習：原作「實」，據翁校本改。
〔三〕「若」下原有「夫」字，據翁校本删。

擬除平章事制〔一〕

朕參稽元祐，位置大臣。雖吕、范兩賢，左右並居於輔弼；然潞、申二老〔二〕，後先迭處於辨章〔三〕。流澤及數世之餘，盛治爲本朝之冠。眷言耆德，久任宰衡，有莫大之勳勞，備久虚之典冊。其敷丕號，以諗羣工。具官某有王佐之才，先天命而覺，傾繇舊學，重陟台司。國忘家，公忘私，蓋深得匪躬之義；善稱君，過稱己，未嘗漏造膝之言。其鎮物如山嶽之不摇，其聞善若江河之莫禦。九扈奏西成之喜，三邊息南吠之塵。格天之功，繄元老是賴；明農之意，非冲人敢知。矧眷禮之餘隆〔四〕，何嫌疑而欲去？國尊師重傅，既嘗輔導於眇躬；公論道經邦，詎可勞煩於細務？申維垣之前命，示絶席之殊榮。軍國之事必諮，巖石之瞻深峻。遠猷訏謨定命，朕心尤向於老成；同寅協恭和衷，廟論方資於統壹。於以壯棟隆之勢〔五〕，於以調鼎味之和。仍拓履封，益增采食。於戲！一相處内，昔寧免於獨勞；三后協心，今所期於共濟。況忠實可以託國，而德量可以容人〔六〕，益殫厥心，同底於道。

〔一〕「除」下原有「治」字，據翁校本删。
〔二〕申：原作「中」，據翁校本改。
〔三〕辨：原作「辯」，據翁校本改。
〔四〕餘：似當作「愈」。
〔五〕棟：原作「陳」，據翁校本改。
〔六〕「可」上原有「實」字，據翁校本删。

擬冊皇太子妃制

門下：元良天下之本，既定策以建儲；淑女君子之逑，宜及時而擇媲。舉兹盛典，告爾多方。永嘉郡夫人全氏蚤受教於姆師，素玩心於箴史。蓋文恭之懿戚，亦慈憲之華宗。慕彤管之徽音，工言可法；待朱輪而遠宦〔一〕，險阻備嘗。朕方選左畹之賢，孰可作東宫之儷？兹惟天合而人合，不待龜從而筮從。肆繇小君之封，遂正元妃之號。笄總問兩宫之膳寢，禮謹晨昏；蘋蘩奉九廟之蒸嘗，慶流宗祏。於以謹人倫之始，於以彰壼範之嚴。於戲！家欲齊，身欲修，朕以儀刑而詔子；男正外，女正内，爾其敬戒以從夫。茂對寵光，永綏福履。可。

〔一〕宦：原作「官」，據翁校本改。

跋擬制三道〔一〕

西山先生晚在翰苑，賓客滿門。一日謂余曰：「某爲詞臣，終日困於應酬，忽一旦有宣鎖，且奈何？宜稍謝客温習。」余曰：「先生何慮此耶？」先生曰：「此事久不拈弄則荒疎，君它日必居此地，不可忽老夫之言。」因曰：「文字須有素備，荒速中安得有佳語？」余請其説，先生曰：「如街談巷語及士大夫所傳某人除某官之類，即題目也。暇日試擬爲之，臨時或可采用。」後余忝掌内制，朝野多傳明禋有大除拜，追記老師遺言，擬作數制。後失其藁，僅存三篇，而書其末如此。

〔一〕跋：原作「拔」，徑改。又「三」原作「二」，按前所載擬制實爲三道，因改。正文同。

後村先生大全集卷之五十四

内　制

明堂加恩制

鄭清之依前太傅左丞相兼樞密使魏國公加食邑食實封制

門下：朕穆卜吉辛，肇稱元祀。合祛義古，二儀之眷顧方深；陟配禮嚴，三后之威靈如在。升輅而霽華麗曉，燔柴而圓魄燭天。交精祲於顯幽，轉陰晴於俄頃。皇矣上帝，監禋事之肅雝；相維辟公，繫冢司之典領。其修播告，以奬忠勞。具官某簡易而閎深，高明而篤厚。在嘉定際，號甘盤舊學之賢；及端平初，負楊綰當時之望。自角巾之東路，至赤舃之西歸。蓋退處者十年，豈預知其再相。含納包荒之道廣，彌縫用藏之功深。言之遜志逆心，必求順汝而咈汝；人之有技彦聖，是能好之而容之。百志維熙，庶工無曠。兹大饗舉行於秋杪，以元台總統於使端。珥蟬冠而蕭然澤臞，服雉裘而屹乎山立。蒐羅髦雋，列周廟奉璋之間；收召老成，扈雍時屬車之後。縟儀克舉，駿命方新。既徹俎而勞執事之臣，首錫帶以寵調元之老。惟極品躋三公之貴，卿靡希榮；雖雅懷輕萬户之封，予寧吝賞？爰加書社，仍拓租畬。於戲！昔者周公以宗祀而配帝，時則伊尹有一德以享天。對揚昭代之恩徽，勉企先民之事業。可〔一〕。

〔一〕可：原無，據翁校本補。

口宣

有勑：聖人饗帝，詎涼德之克堪；冢宰佐王，賴精忠之顯相。肆疏異渥，加獎宗工，以酬使領之勞〔一〕，其服命書之寵。

〔一〕酬：原作「訓」，據文意改。

師彌依前皇叔祖太傅保寧軍節度使判大宗正事嗣秀王加食邑食實

封制

門下：朕肇講宗祈，聿稽古誼。乾爲父，坤爲母，義有取於合袪；文配帝，稷配天，禮尤嚴於參侑。精純昭格，貺施駢臻〔一〕。逮茲熙典之成，賴爾耆英之助。其敷制綍，以諗廷紳。具官某秀傑而温恭，簡嚴而闓達，襲積慶於安僖傳嫡之後，著大節於渺冲嗣服之初。春秋既高，多閲於義理；老成無幾，尚有於典型。允謂周親之仁人，蔚爲劉氏之祭酒。屬明禋之蕆事〔二〕，儼華髮之侍祠。惟孟子之達尊，莫如德齒；雖武公之既耄，尤謹威儀。爰拓封租，示均祭澤。於戲！胙肉下拜，卿不違於天威；齋酎先嘗，朕敢遺於宗老？益綏壽嘏，茂對寵光。可〔三〕。

〔一〕施：原作「於」，據翁校本改。

〔二〕蕆：原作「藏」，據文意改。翁校本作「涖」。

〔三〕可：原無，據翁校本補。

口宣

有勑〔一〕：明禋之舉〔二〕，顯相良勞；近屬之尊，均釐敢後？爰拓封租之賜〔三〕，聿彰涣渥之新〔四〕。其益欽承，以光大業〔五〕。

〔一〕有勑：原缺，據翁校本補。

〔二〕本句原缺，據翁校本補。

〔三〕爰：原作「增」；封租之賜：原缺。據翁校本改、補。
〔四〕聿彰：原缺，據翁校本補。
〔五〕「其益」以下原缺，據翁校本補。

與芮依前皇弟少保武康軍節度使充萬壽觀使嗣榮王加食邑食實封制〔一〕

門下：虞禋班瑞，徧及羣公；周祀賜膰，亦先同姓。屬者明堂之大饗〔二〕，粲然昭代之彌文。眷言貴介之賢，協贊親祠之禮〔三〕，既然熙事，宜賜褒章。具官某秀美而温純，揖讓而謙悊，孝友素稱於宗族，典型克肖於文恭。分土胙茅〔四〕，廣姬室剪桐之意；大衾長枕，隆唐家華蕚之風〔五〕。頃繇朱邸之英〔六〕，顯相紫壇之祀。衮衣蟬冕，尤昭映於班聯；桂酒椒漿，實參陪於薦獻。降登有度〔七〕，容止可觀。逮茲徹俎之餘，申以出綸之寵，爰加采地，式重藩維。於戲！蘋蘩薦鬼神，亦惟享德；棠棣燕兄弟，可後均釐？茂對眷懷，益綏茀祉。可〔八〕。

〔一〕與芮：二字原缺，「萬壽觀使」原作「萬壽□□觀」。按，據《宋史》卷四二、四三《理宗紀》：嘉熙元年四月皇弟與芮除武康軍節度使。淳祐元年四月，詔以與芮爲開府儀同三司、萬壽觀使、嗣榮王。淳祐五年十二月，嗣榮王與芮加授少保，均與此題官爵合，則題首缺「與芮」二字無疑，「萬壽□□觀」亦爲「萬壽觀使」之脱誤。今據補正。
〔二〕明堂：原缺，據翁校本補。
〔三〕親祠：原缺，據翁校本補。
〔四〕土胙茅：原缺，據翁校本補。
〔五〕風：原缺，據翁校本補。
〔六〕頃：原缺，據翁校本補。
〔七〕「登」原作「等」，「度」原作「慶」，據翁校本改。
〔八〕可：原無，據翁校本補。

口宣

有勅〔一〕：祭有十倫，親疎必辨〔二〕；膰分同姓，兄弟攸先。爰疏加地之恩，益壯維城之勢。

〔一〕有勅：原倒，據文意乙。
〔二〕辨：原作「辦」，據翁校本改。

杪依前保慶軍節度使建安郡王加食邑食實封制

門下：朕蔵三歲之祠，考九筵之制。王入太室，於昭報本之心；帝有合宮，以布調元之政。神人悦豫，邦國榮懷。方餕惠之溥行，尤宗英之加厚。具官某温恭是蹈，粹美所鍾。佩韘佩觿，已有老成之度；學詩學禮，不忘講習之功。蓋公姓之最親〔一〕，爲朕意之深屬。比涓季灝，載講宗祈〔二〕。髦俊之士奉璋，伯叔之國分玉。雖衣冠未任，莫陪祼鬯之儀；然俎豆夙聞，宜在賜膰之列。其增井賦，以壯藩維。於戲！至誠感神，既穰穰而降福；明德睦族，爰幼幼以及人〔三〕。祇對寵光，益隆譽處〔四〕。可〔五〕。

〔一〕最：原作「矚」，據翁校本改。
〔二〕載：原無，據翁校本補。
〔三〕幼幼：原作「切切」，據翁校本改。
〔四〕益：原無，據翁校本補。
〔五〕可：原無，據翁校本補。

口宣

有勑：朕既講禋儀，遂推祭澤。顧鍾愛莫加於猶子，□賜牖可後於諸王〔一〕？祇服命書，益光德業。

〔一〕所缺一字，翁校本作「之」，然似當作「兹」。

思正依前皇叔安德軍節度使開府天水郡開國公加食邑食實封制

門下：朕涓剛秋季，蕆事國陽〔一〕。皇天付予，敢忘於報本；寧王遺我，尤謹於奉先。睠言屬籍之尊，阻造侍祠之列，福寧專饗，禮有均釐。具官某迪性中和，持身謙恖。被服儒雅，蔚有開、平之風；典型老成，習見乾、淳之事。秉鉞峻元戎之任〔二〕，穹班視上宰之儀。比考舊規，聿脩大享。譽髦多士，助祼鬯於周京；宗室列侯，奉酬金於漢廟。既溥率被配天之澤〔三〕，豈親賢吝加地之恩？於戲！燔柴而禋六宗，已歆精意；伐木以燕諸父，庸示至情。茂對顯褒，益綏新祉。

〔一〕葳：原作「藏」，據翁校本改。
〔二〕秉：原作「俞」，據翁校本改。
〔三〕溥率：原作「博率」，據文意改。又翁校本作「率土」。

口宣

有勅：祭統之倫，禮尤辨等；宗盟之長，誼盍賜膰。欽予優渥之恩，介爾熾昌之祉。

與懽依前皇兄安德軍節度使開府萬壽觀使天水郡開國公加食邑食實封制〔一〕

門下：朕寅奉帝親，參稽今古。稱秩元祀，告功於神明；永言孝思，有事於文武。燎禋上格，祭澤下流。顧如麟趾之英，阻就駿奔之列〔二〕，其申褒律〔三〕，以示眷懷。具官某端大而方嚴，閎深而亮達。賦京兆精明之政，有今趙、張；傳聖人褒貶之書，前無啖、陸。久備廣厦細旃之顧問，俄從珍臺閒館之燕頤。遂授鉞於齋壇〔四〕，其視儀於宰路〔五〕。屬修大享，丕講彌文。士各肅雝，共陪洛邑之禮；卿方留滯，不預漢家之封。逮此熙成，慨然注想〔六〕。爰加多於井賦，益增重於宗盟。於戲！對賈生受釐，莫問鬼神之事；使宰孔賜胙，敢遺耄耆之臣？式對寵徽，永綏壽暇。可〔七〕。

〔一〕觀：原缺，據《宋史》卷四一三《趙與懽傳》補。
〔二〕阻：原作「祖」，據翁校本改。
〔三〕其：原作「莫」，據翁校本改。
〔四〕齋：原作「齊」，據翁校本改。
〔五〕其：原作「具」，據翁校本改。
〔六〕注：原作「主」，據翁校本改。
〔七〕可：原無，據翁校本補。

口宣

有勑：比遵彛典，肇講精禋。方均釐徧及於宗親〔一〕，奈故老滯留於寓里〔二〕。其均餕惠，增拓租封〔三〕。

〔一〕此句原作「方慶公明□不親」，據翁校本改。
〔二〕奈、里：二字原無，據翁校本補。

〔三〕租：原缺，據翁校本補。

趙葵依前少保觀文殿學士醴泉觀使魏國公加食邑食實封制〔一〕

門下：朕若稽累朝，有事重鼇。助嚴父配帝之禮，各以職而駿奔；眷出將入相之臣，獨奉身而燕處。乃推餕惠，以獎壯猷。具官某稟河嶽之英，際風雲之會。隆中長嘯，神交比樂毅之倫；圯上一編，天授非穀城之力。擊楫清中原之志大，發兵坑孺子之功高。乃艱危則晉公視師〔二〕，及平定則范子去相〔三〕。寵利之心素薄，出處之際可觀。屬蕆精禋〔四〕，興懷碩輔。卿雖樂午橋之墅，靡有遐心；朕方受宣室之釐，詎容專饗？式遵舊典，加拓新畬。於戲！使宰孔而賜齊，示均胙飲；頌僖公之保魯，遂奄龜蒙。茂對恩徽，益綏壽嘏。可。

〔一〕「趙葵」原作「趙蔡」，「殿」原作「大」，「魏國」二字原缺，並據《宋史》卷四一七《趙葵傳》改、補。

〔二〕乃：原無，據翁校本補。

〔三〕及：原無，據翁校本補。

〔四〕蕆：原作「藏」，據翁校本改。

口宣

有勅：熙事聿成，與臣鄰而同慶；湛恩溥及〔一〕，豈勳舊之敢遺？昭示眷懷，對揚休命。

〔一〕及：原與下句「豈」字互倒，據翁校本乙。

謝奕昌依前少保保寧軍節度使充萬壽觀使臨海郡開國公加食邑食實封制

門下：朕紹休聖緒，蔵祀國陽〔一〕。乃季顥中辛，徹俎既陳於騂享；惟右賢左戚，奉璋各效於駿奔。況序爵之尤先，豈均釐之可後？具官某稟沖和之氣〔二〕，承文獻之傳〔三〕。少也耽書，竆鄴侯插架之富；貴而下士，慕信陵執轡之恭。實槐庭之聞孫，亦椒禁之懿屬。位崇衮鉞，行比布韋。雖子之燕居，視鼎鐘而若浼；然國之大事，儼黻冕而侍祠。昔班朝已峻於棘聯，今胙土益增於采食。於戲！周廟多士，莫不殫助祭之勞；漢家近親，宜加厚分膰之禮。永綏壽祉，以對寵光。可。

〔一〕葳：原作「藏」，據翁校本改。
〔二〕禀：原無，據翁校本補。
〔三〕句末原有一「者」字，據翁校本删。

口　宣

有勑〔一〕：朕參稽古昔，並享帝親。乃如戚畹之賢，實相合宫之禮，肆肦餕惠，申錫綸言〔二〕。

〔一〕有勑：原倒，據翁校本乙。
〔二〕言：原無，據翁校本補。

謝奕昌特封祁國公制〔一〕

門下：朕謹司名器，並用戚賢。雖朝家隆貴貴之恩，俾躋棘位〔二〕；然經訓有親親之誼，何愛茅封？咨爾在廷，聽予作命。具官某禔身端重，秉性静夷，洵美由天分之高〔三〕，謙謹驗躬行之際。言乎相閥，晉群謝之倫；求之后家，漢二馮之匹。素志靡欲居於寵利，長才惜不見於事功。葺蠹衮衣〔四〕，人門之榮至矣；珍臺閒館，物表之趣超然。朕脩齊資内德之賢，待遇加外姻之禮。

矧既班於亞保，宜進爵於大邦，以奬忠勤〔五〕，以昭眷注。僅有吳瓌之前比〔六〕，後未聞焉；至如杜衍之舊封，久無繼者。茲爲異數，匪曰常彝。於戲！樊侯以明哲保身，乃先民之懿識；陰氏云富貴有極，亦近古之雅言。皆所習聞，奚煩諄告！可。

〔一〕制：原無，據前後題式補。
〔二〕俾：原作「而」，據翁校本補。
〔三〕天分：原作「矢分」，據文意改。
〔四〕衮：原無，據翁校本補。
〔五〕勤：原作「勸」，據翁校本改。
〔六〕瓌：原作「壞」，據翁校本改。

口　宣

有勑：朕以椒塗之内助，加茅土於近親，況列孤卿，宜荒大國。是爲殊渥，其即欽承。

董槐依前觀文殿大學士宣奉大夫判福州福建安撫大使濠梁郡開國公食邑食實封如故制

門下：朕惠顧全閩，儀圖碩輔。睠相公之台鼎，久燕處於殊庭〔一〕；分天子之旌旗，茲雄開於統府。咨爾會弁，聽予出綸。具官某碩膚而不瑕，弘毅而任重。廣川三策，異諸儒奉對之常談；考亭四書〔二〕，續千載不傳之絶學。玉帳著籌邊之績，銀臺凛批勅之風。遂越羣公，使宅百揆。有衡尺之在手，無鞭靴之及門。德修謗興，或責《春秋》之備；事久論定，何傷日月之明！卿雖樂鐘皷於清時，朕欲謀詩書之元帥。昔臣浚總紹興之使領，俊卿釋乾道之宰衡，皆嘗鎮臨，緬想風采。雅志愛贊皇之泉石，若將浼焉；輕裝攜清獻之琴龜，宜無難者。盍卜建牙之吉，蚤爲喝騶之行。壯吾藩垣，慰彼黎庶。於戲！申伯南邦之式，具宣四方之勞；周公東山之歸，何待三年之久。乃如耆舊，其體眷懷〔三〕。可。

〔一〕處：原無，據翁校本補。
〔二〕亭：原作「定」，據翁校本改。
〔三〕體：原作「休」，據翁校本改。

口宣

有勑：起舊撲於祠庭，寵光特異；建全閩之帥閫，委寄不輕。宜對越於制麻，亟戒嚴於行李〔一〕。

〔一〕李：原作「孝」，據翁校本改。

皇女昇國公主進封周國公主制

門下：《詩》稱女子之祥，均爲倫紀；《易》曰家人之正，始自閨門。眷言貴主之賢，更錫大邦之號。其敷顯冊，以告辨朝〔一〕。皇女昇國公主生禀冲和，動循禮度。瑟彼英瑤之質，不假瑑琱；穠矣唐棣之華，居然韶秀。孝謹見於定省清温之際，功言合於丹青竹帛所傳。人無間言，朕所鍾愛。授女師之彤管，染翰不休；織天孫之錦囊，成章甚敏。傾疎湯沐，寖閲歲時〔二〕。蓋嘗歷考於先猷，具有進封之舊典〔三〕。爰俾胙鎬京之壤，預涓築魯館之期，以彰車服之隆，以侈宮闈之慶。於戲！婦人之道敬順，既習聞《七誡》之篇；王姬之德肅雝，可助廣二《南》之化。益哀祉福，式對寵褒。可。

〔一〕辨：原作「辧」，據翁校本改。
〔二〕寖：原作「寑」，據翁校本補。
〔三〕「之」上原有「號」字，據翁校本刪。

口宣

有勑：朕愛鍾貴主，爵進大邦，車服從周，湯沐視漢。厥有祖宗之成憲，豈云父子之私恩！播告既脩，對揚惟謹。

觀文殿大學士宣奉大夫判福州福建安撫大使董槐依前觀文殿大學士宣奉大夫提舉臨安府洞霄宮特進封永國公加食邑食實封制

門下：朕眷注弼臣，褒崇耆儁。擁節建三山之閫，重於起家；分茅畫二水之疆，俾之胙國。涣揚大號，孚諭群工。具官某言行蹈君子之中，力量任天下之重。致知在格物〔一〕，所學傳授於先儒；明道不計功，其論源流於爾祖。輔台則補衮無闕，去位則脱屣若遺。昔嘗聞洛下之英，今復見山中之相。朕付七閩之巨屏，卿專一壑之隱棲。屢趣行期，莫廻雅志。懷綬長安之邸，不亦彼哉；深衣獨樂之園，有足娱者。非但嘉大臣止足之操，亦欲倡斯世廉退之風。雖職與祠不加於一毫，由郡而國遂冠於五等。御欵段，乘下澤，即故里之便安；解葱珩，脱孟勞，辭上天之富貴。方之諸老，允矣全人。於戲！未易致者令名，最難保者晚節。急流而退，故能身貴而不危；裂土而封，孰謂公歸之無所？益綏壽祉，茂對寵光。可。

〔一〕知：原作「和」，據翁校本改。

口宣

有勑：辭十連之寄，不可挽回；冠五等之封，以褒恬退。載馳驛使，申錫綸言。宜體至懷，欽承休命〔一〕。

〔一〕欽承休命：原無，據翁校本補。

賈似道依前太傅右丞相兼樞密使兼太子少師魯國公加食邑千户食實封四百户制

門下：朕推忱宅揆，定計建儲。惟王董正治官，寔詔賞誅之柄；煩公調護太子，汔成羽翼之功。羣僚咸被於涣恩，上宰獨陳於謙志。却循墻之章而復上，避維垣之秩而不居。與之邑以旌賢，揚於庭而作命。具官某鍾河嶽之秀，有莘渭之材。虜昔投鞭，衆皆失叱。以衮衣繡裳之重，臨攢砲衝梯之危。吴未可圖，良以彼有人爾；魯安得削，豈非儒無敵哉！既汎掃於邊烽，遂更張於化瑟〔一〕。謂元子夙成宜豫建，謂名臣欲畫宜急求。築臺以致樂毅、劇辛，安車以迎園公、綺季〔二〕。若時鶴禁，莫匪鴻儒〔三〕。朝寢門而問安，兩宫兹愛；入國庠而齒胄，六館作興。綿皇家箕翼之期，繇賢相範模之力。屬周歲籥，例進文階。朕嘉元勳，何慙師尚父之拜；卿抗高志，遠希范宣子之風。重違懇切之言，曲狥回䞋之請。冠麟閣之丹青圖畫，奄龜蒙之山川土田，以奬冲虚，以昭眷遇。於戲！姬公一百年卜洛，永奠於周京；子房三萬户封留，首安於漢嗣。乃惟盛美〔四〕，敻掩前聞〔五〕。可。

〔一〕瑟：原作「琴」，據翁校本改。
〔二〕車：原作「軍」，據翁校本改。
〔三〕「莫匪」上原衍一「莫」字，據翁校本删。
〔四〕惟：原無，據翁校本補。
〔五〕敻：原作「瓊」，據翁校本改。

口　宣

有勑：青禁從遊之賢，進遷之恩溥；黄閣調元之老，模範之功高。累控需章，力辭極品。諒難回於謙志，俾加拓於履封。

楊蕃孫特授保康軍節度使提舉佑神觀免奉朝請進封淳安郡開國侯加食邑食實封制〔一〕

門下：朕念先皇太母之恩，厚於戚畹；擢累將重侯之族〔二〕，登之齋壇。庶慈孝之兩全〔三〕，亦親賢之並建。咨爾在列，聽予作猷。具官某奕世忠勤，一門仁遜。螢囊雪案，有儒生刻苦之風；麈柄唾壺，無貴介奢華之習。朕惟乃祖父，重之婚姻，感舅氏如存之詩，行王姬下嫁之禮。樂爾孥，宜爾室，誰無是心〔四〕；於吾母，用吾情，欲報之德。過庭有自來矣，築館適我願兮。嘉貴主貤封之言，疏少府出節之寵。房陵古郡，笑談擁上將之旄；京輦真祠〔五〕，蕭散執化人之袂。仍蠲朝謁，俾遂便安〔六〕。以慰恭聖在天之靈，以示眇躬厚倫之意。嗚呼！若古有訓，曰不期侈不期驕；惟天可謙〔七〕，可長守富長守貴〔八〕。顧如恪謹，必克對揚。可。

〔一〕特：原作「時」，據翁校本改。
〔二〕族：原缺，據翁校本補。
〔三〕慈孝：翁校本作「忠孝」。
〔四〕誰：原作「惟」，據翁校本改。
〔五〕真：原作「貢」，據翁校本改。
〔六〕便：原作「使」，據翁校本改。
〔七〕可：疑當作「好」。
〔八〕「長守貴」上原有一「可」字，據翁校本刪。

口宣

有勅：麻卷已敷，節旄隨至。侈舅家之貴盛，增主第之寵光。其即欽承，以昭殊眷。

吕文德特授開府儀同三司依前保寧軍節度使京湖安撫制置大使四川宣撫使兼知鄂州兼湖廣總領霍丘郡開國公加食邑食實封制

門下：朕覽周家戎捷之詩，興師而討叛；考漢代儀同之制，出爵以賞功。眷言宣力之臣，方上獻俘之奏，其敷大號，以告廣廷。具官某挺特起之英豪，撫方來之事會。韜略傳渭濱之叟，不假兵書；聲名與吳下之蒙，相輝族譜。夷險一致，經營四方。築砦而思、播之備嚴，燔梁而嘉、渝之圍解。信拜大將，蓋從蕭相之言；度朝京師，代領蔡方之任。塞北之塵不驚，漢東之水無波。屬整亂常，攖城旅拒。孰肯狥國家之危急，俾就開幕府以旬宣。過師緣魚貫之崖，轉鬬萬里；漕粟泝馬高之峽，屢費千金。此推鋒賈勇而前〔一〕，彼漏刃游魂而遁。視諸葛渡瀘之舉，何其壯哉；自崇文克闢以來，未之有也。金湯險在，笳鼓凱旋。再安參井之墟，壹洗岷峨之祲。陣堂堂，旗正正，卿既累於戰多；綬若若，印纍纍，朕猶慙於賞薄。昔者聞皇祖之訓，尤其靳使相之官，以此褒崇，寧非稀闊？於戲！李愬破賊城而入，益著威聲〔二〕；曹彬平僭壘而歸〔三〕，不忘謙謹。勉旃忠力，對越寵光。可。

〔一〕賈：原作「價」，據翁校本改。
〔二〕聲：原缺，據翁校本補。
〔三〕平：原缺，據翁校本補。

口　宣

有勑：朕憤叛將之孤恩，命宣威而致討，取彼郛郭〔一〕，歸之版圖。行役踰於三時，捷奏來於萬里。宜加使弼，以奬勳臣。

〔一〕郭：原作「蝛」，據翁校本改。

回奏宣諭改吕文德開府制〔一〕

臣某今月二十三日伏承苑使楊唯傳奉聖旨宣諭，令臣改吕文德制末聯二句。臣恭遵聖訓，今擬撰改上句曰「愈加恩禮」，改下句曰「往殫忠力」，蓋取沂公王曾《筆録》有「曹彬凱旋，恩禮踰厚」之語。謹録上進，欲望聖裁。如得允當，乞批降付學士院，以憑施行。

〔一〕開府：原作「開封」，按前文，吕文德特授開府儀同三司，與開封無涉，因改。

再回奏

臣某今月二十四日承苑使楊唯傳奉聖旨宣諭，臣所用曹彬事與上文「斬使相」之句重復，不若別用一事。臣即已仰遵聖訓，欲改末聯曰：「李愬破城於大雪，益著威名；鄂公畫像於凌煙，遠追風烈。往殫忠力，對越寵光〔一〕。」名將事甚多，文德見知鄂州，所以用尉遲事，未知得穩當否，更乞聖裁。謹録奏聞，伏候勑旨〔二〕。

〔一〕寵：原作「龍」，據翁校本改。

〔二〕此下原注：「奉御筆依。」

皇姪乃裕特授檢校少保依前保寧軍節度使天水郡開國公加食邑食實封制

門下：朕治本齊家，仁先睦族。擁節襲棣華之慶，將閲十期；進班視棘位之儀，通稱三少。載諏剛日，明告大昕〔一〕。具官某挺卓雅之資〔二〕，有信厚之德。隆儒好古，富藏河間之書；從師受詩，能世元王之學。言行可以法則，翰墨特其緒餘。美名素著於藩房，真樂常存於几案。朕盡倫之至，少者懷之；立愛惟親，欲其貴也。而況建旄之久，其加進律之榮。歷考前聞，每優近屬。任城嗣爲善之訓，受漢分封；汝陽有好學之稱，爲唐禮異。矧情誼特隆於同姓，則班聯宜亞於貳公。仍舊鎮之油幢，拓新畬之采食。嗚呼！朕於兄弟之子，豈詔爵之獨遺；古有孤保之官，可歷階而序進。欽承殊渥，益勉令猷。可。

〔一〕昕：原無，據翁校本補。
〔二〕具：原無，據翁校本補。

口　宣

有勅：愛隆猶子，恩渥有加；秩視孤卿，班聯尤峻〔一〕。節旄不改，綸綍惟新。祇服寵光，益有忠報。

〔一〕峻：原作「餕」，據文意改。

李壇效順本朝請贖父過既歸漣海之境土復獻山東之版圖義概忠忱古今鮮儷〔一〕節鎮王爵恩寵宜優可特授保信寧武軍節度使督視河北京東等路軍馬齊郡王制其故父全特與追復官爵改正日曆令所屬討論施行

門下：臣子之情，尊君而愛父；《春秋》之法，内華而外夷。載嘉蓋世之豪〔二〕，首決歸朝之策。凛義槩英風之鮮儷，超勳階爵級之常彝。誕播絲綸，肆盼印節。李壇關河間氣，淮海俊人〔三〕。市駿骨而捐金，招徠遺軼；聞鷄鳴而起舞，寤寐功名。感辛有爲戎之言，抱魯連蹈海之志。慨思爾考〔四〕，被遇先皇，屬邊吏之疏庸，致勳臣之跋疐。朕迹舊事，諒丹赤之初心；爾效膚公，欲雪清於前垢。既舉漣海歸職方氏，復奉淄青入王會圖，無疆界彼此之分，有車書混同之漸。王猛發正朔相承之論，勿晉爲圖；馬援知帝王有真而來，於漢專意。英雄所見，今古略同。是用加兩鎮元戎之榮，峻三府督師之拜。殄草地之逋虜，分茅土而胙齊。少慰立身揚名之心，併下改史復官之詔。於戲！吳起守西河而事魏國，未聞並擁於齋旄；太公表東海而封營丘，孰若徑疏於王爵。永肩忠蓋〔五〕，式對寵光。可。

〔一〕儷：原作「儼」，據文意及正文用語改。翁校本作「比」。
〔二〕蓋：原作「益」，據《永樂大典》卷一三五〇六改。
〔三〕淮：原作「惟」，據《永樂大典》卷一三五〇六改。
〔四〕思：原作「恩」，據《永樂大典》卷下三五〇六改。
〔五〕永肩忠蓋：原作「永有蓋忠」，據《永樂大典》卷一三五〇六改。

口　宣

有勅：卿擇主之誼高，歸疆之功大。擁將旄於淮蜀，胙王社於青齊，以勵英豪，以奬忠孝。兹爲異渥，益懋壯圖。

李全特追復彰化保康軍節度使開府儀同三司京東鎮撫使依舊京東忠義諸軍都統制制〔一〕

門下：君記人之功，不瑕疵於往事〔二〕；子揚父之美，蓋倫紀之至情。家庭有特起之豪，泉壤凛如生之氣。差辰出綍，疏渥還旌。故具官某海岱奇才，風雲壯槩。率齊地陷蕃之衆，歸於本朝；立堂門勤虜之勛，書之盟府。加卿子冠軍之號，極使相元戎之榮。雄心方騖於白檀，異夢奄羅於黑幰。豹留皮之志，非不踐言；狼跋胡而然，豈其獲已？是生英嗣，雅慕華風，自拔衽髮之中，來獻版圖之舊。昔周封蔡仲，忘郭鄰之愆；漢爵□□，原馬邑之責。既奬肯堂而裂土，乃令告第而復官。□改汗青，用昭宗赤，以尉霜露焄蒿之感，以堅關河□附之心。嗚呼！剖符分功臣之封，不及親於子貴；結草亢輔氏之役〔三〕，必能報於國恩。可。

〔一〕統制：原作「統封」，徑改。

〔二〕瑕：原作「假」，據翁校本改。

〔三〕結草：原缺，據翁校本補。

安南國陳威晃特授静海軍節度處置等使特進封安南國王食邑三千户食實封一千户特賜效忠順化功臣制

門下：周建諸侯之國，錫以山川；漢封異姓之王，及其苗裔。美矣家傳於恭順，俾之世襲於蕃宣。奄賜履之舊疆，疏出綸之新渥。具官某挺姿英毅〔一〕，秉性忠純。在邦在家，終始安民而和衆；是父是子，後先作室而肯堂。過庭雖命以繼承，馳驛尚勤於奏稟。際天所覆，鄉風慕文軌之同〔二〕；重譯而來，效貢忘梯航之遠。載嘉忠恪〔三〕，爰示寵褒。爵超五等之崇，秩視三公之貴。旄節長安之本邑，錫盾琱戈；名號凌煙之元功，高冠長劍。分茅如故，食采有加。益堅屏翰之心，庸報君親之德。於呼！衆星北拱，仰瞻象緯之垂；百川東之，孰謂鯨波之隔。欽承恩遇〔四〕，永底榮懷。可。

〔一〕具：原作「其」，據翁校本改。

〔二〕鄉：原作「卿」，據翁校本改。
〔三〕忠：原缺，據翁校本補。
〔四〕遇：原缺，據翁校本補。

董槐特授特進依前觀文殿大學士許國公致仕加食邑食實封制

門下：宅百揆以當朝，嘗著奮庸之效〔一〕；辭三公而就第，忽騰告老之章。耄期久薄於宦情〔二〕，輿論尤高其晚節〔三〕。咨爾在列，聽予敷言。具官某研幾而極深，守約而施博。凡所植立，得之講明〔四〕。伊洛之書盛行，獨以身而體蹈；莘渭之事雖遠，常望古而慷慨。堂堂玉帳之折衝，壈壈銀臺之批勅。借旋斡洪鈞之日遠，然流傳黃閣之風清。孔明如秤之心〔五〕，居然服衆；儀休拔葵之操，端可矯貪。既釋化權，益窮性學〔六〕。尋故鄉之游釣，却長樂之麾幢。物外逍遥，方且挹浮丘之袂；世間屈曲，遂求挂弘景之冠。念頃位於冢司，盍超加於特進，易封舊許，仍拓新畬，以慰巖石之具瞻，以旌急流之勇退。於呼！鴻飛歸公無所〔七〕，豈如就國之安；龜厭不我告猷，殊匪愛君之義。雖云謝事，尚冀輸忠。可。

〔一〕奮：原作「舊」，據翁校本改。

〔二〕情：原作「清」，據翁校本改。
〔三〕論：原作「輪」，據翁校本改。
〔四〕得：原作「德」，據翁校本改。
〔五〕秤：原作「稗」，據翁校本改。
〔六〕性：原缺，據翁校本補。
〔七〕飛：原無，據翁校本補。

賈似道依前太傅右丞相樞密使兼太子少師魯國公加食邑一千户食實封四百户制

門下：朕仰成名宰，豫建皇儲。一年殫鴻翼之勞，褒崇非過；纍疏避鷹揚之拜，終始報謙。卿既牢辭，朕不能奪，僅有錫土田之禮，少酬安社稷之功。乃揀剛辰，誕颺顯制。具官某鎮浮之望山立，決勝之謀淵深。三代以來，有伊尹、傅説之學；千載而下，知孔明、公瑾之心。一清胡塵，再造王室。量包荒而茹納廣，心如秤而予奪公。周詩美闢國之勳〔一〕，魯史書有年之喜〔二〕。頃登黄閣，首定青宫。招山中之老人，皆入侍矣；選天下之端士，以衛翼之。機務習於臨大事決大議之時，德智長於見正事聞正言之際〔三〕。垂裕及後昆之遠，進官特故府之常。念尊祖人之至情，貴極三公之品；若貤恩國之令典，光生四世之阡。取之廉遂爾之高，報之嗇重予之慊。茲仍舊宇，加拓新畬，以示朝廷之寵光，以垂臣子之軌則。於戲！賈傅教太子，端由師訓之賢；魯公荒大邦，益奄龜蒙之地。斯爲盛舉，寔掩前聞〔四〕。可。

〔一〕勳：原作「助」，據翁校本改。
〔二〕史：原作「詩」，據翁校本改。
〔三〕言：原作「事」，據翁校本改。
〔四〕寔：原作「愛」，據翁校本改。

口　宣

有勅：卿定儲功大，進律賞微。貤官於下馬之陵，如所請矣〔一〕；加邑特存羊之義，爲之慊然。申錫恩言，欽承休命。

〔一〕所：原作「有」，據翁校本改。

後村先生大全集卷之五十五

内制

答詔

賜京湖制置使李曾伯辭免除寶文閣學士職任依舊不允詔

勑曾伯：自頃邊臣，不善牧御，鉅鎮堅壘，棄如贅疣，朕每飲食，意未嘗不在襄樊也。卿顓閫幾何時，而二城復歸於職方氏，厥功茂焉。冠奎閣之直，陟統府之名，賞不踰時之義也。忽披來奏，方且謙謙然推勞吏士，懇避恩渥，過矣過矣。朕惟晉自永嘉，河南丘墟，用一祖逖，所至能翦荆棘，立官府，心甚慕之。今二城殘敝，未如河南之甚〔一〕，增守備以隄防後患，合智勇以堅凝前功，安集新民，拊循鬭士，使開關可以戰，閉户可以守，朕之所圖於卿也。先小遜，後遠略，豈卿素志，匪朕樂聞。

〔一〕如：原作「知」，據翁校本改。

賜新除權刑部尚書程公許辭免兼侍讀不允詔

勑公許：朕召諸賢而未至，嘉一老之來歸。觀辰告遠猷之忠，見歲寒後彫之操。朝野想望其風采，搢紳流傳其奏篇。曳履之班雖高，細旃之業未究。終始於學，將求商宗之多聞；直諒如卿，不曰孔門之三益？俾之勸誦，胡乃執謙！漢廷思見賈生，既訪治安之策；齊人莫如孟子，必陳仁義之言。其即欽承，勿煩巽避。所請宜不允。

賜寶制蔡範辭免除刑部侍郎不允詔

勑蔡範：朕歷數先皇之侍從，興懷爾考之忠良，恨不同時，幸其有後。頃由邇列，詳式左馮〔一〕。願借寇君之留〔二〕，去思雖切；不見賈生之久，注思已深。人物眇然，公等安在。熟復奏篇而嘉歎，俾還禁橐以論思。出有黄霸、龔遂之風，民庸藉甚；入居蘇公、吕侯之任，人命繫焉。朕念必行〔三〕，卿辭毋費。

〔一〕詳式：似當作「詳試」。

〔二〕寇：原作「冦」，據翁校本改。

〔三〕念：似當作「令」。

賜觀文殿大學士游似三上奏劄辭免再任宮觀不允詔

勑游似：詔諭已詳，懇祈愈確。昔彦博垂九齡而得謝，豈限引年之文；杜衍僅一請而獲從，殊匪貪賢之意。尚欲遣使者安車之禮，詎可無廪人繼粟之恩？萬鍾何加〔一〕，豈容心於求富；三命而俯，無乃過於爲恭！夫知止知足，固老氏之名言；可速可久，亦孔門之中道。況大臣之辭受，繫列辟之觀瞻，卿無執謙，朕不反汗。

〔一〕何：似當作「所」。

賜太傅左丞相兼樞密使魏國公鄭清之再上奏辭免姪次申與見次監司恩命不允詔

勑清之：朕以丞相避勢遠嫌，雖貴極公台，而宗戚鮮少，又皆常調平進，與寒門素族無異。

僅有一兄子，本由科第發身，白首州縣，異於所謂恩澤侯者，畀節起家，良不爲過。丞相方且考據古今，頓首固辭，章却復上。夫負薪牛具，恩之薄也；朱輪華轂〔一〕，侈之過也。朕之報功無已，丞相之訓儉有素，奈何援是以爲比乎！涣命必行，巽函姑止。

〔一〕華：原作「葉」，據翁校本改。

賜觀文殿學士陳韡上表掛冠不允詔

勅陳韡：卿養氣至剛，得孟氏之學；鞠躬盡力，有孔明之風。頃煩晝繡之行鄉，乃欲角巾而還第。州里化其廉遜之行，朝野仰其高潔之名。宣室前席之咨，方渴聞其至論；神武掛冠之奏，忽求踐於昔言。夫辭兩社之位，何節之虧；却萬鍾之禄，何滿之有？方叔之猷尚壯，晉公之年未衰。卿猶股肱，亦既冠二三執政之列；朕所體貌，其可拘七十謝事之文？益堅在王室之心，毋作遁生民之計。

賜禮部侍郎兼給事中兼侍讀張磻乞祠不允詔

勅張磻：卿多士之宗，法從之老，《秦誓》所謂黄髮詢謀、漢人所謂白首魁壘之臣也。朝廷有遺忘，賴卿陪輔；旃厦有顧問，待卿啓沃。格心之學、造膝之言，有人所未知者。昔朕禋祀〔一〕，卿以耆年奉璋左右〔二〕。略親湯液，隨奏藥喜。第甘泉之頌，前宣室之問，朕方有意，奈何欲引去乎？方今號召天下賢雋未至，舊人如卿，幾何屈指！其體眷注，勉爲朕留。

〔一〕昔：原作「曰」，據翁校本改。

〔二〕璋：原作「章」，據翁校本改。

賜資政殿大學士正奉大夫提領户部財用兼知臨安府趙與篡乞歸田里不允詔〔一〕

勅與篡：前卿厭劇思閒，歸志浩然，朕詩以留之。居無幾何，復有汶上之興，豈猶未孚朕意耶？自頃計省、京尹，每難其才，卿叠二組踰十年，使國力未甚屈，糴價不敢上，其事亦豈易哉！求全之論，幾於太過，卿疏殆有所激而云。自昔任事之臣，獲久其職，究於用者鮮矣，朕於卿終始如一，無可間之迹〔二〕，鉅細必從，無不售之言，舍朕將安之乎？夫顧衆口之毁譽而欲潔一身之去就，疏遠者然也，豈所望於同姓之卿歟！

〔一〕學士：原作「學生」，據翁校本改。

〔二〕迹：原作「亦」，據翁校本改。

賜太傅左丞相兼樞密使魏國公鄭清之再上奏乞歸田里不允詔

勅清之：朕顓任元台，久虚次輔。君臣相得，庶幾同聲氣之求；機務至繁，寧免獨賢勞之歎？忽覽封章之叠上，冀還政柄而勇歸。首授寒暑相代之言〔一〕，歷陳古昔薦賢之事。居常樂善，尤喜聞樂克之爲；孰不吝權，乃欲惟國僑之聽。如卿卓識，自昔罕儔。今朝無虎豹在山之威，邊有蚌鷸相持之勢，方且寄安危於元老，奈何潔去就於一身！孟子謂予豈舍王，詎宜出晝；《洛誥》曰公無困我，未可明農。尚體眷注〔二〕，勿存形迹。

〔一〕授：似當作「援」。

〔二〕注：原無，據翁校本補。

擬進左丞相鄭清之丐歸田里不允褒詔〔一〕

朕所以留丞相者至矣，來疏猶以耄耋爲辭。昔在元祐，彦博以師臣輔政，蘇軾稱之曰：「其綜理庶務，酬酢事物，雖精練少年有不及；貫穿古今，洽聞彊記〔二〕，雖專門名家有不逮。」朕觀丞相摹畫天下事與所上朝廷章奏〔三〕，蓋今彦博也。夫鎮物資重望，經國須老謀，朕方仰成〔四〕，卿勿言去。

〔一〕褒詔：原倒，據翁校本乙。

〔二〕洽：原作「治」，據翁校本改。

〔三〕畫：原作「晝」，徑改。

〔四〕「朕」下原有「之」字，據翁校本刪。

賜安德軍節度使開府儀同三司充萬壽觀使與懽乞休致不允詔〔一〕

勑與懽：卿望重宗英，位崇使弼，前抗陳情之疏，暫爲還袝之行。孔氏合葬於防，何其久也；季子來歸於魯，跂予望之〔二〕。忽覽奏函，力求還笏。素有爲蒼黔之志，又非掛衣冠之年，何所嫌疑，遽兹勇決？豈朕用才之弗盡，致卿陳誼之甚高？夫功名貴始終之全，忠孝無仕止之異。國家近屬，寧不馳魏牟存闕之心；將相重臣，未可作羲之誓墓之語。盍踐予寧之約，願聞入覲之期。

〔一〕懽：原作「權」。按此題所叙官銜與《宋史》卷四一三《趙與懽傳》官銜吻合，「權」應爲「懽」之誤，據改。正文同。

〔二〕予：原作「手」，據翁校本改。

賜参知政事吴潛再上奏乞解罷機政不允詔

勑吴潛：卿以重望毗大政，朕所深眷，人無間言。洊覽封章〔一〕，以慨時病、懼物論爲辭，求解機務，有大臣之風矣。朕政以時病爲憂，早朝晏罷，思與卿等圖之。卿而引去，則所謂助明時、行善事者，卿當屬之誰耶？賈誼有言，醫能治之而上不使〔二〕，至今識者爲漢文恨〔三〕。卿任崇輔弼，朕方以卿爲活國之鍼艾、救時之盧扁也〔四〕，其安厥位，勿費乎辭。

〔一〕游：原作「游」，據文意改。

〔二〕上：原作「工」，據文意改。

〔三〕文：原作「道」，據翁校本改。

〔四〕救：原作「求」，據翁校本改。

擬進參知政事吴潛乞解機政不允褒詔

朕累詔留行，卿疏可以止矣，復援錢若水勇退爲言。朕惟若水適值平世，得遂其志，今爲何時，中外喁喁望治，位參廊廟，以身狥國可也，豈得但以退爲高乎？卿既立初節，又欲保晚節；朕謂體群臣，孰若禮大臣。其悉至懷，益肩忠報。

賜同知樞密院事徐清叟再上奏乞解機政不允詔〔一〕

勑清叟：詔墨猶濕，奏函復上，勇退未已，爲之憮然〔二〕。朕於士大夫之在列者，未嘗輒聽其去，況二三大臣乎？卿知時事之艱〔三〕，宜念股肱之竭力〔四〕，任本兵之重，盍彊精神而折衝，豈必以潔身辭位爲高耶？矧素著直諒，數聞忠鯁。夫直言，國之華也〔五〕；忠，社稷之鎮也。朕方倚卿爲重，又何危殆之有？

〔一〕上：原作「工」，據翁校本改。
〔二〕憮：原作「撫」，據張本改。
〔三〕艱：原作「歎」，據翁校本改。
〔四〕股：原作「朕」，據翁校本改。
〔五〕華：原作「葉」，據翁校本改。

擬進同知樞密院事徐清叟乞解機政不允褒詔

方今歲功告成，邊烽不聳，政朝廷力行好事之時，而二三大臣方且更迭求退，深所未喻也。卿之忠直，朕所照知，決去無名，留行有詔。若魏徵所云「君都顯號，身荷美名」者，朕之所圖於卿也，豈必以二疏、兩龔自擬乎！其勿重陳，益思叶濟。所請宜不允。

賜寶章閣學士提舉江州太平興國宮陸德輿辭免除寶謨閣學士知泉州不允詔〔一〕

敕德輿〔二〕：卿昔以天官夕拜代官勸讀遺近矣〔三〕，去而帥閩，七聚之人安之。屬困讒舌，棲遲衡泌，朕既采公論，雪前誣，而焚中山之篋矣〔四〕。温陵調守，徒得君重，謂已佩二千石印綬，需函來上，若重於南轅者。夫民之情僞卿知之矣，卿之條教民習之矣，亟其叱馭，爲朕一行。噫！自先朝至今，牧是邦者不知其幾，惟襄〔五〕，惟十朋，惟思，惟德秀，其民尸而祝之，朕之望於卿者如此。

〔一〕題中後一「士」字原無，徑補。

〔二〕德：原作「徐」，據翁校本改。
〔三〕此句似有誤。
〔四〕焚：原作「楚」，據翁校本改。
〔五〕惟：原作「推」，據翁校本改。

賜直秘閣主管鴻禧觀時暫主奉祭祀趙與澤辭免除福州觀察使提舉佑神觀嗣秀王不允詔〔一〕

敕與澤：安僖王國之近屬，宜百世祝〔二〕，爾於次宜襲爵，前議刻印，而雅尚冲挹，若不欲就封者，姑令主祭。朕每入孝宗廟，未嘗不惕然也。子曰：「必也正名乎？」兹授爾廉車，胙爾茅土，典故則然，非朕創始。及披來奏，乃以季父伯氏當封輒歿爲辭。夫殀壽定數也，繼續大義也。朕聞天道福善而益謙，爾行己居官，强於爲善，辭榮避寵，退然好謙，曰貴曰壽，必然之理。嗣安僖者，非爾而誰？

〔一〕閣：原缺，據翁校本補。
〔二〕祝：翁校本作「祀」。

賜少保保寧軍節度使充萬壽觀使謝奕昌再上奏辭免特封祁國公不允詔

勑奕昌：朕前詔諄諄，意卿已對揚矣，需章復上，猶以無例無名爲辭。夫公爵一也，有郡國之分則有一品二品之異，卿所爲再命而僂者〔一〕，豈以是故耶？然位峻孤卿，固已極一品也；升郡爲國，猶稍下於一品，何以謙巽爲哉？況見諸故府，寧免拘例，蔽自朕志，豈曰無名？亟拜恩言，勿煩詞費。

〔一〕爲：原缺，據翁校本補。

賜資政殿大學士沿江制置大使知建康府行宮留守馬光祖乞畀祠廩不允詔

勑光祖：朕以卿俊傑識時務，文武有威風，授以閫鉞留鑰之重。前虜飲江，卿忠憤激發，遣援師〔一〕，悉賦輿，蒙犯霜露，上下往返，靡遑寧處〔二〕，使上流得以收萬全之功，卿與有勞焉。忽覽來奏，諗疾求閑，將由勤勞國事而然〔三〕。但今退遁之虜猶之困獸〔四〕，曷嘗頃刻忘鬬？某風寒當蔽遮，某户牖當綢繆，惜分陰，合羣策，汲汲圖之可也。朕宵旰如故，未嘗敢即安，卿又豈得而懷歸乎？其提大綱，省細務，嗇精神，近藥石，天相忠勤，何恙不已！

〔一〕遣援：原作「遺授」，據翁校本改。
〔二〕寧：原無，據翁校本補。
〔三〕由勤：原倒，據翁校本乙。
〔四〕但：原無，據翁校本補。

賜寶章閣直學士提舉萬壽宮周坦辭免依舊職差知徽州不允詔

勑周坦：卿以倫魁雅望、法從舊臣，卷懷退處，超然事外，若未嘗貴顯者。奉祠香火無躁心，起家佩貳千石印綬無喜色，方且頓首未奉詔，出處去就之際甚雍容矣。徽雖支郡，實江左佳處。昔汲黯不願出守，武帝謂之曰：「卿薄淮陽耶？」黯至而淮陽大治。卿其强起，爲朕一行。

賜少傅保康軍節度使安撫大使屯田使知鄂州兼侍衛馬軍指揮使湖廣總領兼夔路策應使呂文德再上奏辭免特授太尉陞大使職事恩命不允詔〔一〕

敕文德：功高者賞厚，任重者禮隆。卿築險而思、播之守堅，熸梁而渝、合之圍解，其功可謂高矣。建旗鼓、開幕府以鎮楚援蜀，其任可謂重矣。縻以好爵，非厚也；陟其使名，非隆也。朕方以上流付卿，宜恭君命，宜討軍實〔二〕，宜以英、衛、李、郭勳業自勉，若夫崇尚辭巽，若儒生修飾邊幅之爲者，豈所望於大將哉！

〔一〕侍衛馬軍：原作「衛馬軍侍」，據文意乙。

〔二〕討：原作「封」，據翁校本改。

賜馬光祖辭免以任責浚築宜城特轉兩官仍令學士院降詔奬諭恩命不允詔

勅光祖：昔之知事勢者〔一〕，言守江南必先經畫江北，不易之論也。宜城版幹之役，雖宰府決其議，大農給其費，然任責而經畫，竭力而裨助，則閫臣之功。進秩二等，予心猶以爲慊，乃頓首固辭，何耶？雖志存體國，自云職分之常；然賞不酬勞，夫豈勸懲之義？朕不反汗，卿毋執謙。

〔一〕事：原作「非」，據翁校本改。

賜試尚書工部侍郎楊棟辭免兼中書舍人行下房文字恩命不允詔

勅楊棟：卿昔以小家宰兼内史，文辭行乎中朝，今乃以不能退托，竊所未喻，然則前日之受非耶？況起部之事簡於銓綜，掖垣之職在於翰墨，青氈舊物，豈必辭遜？朕觀卿根茂而實遂，無老壯之異；齒宿而意新，何枯涸之有？雖嘉冲挹，宜亟對揚。

賜試尚書工部侍郎楊棟辭免兼直學士院恩命不允詔

敕楊棟：漢命司馬相如視草〔一〕，揚雄待詔承明之廷，唐見李白於金鑾殿，先朝用臣軾、臣轍、臣祖禹、臣壁，朕擢臣㚲、臣了翁直禁林〔二〕，皆蜀珍也。卿西州之彦，奥學瑰文，簡古而蔚，尤宜爲誥。當仁之舉不必遜，惟行之命不可反。朕方延竚，卿可欽承。

〔一〕草：原作「章」，據翁校本改。

〔二〕「㚲」原作「牽」，「直」原作「真」，據翁校本改。

賜觀文殿大學士提舉洞霄宫董槐辭免依舊職判福州福建安撫大使恩命不允詔

敕董槐：朕憂七聚之區，不輕謀帥〔一〕；卿樂一丘之趣〔二〕，未即啓行。覽來奏之披陳，頗自箋於疾憊。力乞寢除書之委寄，庶幾了學《易》之工夫。然元老克壯之猷，晚尤洪毅；若王臣匪躬之義，素所講明〔三〕。舍則藏何如用則行，載之言未若見之事。緩帶聊煩於鎮拊〔四〕，凝香不廢於研尋。涣號惟行，巽函可已。

〔一〕輕：原作「經」，據翁校本改。

〔二〕丘：原作「立」，據文意改，謂「一丘一壑」也。「丘」與「立」形近而誤，翁校本改作「方」，不可通。

〔三〕「力乞」以下數句，原作「力乞寢除書洪毅若王臣匪躬易之工夫然元老克壯之猷晚尤之委寄庶幾了學之義素所講明」，全不成文。細審此文，蓋原本「之委寄庶幾了學」七字在前一行之首，「洪毅若王臣匪躬」在次行之首，抄者誤將前後行互易。今還其舊，則文從字順，豁然貫通矣。

〔四〕緩帶，原作「綬帶」，據文意改。言其從容也。

賜董槐再辭免判福州福建安撫大使恩命不允詔

勑董槐：前詔確乎甚堅，需章却而復至。昔畢公四世之舊〔一〕，猶命保釐；營平七十之餘，尚圖方略。卿之清健，朕所倚毗。初無覆車之足懲，必欲銷印而未可。便當建閫，勿復循墻。

〔一〕畢公：原作「舉公」，按《尚書·畢命》，康王時「命畢公保釐東郊」，畢公爲文王之子，歷武王、成王，至康王恰四世，與本文「四世之舊」合，作「舉公」則無義，因改。

賜董槐三辭免判福州福建安撫大使恩命不允詔

勅董槐：十國爲連，莫隆於分閫；三命而俯，未已於循墻。況一方興來暮之謠，雖遠役適行春之際。平生素志，居常後樂而先憂；古者大臣，莫不朝聞而夕引。朕毋反汗，卿勿懷安。

賜皇女昇國公主辭免進封周國公主恩命不允詔〔一〕

勅皇女周國公主：父之於子，經垂立愛之言；名不假人，國有進封之典。肆繇鍾阜，改畀洛京。詔爵者朕之至公，辭榮者爾之謙志。亦既盼於成涣〔二〕，豈容遂於雅懷！宜即欽承，毋煩固避。

〔一〕「昇國」下原有「法」字，據張本删。

〔二〕盼：原作「分」，據翁校本改。

賜皇女周國公主辭免擇日備禮冊命恩命宜允詔

敕皇女周國公主：車服以庸，帝子之常制；典冊備物，朝家之彌文。新渥既行，舊儀當講。覽巽函之未已，執謙柄而力辭，深諒雅懷，姑蠲縟禮〔一〕。所辭宜允。

〔一〕縟禮：原倒，據文意乙。

賜知樞密院事兼參知政事兼太子賓客朱熠乞俾遂退閑不允詔

敕朱熠：朕思濟時艱〔一〕，敷求哲輔，與之共政，於兹有年。摹畫足以圖回〔二〕，聽量足以容受〔三〕。樞機周密，每默運於帷籌；嚴假和平，方共調於鼎實。朕所加禮，國皆曰賢。何嫌何疑，忽焉有舍魯之志；將安將樂，豈其志在齊之時〔四〕。昔將相驩則策士安劉之計行，君臣睦則强敵圖晉之謀沮。宜體眷留之意，益肩寅協之心。

〔一〕艱：原作「難」，據翁校本改。

〔二〕回：翁校本作「爲」。
〔三〕聽：似當作「德」。
〔四〕齊：原作「營」，據翁校本改。

賜楊棟辭免除權刑部尚書兼職依舊恩命不允詔

勑楊棟：名滿九牧，身兼數器。蓋園、綺之羽翼，嚴、徐之議論，羽、僑之潤飾，班、馬之述作，或得其一，足以名世傳後，卿乃材全美具。昔人謂陸機，「人患才少，君患其多」，此言殆爲卿發也。秋卿雖號劇曹，以卿爲之，綽乎有餘地矣。況文昌台斗之貴，妙選而授，何以辭爲？

賜王爚辭免除禮部尚書兼職依舊恩命不允詔

勑王爚：聽履之除，爲真已晚；鳴謙之疏，得寵若驚。卿之公忠，士所矜式。典銓曹則古之裴、馬〔一〕，輔儲禁則今之綺、園。進長春官，深愜時望。然德業既尊於一代，則班聯宜正於六卿。選而用焉，辭之過矣。其欽承於詔旨，可略去於撝文〔二〕。

〔一〕之裴：原作「文斐」，據翁校本改。
〔二〕撝：原作「僞」，據文意改。

賜端明簽書樞密院兼權參知政事皮龍榮辭免依舊同提舉編修勅令同提舉編修經武要略恩命不允詔〔一〕

勅龍榮：朕治法布於象魏，謨斷見於鴻樞，賴卿提綱，成國鉅典。兹彌綸於萬務，仍筆削於二書，乃輔臣攸司之常，亦大儒已試之效〔二〕，自宜對越，何必遜辭。

〔一〕依舊同：「同」原作「周」，據翁校本改。
〔二〕亦：原作「然」，據翁校本改。

賜端明同簽書樞密院事沈炎辭免兼同提舉編修勅令依舊同提舉編修經武要略恩命不允詔

勅沈炎：緯武經文，樞廷已試；著律定令，府宰攸司。朕方圖内外之修攘，明政刑於閒暇，雖討裁各分乃屬，而典領必惟其人。成命既肦，巽章可止。

賜何夢然辭免兼同提舉編修經武要略恩命不允詔

勅夢然：朕修政以攘夷，常德以立武，命卿該輔，爲朕折衝。雖料敵臨機，紀載各欽於乃屬；而舉宏攝要〔一〕，典司實賴於鉅儒。蓋職守之當然，欲遜辭其何謂！亟祗成命，式懋遠猷〔二〕。

〔一〕攝：翁校本作「提」。

〔二〕懋：原作「想」，據翁校本改。

賜沿江制置大使馬光祖辭免除觀文殿學士職任依舊恩命不允詔

勅光祖：卿居守陪京，盡護諸將〔一〕，鎮静如羊、陸，精練如陶、庾。既經典畫於大計，又□綜理其庶務〔二〕。首公盡瘁，爲朕寬江面之憂者，緊卿是賴。進班書殿，蓋用皐陵待珙故事，而卿方執謙柄〔三〕，騰巽牘，深所未喻。人物如卿，乃退托於不能，然則材與力豈復有出卿右者乎？典聽朕言，勿復有請。

〔一〕護：原作「獲」，據翁校本改。
〔二〕庶：原作「理」，據翁校本改。
〔三〕謙柄：原作「事柄」。按本卷前文《賜皇女周國公主辭免擇日備禮冊命恩命宜允詔》云「執謙柄而力辭」，此處「事」亦當爲「謙」之誤，據改。

賜楊蕃孫辭免以皇女周國公主下嫁男鎮恩命不允詔

勅蕃孫：朕愛鍾一女，選尚久之〔一〕，而得鎮焉，非直以左畹之故。昔在恭聖，有大造於朕，欲報之德，一也。戚家子多崇飲飾游，而鎮清修酷嗜學，美秀工屬詞，有士人之風，二也。此皆爾累世積慶所致，亦過庭義方之教。蔽自朕志，預飭攸司，已涓築館之期，難狥循墻之請。

〔一〕尚：原作「上」，據翁校本改。

賜馬天驥辭免依舊資政殿學士除知福州福建安撫使恩命不允詔〔一〕

勑天驥：朕惟七聚之區，土狹而人稠，地方所産無幾，食之者衆，故其士以筆耕〔二〕，其民多墾山漁海，自營衣食，思得賢帥往拊摩而安輯之〔三〕。卿出建三閫有聲績，入間兩社有忠力，昔爲鐔守〔四〕，習其土風，長樂弄印，無踰卿者。謂已叱馭戒嚴，顧方拜疏辭巽，非朕謀帥之意也。卿其倍道開藩，爲朕布宣寬大，愛養本根，禁戢饕殘〔五〕，振德貧弱，使甌粤之民如處畿甸，朕豈久勞卿於外者！

〔一〕知：原脱，據《宋史》卷四二〇《馬天驥傳》補。
〔二〕士：原作「事」，據文意改。
〔三〕帥：原作「師」，據翁校本改。

〔四〕鐔：翁校本作「潭」。

〔五〕饕：原作「饗」，據文意改。

賜董槐辭免依舊觀文殿大學士提舉洞霄宮進封永國公恩命不允仍改封吉國公詔〔一〕

勅董槐：卿堅卧家山，力辭藩閫，恬退之風〔二〕，可勵薄俗。朕念無以見禮大臣、尊高年之意也，爰命進爵，然卿既爲公矣，由郡而國，不過序升，何以辭爲？來疏又以父名引嫌，深得先賢不聽樂之義，已詔移封。卿宜對揚成涣，勿復有請。

〔一〕改：原作「故」，據文意改。

〔二〕之風：原倒，據翁校本乙。

賜馬光祖再上奏辭免除觀文殿學士職任依舊恩命不允詔

勅光祖：國家重閫帥之權與偏帥異，遇大臣之禮與群臣異。卿佩玉麟符，開大幕府，委任之權既重，待遇之禮亦殊。玆陞書殿之隆名，蓋率先朝之舊典，胡爲謙挹，尚爾巽辭！有功見知，念宣勞之久矣；無德不報，欲反汗其可乎！所辭宜不允。

賜龍圖閣學士提舉興國宫陳塏乞引年休致不允詔

勑陳塏：昔在開禧、嘉定，召彼故老，一時如臣游、臣鑰、臣大中、臣達，接武於廷，惟臣萬里、臣穎不至。先皇知其不可彊起，就加褒崇焉。前朕命卿冠西清學士之列，主洛社耆英之盟，猶此意也。某水某丘，尋釣游之舊；在朝在野，仰廉退之風。豈必引年謝事而後爲高乎？以德則尚有就問於家之禮，以齒則未及箴儆於國之年。勉爲朕留，毋遽請老。

賜太傅右丞相兼樞密使兼太子少師魯國公賈似道再乞祠禄不允詔

勑似道：欲還相印，殊駭輿情；雖賜璽書，未廻雅志。朕當天下適多事之日，卿有人臣不能爲之功。泝黄牛峽而蜀祲銷，榶白鹿磯而江濤息，飲馬順流之謀沮〔一〕，斷鼇立極之勢安。班師而還〔二〕，虚己以聽。委弓旌於巖穴，交璧帛於道涂。朝半老儒，國多君子。胡爲高興，求解繁機！昔謝安興挽鬚拊箏之嗟，裴度有灰心霜鬢之句，朕以肝膽而相照，無毫髮之間言。況守法者難愜悻心，首公者遑恤私怨。秋防不遠，旰食未寬〔三〕。念同舟遇風之時，急而求子；若滿堂飲酒之際，樂反棄予。人將謂何，卿必不爾。

〔一〕欿：原作「欲」，據翁校本改。
〔二〕還：原作「遈」，據翁校本改。
〔三〕旰：原作「肝」，據翁校本改。

賜高衡孫辭免除户部侍郎兼知臨安府兼浙西安撫使恩命不允詔〔一〕

勑衡孫：昔在祖宗朝〔二〕，三司使、開封尹必用臣拯、臣襄之流爲之，以德不顯以材也。卿生長故家，議論猶接前輩緒言〔三〕；勤勞四方，政事不失儒者大指。前曾勇退〔四〕，出處有光；今特召歸〔五〕，望實采重。朕以地官天府命卿爲真，猶列聖選擢儒臣之意。視印無幾何，霧潦之洽化爲晴霽，怨咨之聲轉爲懽愉，亦可以見天意人心矣。卿其即就列，力疾治事〔六〕，以節裕財，以廉化俗，使民不加賦而大農足，吏不犯法而京兆清，用酬眷知，勿事謙巽。

〔一〕兼：原缺，據翁校本補。

〔二〕朝：原作「廟」，據翁校本改。
〔三〕「論」原作「議」，「言」原作「宮」，據翁校本改。
〔四〕曾：原無，據翁校本補。
〔五〕特：原無，據翁校本補。
〔六〕力：原無，據翁校本補。然翁校本删去上一「列」字，則爲不當。

賜禮部侍郎詹文杓乞補外不允詔

勑文杓：朝廷清要官曰言路，曰柱史，曰説書、侍講，曰春官、宗伯，卿前後徧爲之〔一〕。靖共而和平〔二〕，謙㫖而重厚，有常人吉士之風。屬方進律，奚遽引去！夫所謂更迭出入之制，非以待侍從言語之流，援是爲詞〔三〕，殆於未可。朕昔以近臣之勇退〔四〕，有留行之言〔五〕，卿與衆君子而同升，何妨賢之有？

〔一〕徧：原作「偏」，據翁校本改。
〔二〕靖共而和平：原作「靖而共平賓」，據翁校本改。
〔三〕是：原作「楚」，據翁校本改。

〔四〕昔：原作「惜」，據翁校本改。

〔五〕留：原作「流」，據文意改。又「言」上似脱一字。

賜太傅右丞相賈似道再上奏乞賜罷免不允詔

敕似道：「災害之出，天心之仁」，朕誦斯言而加警〔一〕；「陰陽不和，臣等之咎」，卿叢其責以自歸。遠引三公燮理之文，近述四臣解罷之例，抗章愈力，中諭未回。朕惟古者占書，水潦陰類，内得無小人間君子之象？外得無四夷侵中國之憂？宜汎掃朝廷，宜綢繆牖户〔二〕，宜豐積貯以備荒札，宜詔誅賞以贊陽明。賴卿老謀，壯國元氣。乃敷予心腹，見上下交孚之情；儻移諸股肱，豈君臣相勅之義？

〔一〕警：原作「驚」，據翁校本改。

〔二〕綢：原作「調」，據翁校本改。

賜觀文殿大學士判平江府浙西兩淮發運大使措置浙西和糴程元鳳乞還山林不允詔

勅元鳳：自昔大臣典藩，多貴重自佚，雖準之忠、彦博之賢，猶有崇飲餙游之譏。卿之鎮吳門也，以民戚休，爲己苦樂〔一〕，有運甓之勤，無凝香之適。首奏蠲僞增之租，鐫敷糴之額，使朕德意志慮家至户到〔二〕。下令未嘗操切，忠恕而已；治賦無他繆巧，節縮而已。視向來司牧餌數公，治行爲冠。兹覽來奏，遽欲投閑。歲事垂成，糴數未足，卿而懷歸，則郡㒩已成之緒，民墮不終之惠也。卿之未可捨朕，猶吳人之未能捨卿也。

〔一〕苦：原作「若」，據翁校本改。

〔二〕德：原作「得」，據文意改。

後村先生大全集卷之五十六

内　制

不允答詔

賜程元鳳再上奏乞退居田里不允詔

勅元鳳：再求閑退，殊咈眷留。厭勞思佚者，凡人之情；首公竭節者，大臣之誼。況害稼之潦甚廣，惟憩棠之地稍輕，九扈所積無羸〔一〕，萬竈非糴不飽。方且倚仁牧爲軍民之命，詎容奪赤子於父母之懷！卿其簡省文書，親近湯液。吏民頌禱，俾壽而臧〔二〕；神物護持〔三〕，何恙不已！

〔一〕羸：原作「嬴」，據翁校本改。

〔二〕臧：原作「藏」，據文意改。

〔三〕護：原作「獲」，據翁校本改。

賜程元鳳三上奏乞畀祠禄不允詔

勑元鳳：勉留者再，難狥雅懷；力言者三，未孚眷意〔一〕。昔者周分西陝，畢尹陳郊，雖勛舊重臣，猶勤勞外服。而況政方就緒，詎容他人之變更；羅甫開端，宜戒贖吏之科抑。必鎮静常如始至，必勸誘使之樂輸。卿體國甚忠，豈有遐心而欲去；衛生素謹，預知微恙之必瘳。尚聽斯言，姑安汝止。

〔一〕未孚眷意：原作「未眷意孚」，據翁校本乙正。

賜厲文翁辭免除資政殿學士沿海制置使兼知慶元府恩命不允詔

勑文翁：資殿隆名，制垣重寄，雖予新渥，亦爾舊氈。昔命出而復寢也以師言，今令行而不反也以獨斷。矧如海道，尤急秋防，宜叱馭而遂行，胡倚轅而未發！朕惟難平者機事，易感者人心。减户租爲保障，則晉陽之守堅；散賞賜予軍吏士大夫〔一〕，則馬服之戰勝。卿久動心而忍性，必酌古以御今〔二〕。益自奮於猷爲，勿徒煩於謙遜。

〔一〕據文意及句式，「士大夫」三字當爲衍文。
〔二〕古：原作「右」，據翁校本改。

賜江萬里辭免除端明殿學士同簽書樞密院事恩命不允詔

勅萬里：本朝至慶曆間號稱極盛之時，然二虜大爲邊患，天下之力殫敝於陝西、河北，國勢疑稍弱矣。我仁祖所以尊中國而攘戎狄者，豈有它道哉？聚諸賢於朝，而擢任其尤有人望者於二府，入則籌帷，出則行邊，制以智謀，磨以歲月，二虜果皆臣伏矣〔一〕。卿任言責則抗蕭生、汲黯之直，典銓綜則有毛玠、山濤之清。公卿有闕，物論必擬卿久矣〔二〕。本兵之地，不當用若人耶？卿其惜分陰，建長策，以佐朕之大有爲，巽避小廉，卿勿詞費。

〔一〕果：原缺，據翁校本補。
〔二〕論：原作「諭」，據文意改。

賜江萬里辭免同提舉編修經武要略恩命不允詔

勑萬里：史官多網羅舊聞，不必皆目擊身履也。惟《時政記》及《經武》之書，則二府大臣自記其獻替之言，或使其屬執簡而自筆削焉，故二書尤可傳信。卿書法見於瑶編者嚴矣，今既晉居西府，凡朝家應接戎機、科瑣邊吏〔一〕，皆卿所摹畫也，進而密啓，退而實録，千萬世將有考焉〔二〕，奚以辭爲？

〔一〕凡朝家：原作「九家朝」，據翁校本改。

〔二〕千：原作「十」，據翁校本改。

賜權刑部尚書楊棟辭免國子祭酒恩命不允詔

勑楊棟：師儒必極天下之選，然後士無異論。卿西州魁彦，有德有言，出藩入從，風節不撓。縉紳相語，曰是爲善類主夏盟者；韋布聚談，曰是爲公論立砥柱者。適大司成弄印，不屬之卿而誰屬乎〔一〕？卿顧以職繁力分引辭，夫課試講説，僚案之事，卿直以道德典刑使諸生觀之化耳。

朕言不再，其即欽承。

〔一〕不：原作「本」，據翁校本改。

賜參知政事兼太子賓客皮龍榮辭免以皇太子宮滿歲推恩特轉一官恩命不允詔〔一〕

勅龍榮：儲寀滿歲晉秩，舊典禮經然也，況居夔、卨之任而冠園、綺之列者乎！卿以參與大臣從吾兒游，輔導之德深，調護之功高，序遷一階，予心猶以爲薄，抗章巽避，寧不損事體而廢邦彝哉！卿言有大而能謙，朕令惟行而不反。

〔一〕命：原作「本」，據翁校本改。

賜同知樞密院事兼權參知政事兼太子賓客沈炎辭免以皇太子宫滿歲推恩特轉一官恩命不允詔

勅沈炎：朕爲宗社萬世計，豫定國本，於兹一年，儲學日益，儲德日進，皆卿等羽翼調護之力也。年勞遷轉，凡有職於春宫者莫不然，矧居園、綺之列，安得而獨辭乎？卿於從游之際，議政之頃，思其遠者大者以輔導吾兒，辭官小廉，毋勞固請。

賜簽書樞密院事兼太子賓客何夢然辭免以皇太子宫滿歲推恩特遷一官恩命不允詔〔一〕

勅夢然：朕豫建國本，妙簡儲僚，自宫端而下皆當世之耆儒宿學，惟賓師之任則以一相及二三執政爲之，尤重其選也。然以西府之望，從東宫之游，談經議政之際，所以輔導吾兒，厥功茂焉。年勞增秩，有列於鶴禁者皆然，卿雖牢辭〔二〕，朕不反汗。

〔一〕事：原無，徑補。

〔二〕牢：原作「罕」，據翁校本改。

賜同簽書樞密院事兼太子賓客江萬里辭免以皇太子宫滿歲推恩特轉一官恩命不允詔〔一〕

敕萬里：漢初建儲，既以叔孫通爲太傅，張良爲少傅，又使園、綺四人者爲之羽翼，曰煩公等卒調護太子，此朕命二三大臣各客於春宫之意也。卿繇人望執事樞〔二〕，以輔臣言則以躋西府之班〔三〕，以儲寀言則宜受東宫之賞，兹事有體，卿言太謙。

〔一〕太子宫：原脱「宫」字，據前數文題例補。

〔二〕事樞：原倒，據翁校本乙。

〔三〕以躋：翁校本作「既崇」。

賜趙崇𢢽辭免除吏部侍郎兼職依舊恩命不允詔

勑崇𢢽：昔之善典選者，曰清介，曰平允。清則不狥乎私，介則不撓於勢，平則如秤之於輕重，允則犂然當於人心。魏晉之毛玠、山濤，唐之裴、馬，不過率是道爾。朕於近臣中察卿熟矣，長都曹，貳地官〔一〕，士大夫稱其剛勁有守，府史胥徒憚其嚴明難犯。夫如是，則長榜注官之人，操縱予奪一聽於小宰而不受抑於主事令史矣。此卿所優爲也，毋庸多遜。

〔一〕貳：原作「武」，不通。按「貳地官」者，言其嘗任户部侍郎也。趙崇𢢽爲户侍，見本集卷六二所載制詞。因改。

賜資政殿學士通奉大夫提舉萬壽觀史宇之上表再辭免除資政殿大學士知建寧府恩命不允詔

勑宇之：爾之顯考有勞於國，有德於朕，猶當十世宥也。朕見二季若爾考焉，伯氏不究於用而夭，朕甚悼之。爾視伯氏尤温恭長厚，守括帥越，皆有遺愛。建之爲郡，俗獷於越而事繁於括，爾其以昔之治括與越者治建，則爲良二千石矣。由浙入閩，壤地相接，豈必聚糧？奉母行春，人生至樂，又何不從政之有！所辭宜不允，不得再有陳請〔一〕。

〔一〕陳：原作「政」，據翁校本改。

賜守尚書户部侍郎高衡孫乞祠不允詔

勑衡孫：自漢以來，京兆尹率以擊斷爲威風，發摘爲聰明，爾久出藩入從，於是二者蓋優爲之，豈優爲而不屑爲耶？抑儒者氣象固然耶？夫擊斷發摘於郡國之間，末也；論思獻納於朝廷之上，本也。解天府而治地官，朕之所以待爾者加厚矣。

賜觀文殿學士光禄大夫沿江制置大使馬光祖辭免召赴行在恩命不允詔

勑光祖：古之人其於分閫也，必跪推轂以遣之；其於還率也，必歌《出車》以勞之。乃眷龐臣，久膺重寄，亹亹於蕃乎四國，慆慆不歸者三年。邊城增百雉之雄，天塹無一塵之警。遂寬憂顧，備罄忠勤。屬渴想於儀刑，俾趣修於朝謁，延佇介圭之至止，庶幾前席而問焉。倏騰巽章，具述謙志。使臣以禮〔一〕，豈不序情而閔勞；多事之時，未可奉身而求退。予環後矣，俟駕可乎！

〔一〕以禮：原在後文「閔」字下，據翁校本乙。

賜同知樞密院事兼權參知政事兼太子賓客沈炎乞畀祠祿不允詔

勑沈炎：朕方以水災雷變恐懼修省，思與一二三大臣講求所以消弭咎證、感召和氣者，卿於此時引疾求去，翩然出關，都人士莫不駭異。以退爲高而置君民於度外，將安取此！朕已遣黄門趣卿返旆，其即奉詔，共圖國事，俟民氣稍甦，天休滋至，徐謀出處未晚。

賜簽書樞密院事兼太子賓客何夢然辭免同提舉編修勑令恩命不允詔〔一〕

勑夢然：卿材兼文武，位重弼諧。天下之務惟幾，既煩共二；王者之法易避，不過約三。矧群僚分載筆之勞，若碩輔特提綱而已。力辭奚謂，舊典則然。於紫樞黄閣經綸之餘，攷金科玉條沿革之故〔二〕。修政事，攘夷狄，中外無虞；決律令，定章程，精粗並舉。亟承休命，毋事撝文。

〔一〕院：原無，徑補。

〔二〕攷：原作「放」，據翁校本改。

賜徽猷閣直學士通奉大夫新知建寧府陳顯伯辭免召赴行在恩命不允詔

勑顯伯：朕初改紀，卿首賜環，其眷注在諸臣之右。卿屢以疾來諗〔一〕，爲之進西清之直，需南邦之次，以俟藥喜，又歲餘矣。賢路既開，孔鸞畢集，而目中久不見卿，乃於陽復之日，馳驛再召。側席久之，巽函復至。夫難進易退，固朕所敬，昔病今愈，獨不可趣造於朝乎！環顧在列，年事蓋有先於卿者，其爲朕幡然一來，天棐忠忱，何恙不已！況近臣從容諷議足矣，豈必以筋力爲禮哉！

〔一〕卿：原作「顯」，據翁校本改。

賜沈炎辭免除資政殿學士提舉臨安府洞霄宮恩命不允詔

勑沈炎：朕以卿兩載奮庸，同心輔政，故於其勇退也，則賜温詔以勉其留；及其留之而不可也，則以秘殿大邦華其去〔一〕。而卿畏避權寵，涕唾榮利，必欲丐閑。朕既俞卿辭郡之請，顧拜疏不已，辭洞霄，又辭資政。在卿潔身之誼高矣，人謂朕何？國家進退輔臣有禮，夫豈其然？所取已廉〔二〕，毋庸多遜。

〔一〕華：原作「葉」，據翁校本改。

〔二〕廉：原作「兼」，據翁校本改。

賜權刑部尚書楊棟辭免除權禮部尚書日下供職兼職依舊恩命不允詔

勑楊棟：禮官之長，在有虞氏爲秩宗，在周爲大宗伯，至本朝而其官尤重。朕不暇遠引，如臣軾、臣裳、臣壁、臣了翁〔一〕，皆以蜀珍〔二〕，踐乎台斗。卿負倫魁之望，有諸老之風，若古六卿，既居其二矣。夫禮刑相爲表裏，又曰制禮止刑，與其勞煩卿以吕侯、蘇公之事，不若位置卿於伯夷、后夔之選。朕志先定，奚以辭爲！

〔一〕壁：原作「壂」，據翁校本改。

〔二〕蜀：原作「獨」，據翁校本改。

賜文州刺史駙馬都尉楊鎮辭免除宜州觀察使恩命不允詔

勅楊鎮：在昔恭聖，決策援立，使朕被衮服冕，南面有天下，傳之千萬世，誰之功也？嗟乎！慈容遠矣，思所以用情於吾母者，蔽自朕志，命爾尚主，蓋館甥之三日而有廉車之授。爾既聯姻帝室，典故則然，豈得而巽避哉！昔之尚主者多矣，惟真長、子敬脂澤不能涴，富貴不能淫。爾美秀而文，必能以二賢自勉，副朕遴選之意。辭官小廉，當志其遠且大者。

賜馬光祖辭免依舊觀文殿學士除提領户部財用兼知臨安府恩命不允詔〔一〕

勅光祖：以計省兼京尹，其來已久。乃者兵費寖闊〔二〕，歲事薄收。非止無九年之蓄，幾於無宿儲矣；非止蘇、湖、秀之民艱食〔三〕，杭民亦貴糴矣。此二職素難，而在今日尤難。朕弄印莫知所屬，問之在朝在野，皆曰非卿不可。朕念卿名位貴重，宜坐而論，不宜又坐而行。然寧考用詔，朕用與篋，皆合省府而並命，二臣亦不以貴而憚勞。矧卿精忠體國，非二臣所敢望歟！都人望卿之來，惄如調饑，抗疏執謙，近於徐行而拯溺矣。卿毋費詞，朕不反汗。

〔一〕用：原作「國」，據翁校本改。
〔二〕寖：原作「寑」，據翁校本改。
〔三〕艱：原作「難」，據翁校本改。

賜太傅右丞相賈似道辭免男賈德生特除秘閣修撰賈德潤特補承奉郎除直秘閣賈德生妻趙氏特封吳興郡主賈蕃世妻趙氏特封宜人恩命不允詔

敕似道：朕爲愛女館甥，爲元良擇媲，我家之曠典，率土之同慶。況丞相元勳盛德，與國相爲休戚，上有壽母，下有美子若婦〔一〕，燕賚而封拜之，君臣之情也，亦邦家之光也。《詩》不云乎：「吉甫燕喜，既多受祉。」卿爲人臣不能爲之功，則當受人臣不當受之禮，又何滿盈之有？

〔一〕下：原作「不」，據翁校本改。

賜參知政事皮龍榮辭免兼權知樞密院事恩命不允詔〔一〕

勑龍榮：自昔中興之時，莫如周之宣王，其事備見於《詩》。序《詩》者蔽以一言，曰内修外攘而已。今遠則邊患未已，虜情叵測，隱憂之衡慮；近則大農乏絶〔二〕，畿民饑歉，坐視之無策。朕焦勞於上，思與二三大夫共圖之。卿參大政，副本兵，以國事爲憂而不以名位爲樂，進兼元樞，權任𥘑重。夫必有《天保》之治，然後有《采薇》之捷〔三〕，其序如此，朕之所望於卿也。既非越俎，奚必循墻？

〔一〕樞密院：原作「院樞密」，據翁校本乙。

〔二〕乏：原作「之」，據翁校本改。

〔三〕捷：原作「揵」，據翁校本改。

賜同知樞密院事權兼參知政事何夢然辭免除參知政事恩命不允詔〔一〕

勅夢然：朕位置柄臣，責以治功，位愈高責愈重，非直隆其體貌，峻其品秩，爲卿光寵也。《書》曰「期試以功」，子曰「必有所試」。朕昔處卿諫諍，則盡言無隱；逮付卿機政，則同心夾輔。試而詳之察之審〔二〕。由副樞拜參與，位愈高矣，然天下喁喁望治，其責不愈重乎？卿其佐朕攬權綱，明政刑，進賢退不肖，以副朝野之望。亟祗渙渥，毋執謙撝。

〔一〕「何夢然」下原有一「事」字，據文意刪。
〔二〕此句似當作「試而詳之，察而審之」。

賜觀文殿學士光禄大夫提領户部財用兼知臨安府浙西安撫使馬光祖辭免除同知樞密院事兼提領户部財用兼知臨安府兼太子賓客恩命不允詔

勅光祖：卿既衮歸，朕將柄用。屬都人之僉徯〔一〕，煩舊尹之重臨，教條甫頒，精采頓異。然鎮畿甸則止於彈壓三輔，坐廟堂則可以鞭笞四夷，若胸中之甲兵，與肘後之方劑，多多益辦，恢恢有餘。乃登副樞，且冠儲寀〔二〕。以見執政之重〔三〕，兼大京兆之雄。必能叶漢相憂邊之謀，講《周官》荒政之説。卿既有振職之譽，朕無愧知人之明。渙汗已行，需函勿上。

〔一〕僉：原作「簽」，據文意改。僉，皆也。

〔二〕儲寀：原作「儲采」，據文意改。

〔三〕政：原作「任」，據文意改。參本集卷五七《賜馬光祖辭免知福州恩命不允詔》。

賜太傅右丞相賈似道再辭免男德生特除秘閣修撰德潤特補承奉郎除直秘閣德生妻特封吴興郡主蕃世妻趙氏特封宜人恩命不允詔

勑似道：卿有大勛於王室，朕加異數於相門，禮緣人情，其來尚矣。前詔諄諄，而卿牢辭未已，且謂臣鄰罕比，然則凡今臣鄰亦有再安宗社之功如卿者乎？朕非濫予，丞相非虚受，執謙過矣。

賜馬光祖辭免兼同提舉編修經武要略恩命不允詔

勑光祖：國之大事，賴史氏之編摩；武之善經，皆樞臣之摹畫。雖曰屬僚之執簡，然資賢弼之提綱。卿以勳庸，副於宥密。運籌決勝，既參帷幄之謀；撮要舉宏，宜專筆削之任。辭之亡謂，非所敢知〔一〕。宜即對揚，毋勞巽避。

〔一〕敢：原作「敵」，據翁校本改。

賜知建康府陳昉辭免除户部侍郎兼權刑部尚書恩命不允詔

勑陳昉：諸侯入爲王卿士，周也；公卿有闕，選表於郡國，漢也。其來久矣。爾前帥鄞、福，民到於今稱之；起牧建安，期月之政而有百年之思。周家所謂廉能，漢人所謂治平第一，於爾見之。持橐聽履之除〔一〕，將以爲剖符擁麾者之勸〔二〕。況羣賢畢至，獨舊德雅望久勞於外，人得以議朝廷之遺忘矣。宜疾其驅，以遠猷告。

〔一〕持：原作「特」，據翁校本改。

〔二〕剖：原作「副」，據翁校本改。

賜太傅右丞相賈似道辭免賜第宅家廟令有司條具以聞恩命不允詔〔一〕

勑似道：朕以卿勳侔創造，爲之卜潭潭之居；志在顯揚，爲之作奕奕之廟。況有累朝之舊比，未聞先正之力辭。卿爵高而志愈謙，功大而心轉小，惓惓拜疏〔二〕，縷縷陳情，謂杭方歲儉而民饑，越則州貧而財乏，儻並興於二役，必胥動於群言。無廣厦芘萬間之心，有大臣慮四方之志。朕念爾德未報，何官可酬〔三〕！昔宇宙翻覆，殆哉岌岌乎；今江沱宴安，是誰之力也？雖廟謨宏遠，固無庸去病之家爲；然世德深長，詎可效王珪之後祭〔四〕！其祗渙渥，不必瀆詞。

〔一〕賜第：原倒，據翁校本乙。

〔二〕惓惓：原作「倦倦」，據文意改。

〔三〕酬：原作「訓」，據翁校本改。

〔四〕後：原作「復」，據翁校本改。

賜皇女周漢國公主辭免令所司擇日備禮册命恩命宜允詔

勑皇女周漢國公主：父子主恩，既加異數；典册備物，合舉常彝。載披循墻之辭，乞寢臨軒之禮。雖涣汗不反，朕無戲言；然謙尊而光，爾有懿識。宜從忱請，姑略彌文。所辭宜允。

賜寶章閣直學士王克謙辭免除寶謨閣學士依舊佑神觀仍奉朝請恩命不允詔

勑克謙：士大夫之有聞於時、有勞於國與民者，雖倦游或微恙，朕猶維之縶之，不聽其去〔一〕。爾之一門，二惠競爽，皆嘗貴近矣，又弱一个焉。爾用未盡才，顧因足弱，久廢朝謁，兹以真學士奉内祠，維之縶之之意也。昔者病，今日愈，則造於朝矣。成命已肦，毋庸多遜。

〔一〕其：原作「而」，據翁校本改。

賜江萬里辭免除依舊端明殿學士提舉洞霄宫恩命不允詔

勑萬里：朕於進退大臣，每致其厚。若夫負當世重望，謨謀廟堂，曾幾何時，乃卷懷而去。朕察其不可留也，俾以端殿領洞霄焉。歷觀群公先正離合去就之際〔一〕，皆無幾微見於言面，其去也以六月息，其來也則七日復矣，此卿所素講者。朕令不反〔二〕，奚以辭爲！

〔一〕觀：原作「現」，據翁校本改。

〔二〕令：原作「今」，據文意改。

賜提舉洞霄宫徐清叟辭免依舊職提舉佑神觀兼侍讀恩命不允詔

勑清叟：老成者國之典刑，德齒者古所尊敬。元正朝會，群公在列〔一〕，目中乃不見卿，所以申前歲予環之詔。聞卿雖開九秩，而言議風旨不減昔時，研尋論著，皆有新意，夫豈安洛社之樂而無巍闕之心者！况珍臺閒館，非敢勞卿以事；細旃廣厦，雍容談經而已。縱卿耆艾，朕獨不能給扶耶？其就蒲輪，以慰延佇。

〔一〕群：原作「郡」，據文意改。

賜少保觀文殿學士充醴泉觀使魯國公趙葵再上表乞引年致仕不允詔

勅趙葵：前已却謝事之請〔一〕，兹復陳知足之情。信斯言也〔二〕，是渭濱之叟可以勿歸於周〔三〕，淇澳之老不必箴敬於國矣。朕惟士大夫以辭榮爲高，當無事之世，倡勇退之風可矣；時方多故，卿之勳德，其身進退，繫國重輕，奈何致爲臣而去乎！昔裴度雖老，尚佩安危，先臣彦博踰八袠而不得謝。縱卿有遐心，不造於朝，國有大疑，朕猶將就訪於家也。其孚此意，勿復有言。

〔一〕之：原無，據翁校本補。
〔二〕「言」下原有「之」字，據翁校本删。
〔三〕於周：原無，據翁校本補。

賜資政殿學士知福州馬天驥辭免職事脩舉特陞除資政殿大學士職任依舊恩命不允詔

勅天驥：卿以舊弼，往鎮全閩，下車屬耳而治聲流入京師，古所謂五月報政者，於卿見之矣。朕惟七聚，土瘠民貧，累朝無筦摧之征以厚其生〔一〕。臨遣之初〔二〕，蓋嘗諭指。卿推朕德意志慮，布之條教，專以廉儉而飭己，不爲繆巧以生財，與一路吏民相安於無事，凡寓其里，游其校〔三〕，耕其野，皆翕然譽之，如出一口，雖始之疑子產者亦歌之矣〔四〕。大學士之拜，於以見朕褒表循良之意，奚以辭爲？

〔一〕摧：原作「榷」，據翁校本改。
〔二〕遣：原作「遺」，據翁校本改。
〔三〕其：原作「於」，據翁校本改。
〔四〕始：原作「姑」，據翁校本改。

賜參知政事兼權知密院皮龍榮乞解機政不允詔

勑龍榮：卿以鴻碩，兼幹鈞樞，其聞望則本朝倚重，其德度則善類屬心，而況鼎鼐之味甚和〔一〕，巖石之瞻尤峻，忽求勇退，良咈眷懷。蘇、湖歉而尚費厥賑荒〔二〕，淮、蜀險而未容於弛備〔三〕，方將與卿等力行好事，申儆國人，以凝前功，以毖後患。卿所謂二宜去，朕謂不然〔四〕。廉謹細行也〔五〕，將母就養至榮也，烏得以是而辭位乎！

〔一〕和：原作「知」，據翁校本改。
〔二〕「厥」字原在句首，據翁校本乙。
〔三〕險：原作「揵」，據翁校本改。
〔四〕謂：原作「爲」，據翁校本改。
〔五〕「謹」下原有「非」字，據翁校本删。

賜皮龍榮再上奏乞解機政不允詔

敕龍榮：勇退之章，却而復至，且顓以親闈爲辭。夫狄公顧雲爲不遑將母言也，赤母請粟爲不足於養言也。卿奉安輿來，非不遑矣；以列鼎養，非不足矣。今欲辭貴盛而味澹泊，舍安佚而就跋履，豈承顔養志之道哉？勉爲朕留，勿復有請。

賜乃裕辭免特除檢校少保依前皇姪保寧軍節度使天水郡開國公加食邑實封恩命不允詔〔一〕

敕乃裕：我國家懷族之恩過於前代〔二〕，至於疏屬，莫不比肩顯融，況尤親而近者，其可無以寵異之乎？爾朕之猶子，清修好學，建旄既久，使之視儀亞保，其遷不爲驟，其賢不爲忝，循墻之請，過矣過矣。朕言不再，尚克欽承。

〔一〕開國：原倒，據翁校本乙。

〔二〕前：原作「朝」，據翁校本改。

賜皮龍榮辭免除資政殿大學士知潭州恩命不允詔〔一〕

勅龍榮：望欽一時，任重二府，朕惜其去，留之不可。念聖經有禮大臣之訓言，國朝有鎮鄉部之典故，乃如相闒〔二〕，方闕歲臣〔三〕，蓋汝父母之邦，受予芻牧之寄。夫拊創殘之俗，必訪問其疾苦；繼摧剥之後〔四〕，必蠲除其苛細。意卿倍道疾馳，如救焚拯溺然，顧方抗章巽避，非所望於卿也。其祇成涣，不必勞謙。

〔一〕「資政」上原衍一「大」字，據文意刪。

〔二〕相闒：疑當作「湘闒」。

〔三〕歲臣：疑當作「帥臣」。

〔四〕摧：原作「捱」，據翁校本改。

賜皮龍榮再辭免除資政殿大學士知潭州恩命不允詔〔一〕

勅龍榮：湖湘自比年以來〔二〕，數易帥守〔三〕。前之不能厚保障以衛民〔四〕，後之徒能因科調以剥下。寇至而蹂踐甚廣，痛定而愁嘆未甦。夫連十餘城之守，任四千石之重，寧無它人？以卿坐廟堂之久，念鄉國之切，遂用先朝名臣帥本道故事，煩卿一行。如卿所謂流離憔悴者，孰無來暮之想〔五〕，豈謙巽時哉〔六〕！況春陽載熙，將母行邁，綵衣晝繡，父老懽迎，有足樂者，奚以辭爲！

〔一〕皮：原作「史」，據翁校本改。
〔二〕湖湘自：原作「胡相目」，據翁校本改。
〔三〕帥：原作「師」，據文意改。
〔四〕障：原作「彰」，據翁校本改。
〔五〕孰：原作「然」，據翁校本改。
〔六〕哉：原作「或」，據翁校本改。

賜觀文殿學士提舉洞霄宮朱熠辭免依舊職知平江府兼淮浙發運大使恩命不允詔

敕朱熠：吴會爲今右扶風，地望素重，自大尹兼都漕以來，視昔爲重。屬兹弄印，起卿於午橋緑野，非以麾節煩吾重臣之行也。念積貯竭而荒政無以繼，餽餉急而歉歲未易糴，上下交病，孰寬顧憂〔一〕！惟卿資長者有惻怛之意，通世務有康濟之材〔二〕，牧餫之寄，無以易堯，而來奏乃謙巽太過，何也？夫臣弼青社、臣鎮宛丘之事遠矣，如臣珙、臣熹、臣德秀賑荒之政，豈可無舉而行者？若糴事則朕減之又減矣。卿其叱馭疾驅，以趨一方之急，以見體國愛民之義。

〔一〕孰：原作「敦」，據翁校本改。

〔二〕「有」上原有一「者」字，據翁校本删。

賜朱熠再辭免依舊職知平江府淮浙發運大使恩命不允詔

勅朱熠：前詔諄諄，謂宜趣駕；來章譊譊，尚費循墻。鐖氓甚澤雁之流離，內溝方切；邊戍待木牛之飛輓，減竈未能。此爲何時，顧拘常禮！惟體國乃大臣之義，而活民亦仁者之心。諒幡蓋之行春，慰袴襦之來暮，佇騰治最，式副眷懷。

賜太尉保康軍節度使吕文德辭免除開府儀同三司職任依舊恩命不允詔

勑文德：自吾有狄患，而爾有智勇，自奮於兵間，周旋三邊，大小百戰。昔援蜀，今復瀘，其功尤偉。調卒轉餉，皆宜威幕自任，不以煩朝廷。使人人皆如爾之忠忱體國，朕豈憂此虜哉！使相之拜，良不爲過焉，而來奏方謙謙然爲諸將叙勞，尤見不矜功伐能之意。昔人比戰勝於獵，歸功於發蹤指示者，今獵者各分所獲，爾欲辭發蹤指示之賞，可乎？所辭宜不允。

後村先生大全集卷之五十七

内 制

不允答詔

賜觀文殿學士徐清叟再辭免依舊職提舉佑神觀兼侍讀恩命不允詔

勅清叟：朕仄席以待耆英之至，而卿再疏，若重於一出者，其説有二：曰引年，曰知止。朕以爲未然。申公八十而議明堂，武公九十而作《抑》戒，豈必皆以謝事遺榮爲高乎！古之人有杖於朝者，先朝待元老大臣有命子孫扶掖者，朕甚慕之。宜疾其驅，慰此渴想。

賜楊棟辭免除禮部尚書兼職依舊恩命不允詔

勅楊棟：以大宗伯持天下文衡之職也，亦故事也。自臣軾之後，少繼之者。朕付卿此事，所以期望之者深矣。卿帥其屬，能體朕意，以關洛之理學，革場屋之文弊，一榜之間，得士爲盛。夫鬪棘而責主司之公〔一〕，撤棘而旌主司之勞，此累聖重科舉、優近臣之意，秩宗真拜，朕非濫予。況卿號儒宗魁彦，受之豈爲泰乎？

〔一〕責：原作「貴」，據翁校本改。

賜葉夢鼎辭免除兵部尚書兼職依舊恩命不允詔

勅夢鼎：朕選用儒英，典司文柄。方其入而較藝也，則戒以公明；及其出而撤棘也〔一〕，又觀其去取。卿藻鑑精而權度審，凡所品題、所摸索者，多儁才佳士。故事放榜之後，主司或大用，或峻遷，歷歷可數。況卿以粹德雅望，久冠履班，因春闈而賢勞，峻夏卿之真拜，朕意猶以爲薄，卿故欲辭之乎？夫及間暇，圖修攘，如卿所云，正大司馬九伐之任；宜踐言，宜舉職，有文事者必有武備，朕所望於通儒也。

〔一〕撤：原作「撒」，據翁校本改。

賜包恢辭免除禮部侍郎兼職依舊恩命不允詔

敕包恢：漢儒惟申公、轅固年最高〔一〕，學最正，然屢聘召而皆不究於用，至今議者爲漢惜之。卿年與學亦今之申、轅也，歲晚來歸〔二〕，雖已華皓，而精悍不衰，貳秩宗則肅朝儀，侍邇英則守師説，造膝之語，絶口不傳。朕敬其典刑，察其忠實，爲真之拜，及今已晚，然朕之待卿豈不厚於漢之待申、轅乎？辭之過矣。

〔一〕申：原作「新」，據翁校本改。

〔二〕晚：原作「悦」，據張本改。

賜徐經孫辭免除刑部侍郎兼職依舊恩命不允詔

敕經孫：古人有明試之法，爲未用者言也；儒者有已試之效，爲既用者言也。爾昔入爲御史有直聲，出爲廉使方伯有嘉績。朕寘之華近，察其忠實。秋卿讞□〔一〕，多所平反〔二〕；夕瑣封還，凛然風采。雖恬靖靡求於速化，然賢勞宜峻於真除。矧望實之素孚而論思之有補，予非濫授〔三〕，卿勿牢辭。

〔一〕「讞」下缺字翁校本補作「時」，不通，今不從。
〔二〕反：原作「返」，據文意改。
〔三〕授：原作「受」，據翁校本改。

賜孫附鳳辭免兼同提舉編修經武要略并授朝奉郎恩命不允詔

勑附鳳：朕延登儒碩，俾執事樞，軍國之務、帷幄之籌，皆舉而屬之矣。今警遽少息，事會方來，所望同心夾輔之臣，共脩攘夷復古之政。昔漢、唐中興，曰樞機周密，曰措置得宜，而兵財不與焉。朕責成於卿等如此，至於筆削武志，特兼職之一，遷轉文階亦舊典之常，其奚以辭爲哉！

賜太尉保康軍節度使京湖安撫制置兼屯田大使四川宣撫使兼知鄂州兼馬軍都指揮使湖廣總領呂文德上奏辭免除開府儀同三司恩命不允詔

勑文德：復瀘之役，卿功第一，巽函初上，諭卿勿辭〔一〕。前詔未至，遽騰再疏，謙謙然有馮異、賈復之風，非以高爵爲榮者。然賞不踰時，武志也，令出惟行，君命也，卿烏得而執一至之見乎！昔李靖、郭子儀，唐之名將，皆富貴壽考，然則天相卿之耆龐福艾必矣，又何冒寵踰分之慮！

〔一〕諭：原作「論」，據翁校本改。

賜新除兵部尚書葉夢鼎辭免陞兼脩國史實録院修撰恩命不允詔

勅夢鼎：述作其難事乎！前輩言唐《實録》惟順宗一朝，我宋《實録》惟英宗一朝，出韓愈、王安石一手，故辭省而事備。共惟寧考三十餘年之治，史官纂述，僅成初草〔一〕，至於討論修飾潤色之任，必屬鴻儒，故事以官高望重者提其綱。卿多士所宗，六官之長，其往爲朕鋪張揚厲，以對茂陵在天之靈。循墻之請，非朕敢知。

〔一〕成：原作「咸」，據翁校本改。

賜新除禮部尚書楊棟辭免陞兼脩國史實録院修撰恩命不允詔

勑楊棟：朕方選司馬遷、班固之才，屬之纂述；卿乃援劉知幾、韓愈之語，形諸遜辭。尋繹卿説，政自未然。知幾以三長自任，然猶歎十羊九牧；愈始者誅姦發潛之志甚壯，既而曰「今館中非無人，必將有作者」。夫知幾、愈之意，良以不得專汗青之任爾。卿以大宗伯提綱此事，同館學士如堵墻以觀落筆，與唐朝所以命幾、愈者異矣。卿而不可，當誰可者？

賜洪勳辭免兼侍讀恩命不允詔

勑洪勳：自天子至於庶人，未有不須友以成者。朕在宥滋久，典學一念始終不替。爾昔以詞臣開卷丹地，親且近矣；去而將指，自我不見，於今三年，每御邇英，常渴典刑。召以夏卿，欲告猷於禁闥也；進之勸講，欲温故於旃厦也。前已盼趣行之命，巽函過矣，止勿復言。

賜觀文殿大學士提舉洞霄宫吉國公董槐乞生前致仕不允詔

勑董槐：古訓有之，曰尊高年，曰敬大臣，朕於二者尤致其厚。卿以年則國之耆俊，以位則朕之前揆也〔一〕。矧祝鮐無機務之煩，居里有考槃之樂，胡爲抗疏，遽乞垂車！夫富貴人之所欲，卿却邑租祠廩而甘一尊二簋，解葱珩孟勞而返深衣大帶，所謂不以萬鍾動其心、三公易其介者。辭周召之任，享松喬之壽〔二〕，必然之理也，陰陽豈爲能寇哉！勉親湯液，何恙不已，謝事之請，非朕敢知。

〔一〕揆：原作「撥」，據翁校本改。

〔二〕享：原作「亨」，據翁校本改。

賜孫附鳳辭免除兼權參知政事恩命不允詔

勑附鳳：先朝置兩參與共筦幾務，故有「文學問修、典故問槩」之語，今虚其一可乎？朕每覽卿諫書，嘉其有指佞觸邪之勇；察卿心事，知其有尊君親上之忠。不次拔擢，俾登宥密，帷幄有人矣。朕惟折衝自强本始，外攘自内修始。今紀綱未肅，條章未備，蠹弊未清，非止一事。然則曰兵柄，曰政本，卿才多多，獨不可以共二與！成命已敓，撝文宜略。

賜楊棟辭免除端明殿學士同簽書樞密院事兼太子賓客恩命不允詔

勑楊棟：朕登進輔臣，必先德望，非若它官可以序升而次補。卿研尋理學，據依名節，仕無附麗，世莫磷淄，德足於己矣。愈拜祭酒，勸誨諸生，贊典貢舉，多得名士，望孚於一人矣〔一〕。況代言而典冊鮮儷，輔儲而調護甚忠，朕察其才堪大任，俾執事樞。天下喁喁望治，卿宜激昂奮發，與吾大臣同心德，合智謀〔二〕，經畫其遠者大者，方且雍容辭巽，顧今何時，寧不失事機而曠天工乎〔三〕！其即就列，朕言不再。

〔一〕孚：原作「字」，據翁校本改。
〔二〕合：原在上句「心」字下，據翁校本乙。
〔三〕工：原作「上」，據翁校本改。

賜孫附鳳辭免兼同提舉編修勅令依舊同提舉編修經武要略恩命不允詔

勅附鳳：西都尚黄老者，以刑法爲司空城旦書，而韓愈亦有理官不儔三后之論。然本朝設金科，創勅局，以朝士删脩，侍從詳定，而宰輔提其綱焉，豈非曰淑問、曰審克，乃臯陶、吕侯輩人之事，否則一獄吏所決，何至煩吾公卿乎！朕既擢卿共政，機務餘閒，從其長暨乃僚，以虞之五刑、周之八法、漢之三章講貫而修明之，使昭揭如日星，易避如江河，亦仁人之所樂也，奚以辭爲！

賜楊棟辭免除提舉編修經武要略恩命不允詔

勅楊棟：得禦戎之上策，莫若本朝；緝《經武》之一書，丕昭洪烈。雖曰群僚之執簡，允資碩輔之提綱。卿以傑魁，位於宥密，既其政能爲其大，若兼職烏得而辭？强本折衝，朕方重樞機之任；詔久傳遠，卿宜公筆削之權。涣號已揚，需章爲贅。

賜馬光祖辭免除依舊觀文殿大學士知福州恩命不允詔〔一〕

敕光祖：卿經營四方，夷險一致，召從顯閫，入贊本兵，以見執政之尊，行大京兆之事。帷幄之中制勝，慮遠憂深；輦轂之下無譁，令行禁止。予奪公而靡知强禦可畏，應接勤而不以貴重自居〔二〕。若時都人，稱此賢尹。卿鞠躬盡力，自箋遲暮而求閒；朕序情閔勞，爲擇便安而均佚〔三〕。乃延恩之書殿，付長樂之帥藩，蓋今日七聚之樂郊，亦中興名相之補處。暫還枌社，少候瓜時〔四〕。諒深愜於雅懷，尚何煩於多遜！

〔一〕「大」字原在「觀文」上，據翁校本乙。

〔二〕居：原無，據翁校本補。

〔三〕佚：原作「秩」，據翁校本改。

〔四〕候：原作「侯」，據翁校本改。

賜兵部侍郎兼侍講洪勳辭免兼直學士院恩命不允詔

勑洪勳：自昔以世掌絲綸爲美談。朕不暇遠引，如臣皓之有适、遵、邁，臣宗召之有貴誼，皆父子相踵禁林，爲衣冠盛事。卿之先人，朕之内相，黄麻紫誥，天下傳誦，卿復以大手筆繼之。摛文堂，起草臺，乃其舊游，出於親擢，所以增我家典冊之光，豈特爲卿門户之榮哉〔一〕！尚體眷懷，毋爲謙巽。

〔一〕門：原作「文」，據翁校本改。

賜刑部侍郎兼太子左庶子徐經孫辭免陞兼太子詹事恩命不允詔

勑經孫：漢初士立功名者甚衆，及羽翼元子則屬之園、綺輩人，豈非談經義、傅儲德，以宿望不以新進耶？卿自資善初開，從吾兒游，迨春宫肇建，以諭德召，其問辨齒宿而意新，其誦説辭約而理盡，爲元良直諒之友，繄老成典刑之人。進之宫端，托以國本，蓋選掄之素定，勿謙遜之徒煩。

〔一〕徐經孫辭免：原作「徐經辭孫免」，據翁校本乙。

賜馬光祖再辭免依舊觀文殿學士知福州恩命不允詔

勑光祖：辭受之誼，惟其當而已。卿釋樞府而返書殿之班，去神皐而需閩闠之戍，所謂辭尊而居卑，辭富而居貧。巽函再上，欲併辭舊氈新纛，翛然從赤松子游。在卿遠勢避權之舉高矣美矣，豈朕閔勞貪賢之意哉！夫可以取，可以無取，取傷廉辭之可也。今朕所以錫命者，皆卿券内之物，奚以辭爲！

賜禮部侍郎兼侍講包恢兵部侍郎兼直院兼侍講洪勳辭免經筵進讀唐鑑終篇並特轉行一官恩命不允詔

勑包恢、洪勳：昔唐太宗有以古爲鑑，朕三復而允蹈，不知唐治最近於本朝。祖禹又評三百年之事，最切於治體，是以日臨邇英，命諸儒更迭開卷。卿固守師説，世之耆儒。洪侍郎云「單傳家學，國之端人」。旃厦密勿，凡所開説，多與祖禹暗合，朕深嘉歎。徹章進秩，厥有舊比，亦奚以辭爲哉！

賜太傅右丞相兼太子少師賈似道辭免以皇太子宮滿歲推恩特轉一官恩命不允詔

勑似道：元良天下之本，前朕命相多矣，莫爲國家定大計者。自卿宅揆，與朕同心同德，首建春宮，而又招聘耆儒端人以輔翼之。參決久而益智習事，講貫熟而發言當理。近以其所學於賓友者成書來上，由歲月啓迪之善〔一〕，開社稷靈長之基。太公望賜履而封，未聞力巽；正考父循墻而走，毋乃太謙。宜略撝文，欽承茂渥。

〔一〕歲月：原作「公日」，據翁校本改。

賜參知政事兼太子賓客何夢然辭免以皇太子宮滿歲特遷一官恩命不允詔

勑夢然：黄閣逢辰，夙際風雲之會〔一〕；青宮滿歲，例霑雨露之恩。卿爲國疑丞〔二〕，實傅儲貳。積勞久矣，遷秩宜然，云何嗚謙，乞寢成涣！朕令不反〔三〕，爾言未通。蓋從游吾兒，固不止於一世；儻獨爲君子，何以處於群公！

〔一〕夙：原作「風」，據翁校本改。
〔二〕丞：原作「承」，據文意改。
〔三〕不：原作「一」，據翁校本改。

賜簽書樞密院事兼權參知政事兼太子賓客孫附鳳辭免以皇太子宮滿歲特轉一官恩命不允詔

敕附鳳：弼臣共政，賴辰告之忠；儲寀遷官，以年勞之故。既出綸而溥及，奚抗疏而力辭！况論德則先群公，而序爵則間兩社。蓋自端尹而下〔一〕，莫不承恩〔二〕；乃如賓師之尊，詎容避寵！

〔一〕下：原作「不」，據翁校本改。
〔二〕恩：原作「思」，據翁校本改。

賜端明同簽書樞密院事兼太子賓客楊棟辭免以皇太子宫滿歲特轉一官恩命不允詔

敕楊棟：朕頃建春宫，擇天下者德名儒居羽翼之任，首得卿焉。於兹三年，使吾兒學問日精詣、德譽日宣昭者，卿力居多。歲籥再周，儲寀遷秩，舊典然也，辭之何謂！固有朝共政而夕拜恩者，况昔尹今賓，名位愈重乎！朕令不反〔一〕，卿詞勿費。

〔一〕反：原作「及」，據翁校本改。

賜權史書修撰兼太子詹事葉夢鼎辭免除吏部尚書兼職依舊恩命不允詔〔一〕

敕夢鼎：朕以卿出處有本末，論思有補益〔二〕，由夏卿拜天官。雖出獨斷，亦采衆譽，而除目適與卿祠請同日〔三〕。卿遂温前疏，併辭新命，且援孟軻之言，陳誼甚高。夫軻之意，爲知進而不知退，可以無取而取者設也。若卿之賢，聞於天下，不求而得，既得而不患失，何禮義之有愆？積望之厚而取數之廉，非辭受之失據〔四〕。欽承涣渥，勿上需章。

〔一〕史書：疑當作「史館」。
〔二〕恩：原作「恩」，據翁校本改。
〔三〕同：原作「周」，據文意改。
〔四〕據：原作「拔」，據翁校本改。

賜户侍陳昉辭免除權户部尚書恩命不允詔

勑陳昉：邊備未弛，兵費愈闊，國甚貧矣。前世類加賦於民以贍經用，朕非惟不忍也，方且仰憲元祐用李常爲版書之意〔一〕，命爾進長地官。惟爾簡要而非清淡，密察而有實用，庶乎能以道御取予者。其即欽承，勿勞辭遜。所辭宜不允。

〔一〕仰：原作「抑」，據翁校本改。

賜趙崇嶬辭免除權刑書兼職依舊恩命不允詔

勑崇嶬：六卿各治其事〔一〕，而秋卿所治之事，天下之民命繫焉。昔人有言，奏當之成，雖皋陶聽之，以爲有餘辜，言深文巧鍛之可畏也。惟精明者能燭闇，惟密察者不受欺，卿真其人。文昌台斗之拜，遂付之以吕侯、蘇公之事。卿其以所施於省闥銓曹者，爲朕蔽天下之獄〔二〕。已肦涣渥，勿上巽函。所辭宜不允。

〔一〕治：原作「洽」，據翁校本改。

〔二〕之：原作「已」，據翁校本改。

賜知樞密院事朱熠再辭免以充進呈安奉玉牒禮儀使及經武要略禮畢各特與轉兩官恩命不允詔〔一〕

二書體大，涣渥已肦；再疏辭堅，謙撝太過。非眇躬之濫賞，有列聖之成規。矧以龐臣，輯兹鉅典。卿言良是，欲慕正考父之恭；朕令惟行，豈容范宣子之遜！爰申諄諭，其即對敭〔二〕。

〔一〕使及：原倒，據翁校本乙。

〔二〕數：原無，據翁校本補。

口　宣

有勅〔一〕：涣號既行，蓋爾功之宜賞；需章復上，何朕意之未孚！式克欽承，毋庸多遜。

〔一〕有勅：原無，據翁校本補。

賜太保右丞相益國公賈似道再上表辭免國史實録玉牒會要經武要略進書禮成轉官恩命不允詔

前詔遠引伊尹、孟軻，極其諄切；來疏自方卜商、考父，尚爾謙撝。在端揆欲倡廉退之風，然先朝固有褒崇之典。卿雖累奏，朕亦三思。謂京鏜蒙慶元之恩〔一〕，幾於太厚；若王旦被祥符之賞，孰以爲非？已差告廷之辰，姑止循墻之請。

〔一〕恩：原作「思」，據翁校本改。

口宣

有勑：卿言極品，不可序升；國有常彝，詎容獨廢！宜祗成渙，毋復執謙。

賜簽書樞密院事皮龍榮再辭免以進奉安日曆會要禮畢轉官加恩恩命不允詔〔一〕

朕尤重纂脩之事，幸覩成書；凡與聞筆削之臣，皆霑醲賞。卿方該輔，職在提綱，内而立政造事之大方，外而制敵禦戎之長算，網羅咸備，軌範昭垂。旌勞疊進於文階，引義洊形於巽牘〔二〕。考邦彝之具在，所謂視功；儻使領而力辭，寧無妨衆？但當亟受，不必重陳。

〔一〕加恩：原作「加思」，據翁校本改。

〔二〕洊：原作「游」，據文意改。又，翁校本作「屢」。

口　宣

有勅：成書來上，典司之力居多；增秩固辭，廉遜之風可敬。予寧濫賞，卿勿勞謙。

賜簽書樞密院事沈炎再辭免以同提舉編修經武要略就充禮儀使特轉兩官依例加恩恩命不允詔

朕内飭治功，外嚴武備。雖明謨雄斷，機密不傳於史官；然濃墨大書，紀纂具存於宥府。兹奉鉅篇而登進，載嘉碩輔之典司〔一〕，叠二秩之殊褒，遵累朝之故實〔二〕。胡爲再疏，猶守一謙！執簡而書，可以帥其屬矣；循墻而走，豈所望於卿哉！其即欽承，勿勞詞費。

〔一〕嘉：原作「加」，據翁校本改。
〔二〕之：原作「而」，據翁校本改。

口　宣

有勅：經武之書，繄卿之力；辭官之説，匪朕攸聞。其祗服於訓言，勿固持於謙志。

賜皮龍榮再辭免除參知政事恩命不允詔

朕敷求賢佐，協濟治功，既遣貂璫臨門矣，車馬陳庭矣，卿方再疏懇避，引先朝諸臣以自鑑戒。夫易簡未能忘情於進用者，卿未嘗汲汲，朕察其端介忠實，授之以政，烏得以是而自僝哉！十一載之遇〔一〕，未易逢也；一二日之幾，不可曠也。卿其拜詔就列，勿費乎辭。

〔一〕十一：翁校本作「千」。

口宣

有勑：抗章未已，辭寵益堅。朕深惜桑蔭之易移，卿宜思機務之難曠。勉脩職業，庸副眷懷〔一〕。

〔一〕眷：原作「春」，據翁校本改。

賜沈炎再辭免除同知樞密院事兼權參知政事恩命不允詔

朕舉文武二柄屬之於卿，眷益隆，任益重矣〔一〕。宜及國家閒暇，叶贊廟謨，汲汲焉共圖修攘之政，乃抗章懇避未已。先辭受之小廉，後安危之大計，豈所望於二三執政之臣哉！已飭攸司，毋納巽牘。

〔一〕重：原作「厘」，據翁校本改。

口　宣

有勑：機事方來，宜深惜於日力；巽章屢上，得無曠於天工〔一〕？卿請雖頻，朕言不再。

〔一〕天工：原作「天上」，據翁校本改。

賜試右諫議大夫兼侍讀何夢然再辭免除端明殿學士簽書樞密院事恩命不允詔

朕進用二府大臣，付以天下國家之事，參於輿論，蔽於朕志，而得卿焉。每覽群臣章奏，莫切於任理任法之疏，卿今得位，可以行其言矣。不此之圖，顧方謙巽未已，非所望於輔臣也。其祗成命，不必瀆辭。

口　宣

有勅：親擢樞臣，共籌國事，方欲舉修攘之大政，豈宜狥辭受之小廉！巽命再申，需章姑止。

賜右丞相兼太子少師賈似道辭免勅令所脩進景定編類吏部七司續降了畢特與轉兩官依例加恩恩命不允詔

載覽奏函，固辭遷秩。夫上道揆〔一〕，下法守，乃世哲之訓言；若次律令，定章程，亦大臣之職業。既群僚之皆進，豈端揆之獨遺？卿則云無階之可升，朕則愧有功而不賞。科條森列，永遵蕭相國之規；涣渥已行，勿效范宣子之遜。

〔一〕揆：原作「撥」，據翁校本改。

口　宣

有勑：朕於慶賞，一視舊章；卿再謙撝，洊辭新渥〔一〕。欽承温詔，庸體至懷。

〔一〕洊：原作「游」，據文意改。

賜同知樞密院事兼權參知政事沈炎辭免勑令所脩進景定編類吏部七司續降了畢特與轉兩官依例加恩恩命不允詔〔一〕

涣號已行，需函未止。經曰懋功懋賞，蓋以奬於賢勞；諺云經進經脩，初不分於久近。況勑屬各霑異渥，豈柄臣獨守一謙！其體至懷，毋勤再請。

〔一〕兼權參知政事：「權」字原在「事」字下，據文意乙。

口宣

有勑：卿與進書，適當初拜；朕方行賞，烏可獨遺？有舊典之具存，在撝文之宜略。

賜右丞相賈似道再辭免進書轉官依例加恩不允詔〔一〕

巽命重申，需章屢至。著爲律，定爲令，朕方喜於成書；撮其要，舉其行，卿詎容於辭賞！井井乎法則馭官之别，謙謙然名器假人之言。宜拜新綸，式存舊典。所辭宜不允，仍斷來章。

〔一〕依例加：原缺，據翁校本、張本補。

口宣

有勑：一秩之增，舊章是率；三命而俯，雅志未回〔一〕。宜略撝文，毋曠機務。

〔一〕回：原缺，據翁校本補。

賜宰臣賈似道等上表奏請皇帝御正殿不允詔〔一〕

比以積陰爲沴，淫潦兼旬，耳簷溜如聞歎愁，覩蒙霧如畏威怒。偏宗群望，申飭有司，發粟散財，赦過宥罪。曲盡憂勤之至，尚虞感格之難，避師氏之正朝，約太官之盛饌。晨盼親札〔二〕，夕現霽華，活民命於阽危，表天心之仁愛。兹披來奏，請復常儀。然瀕江之編户無家〔三〕，近輔之低田爲壑〔四〕，災傷甚廣，昏墊甫甦。彼曰怨而曰咨，今猶未已；予求安而求飽，人其謂何！卿等之所以愛君者甚忠，朕心之所以對天者愈敬〔五〕。

〔一〕宰：原作「幸」，據文意改。
〔二〕札：原作「禮」，據翁校本改。
〔三〕無家：原作「浮蒙」，據翁校本改。
〔四〕田：原作「由」，據翁校本改。
〔五〕對天者：原缺，據翁校本補。

賜宰臣賈似道等詣文德殿再上表奏請御正殿不允詔〔一〕

朕惟君之事天，猶子之事親。方其出災害以示譴告也，必思敬怒畏威以冀其銷弭〔二〕；及其霽顔色而復慈愛也〔三〕，必愈怡聲下氣以求其底豫。今精祲甫交，敬肆隨異〔四〕，則一念有時而間斷，方寸不足以對越矣。況比屋漂摇而親事法宫自若〔五〕，細民糠粞而惟辟玉食如故，雖甚凉德，寧不恧然！卿等其輔朕不逮〔六〕，交修相勑，以助陽剛，以消陰慝，以相我穡事，路朝聽治，徐議未晚。

〔一〕宰：原作「幸」，據文意改。
〔二〕畏：原作「晨」；弭：原作「餌」。據翁校本改。
〔三〕而：原作「之」，據翁校本改。
〔四〕肆：原作「事」，據翁校本改。
〔五〕比：原作「此」，據翁校本改。
〔六〕逮：原作「遠」，據翁校本改。

賜右丞相兼太子少師賈似道辭免皇太子宮滿歲特轉一官恩命不允詔〔一〕

德隆者任重，勞大者報豐。曩卿宅揆之初，贊朕建儲之策。既從游於宮省〔二〕，亦議政於朝堂。成吾兒仁孝恭儉之名，皆相君模範典刑之力。年勞序進，舊比俱存，繇宮端而下皆遷，豈師氏之尊可後？循常錫命，恨莫酬鴻翼之功；陳義引辭，寧欲避鷹揚之拜！其祗涣渥，毋咈眷懷。所辭宜不允。

〔一〕詔：原作「諾」，徑改。
〔二〕省：原作「者」，據文意改。

口　宣

有勑：儲僚服寀，滿歲遷官；師氏執謙，箋天避寵。卿雖陳於雅志，朕難廢於彝章。

賜何夢然上表再辭免除同知樞密院事兼權參知政事恩命不允詔

涣號載揚，霈章洊至。文武欲盡，予方急名臣之求；事會方來，卿毋使庶工之曠。宜慕姬公之待旦，宜如陶侃之惜陰，以康濟艱難，以新美治化。力辭過矣，衆望缺然。皆云却走而循墻，奚異徐行而拯溺！斯猷斯謀，爾告久已相孚；朕心朕德，乃知胡爲未喻！亟其就列，副此虚懷。

口　宣

有勑：西樞科瑣於三邊，東府彌綸於萬務。緊選掄之甚遴，顧謙巽而未皇。宜略虚文，共脩實政。

賜何夢然再辭免除參知政事恩命不允詔

卿進毗大政，允愜羣心，兹覽霈函，猶執謙柄。遠慕夔、龍之相遜，自云準、介之不如。惟先朝之擢二賢，世稱其直節；若近日之居七争，競號於敢言。昔所建明，今可施設，胡爲辭再三命之禮〔一〕，得無曠一二日之機！况治功尤貴於惜陰，而鉅用何拘於滿歲。其孚此意，勿費乎辭。

〔一〕禮：原作「祀」，據翁校本改。

口宣

有勅：轉廳之除，前已播告；循墻之疏，兹復披陳。典聽朕言，恪共乃職〔一〕。

〔一〕乃：原缺，據翁校本補。

賜馬光祖再辭免除同知樞密院兼提領户部財用兼知臨安府兼太子賓客恩命不允詔

卿既大用，人無異詞，胡爲來章，未諒前詔！況旰食方勤於北顧〔一〕，若時髦孰贊於西樞！卿抱壯心，指管、樂而自許；朕監成憲，命弼、琦而同升。固將張皇天威〔二〕，輔導儲德。修政攘夷，盍先圖其大者；主計尹京，未免斲而小之。全材左右之俱宜〔三〕，庶務精粗之畢舉。蓋真知庖丁解牛之易，何至有馮婦搏虎之嘲！所言甚謙，惟令不反〔四〕。

〔一〕北：原作「此」，據翁校本改。
〔二〕天：原在「張」字上，據翁校本乙。
〔三〕俱：原作「共」，據翁校本改。
〔四〕反：原作「及」，據翁校本改。

口宣

有勅：妙選廷臣，延登樞筦，以廟堂之貴重，兼省府之劇雄。卿欲辭焉，誰與領此？

賜楊蕃孫再辭免特除保康軍節度使提舉佑神觀恩命不允詔

卿洊控表章而辭寵〔一〕，朕非輕名器以假人。上則念先后援立之恩，下則嘉愛女回貤之請。亦既備築壇之禮，豈容執避席之謙！彼三揖而進者，觀美之常；若再命而僂者，爲恭之過。受之則是，止勿復言。所辭宜不允，仍斷來章〔二〕。

〔一〕洊：原作「游」，據翁校本改。
〔二〕來：原作「表」，據翁校本改。

口　宣

有勅：屬朕出綸，命卿仗鉞〔一〕，洊辭成涣〔二〕，毋乃㔉謙。情宜相孚，汗不可反。

〔一〕仗：原作「伏」，據文意改。
〔二〕洊：原作「游」，據翁校本改。

賜皇弟乃裕再辭免特授檢校少保恩命不允詔〔一〕

屬有親疏，固難槩論；君於卿相〔二〕，時有異恩。乃如再疏所陳，必欲十年之待，此廷臣辭遜之常禮，豈家人唯諾之至情！所辭宜不允，仍斷來章。

〔一〕弟：原作「帝」，據文意改。
〔二〕於卿：原作「司慶」，據翁校本改。

口宣

有勅：朕加惠近臣，通班亞保，既告廷矣，可循墻乎？已戒攸司〔一〕，毋納來奏。

〔一〕司：原作「同」，據翁校本改。

賜楊棟再辭免除端明殿學士同簽書樞密院事兼太子賓客恩命不允詔

洊辭宥密，備見悃忱。凡卿所云〔一〕，皆朕未諭。上宰集思而廣益，冀商搉於帷籌；同列協恭而和衷，可調膷於鼎實。宜講周家修攘之政〔二〕，宜賡虞廷喜起之歌，以副朕知，以答輿望。與其守難進之志，謙謙於寵榮；孰若及可爲之時，汲汲於事業。姑停巽牘，毋曠繁機。

〔一〕卿：原作「鄉」，據翁校本改。
〔二〕攘：原作「穰」，據翁校本改。

口宣

有勑：經綸重望，方賴折衝；辭遜浮文，寧無妨要！宜孚前詔，奚必牢辭！

後村先生大全集卷之五十八

内制

青詞朱表三十一首　校點者按：「青詞」原作「請詞」，據翁校本改。後同。

明堂大禮前於天慶觀啓建預告九位五嶽四瀆道場青詞

伏以剛日載涓，將展儀於宗社；先期加謹，敢徼福於高穹。俯竭精虔，仰祈隮相。普錫豐年之慶，迄臻熙典之成〔一〕。

〔一〕迄：原作「乞」，據《翰苑新書》別集卷九改。

滿散朱表

伏以宗祈練日，將講縟儀，先事告期，冀歆精意。諒天心之眷顧，相歲事之豐登，祀典用成，皇圖有永。

太乙宫啓建明堂大禮預告祈晴道場滿散醮一千二百位分青詞

伏以秩祀杪秋，將告虔於重屋；先期浹日，敢徼福於殊庭〔一〕。今太史之龜筮協從，若有司之籩豆已戒，惟陰晴之未定，蓋夙夜之靡寧，寅玒緑章，仰祈蒼昊。伏願瓣香上格，飈馭下臨。圓魄中天，映黄流而同色；霽華麗曉，儼玉路之無塵。

〔一〕徼：原作「激」，據《翰苑新書》别集卷九改。

太禮前二日朝獻景靈宮分詣元天大聖后青詞

伏以欽若昊天，方精禋於重屋；告於始祖，預欵謁於殊庭。雖慙明德之馨，庶啓後人之佑。仰憑道妙，俯鑑衷忱。

明堂禮畢奏謝諸陵攢宫表文

伏以蒇事周寢〔一〕，備芬芬苾苾之儀；儌福漢陵，瞻鬱鬱葱葱之氣。威靈如在，禋祀克成。仰先烈以興懷，薦微忱而攉謝。

〔一〕蒇：原作「藏」，據翁校本改。

明堂大禮畢於天慶觀啓建告謝青詞

伏以講禋類之縟儀，幸無闕典；答穹亓之靈貺，厥有常彝。謹叩竹宫，薄羞蘋薦。伏願天其申命，方開熙洽之期；神之格思，益介簡穰之祉。

滿散朱表

伏以奉秬鬯以精禋，已蒙嘉應；薦蘋蘩而昭答，庸罄微忱。伏願帝鑑孔昭，天休滋至，九扈奏金穰之喜，四時調玉燭之和。

天基節茅山設醮青詞〔一〕

彌月初生，有神光之下屬；後天難老，非巧曆之能推。惟昊穹示箕翼之祥，即福地羞澗溪之薦。凡眇躬所祈者，豈秘祝之謂哉！上欲綿社稷之卜年，下則爲蒼黔而斂福。共願高真來格，寸念默孚。俾爾熾昌，敢獨專於一己；躋民仁壽，可推廣於八荒。

〔一〕茅：原作「茅」，據翁校本改。

滿散朱表〔一〕

月紀孟陬，震出適當於五月；虹流華渚，節名永紀於千秋。翼翼拜章，穰穰降福。敬挹澗溪之潔，少酬天地之仁。

〔一〕表：原作「長」，徑改。

太乙宫申奉聖旨今月廿七日就靈休殿設交年清醮并正月三日修設天基聖節清醮青詞兩道〔一〕

交年醮青詞

臘盡春廻，稍變嚴凝之候；乾旋坤轉，將開平治之期。仰蒼昊以陳辭，爲黔黎而祈福。伏願靈斿來下，忱悃默孚。年歲屢豐，可拾畦間之穗；烟塵永熄，不傳塞上之烽。

〔一〕設交：原作「醮交」，據翁校本改。

天基聖節青詞

受命於天，久仰重離之照；誕彌厥月，適臨出震之辰。即殊庭密露於禱祈〔一〕，庶同宇咸躋於仁壽。福非專饗〔二〕，情必上通。伏願畀《洪範》之疇，鑑華封之祝。過於箕翼，雖巧曆而莫推；譬諸岡陵，若雅人之所詠。

〔一〕祈：原作「析」，據翁校本改。
〔二〕福：原作「富」，據文意改。

正月二日恭遇皇帝甲子萬壽觀設醮詞

歲曆甫新，届此孟陬之月；道家尤重，在於元命之辰。稽首蘂珠，薦忱薇藻。恭願俾爾純嘏，惠我無疆。祝天子之萬年，如詩所詠；錫皇極之五福，以壽爲先。

滿散朱表

庚申啓運，雖舊惟新；甲子循環，既周復始。仰瞻蒼昊，俯瀝丹忱〔一〕。伏願節紀千秋，多覽忠臣之鑑；嵩呼萬歲，壹如太史所書。

〔一〕瀝：原作「歷」，據翁校本改。

仲春潮旺就吳山忠清廟設醮祈保江岸詞

風濤浩渺，莫險於二浙之江；潮汐往來，尤盛於仲春之月。有神主宰，自古流傳。即靈瑣之邃嚴，爲都人而祈懇。恭願寶薰上格，飈馭下臨。金隄絶蟻穴之憂〔一〕，連甍安堵；砥柱中龍門而立，巨浸順流。

〔一〕穴：原作「宂」，據翁校本改。

三月三日恭遇皇帝甲子本命萬壽觀設醮詞〔一〕

春熙寒往，方鍾興運之祥；日吉時良，適際元辰之旦。俯陳悃素，仰叩穹蒼。伏願監此精忱，界之純嘏。錫庶民之五福，共保太和；開壽域於八荒，敢懷專饗！

〔一〕三日：翁校本作「三十日」。

滿散朱表

蒼規垂暮，適然臨本命之辰；綠簡箋天，非敢當封人之祝。毯煙上徹，飈御下臨。豈惟近臣聞嵩嶽之呼，抑使吾民有春臺之樂。

立夏就龍翔宮正陽殿脩設感生帝醮詞

規春垂暮，靡愆代謝之期；衡夏闓端，將届清和之候〔一〕。敬羞蘋潦，虔叩竹宮。恭願帝監孔昭，靈斿來下。詩賡唐殿，應無苦炎熱之嗟；絃奏舜廊，孰不解薰風之慍！

〔一〕候：原作「侯」，據文意改。

七月四日恭遇皇帝甲子萬壽觀設醮詞

封人之祝，巧曆莫知；元命之辰，道家所重。敬羞蘋藻，仰叩蘂珠。恭願監此精虔，錫之純嘏。祈天永命，益爲迓續之圖；夢帝與齡，孰測延洪之筭。

滿散朱表

精忱之至，無徼福之心；肸蠁之間，有與齡之兆。顧慙涼德，忝荷洪休，罄華祝之懽呼，挹澗泉而摧謝。

仲秋潮旺就吳山忠清廟設醮祈保江岸詞

京師諸夏之本，甚矣浩繁；浙江八月之潮，尤其洶湧。欲編甿之安堵，即靈瑣而監閭。不假一壺，民免其魚之患；靡勞萬弩，浪無如馬之高。

天基聖節萬壽觀設醮詞

誕彌厥月，昭示於休符；受禄於天，敢私於凉德？輒羞蘋薦，仰叩竹宮。冀丹赤之上通，與蒼黔而均被。曰壽曰富，壹如皇極之敷；欲安欲生，各遂人情之願。

滿散朱表

儲祥震夙，時届初生；顧德菲凉，福寧專饗！甫露章之上徹，俄飈馭之來臨〔一〕。所願開壽域於八荒，不敢當華封之三祝。

〔一〕俄：原作「我」，據翁校本改。

天基聖節茅山設醮青詞

青規届序，甫布陽和；赤氣呈祥，有開景運。稽首隃瞻於福地，齋心默禱於皇穹。以渺躬膺歷數之歸，以凉德託士民之上，多歷年所，克享天心。屬逢誕節之前期，盡屏昔人之秘祝。恭願雨暘朝順，朝野歡娱。錫五福於庶民，敢云專饗；開八荒之壽域，孰不樂生！

滿散朱表

王春正月，屬届初生；福地名山，初非秘祝。蓋均爲於溥率，豈專饗於菲凉！願垂天地之仁，俱錫居民之福。

正月七日恭遇皇帝甲子本命萬壽觀設醮青詞

新歲紀孟陬之月，方届履端；渺躬逢本命之辰，敢懷徼福！俯羞菲供，仰扣殊庭。恭願鑑此微忱，錫之多祉。周而復始，喜景運之循環；惠我無疆，非曆家之能筭。

滿散朱表

受命於天，獲承丕緒；誕彌厥月，適值元辰。箋丹悃以力祈〔一〕，冀蒼穹之垂佑。

〔一〕「丹」原作「毋」，「祈」原作「析」，據翁校本改。

仲春潮旺就吳山忠清廟設醮祈保江岸青詞

浙江險阻，自古而然；潮候往來，於春尤盛。祈都人之奠枕，薰靈瑣之瓣香〔一〕。恭願神物護持，風濤恬静。六飛所駐，填安衆大之區；千丈之隄，杜絶漂揺之患。

〔一〕瓣：原作「辨」，據翁校本改。

太乙宫中保蠶麥設醮青詞

女功伊始，各勤五畝之桑；民食方艱，尤望兩岐之麥。欲田里免饑寒之患，必雨暘無乾溢之愆。乃述輿情，仰干穹聽。恭願惠風和暢，化日舒遲。蠒似甕而倍收，競練白雪；餅如篩而一飽，蚤刈黄雲。

三月八日恭遇皇帝甲子本命萬壽觀設醮青詞

維暮之春，式届陽和之候；誕彌厥月，聿開震夙之符。輟叩殊庭〔一〕，寅繙祕笈。伏願皇圖山鞏，壽祉川增。逢甲子之元辰，用祈景貺；紹庚申之寶運，永保丕基。

〔一〕 輟：似當作「輒」。

滿散朱表

緒業之託，實傳渺躬；陰陽者流，尤重元命。爰控精祈之悃，敢萌專饗之心！願與臣民，同躋仁壽。

立夏就龍翔宮正陽殿修設感生帝醮詞

朱明候應，初欣壠麥之登；蒼昊聽卑，敢挹澗蘋之薦。隃瞻絳闕，虔控緑章。伏願帝監四方，皇敷五福。假也大也，發爲養物之仁；薰兮時兮，推以解民之慍。

冊文七首

明堂大禮前一日朝享太廟

聖祖天尊大帝

伏以物本乎天，人本乎祖。維帝之盛，有光羲農。垂裳之化，合宫之制，千載而下，猶想其風。慶源既衍，施及冲渺。兹卜季秋，蒇事國陽，啓迪後人，迓續休命。

祖宗帝后　十三首一同

伏以猗歟我家，以聖繼聖。帝德之盛，若古勳華；后範之懿，曰女堯舜。遺此艱大，集於菲凉。屬修宗祀，前期以告。洋洋如在，神之格思。亦既受祉〔一〕，施於孫子。

〔一〕祉：原作「社」，據翁校本改。

昊天上帝

伏以帝監四方，眷宋不釋。惟德是輔，詎天我私。農扈有積，邊烽息警。篤匪人力，真宰之功。仰觀星象，俯練時日，曷謂大饗，亦惟小心。其億萬年，對越景命。

皇地祇

伏以莫厚於坤，故能載物。王者母事，自古則然。生齒惟蕃，地道亦敏。都人足食，歲事遂成。后土之功，與天同大。茲卜素商，肇修宗祈。乃薦黃琮，以徼終惠。

太祖皇帝

伏以天厭五季，真人勃興。黄鉞一麾，僭壘電掃。實開有宋，無窮之基。創造孔艱，揖遜不有。帝庸眷顧，詒萬子孫。仰憲累朝，蕆事重屋〔一〕。曷敢不恭，威靈在天。

〔一〕蕆：原作「藏」，據《翰苑新書》别集卷一一改。

太宗皇帝

伏以聖矣熙陵，舜受堯禪。六合一家，偃伯崇儒。以武戡亂，以仁立國。軼漢跨唐，與周比隆。曾孫纂承，懼德弗類。屬嚴大報，敢薦微忱。詒謀既遠，流慶未艾。

寧宗皇帝

伏以於皇聖考，侔德舜文。宵衣之勤，澣服之儉。天輔有德，民懷有仁。渺予冲子，羹墻如見。付托之重，大懼弗當。屬修宗祀，嚴父配帝。赫赫濯濯〔一〕，實照臨之。

〔一〕濯濯：原作「濯濯」，據翁校本改。

表文十首

成穆太后慈懿皇后攢宫修造奏告

慈容天遠，陵兆歲深。兹卜繕修，深虞震動。筮著叶吉〔一〕，材甓俱良。舊觀將新，前期已告。

〔一〕著：原作「者」，據翁校本改。

慈懿皇后宫修换翻蓋奏告告遷神御

陵柏黛蒼，惟神靈之貴静；廟楹丹刻，屬敝蠹之當新。撰日之良，鳩工惟謹。暫兹移御，行矣返棲。

慈懿皇后宮修造還神御權奉安表文〔一〕

敝必改爲，固難因陋；禮當還奉，焉敢憚勞！敬舉玉衣，暫移帳座，佇還舊觀，即復閟宮〔二〕。

〔一〕修：原無，據翁校本補。

〔二〕閟：原作「悶」，據翁校本改。

中春補種諸陵攢宮

陵廟禮嚴，方春按視。橋山松柏，閟宮楹桷〔一〕，乃補其疏，乃飾其蠹。焄蒿如見，不敢不告。

〔一〕閟：原作「悶」，據文意改。

昭慈聖獻皇后上宮等處翻蓋修整奏告

雨淩風震，寧免傾欹；日吉時良，將加設飾。儼神游之如在，輒先事以告期〔一〕。慈監俯臨，僝功不遠。

〔一〕輒：似當作「輒」。

昭慈聖獻皇后下宮等處翻蓋修整奏告

告遷神御〔一〕

園陵事重，霜露感深。敞改而爲，方欲新於舊貫；礙通諸理，暫移次於別楹。庀役云初，告期惟謹。

〔一〕此題原與正題連書，按遷神與奉安爲一事之兩部分，當按慣例，於一正題下分標二小題，因改。後「成穆皇后」一文仿此。

昭慈聖獻皇后下宮翻蓋修整權奉安神御〔一〕

涓日之吉，將繕寢園；在天之靈，暫遷幄座。聿嚴崇奉，其即妥安。

〔一〕此題當省作「權奉安」。又「獻」原作「憲」，據正題改。參《宋史·后妃傳》。

成穆皇后攢宫下宫殿宇翻瓦抽换奏告

告遷神御

穴藏廟祝〔一〕，禮尤極於嚴恭；雨降露濡，物寧無於蠱敝！既差辰而得吉〔二〕，將撤舊以更新〔三〕。敬奏靈斿，暫遷別幄。

〔一〕穴：原作「宂」，據翁校本改。
〔二〕差：原作「羞」，據翁校本改。
〔三〕撤：原作「撒」，據翁校本改。

權奉安

仍舊如之何，事不容於因陋；避礙通諸理，敝必至於改爲。乃即殿楹，暫遷帳座。俟鳩工之告畢，奉飈御以遄歸。

赤山攢宫成恭慈懿皇后下宫並已修整了畢告遷神御還殿及正奉安

時前告遷

陵宫繕廢，舊觀維新；祏主返棲〔一〕，慈顔如在。乃涓上日，豫告前期。

〔一〕祏：原作「袥」，據翁校本改。

正奉安

梓人竣事，既繕寢園；木主棲神，復還帳殿。徽音肸蠁，佳氣鬱葱。在天之靈，豈隔蒼梧之野；乘雲而去，徑歸姑射之山。

紹興府攢宫修蓋高宗皇帝憲節皇后憲聖慈烈皇后孝宗皇帝成肅皇后光宗皇帝寧宗皇帝恭聖仁烈皇后攢殿神門并神御殿神門並已脱换柱栿欄楣重新蓋瓦畢備合用告遷奉安〔一〕

告遷神御

昨因飾蠱，嘗先事而告期；今既僝功，將妥靈之有日。遥望弓劍所藏之地，不勝羹墻如見之心。崇奉愈虔，潔齋以白。

正奉安

梓人竣事，蠱敝一新；祏主返棲〔二〕，威靈如在。焄蒿之念尤切，崇奉之禮益嚴。

〔一〕用：原作「同」，據翁校本改。
〔二〕祏：原作「祐」，據翁校本改。

仲春補種諸陵攢宫窠木及修奉殿宇衣幃什物

春視園林，舊典有嚴。橋山之柏，寢廟之簾，補疎飾敝，妥靈揭虔。敢不昭告，先后在天。

成恭皇后恭淑皇后上宫翻蓋殿宇龜頭奏告

慈容如在，既久因山；積蠱宜新，初非修墓。載涓良日，預告前期。屬鳩僝之將興，願威靈之默相。

後村先生大全集卷之五十九

内制

祀文

明堂脩整太廟大殿并四祖殿合用前時奏告

神御還殿十七首 共一詞

伏以練日精禋，前期藻飾，迨兹竣事〔一〕，將以妥靈。維列聖之顧歆，鑑冲人之寅奉。

正奉安十七首 共一詞

伏以有司飾設，奕奕孔新；列聖威靈，洋洋如在。剛辰允協，神御乃安。佑我後人，成兹熙事〔二〕。

〔一〕事：原與下句「將」互倒，據翁校本乙。
〔二〕茲：原作「之」，據翁校本改。

仲秋潮旺祭告南瀆大江昭靈孚應威德博濟王一首

伏以一馬渡江，六龍駐浙。惟天設險，拱護行闕。川后波臣，受職於朝。璧靡沉河，弩不射潮。茲卜季秋，聿脩大報。徼福爾神，前期致告。

從祀五廟一首

忠武英烈靈衛顯聖王、靈濟顯佑威烈昭順王〔一〕、英烈王、忠應協貺聖佑公、善應安濟孚佑顯衛侯。

伏以六飛省方，百神受職。濤江無波，如行枕席；農畝有秋，相安耕織。維彼小民，謁焉必獲；矧國大祀，敢不以白？捍我金隄，相我寶穡，既成熙事，亦永血食。

〔一〕昭：原作「照」，據翁校本改。

滿散五嶽四瀆二首 係一詞

伏以國家大饗，預涓剛辰。川嶽靈祇，首列祀典，屬將蕆事〔一〕，敢不告虔？相我縟儀，冀神陰騭。

〔一〕蕆：原作「藏」，據翁校本改。

明堂大禮分祭九宮貴神 共一詞

伏以國之大祀，卜用剛日；天之貴神，祭有常儀。即壇而享，以徼靈貺，既相熙事，且祈豐年。

分祭社稷 共一詞

伏以自古建國，莫重於社，太稷改云「以稷配社」。著在祀典，不屋而壇。雨暘必禱，況乎禋類。

敬奉牲幣，且謝且祈。

分祭后土氏后稷氏 共一詞

伏以三歲大報，咸秩百神。惟勾龍氏，后稷改云「惟后稷氏」。有功萬世，乃飭祀典，寅奉潔粢。願相歲事，溥歌華黍。

明堂前二日朝獻景靈宮分詣祖宗帝后

伏以涓剛毖祀，先事告期。將禮有嚴，方奉周京之籩豆；孝思尤切，仰瞻漢廟之衣冠。尚啓後人，迄成熙典。

明堂禮畢祭謝嶽瀆一首

伏以比選吉辛，肇脩宗祀。寅畏嚴恭之念，可質幽明；濛鴻㠘峨之神，若通肸蠁。逮茲成禮，敢不薦神！

明堂禮畢告謝五嶽四瀆一首〔一〕

伏以屬者大饗，徧於群神，爰及熙成，莫非隲相。竭精忱而摧謝，冀肹蠁之顧歆。

〔一〕禮：原無，據翁校本補。

中太乙宫 立春

國之祭禮，尤重春祈；天之貴神，聿修時薦。福匪專於一人，德欲徧於群黎。伏願措世泰和，濟民仁壽。禱祠之事，參考於漢儀；躔次所居，常臨於吳分。

西太一宫 立春

九歌之禮，莫重東皇；五福所臨，聿崇西祀。敬羞菲薦，冒黷忱辭。伏願歲事屢豐，物生咸遂。其帝大皡，皆欣木德之回；曰天貴神，虔致竹宫之禱。

祀海神〔一〕 仲春

粤從六龍，駐蹕吳會。東南地斷，水之所匯。百谷受納〔二〕，惟海爲大。濤江東來，春尤澎湃。有神司之，祀典具載。割牲灑酒，祓除災害。農飽秔稌，人厭魚蟹。禱又有賽〔三〕，歲歲毋怠。

〔一〕祀：原作「祝」，據翁校本改。
〔二〕受納：原作「納紳」，據翁校本改。
〔三〕又有賽：翁校本改作「祠于神」。

祭南瀆 仲春

古稱四瀆〔一〕，祭禮咸秩。建炎省方，四瀆存一。濛鴻之神，□□□職。春祀有嚴，籩豆如式。颶息簸颶，濤絶注激。災害不生〔二〕，報賽毋斁。

〔一〕古稱四：原缺，據翁校本補。
〔二〕災害：原缺，據翁校本補。

從祀五廟 仲春

濤江之險，其來自昔。拱衛行闕，此江之力。障回狂瀾，爾神之職。金隄埽岸，砥柱潮汐。仲春之朔，薦陳芬苾。黎元奠居，災（螯）〔鰲〕永熄。

三月一日太陽交蝕合用祭告太社

季春之朔，日有食之。求端於天，必有其故。或朝政有闕，或陽教不修。方自慙其菲涼，安敢諉於躔次？競競致禱〔一〕，杲杲如初。

〔一〕競競：似當作「兢兢」。

陰雲不見祭謝太社

陽光薄蝕，預見占書；雲氣蔽虧，弗形咎證。匪曰側修之所致，端由仁愛之至深。是用敬共，少伸報謝。

太廟修整合用奏告權奉安〔一〕

奏　告

漂搖之害，楹桷稍隳；鳩僝之功，龜筮叶吉。齋祓以告，威靈實臨。

權奉安

加飾桷楹，敝當改作；暫遷帳座，禮有權宜。敢告前期，即還舊觀。

〔一〕奏：原作「秦」，據翁校本改。

太廟土地

奉先事大，繕廢禮嚴。乃鳩功徒，重飾蟲敝。神其訶護，貺以告祥。

孟冬車駕朝獻祝香

啓佑眇躬〔一〕，延洪寶祚。澤中之雁咸集，凋瘵少甦；塞下之馬不嘶，風塵永熄。

〔一〕眇：原作「渺」，據翁校本改。

十月四日立冬祀太乙十神

中太乙宫

元冥届序之初，宜修常祀；太一所臨之分，必有休祥。乃即竹宫，敬羞蘋薦。冀靈斿之下格，庶景貺之駢臻。

西太乙宮

國之太祀，聿嚴於冬；天之貴神，必有所次。即照臨之分野，爰挹注於澗谿。均節雨暘，奠安華夏。

仲春祭海神

海於天地，爲物最鉅。重溟浩渺，百谷奔注。鰲極載奠，龍馭斯駐。宮闕之嚴，生聚之富〔一〕，川后受職，陰相默助。鯨波安流，颶母熄怒。蛟鰐服循，魚蟹飽飫。祀典有嚴，禮意攸寓。

〔一〕富：原作「當」，據翁校本改。

仲春祭南瀆

南渡嶽瀆，四惟一存。以水爲國，濤瀾吐吞。厥神濛鴻，與嶽亢尊。内扈京邑，外壯蕃垣。鯨鯢既清，魚鱉亦蕃。祝史告虔，歆此簠鐏。

仲春祭祀五廟

炎紹省方，定鼎江滸。宮闕岧嶢，民物蕃庶。列聖經營，百靈森扈。驚濤順流，不煩萬弩〔一〕。枕奠畿民，輻輳海佑。正辭以告，神不我吐。

〔一〕煩：原作「頌」，據翁校本改。

修整太廟冊寶殿合用奏告大殿十三帝后

冊寶至重，累朝所傳；土木雖工〔一〕，有時而敝。方將飾蠱，敢不告期？

〔一〕工：原作「上」，據文意改。

太廟土地

宗廟尊嚴，蠱者必飾；方隅禁忌，神之所司。舊觀將新，前期以告。

中太乙宮立秋祀太乙十神

老火濁暑，待秋而清；華黍寶穡，待秋而成。矩令初行，乃欸甲帳。爲國爲民，哀輯休貺。近而畿輔，遠而邊疆，農夫奏功，蚩尤收芒。

西太乙宮

赤帝威收，少皡時至。瞻言西方，貴神所次。敬羞蘋薦，默禱竹宮。賓凉餞暑，冷露清風。捷書載塗，餘糧棲畝。邊無小警，年以大有。

孟秋朝獻車駕詣宫行禮祝香

時政清明，歲功揫斂。五星聚井，無蚩尤之旗；萬寶得秋，有太倉之粟。

聖節致語一首 口號、勾合曲附

天基節集英殿宴致語

春王正月，開震出之休符；天子萬年，仰離明之久照。共惟皇帝陛下文勤至昃，堯大如天。田間歌《華黍》之詩，老農擊壤；塞上奏《采薇》之捷，都護奉觴。臣等輟采輿言〔一〕，共祈睿筭。

〔一〕輟：似當作「輒」。

口號

民情物態漸熙熙，纔載金幡化日遲。無一點塵飛玉塞，有三白雲下瑶池〔一〕。史官應筆嵩呼事，墨客誰賡鎬宴詩。惟有南山堪比壽，世間巧曆不能知。

〔一〕雲：原作「雪」，據翁校本改。

勾合曲

逢繞殿之辰中闕。俳詞，少伸善頌。

春端帖子

皇帝閤五言二首 立春 辛酉

苑柳抽芽碧，宮花透蕚紅。不干青帝事，上自是天公。

雪霽長楊館，冰銷太液池。君王勤典學，無暇問花時。

步輦春遊少，先朝事可師。買燈文館諫，折柳講筵規。

七言三首

祈年禱雪感而通，黄帕封香出禁中。百姓不知皆帝力，只言解凍是東風。

古來春日寬書下，定有堯言發德音。兩向紅雲傍畔立，最知聖主愛民心。

黄符不輟寬農賦，黛耜何須幸藉田。野老傳觀臺歷喜，乞漿得酒是今年。

皇太子宫五言二首 立春

朝野俱相慶，元良入震宫。卓然由獨斷，不待茹芝翁。

朝退常臨講，春宫樂事稀。儲君勤問寢，聖父尚求衣。

七言三首

聽雞而起嚴温凊〔一〕，踐蟻雖微念發生。海内傳聞皆色喜，宫中仁孝本躬行。

錯由術進何裨漢，伾以棋親亦誤唐。聖代尊經崇理學，講堂燕子日初長。

與貴近言常儼恪〔二〕，待賓師禮極温恭。新年聽得都人語，盡説儲君肖祖宗。

〔一〕清：原作「清」，據翁校本改。

〔二〕儼：原作「慊」，據翁校本改。

皇后閤五言二首 端午

香羅兼紬葛，百辟謝恩歸。誰信椒房儉，身惟衣練衣〔一〕。

前星皆貴主，佳節值蕤賓。賀郤至尊了，同來賀聖人。

〔一〕練衣：原作「練辰」，據翁校本改。

七言三首

挂起艾人存故事，捕他蠅虎累仁心。龍舟閣岸何曾試，且向薰風和舜琴。

紙上姜任今遠矣，女中堯舜果誰哉。累朝閫範真龜鑑，寄語江心莫鑄來。

樛木恩霑群下久，菖蒲飲與六宮同。遥知寶扇輕披拂，散作人間解愠風。

公主閤五言二首〔一〕端午

蟬咽高槐緑，魚吹細浪圓。未皇理粧額，先要和薰絃。
左右陳圖史，毋煩鑄古銅。惟應勤與儉，事事監中宮。

〔一〕五言：原倒，據文意乙。

七言三首

禁蘗葵榴隱映紅，一番櫻笋過匆匆。仙家有餌菖蒲者，採入瑶巵壽兩宮。
有意薰蘭爲佩服，無心鬬草較輸嬴。何須綵綫祈長命，不待釵符自辟兵。
内中車馬稀曾出，止在深宮侍燕遊〔一〕。聖父宵衣臨幸少，垂揚終日蔭龍舟。

〔一〕「止」原作「上」，「侍」原作「待」，據翁校本改。

皇后閤五言一首 壬戌 立春

六宮奉栢酒，同向上前斟。聖主求衣早，椒房儆戒深。

往昔端門幸，恩霑戚畹醲。外家今挹損，安有馬如龍。

七言三首

一點陽和默斡旋〔一〕，枝頭枯槁忽姝妍〔二〕。人間但見千紅紫，玉指金針妙不全〔三〕。

春月羅敷少出嬉，陌頭漸及采桑時。中宮尚講親蠶禮，報與人間嬾婦知。

太液冰銷寒霽威，新年喜氣靄皇闈。恰聞主第初諧耦，俄報儲宮已冊妃。

〔一〕斡：原作「幹」，據翁校本改。

〔二〕姝：原作「殊」，據翁校本改。

〔三〕全：原作「得」，據翁校本、張本改。

公主位五言二首

粧閣朝暘暖，書窗晝漏遲。不看《列女傳》，即誦《二南》詩。

彤史芳華筆，金爐戒定香。羞談沁園事，肯學壽陽粧？

七言二首

甲第朝參稍折旋，聖恩尚欲便傳宣。内南新創更衣所，長近君王尺五天。

永晝尤宜對簡編，傳聞餘暇到經禪。不須遠覽師前古，吾宋錢家主最賢。

端愿所交多勝彦，景臻之後至鈞樞。王興下嫁中興少〔一〕，帝婿親師振古無。

〔一〕王：原作「三」，據翁校本改。

皇帝閤五言二首 端午

解慍甦民瘼，清心郤暑威。君王肖仁祖，寶扇不須揮。
收了黃梅雨，龍舟且要晴。御園看緑暗，樂府奏朱明。
花柳忽蜩鳴，池荷亦蟈聲。何須捕蠍虎，微物各貪生。

七言二首

邇英常有侍經儒，永巷元無望幸姝。艾道陵堪訶綺户，竹夫人可衛紗幮。
殿閣凉生玉帝居，薰風被袗鼓琴初。日常濃墨揮宸翰，夜或留燈覽諫書。
榆塞煙收麥壠豐，至尊爲樂與人同。御前酌罷菖蒲酒，回賜堯樽徧六宮。

皇太子宮五言二首 端午

巧粽姑存俗，薰琴已召和。入朝寢門早，出對講堂多。
詹庶與賓師，儲宮動必咨。政須人作鑑，焉用以銅爲。

七言三首

旗鼓雙雙競渡船，湖堤楊柳緑如烟。春宮不省追懽事，至樂惟應在夏弦。
消長常從杪忽萌，由來陽極一陰生。遥知參决繁機際，於此尤宜體察精。
帝爲儲闈取友端，朋來黄綺偉衣冠。賜羹漢殿恩尤異，不比唐家苜蓿柈〔一〕。

〔一〕柈：原作「杆」，據翁校本改。

口宣十六首

御筵喜雪

霏霙應候，叶氣致祥，特光紀臘之期，昭示有年之兆。可以燕衎，以奬燮調。

賜天基聖節道場乳香四道

皇太子

位居儲貳，情篤君親。逢繞電之休符，表前星之善頌。欲周沙界，爰錫寶薰。

殿　司

解谷春回，節臨金鑑；周廬宿衛〔一〕，天近觚稜。可無一瓣之薰，以助三呼之祝。

步　司

雙闕春回，三衙地近。步騎之分雖異，箕翼之祝則同。乃錫奇薰，載嘉忱意。

馬　司

六龍天御，啓運千齡；萬騎雲屯，同聲三祝。其輟一銖之賜〔二〕，溥薰四表之和。

〔一〕廬：原作「盧」，據翁校本改。

〔二〕其：原作「共」，據翁校本改。

賜尚書省滿散天基聖節道場乳香

書正月以次王，適臨誕節；領衆星而拱極〔一〕，共集勝因。持此一銖，散諸六合。

〔一〕星：原作「皇」，據翁校本改。

賜尚書省御筵酒果

祥開甲觀，宴洽鎬京。輟御府之黄封，分瑶池之丹實，俾沾錫賚，庸奬弼諧。

賜密院滿散天基節道場乳香〔一〕

南極現祥，適當震夙；西樞率屬，同祝壽祺。其分錫於名薌，以助成於勝果。

〔一〕賜：原無，據翁校本補。

賜樞密院御筵酒果〔一〕

虹流華渚，燕啓瑶池。天上流霞之觴，海中如瓜之棗，薄言錫予，昭示寵嘉。

〔一〕樞：原作「極」，據翁校本改。

宣賜太傅右丞相賈似道生日御書扇子金器疋物等

瑞紀垂弧，恩隆賜扇。鈞樞重任，佩裴令之安危；器幣多儀，介魯公之燕喜。茲爲殊錫，其即欽承。

入内内省申乞撰皇弟嗣榮王到闕賜銀合茶藥并傳宣撫問

卿枌榆蹔返，棣蕚孔懷，忽聞詣闕之期，深動在原之喜。特茲郊勞，錫以邦彝。尚其疾驅，慰此渴想。

御藥院關乞撰太傅右丞相魯國公賈似道家廟奉安預賜祭器金器幣銀絹

魯新廟之成，桷楹有奕；漢尚方之賜，器幣維多。稽故實於先朝，褒殊勛於上宰。美哉輪奐，奏匠石之僝功；享以騂剛，奉豆籩之常禮。朝廷異數，家國同榮。

講筵所關撰進讀唐鑑終篇賜宰執侍讀侍講説書修注官御筵〔一〕

朕覽祖禹之書，監有唐之事。嘉碩輔寵臣之博古，覽前師後誦之積勤。有補就將，宜均燕衎。

〔一〕唐：原作「同」，據翁校本改。

賜進士聞喜宴錫御書詩

王多吉士，觀國之光；我有嘉賓，式燕以樂。既舉瓊林之典，可無鎬邑之詩？

賜進士聞喜宴御筵花酒果

名標金榜，喜仙桂之搴枝；宴洽瓊林，分宮花而剪綵。共歌《既醉》，均被湛恩。

御藥院關撰進呈孝宗實録宣答提舉官禮儀使以下詞

總領諸儒〔一〕，勒成鉅典〔二〕。論國體，述時務，何慙良史之才；揚鴻烈，章緝熙，丕顯皇家之懿。奏篇來上，直筆可嘉。亦既覽觀，不忘歎賞。

〔一〕總：原作「忽」，據文意改。

〔二〕勒：原作「勤」，據文意改。

公主下嫁駙馬都大所關乞撰六月十二日宣繫宣答詞

朕念貴主之及笄，選外姻而築館，涓辰宣繫，率舊典章。諒母族之增光，與皇家而同慶。

後村先生大全集卷之六十

外制

皇后姨母郭氏贈平原郡夫人

生無出梱之言，素欽懿範；没有表阡之典，式顯異恩。興言左戚之賢，追賁小君之號。故恭人郭氏持身冲約，禀性淑和。習禮陳詩，本嘉熙諫臣之同氣；奉匜及盥，嬪慶元樞輔之高門。雖已從蒿里之遊，猶及見椒塗之貴。念宮闈之近屬，賜湯沐之新封，加峻密章〔一〕，有光彤史。噫，若堂若斧，悵永閟於德容；如山如河，尚克歆於命服。可。

〔一〕密：似當作「蜜」。

鄭寀左諫議大夫

諫省之設，常侍蓋久虛其官；先朝以來，大夫居七爭之長。孰膺妙選，我有藎臣。具官某峻特而粹夷，清通而亮直。每自勵安恬之操，未嘗近矯亢之名。給札所條，已空臆而無隱；改絃之策，嘗造膝而發端。密贊廟謨，徧司言責。或伏閤而箴闕，或對仗而叱姦〔一〕。摧拉靡遺，袪青蠅營營之黨〔二〕；挽推尤力，求白駒皎皎之賢。朝綱爲之一清，善類賴以復合。然而陰邪窺伺者未已，否泰消長之靡常，欲凝前功，宜究讜議。乃冠班於左掖，仍開卷於邇英。噫，魏徵多剴切之言，方虛懷而樂聽；陽城無苛細之論，有大事則力爭。勉追前賢，以對殊獎。可。

〔一〕仗：原作「伏」，據翁校本改。

〔二〕袪：原作「法」，據翁校本改。

江萬里殿中侍御史

朕深惟風憲耳目之寄，艱於擇材；時則有魁礨骨鯁之臣，毅然任重。久矣拾遺於右掖〔一〕，進之執簡於臺端。爾學本於經，文貫以道，頃改調於膠瑟，趣入侍於細旃。察其忠忱，付以言責。謂臣無玉食，詎宜作於福威；謂盜竊寶弓，尤特嚴於書法。然後君子小人之界限定，家臣世卿之芽蘖除。顧泰道之消長靡常，善類之離合難必，朝陽鳴之和者少，狂瀾倒而回之難，欲局面之堅凝，賴寸心之突兀〔二〕。范仲淹負爲諫官、爲御史之望，出於親除；司馬光論結人主、結宰相之非，勉哉特立。可。

〔一〕右掖：原倒，據翁校本乙。

〔二〕寸：原作「班」，據翁校本改。

李昂英右正言

國無法家拂士，何以倚毗；官曰補闕拾遺，賴其箴儆。乃登俊望，俾列賢班。爾負倫魁之名，在勝流之目。生也鄰曲江公之里，鍾此瓌奇；長而客博陵相之門，接其文獻。每雍容於離合去就之際，亦激昂於言議風旨之間。朕改調膠絃，收還威柄，朝綱暫肅而窺伺者衆，國是粗定而堅凝之難。肆求直諒之臣，庶賴切劘之益。昔汲長孺願爲中郎將入禁闥，自信其孤忠；王仲舒嘗與諸諫官伏延英，力争於大事。益陳剴論，勉繼前修。可。

李韶翰林學士

三代訓誥誓命，不過坦明；先漢號令文章，亦惟爾雅。朕患近製之不古〔一〕，思得耆舊儒而作新〔二〕，輟自秩宗，擢之翰長。具官某窮聖賢之奧，味道德之腴。臞不勝衣，所自任者甚重；吶不出口〔三〕，雖能言無以加。嘗執簡而繩貴權，屢褰裳而避寵利。夷考大節，庶幾全人。皓首重來，丹心不改。止足若疏廣，以歸爲榮；清苦如孔戣，其去可惜。況名臣之欲盡，適内相之久虚，俾躋禁嚴，以視親近〔四〕。《語》所謂直諒多聞之友，《詩》不曰典刑老成之人？其少爲於予留，毋必行於爾志。噫，修在慶曆，遂能力變於時文；光於熙寧，乃謂不工於儷語。繼勉二臣之作，自成一家之言，以飾皇猷，以對休命。可。

〔一〕按句式，此句似脱一字，或下句多一字。
〔二〕新：原作「漸」，據翁校本改。
〔三〕「吶」下原有「而」字，據翁校本删。
〔四〕視：似當作「示」。

王伯大刑部尚書

天道好生，尤重一不辜之命；秋官帥屬，莫如大司寇之尊。肆疇試可之庸，特峻爲真之拜。具官某頃以直節，服於邇聯。韓愈名爲傲相國之人，汲黯見謂揖將軍之客。有側目而視者，遂掩鼻而去之。屬逢琴瑟之改調，屢却弓旌而後至。嘉猷則告於后，時有開陳；正色而立於朝，了無附麗。憲部奮平反之筆，經帷竭啓迪之忠。卿雖切於懷歸，朕欲留以自助。乃舉陟明之典，式昭樂與之心。噫，用民譽以長六卿，顧不甚重；謂理官不列三后，夫豈其然！益罄遠猷，倚當要任。可。

吴潛兵部尚書

文昌八座之聯，從昔所貴；司馬九伐之任，於今爲難。采民譽而延登，訓國人而申儆。具官某積倫魁之偉望，襲名父之嫡傳。其智略足以圖回，其力量足以負荷。舉朝趨附，但知有偃月之堂；中野徬徨，不忍廢履霜之操。往嗟予瑟之膠柱，今喜汝琴之成聲。馳驛予環，起家拜爵。蓋秋防之事方急，矧夏官之長久虚。器械備，軍馬修，既未底周家之盛；干戈朽，斧鉞鈍，豈能無唐季之憂？必簡稽於伍符，必激勵於士氣。噫，朕有名臣文武欲盡之歎，不倦招延；卿當賢哲馳騖不足之時，益思感奮。庶建嘉績，以酬殊知。可。

謝希垔權禮部尚書

虞廷之典三禮，必允僉諧；晉國之長六官，亦先民譽。肆予親擢，視古庶幾。具官某植行潔修，秉心精白，早交游於諸老，久歇歷於中朝。自奮孤忠，雖千萬人吾往；及更大化，惟一二臣予同。爲命則兼世叔、子産之長，批勑不在袁高、李藩之下。頃疇時望，登拜文昌。慕正考父之恭，莫廻雅志；聞范宣子之遜，咸革躁心。名實俱孚，歲時寖久，爰陟大儀之峻〔一〕，以旌邇列之英。露門之勸讀有光，夕瑣之塗歸愈勁。噫，先賢嘗評劉向，蓋所謂同姓之卿；諸儒豈無魯生，相與定一王之禮。可。

〔一〕陟：原作「涉」，據翁校本改。

程公許禮部侍郎〔一〕

舜以伯夷典朕禮，並列九官之間；漢以叔孫起朝儀，莫返三代之舊。乃睠貳卿之高選，必資一世之鉅儒。具官某坤維間生，江表獨步。仲舒之學，漸乎淵源；韓愈之文，澤於仁義。去若鴻冥而鵠舉，來如麟獲而鳳儀。縉紳推其爲翰墨之宗，典冊足以鳴國家之盛。運斤獨步，拙工見而汗顔；援筆立成，衆吏爲之脱腕。既無愧於代言之任，尤有功於改紀之初。以老舍人，行小宗伯，爰舉歲滿爲真之典〔二〕，仍兼夜直視草之華。噫，晏嬰折世卿之萌，格言可復；房喬奉明主之問，遺恨至今。願如博洽之賢，往振寅清之職。可。

〔一〕侍郎：原作「尚書」，據翁校本及正文「貳卿」「小宗伯」之語改。

〔二〕真：原作「貢」，據翁校本改。

趙汝騰權吏部侍郎

朕當多事之時，興乏材之歎。任權衡人物之寄，豈不重哉；非選擢天官之賢，誰與領此！具官某籍甚時望，蕭然儒癯。更生直諒多聞，尤忠宗國；太白才名獨步，蚤入禁林。不炙手於權門，寧潔身於外服。屬者改紀，出而覽輝。和墨螭蚴，迭煩於直筆；留黄鳳閣，屢却於斜封。昨屈詞垣，兼行武部，見於綜叙，極其精明。姦胥黠吏有望風而驚，老校退卒無失職之歎〔一〕。其升小宰，俾掌左銓。噫，伯禹、皋陶論官人之難，其來已久；左雄、山濤獲典選之譽，不過至公。欽乃攸司，祇若予訓。可。

〔一〕校：原作「交」，據文意改。卷六九《郭德安除兵部郎官制》有「老校退卒之見聞」，正作「校」。

應繇權兵部侍郎兼權吏侍

冢宰、司馬，古各治於一官；文士、武夫，今爲分於二選〔一〕。孰兼劇任，允屬全材。具官某蚤負時名，嘗登詞禁。老文學咸避三舍〔二〕，大典冊自成一家。值虎守關，耽耽之視可畏；如駒在谷，皎皎之操不渝。洎攬威權，趣還暴直，凡播告大昕之作〔三〕，皆從容數刻而成。昔軾草三麻，遂有宮蓮之送；敞揮九制，幸無禁漏之催〔四〕。由卿而觀，視彼奚愧？朕惟吾丘之學寡二，陸機之材患多。今尺籍加倍於前，而武銓入仕者衆，將簡稽其驕冗，稍甄別其品流。擢自右坳，俾之叠組。噫！禁中有牧，固可訪於前籌；行間拔蒙，豈無資於精鑑！益修職業，以對寵光。可。

〔一〕爲分：原倒，據翁校本乙。
〔二〕咸：原作「退」，據翁校本改。
〔三〕作：原作「昨」，據翁校本改。
〔四〕催：原作「摧」，據翁校本改。

謝方叔權刑部侍郎

天道惡殺而好生〔一〕，故能覆物；秋卿帥屬而掌憲，將以全民。乃登當世之忠良，庸廣我朝之仁厚。具官某勵霜日之操，秉鐵石之心，嘗執簡爲司憲之臣，首奮筆著辨姦之論。既落落而難合，遂縹縹而高翔。屬予更化之初，還爾敢言之列。具法冠對仗下，請加義甫之誅〔二〕；取白麻壞廷中，竟沮延齡之相。方寸不渝於丹赤，始終莫得而磷緇。朕區別正邪，褒崇讜直，念久任抨彈之責，宜進參扈從之聯，非惟優賢，亦以賞諫。噫！弼臯陶之五教，諒明欽恤之心；奏韓愈之一封，益究論思之業。可。

〔一〕天：原作「大」，據翁校本改。

〔二〕甫：翁校本作「府」。

尤熔權工部尚書

太史不治民，蓋示專官之重〔二〕；六卿分帥屬，莫如起部之清。乃錫賛書，以華直筆。具官某味名教之樂，接文獻之傳。卷不停披，固異萬籤之未觸；書皆默記，孰云三篋之已亡！處寵辱得喪而不驚，非寒暑燥濕所能變。朕更張治化，號召雋良。渠觀必有殫洽之儒，旃厦可無直諒之友？仍以鉅典，屬之當仁。果能芟夷亂繁，網羅放失。適兼領銓衡之任，未免分鉛槧之功。其陟冬卿，以優耆德。非但觀《春秋》之褒貶，蓋將責朝夕之論思。噫！命汝鳩工，亦惟其事簡；至於麟止，庶見於書成。可。

〔一〕示：原作「宗」，據翁校本改。

湯中起居郎劉應起起居舍人

惟先朝之左右史，率當世之第一流。在慶曆則成襄力救臺端之法〔二〕，在紹興則良貴昌言橐從之非。思得若人，俾居是選。爾中有山林之直氣，爾應起有鐵石之剛腸，實爲諫官、御史之賢，皆在端人正士之目。或嘗援禮，預折田氏之萌；或請裂麻，竟沮延齡之相。朕方親近善類，堅凝前功，況夾侍香案之傍，宜並登直筆之彥。言動必載，闕失必規，庶風采聳聞於一時，而名節照映於千載〔二〕。噫！若稽直誼，見史佚之所書；毋使後人，謂遂良之不記。益殫忠藎，以對眷知。可。

〔一〕成襄：按慶曆名臣無此人，當是「蔡襄」之誤。蔡襄慶曆中修起居注，曾廷救唐介。

〔二〕句末原有「秋」字，據翁校本刪。

趙希杼司農少卿

兵籍日增，吏員日衆，太倉非有紅腐之粟。朕爲此廩廩也〔一〕，思得通練之才權其耗豐，會其出入。爾希杼早參閫幕，以吏幹顯；晚登郎省，以心計聞。屬者扈農卿少久虛，命汝攝承，甚宜其官。《書》不云乎，「試可乃已」；《語》不云乎，「其有所試」。汝見於已試者詳矣，往祇新命，毋廢前勞。可。

〔一〕 凜凜：原脱一「凜」字，據翁校本補。

上官涣酉將作監李鎬軍器監

自頃用事者喜新進，侮老成，躁競得志，廉退失職，朕甚患之，稍擢耆年長德、孤立平進之人於朝，庶革此風。爾涣酉宿士也，仕已無喜愠；爾鎬故家也，言論有典刑。歲晚來歸，皆已華皓，滯於郎舍，夷然氣和〔一〕，法當序遷，以示勸獎。昔周漢中興，詩人美其器械之備，史臣稱其工技之精。其以涣酉爲大匠，鎬長戎監。汝往欽哉，毋曠乃職。可。

〔一〕 夷然：翁校本作「色夷」。

章大醇侍左郎官

官冗而材乏，員多而闕少，胥吏售姦，賢愚同滯，仕者皆病之矣，朕欲得一佳吏部郎而用之。爾大醇以名父子，擢奉常第，教胄子有師道，掾公府有賢名，去而作牧，又以廉平稱，乃下璽書，俾佐銓筦。夫寡援者孤寒也，汝甄拔之；撓法者財勢也，汝杜絶之。使選人無扞格齟齬之嘆，則汝獲清通簡要之譽。可。

文復之左曹郎官

地官劇曹，長貳共提其綱〔一〕，郎官分治其目〔二〕，自昔選用材臣能吏，今以雅士爲之，有深旨焉。爾復之，蜀珍也，名冠多士，望臨一時，出秉麾節於萬里之外亦云久矣。前以起部召，何來之遲！方今俗薄而訟繁，國貧而財殫，剸裁良艱，調度安出！然以理蔽曲直而不以勢，以道御取予而不以權，此儒者事也。勉之哉，朕方以遠者大者期汝！可。

〔一〕綱：原作「綢」，據翁校本改。

〔二〕官：原無，據翁校本補。

趙希徹司農寺丞

列寺惟大農操斂散之柄，躬出納之勞，以處實材，非養虛譽。爾席華腴而無貴介之累，當英妙而有老成之風，兩監州，再立朝，試之詳矣。亀卿方闕，丞行長事，朕又將觀汝之心計焉。近世能臣，多出同姓，汝益勉之。可。

王湜武諭〔一〕

士趨利禄，俗弊教失，朕患夫一世之瀾倒也，欲擢廉退、奬志節以挽回之。大臣言爾自重而難合，久幽而不改，是可以爲人師矣。其爲我招諸生而誨之，使有矜式。可。

〔一〕諭：原作「論」，徑改。按「武諭」即武學學諭。

謝堂將作丞徐謂禮將作簿

朕於營繕之事，未數數然也，故雖監視它曹其職尤簡，有列其間，不過養望而已。爾堂故相之孫，温而恭；謂禮名父之子，詳而雅。更出迭入，皆有華問，稍進之於大匠之屬〔一〕。夫事繁則分其志，職簡則專於學。爾其懋哉，毋若晉人以清談遺事爲高。可。

〔一〕於：原作「于」，據翁校本改。

林希逸校書郎

頃者當國之臣拔士多矣，士起冗流致美官者相望。爾以南宫魁亞，大廷甲科，飽學雄辭，獨滯於倉庾氏，予聞而嘉之。前命尚方給筆札，兹繇是正遷校讎〔一〕，久抑必伸，亦理之常。昔館職趙逵奏事，高宗勞之曰：「秦檜日薦士，曾無一語及卿，以此知卿。」然則朕之知爾，猶烈祖之知逵也。益厚培養，以對柬擢。可。

〔一〕校：原作「教」，據翁校本改。

陳可大理丞

國家選廷尉屬分二涂，而治獄丞必以儒家者流爲之，其意深矣。爾端介静厚，立身行己有常人吉士之風，審克之任，爾所優爲。夫蘇公、吕侯遠矣，若于定國、徐有功之事，豈非學者所樂聞歟！汝其試哉，以需顯用！可。

趙希贊軍器監丞

朕優禮宗老，又拔其子姓於朝，惟其材，不專爲恩也。爾孝謹謙厚，少有美譽，列屬武監，由簿而丞，選寖高矣。《易》曰除戎器戒不虞，《詩》曰修車馬備器械。爾尚究心職事業〔一〕，以佐而長，毋但曰養望而已。可。

〔一〕事業：二字疑衍其一。

趙希徹太府丞俞德藻司農丞

大農司出納，外府掌受藏，非公廉無私、洗手奉職者不在是選。爾希徹賢而優於吏幹，爾德藻儒而通於世務，必能考盈虛之故，窒耗蠹之源，以紓調度，以振乏絶，毋曰有司之事而不之屑，朕將進用汝未已也。可。

程元鳳秘丞兼權刑部郎官

三館惟丞職最高，六曹之郎選尤遴，若一朝而併授，必當代之勝流。爾標度之清，文行之粹，居後造之前列，有士林之美名。掌教辟雍，師道可法，談經宫邸，古誼與稽，朕固知爾之學矣；涉筆秘丘，發舒英華，讞刑省户，昭雪幽枉，又將試爾之材焉。可。

方岳宗學博士

先帝肇建宗庠，萃其雋秀教之而已。今朕又使之横經朱邸，傳以古誼，其選不愈遴乎！爾博贍之學、奇偉之文見擁士林〔一〕，不但倚科目爲重。表儀成均，諸生既有所矜式矣，其爲我訓迪公族，輔導宗藩，使之慕中壘清修之風、東平爲善之樂。可。

〔一〕擁：似當作「推」。

劉元龍太學博士

羣天下之英材而養之學，必擇天下之名儒而爲之師。爾資凝重而行醇慤，所以治其身者無闕，斯可以律人矣。往教澤宮〔一〕，士必有觀而化者。可。

〔一〕澤：原作「擇」，據文意改。

倪祖常軍器監

尚論人物者，必推本其家世。賈嘉於誼爲孫，魏謩於徵五世矣，當時猶旌録而光顯之。朕歷數近世之名卿，興懷先朝之遺直，錫以美謚，擢其象賢。爾多識往行前言〔一〕，猶有故家遺俗。蓋嘗彙諫書而來上，不惟寶舊笏而深藏。立朝端方，典州清白，郎潛滋久，處之夷然，庶毋忝於爾考矣。晉長戎監，仍典吏銓，以奬恬退静重之風，以爲能嗣守植立者之勸。可。

〔一〕識：原作「職」，據翁校本改。

江萬里侍御史

朕恢張公道，容受直言。數諸臣之在廷，尤其憚黯；屬首端之弄印，無以易堯。爾金百鍊而愈剛，壁萬仞而特立。所守之篤，今人與居，古人與稽；自信甚明，仁者不憂，勇者不懼。極力破權門之死黨，奮身主善類之齊盟。精白一心，剴切百奏。風采聳聞於列辟，霜稜愈峻於內臺。其序陞横榻之班，以增重本朝之勢。噫！位高者責重，恩厚則報難。我思古人，深壯埋輪之舉；汝長御史，尚覩對仗之彈。可。

韓補福建舶

朕閔海賈之以命易貨，而吏之墨者或重征而豪奪之也，每擇佳士，俾持琛節。爾繇朝列牧歙郡，褒賢而崇教，戢吏而愛民，自節縮而加厚於人，多觸弛而反裕於力〔一〕，廉平之譽，達於予聞。夫互市之事非所以煩汝也，將使珠犀垢濁之俗，識吾冰檗清白之吏。汝勉爲朕一行，時方急材，豈久勞汝於外者！可。

〔一〕觸：似當作「蠲」。

傅康直徽猷閣致仕

士大夫壯而仕，倦而歸，其居官行事可紀、立身大節無疵者，幾何人哉！爾中原故家之後，先帝諫臣之子，嘗典州奉使，有能名於時，歷宰士、卿少，不苟合而去，掩關蕭然，若將終身。比起之佩宜春二千石印綬，謂已延見吏民矣，中道諗疾，乞致仕爲臣。嗟夫！朕不得而留之矣。遂垂車之雅志，陟奎閣之隆名，以旌象賢濟美之人，以識用材不盡之愧。可。

魏峻兵部尚書

日月積累之法，以待常材；朝夕論思之賢，固宜不次。乃登時彦，以冠夏卿。具官某秀整而温恭〔一〕，清通而簡重。雖生貴閥，自奮名場，臨政無俗吏操切之風，持論有儒者正大之意。書先漢循良之傳，奚愧昔人；作元和會計之圖，尤通世務。盡瘁版曹之調度，叶心省闥之彌縫。人無間言，朕所屬意。矧久儀於槖列，盍遂聽於履聲〔二〕。噫！用天之五材，安有去兵之理；掌邦之九伐，屬當詰禁之時。益勤簡稽，以稱寵遇。可。

〔一〕具：原作「其」，據翁校本改。
〔二〕盍：原作「蓋」，據翁校本改。

章琰殿中侍御史兼侍講

朕擢慷慨敢言之人，俾居雄劇；親直諒多聞之友，以輔緝熙。既衆論之僉諧，茲一朝而並命。爾淵乎似道，澹然無求。養氣之剛，告子所未講；守約之勇，孟賁奚以加！省闥之務，賴其彌縫；勢要之門，靡所附麗。肆繇卿少，晉貳雜端。厥今外多艱虞，内費調燮，憸人欲伺隙而動，識者有復隍之憂。惟元氣實可以杜客邪，惟諸賢和可以制群小〔一〕，其付臺綱之重，仍陪經幄之嚴〔二〕，以肅觀瞻，以彊根本。噫！唐介之爲執法，首論貴權；程頤之侍邇英〔三〕，多陳古誼。予方虛己以樂聽，爾尚先賢之與稽。可。

〔一〕群：原作「郡」，據翁校本改。
〔二〕陪：原作「倍」，據翁校本改。
〔三〕程：原作「和」，據翁校本改。

張磻祭酒

南渡重建太學，而師儒尤極天下之選。高宗時有若高閌者，孝宗時有若林光朝者，寧考時有若李祥者、袁燮者，皆用經術名節模楷諸生，豈直以誦説課試爲職業哉！爾以一代老成，養浩然之氣，有仁者之勇。盜臣擅國，諂子盈廷，一鳳鳴陽，縹縹高舉。及兹改紀，覽輝而下。諸大夫敬之曰端人也，多士尊之曰前輩也。繇少宗正拜大司成，可謂以德選矣。爾其明理學以淑人心，扶公論以養士氣，使人人皆有士君子之行。可。

楊棟宗正少卿兼右司

先朝尤重掄魁。蘇洵常言：不及十年，未有不爲兩制者。爾爲吾龍飛進士第二人，今十有八禩矣，方繇麾節入踐省闥，視捷出騰上者無羡色，無躁心，貴道誼而賤功利，有董生之風，朕甚嘉之。麟寺名曹也，瑶編大典也，卿少高選也，談者猶曰清而不要。共二宰士，清且要矣，養汝望，振汝職，將復有清且要於是者以待汝。可。

王爚農少兼左司

扈農古官也，句龍、棄之任〔一〕，漢以後猶以大儒鄭康成輩爲之，又其後專用俗吏，古意微矣。爾立身秉端靖之操，歷官著廉直之名。出總賦輿，張弓之勢稍弛；入贊廟謨，改絃之化有助。擢之卿列，仍兼宰旅。夫積貯天下之命，出納有司之事爾。方今耗蠹吾之財粟者，非兵與吏乎？汰冗去濫，是非有司之所得爲，汝其與吾大臣議所以變通之策，以副朕用儒者治金穀之意。可。

〔一〕棄：原作「業」，據翁校本改。

章琰府少兼檢詳〔一〕

朕以儉約先天下，不殖貨利，無珠玉玩好之奉，所謂受藏之府不過四方惟正之供，於以廩兵禄吏而已，乃擇儒臣，俾帥其屬。爾方嚴之操，峻潔之行，立身有本末，持論有據依。使一路則舉刺公，風采振；掾一府則予奪平，權度審。其陟卿少之列，兼綜省闥之務。方今賦入日狹，調度日廣，吾有司不得而裁損也。爾既與聞廟論，其思所以量入爲出、足國裕民之策，與二三大臣推行之。可。

〔一〕詳：原作「討」，據翁校本改。

魏峻轉兩官守兵書致仕〔一〕

聽履禁嚴之地，甫下除書；掛冠彊盛之年，忽披來奏。雖壯圖之未展，然雅志之莫迴。具官某秀美而文，果藝以達。故家遺俗，非謂有喬木之存；左翊右扶，所至多甘棠之愛。比趣召以法從，仍與聞於廟謨。密勿一堂，彌縫輔贊之功；酬酢四方，錢穀甲兵之問。藉甚時望，長於夏官。曾未旋踵之間，遽欲乞身而去。豈時命之不與，抑王事之獨勞。其陟穹階，以華末路。噫！屬方進用，云胡有負兹之憂；亦既退休，庶幾遂勿藥之喜。可。

〔一〕仕：原作「任」，據翁校本改。

魏峻上遺表贈端明金紫

位尊喉舌，甫榮投紱之歸；疾在膏肓，遽上拖紳之奏。爰舉朝家之卹典，以昭泉穸之幽光。具官某久服禁涂，併參宰旅。春秋方富，每殫精力以忘疲；夙夜在公，不悟陰陽之爲寇。既掛衣冠而得謝，庶親藥石而有瘳。靡待中年，奄終長夜。念璧埋之太早〔一〕，憶玉立之如生，疊進文階，超加秘殿。噫！一日不見而死，豈伊大命之有常；九原吾誰與歸，無復斯人之可作。懷哉英爽，歆此寵靈。可。

〔一〕璧：原作「壁」，據翁校本改。

孟𤈩換授承事郎孟榕換授奉議郎

朕擇麟趾公子之佳者以繼近屬，爾方垂髫知嗜學，有成人之風。其授京秩，俾就外邸，庶幾周以宗彊之意。可。